臺灣百年新詩

上卷

歷史敘事與
詩學闡釋

黃粱

著

目次
Contents

導論

百年新詩的歷史裁決與
典範確立

一、本書的「新詩」定義與歷史區間

　　1917年1月1日胡適在《新青年》雜誌（二卷五號）發表〈文學改良芻議〉，提出「文學改良，須從八事入手。」，「文學者，隨時代而變遷者也。一時代有一時代之文學。」它所標舉的革新觀念與行動方針具有劃時代意義。2月《新青年》刊發胡適〈白話詩八首〉，6月刊發胡適〈白話詞〉，都是舊體白話詩詞而非新詩。1918年1月15日《新青年》雜誌（四卷一號）首次登載「新詩」九首，包括胡適四首與胡適主動邀請共襄盛舉的沈尹默三首、劉半農二首，漢語新詩文本從此誕生。胡適新詩書寫依據的文學範本，是胡適翻譯自美國女詩人 Sara Teasdale（1884-1933）的詩篇〈關不住了〉（Over the Roofs），《嘗試集》〈再版自序〉曾言，這是他「『新詩』成立的紀元」。民國五四時期的新文學思潮，不久就傳入臺灣。陳端明1921年〈日用文鼓吹論〉提倡使用「白話漢文」，張我軍1925年〈請合力拆下這座敗草叢中的破舊殿堂〉，也將胡適文學革新的主張介紹到臺灣。1926年4月18日《臺灣民報》刊載新月派詩人劉夢葦的〈中國詩底昨今

明〉，也介紹過民國五四時期新文學運動提倡的新詩。

　　日本「近代詩」之形成同樣來自對於舊體詩歌（漢詩、短歌、俳句）不足以適應新時代表達新事物，藉由翻譯外國詩歌來創造新形式，與民國新詩誕生的原因與方法相同。「近代詩」傳入臺灣時間比「新詩」還要早，「一是明治期『新體詩』的傳入，使得日文新詩開始在臺灣出現、並開始在詩中收編殖民地臺灣的意象』。二是大正期『口語自由詩』的傳入，使得文語定型詩的形式受到解放，並持續受到日本近代思潮的影響，進而促使臺灣詩人出現。」（張詩勤《臺灣日文新詩的誕生》）日本的「近代詩」，橫跨明治時期（1868-1912）與大正時期（1912-1926），延續時間為 1895 年至 1926 年（1926 年之後稱為「現代詩」），區分「新體詩」、「口語自由詩」前後兩階段。依張詩勤（1988-）調研：日本「近代詩」最早傳入臺灣的時間與文本如下──新體詩（殘留七五調／五七調形式的詩體）：1898 年 7 月 30 日，石橋曉夢六首。口語自由詩（自由調言文一致的詩體）：1911 年 8 月 20 日，ヤコ生（彌子生）一首。兩者皆發表於《臺灣日日新報》。1927 年 11 月 1 日張耀堂在《臺灣教育》月刊發表〈新しい詩の芽生と其の發育〉（新詩的發芽及其發育），介紹日本近代詩的演變。

　　日本近代詩與文學新思潮傳入臺灣，確實醞釀了「臺灣新詩」誕生的文學環境，但並非唯一因素；來自中國的新文學與新思潮，也是催生臺灣新文學／臺灣新詩的重要因素，從 1920 年代臺灣「新舊文學論戰」便能見其端倪。陳端明以漢文書寫的〈日用文鼓吹論〉，便提倡使用白話漢文：「第以漢文浩瀚，如約而簡之，革為白文，使人人皆易學易知，具可以表其真意。庶幾天下無虛偽之文，而文化亦可以速普及，豈非幸甚」；陳端明揭舉的白話漢文觀點蘊含對日本施行同化政策的反思，具有「反殖民」意味。

此文原刊於 1921 年 12 月 15 日《臺灣青年》三卷六號（被日本當局查禁），後重刊於 1922 年 1 月 20 日《臺灣青年》四卷一號（漢文部）。張我軍 1925 年 1 月 1 日發表在《臺灣民報》的〈請合力拆下這座敗草叢中的破舊殿堂〉開頭便說：「臺灣的文學乃中國文學的一支流。本流發生了什麼影響、變遷，則支流也自然而然的隨之而影響、變遷，這是必然的道理。然而臺灣自歸併日本以後，因中國書籍的流通不便，遂隔成兩個天地，而且日深其鴻溝。」內蘊以「中國文學」抗衡「日本文化」的意思。

從歷史脈絡可知，日本文學史上的新體「近代詩」，是相對於「漢詩／短歌／俳句」的傳統定型詩。胡適表述的「白話詩」指稱白話書寫的寬鬆格律詩，是相對於文言書寫的嚴謹格律詩。民國五四時期新文學運動的自由體「新詩」，是相對於格律體「舊詩」。「白話詩」在傳統詩體中引進新語料、新思想、新意境，文學改良的意味比較濃厚，「近代詩」與「新詩」文學革新意圖更加凸顯；後兩者效法的文學典範都是歐美詩的翻譯文本。基於上述歷史事實，本書指涉「新詩」，是依民國六至七年（1917-1918年）興起的文學革命（提倡新時代新文學）與新詩運動（以白話書寫新詩）的歷史脈絡而定義。探索範圍以華語詩、漢譯日語詩為主要對象，日語／日文、漢語／漢文、華語／華文，會依不同時期不同語境有稱謂差異；也觸及排灣族古謠部落頌、白話字詩、台語詩、客語詩、布農族語詩，但闡述的對象文本主要是以華語（現代漢語）形態呈現。

本書探索的「臺灣新詩」，指創生或傳播於臺灣地區的「新詩」，也包括並非創生於臺灣但與臺灣有在場關聯的「新詩」。「臺灣新詩」的作者並不嚴格定義為出生於臺灣的作者或書寫／發表新詩文本於臺灣場域者；作者身分認同是考衡標準之一，但

非必要條件。本書裁定的「臺灣百年新詩」主要歷史區間從 1922 年 8 月 1 日張耀堂發表在《臺灣教育》月刊第二四三期的日文新詩〈臺灣に居住する人々に〉（致居住在臺灣的人們）為起點，延續到 2022 年；也納含 1873 年至 1935 年的「白話字詩」，還包括排灣族的古謠部落頌，創生年代極其古老難以究源，但詩歌精神莊嚴富有啟示性。

二、本書的史觀與史識

　　詩史書寫，首要處理的命題是：通與變。臺灣新詩根源於何處？根源與流動之間如何通如何變？發展過程有何環境制約？有何促進演化的嶄新因素？整體文化圖像有何特色？詩歌精神有何特徵？優點有哪些？缺失如何修正？第二個要處理的命題是：顯與隱。「顯」，主流顯豁者；「隱」，邊緣隱匿者。影響顯與隱的諸種力量是什麼？顯的作者與隱的作者各自有何虛實？提昇邊緣隱匿的作者，沉降主流顯豁的作者，讓虛實回歸應有之位，是詩史寫作的重要任務。如果一本詩史論述，只是在調整權力網絡的關係位置，小心翼翼昇降明星的座次，羅列得獎詩人名單，等於在說人盡皆知的廢話。沒有經過闡釋的文學記錄是無用的記錄，沒有發現精神的歷史學呈現盲目的歷史。

　　要梳理通變調整顯隱，詩史作者必須具備特定的史觀與史識。史觀是詮釋歷史的觀念與視野，史識是歷史裁決與價值定奪。你所倚靠的文化座標與價值判斷有哪些？你要凸顯的歷史脈絡與文化圖像是什麼？史觀史識模糊的歷史敘述不成體統，意識形態狹隘的歷史敘述傲慢輕浮，這是詩史寫作的精神試煉。詩與歷史皆歸屬於渾沌知識，形質充滿不確定性，詩的歷史敘述要將渾沌

趨向於清明，又要擺脫閱讀世界等同閱讀自我的偏執，考驗詩史作者的思想與人格。

要重新安排作者與作品的座標位置，就必須立定「審美精神」的標竿去衡量對象文本，去區分真與假、好與壞、上位與下位。有了獨特且一貫的詩學尺度，還得由海量的一手文本中以詩瓢親自去撈取，而非根據：名氣地位、權力網絡、詩刊詩選、讀者喜好，從他者篩選後的二手文本方便標定。本書崇尚的詩歌審美精神，將「詩」定位為創造性自身，詩歌空間有機生成，並對無限進行永恆渴求，詩意迴響無端無盡藏。

現代是對傳統的批判性繼承，並加入變革因素融合而成，通中有變，變中有通。「新詩」相對古詩來說是變，「詩」對於新詩與古詩來說是共通之所；本書重視新詩的返古開新之力，有根有本才能開創新機。「臺灣新詩」的生成與發展並非無根之變，也絕非縱的繼承與橫的移植可以概括，這是處理傳統與現代動態關係必須具備的核心觀念。

本書的史觀與史識，關注臺灣文化主體性要素。「臺灣」不是一個抽象符號或空洞場域，而是族群、語言、土地、歷史、文化的集合體；族群意識、語言意識、土地意識、歷史意識、文化意識都是活生生的有機體，彼此呼應相互協調，組織「臺灣」的生成基因，結構「臺灣」的骨架肌理。本書探索分析的文本，從語言維度而言，以華語詩文本為主要對象兼顧日語詩漢譯文本，少數文本涉及台語詩、客語詩和白話字詩漢譯文本、布農族語詩漢譯文本。有雙重因素，第一，日語詩（1922-1965）與華語詩（1923-2022）是連貫臺灣新詩史最核心的文本，這是臺灣的文學現實。第二，本人的語言能力與研究範疇有限，不足以深度涉獵台語詩、客語詩、白話字詩、原住民族語詩。臺灣非華語詩文本

的梳理與評論，有待相關領域專家進行資料彙整與文化鑑照。基於上述兩個因素，本書的歷史敘事、詩學闡釋與文化圖像主要是透過漢譯日語詩、華語詩，進行爬梳、分流與闡釋，無法做到完全「平視」各族群、各語言的理想狀態；這是本書史觀、史識的偏限，有待未來者持續修正改進。

　　本書重視「日治時期」詩人群與「跨越語言的一代」詩人群精神意識的傳承關係，兩者回應殖民統治的反抗精神催生「笠詩社」與《笠詩刊》，孕育出「笠詩社新世代」。我將上述歷史脈絡，視為「臺灣新詩文化」的創生主軸與發展中繼，將「大陸來臺詩人」及其迴響視為「臺灣新詩文化」之砥礪與擴充。本書除了顯揚「跨越語言的一代」與「笠詩社新世代」對臺灣新詩文化建構的卓越貢獻，也對《笠詩刊》發展方向與「笠詩社」詩人群的審美缺失進行誠懇批評。本書將 1949 年視為臺灣當代史的關鍵年份，將長達三十八年的「戒嚴時期」一黨專政黨國體制，視為影響臺灣歷史進程與文化發展的重大事件；對被迫浸漬於白色恐怖的「戒嚴世代」詩人群，與受網際網路資訊開放影響的「解嚴世代」詩人群，分別進行了作者考察與作品分析，文本裁選重視與臺灣文化／歷史的「在場關聯」。

三、本書的歷史脈絡與文化座標

　　處理新詩的歷史脈絡與文化座標，常見的文化思維：從主流的詩思潮與顯豁的詩集團，裁量歷史動態，標定重點詩人；這是一種錯誤的歷史判斷與審美判斷，是依循外部權力運轉規律來抉擇內部文學價值。依此歷史觀點與審美視野，漢語文學史上的重要作家，從屈原、陶潛、劉勰，以至李白、杜甫、韓愈、柳宗元、

李賀、李商隱、蘇東坡等等，率皆屬於當時的文化邊緣人，無從進入歷史脈絡與文化座標中被認識，依此規範建構的詩歌史豈不大謬？

　　《臺灣百年新詩》的文化座標，將「詩人與詩篇」視為新詩文化核心命題，「詩集團與詩思潮」為新詩文化周邊命題，避免反客為主，審美判斷受制於框限的文化視域與主流的權力網絡。本書的歷史脈絡，以時間維度的歷史（沿革性詩史）、空間維度的歷史（地域性詩史）、語言維度的歷史（語言性詩史）為基礎評量，價值維度的歷史（精神性詩史）為進階評量。「精神性詩史」四大考察重點：一、探討百年新詩的語言空間形態。二、分析百年新詩的詩歌空間類型。三、對詩與詩人的價值規範重新定義。四、澄清臺灣百年新詩的審美精神。「精神性詩史」是文化史的核心命題，文化傳續與精神建設是精神性詩史的兩大核心指標。

　　本書署名「臺灣新詩」，臺灣主體意識（簡稱臺灣意識）必然納入精神性詩史的考量。針對文本評量與歷史考察，本書架構了兩個相互參照的座標：以詩歌審美座標為主、臺灣意識座標為輔，藉以標定詩人位置，勘查詩歌文化的歷史變革。

　　評量「詩人與詩篇」，本書採用兩種考察模式：摘要式與遍歷式。上卷【歷史敘事與詩學闡釋】採取摘要式文本考察，選擇重點詩章進行文本詮釋、風格評鑑與作者定位；下卷【精神標竿與文化圖像】一方面採取遍歷式文本考察，選擇重點詩人進行全方位的詩學檢證與文化闡釋，另一方面針對異他敘事與歷史敘事進行主題研究與歷史照應。

四、百年新詩發展過程的歷史背景

　　1920 年 7 月 16 日《臺灣青年》雜誌創辦於日本東京，1921 年 10 月 17 日「臺灣文化協會」在臺北大稻埕接續成立，兩者共同孕育了「臺灣意識」。1922-1923 年，「臺灣新詩」以日文、漢文（華文）兩種文字在臺灣詩人的筆下誕生；1922 年至 2022 年乃臺灣新詩第一個百年。百年期間，臺灣新詩經歷了六大歷史性／文化性事件之衝擊，展開它詭異動盪的成長命運——

一、1937 年 4 月 1 日起日本政府為消弭臺灣人的祖國意識，全面禁止雜誌報紙漢文欄，廢止漢文書房，漢文刊物被迫停刊。7 月 7 日中國河北發生「盧溝橋事變」，中日大戰全面爆發。8 月 24 日日本內閣宣佈「國民精神總動員」，在臺徵召非正規軍的「軍屬、軍夫」協助軍隊勤務工作（公開招募 126,750 人）。1941 年 12 月 8 日日本突襲美國海軍基地珍珠港，「太平洋戰爭」點燃。1942 年 2 月日本在臺實施「陸軍特別志願軍制度」，招募臺灣「特別志願兵」協助戰鬥，1943 年 7 月實施「海軍特別志願軍制度」，1945 年 1 月實施「徵兵制度」（招募與徵兵合計 80,433 人）。戰爭期間，臺灣青年被迫捲入殘酷虛無的大東亞戰爭，加上島內如火如荼的「皇民化運動」，臺灣作家多數停筆隱晦心跡。

二、1945 年 9 月 2 日日本簽署投降書，蔣中正奉「西南太平洋戰區」盟軍最高統帥麥克阿瑟將軍之令，10 月 25 日代表同盟國接收臺灣，國民黨軍政集團藉此契機控制臺灣與澎湖群島，採取專制威權的統治方式，臺灣人的祖

國意識逐漸動搖。1946 年 10 月 25 日「臺灣省行政長官公署」強制臺灣報刊禁用日文，嫻熟日文的臺灣作家群陷入發表困境。1947 年 2 月底發生「二二八事件」，臺灣民眾興起抗議怒潮，3 月 8 日蔣中正調派的武裝部隊從上海吳淞碼頭開抵基隆港，展開全臺大屠殺。1949 年 5 月 20 日零時起《臺灣省戒嚴令》實施，臺灣全境進入長達三十八年的戒嚴時期。面臨語言與思想的雙重禁制，嫻熟日文的臺灣詩人開始從事跨越語言（嘗試用華文寫作）與突破封鎖（以詩篇進行精神抵抗）的文學生命再造工程。

三、1949 年國民黨軍在「第二次國共內戰」中潰敗，總數約 120 萬的大陸各省軍民逃難到臺灣。1953 年 2 月紀弦在臺北創辦《現代詩》季刊，1954 年 3 月覃子豪、鐘鼎文、余光中等人在臺北籌組「藍星詩社」，1954 年 6 月於《公論報》創設《藍星週刊》，1954 年 10 月洛夫、張默創辦《創世紀》詩刊於高雄左營（11 月瘂弦加入）。因為三大詩刊陸續創辦，臺灣的華文新詩活動進入蓬勃發展階段；由於語言與族群的雙重優勢，此一時期的新詩寫作／發表以「大陸來臺詩人」為主力。1950-1960 年代正值白色恐怖高峰，冤獄頻傳，詩人寫作莫不小心翼翼，普遍形塑出晦澀曲折的詩歌風格。

四、1964 年 3 月 8 日，陳千武、林亨泰、錦連、古貝四人到苗栗縣卓蘭鎮詹冰家商談，林亨泰提出「笠」，作為詩社詩刊名稱。6 月 15 日《笠》雙月刊創刊於臺北（曙光文藝社出版），第一任主編林亨泰。臺灣詩人群建立了自己的文學陣營，號召並培養出後續眾多的「笠詩社新

世代」詩人群，出版臺灣詩人選集，主辦臺灣新詩文化研討會。臺灣詩人群的新詩文本普遍帶有抵抗精神，臺灣意識濃厚，以現實主義為主要的創作風格與文學內涵。

五、1987 年 7 月 15 日零時起臺灣全境解除戒嚴令。1991 年 5 月 1 日《動員戡亂時期臨時條款》由時任總統李登輝經國民大會諮請公告廢止，12 月 31 日「萬年國會」走入歷史，戒嚴時期一黨專政的黨國體制宣告解除。解除戒嚴之後，臺灣的民間生命力逐漸釋放出來，出版業蓬勃發展，集會結社更加自由，文藝團體、社運團體眾聲交響。不過，黨國體制的既得利益者依然盤踞主要的文化網絡，佔據眾多政治、經濟、教育與文化資源，長期影響並塑造臺灣的文學環境。臺灣文化（包括具有臺灣意識的新詩文化），依然遭受被壓抑的境遇，佔據文學環境核心位置的還是非臺灣籍作家群／詩人群。

六、1996 年網路版《晨曦詩刊》創刊，中山大學「山抹微雲藝文專業站」、海洋大學「田寮別業」、政治大學「貓空行館」等現代詩專版出現。1997 年《詩路：臺灣現代詩網路聯盟》上線。2000 年《明日報》「個人新聞臺」成立，成為孕育新銳作家的重要場域。2006 年起以個人部落格網頁為基地，網路全民書寫蔚為大觀。2008 年 6 月，中文臉書時代來臨。網際網路的開放性與流動性，讓新詩的書寫形態更加多元化，擴大發表空間，無形中也讓新詩文本的出現與消亡加速循環。各種影音、圖像形態的文化產品大量湧現，文字形態的新詩文本逐漸被排擠，詩人成為文化邊緣人相濡以沫，詩集成為出版業的票房毒藥。

五、臺灣百年新詩的歷史分斷

　　臺灣百年新詩的歷史分斷有三種可能模式，第一種以歷史性事件作為年代分期依據：日治時期（1922-1945）、戰後初期（1945-1949）、戒嚴時期（1949-1987）、解嚴時期（1987-2022）。第二種依先後出現的詩人群體劃定文化區塊：「日治時期」詩人群、「跨越語言的一代」詩人群、「大陸來臺詩人」詩人群、「笠詩社新世代」詩人群、「戒嚴世代」詩人群、「解嚴世代」詩人群。第三種純粹以年代作為歷史分期：1920-1940 年代、1950-1960 年代、1970-1980 年代、1990-2000 年代、2010-2020 年代。第三種年代性劃分屬於人為僵化的歷史分期，沒有歷史條件依據也難以產生文學意義。歷史脈絡必須呼應時代的環境變動，凸顯關鍵事件的歷史作用，才能有效考察時代環境與詩人／詩篇之間的互動關聯。第一種歷史分期與第二種歷史分期各有優勢，第一種模式適合探索新詩文化的歷史沿革，第二種模式適合檢驗詩人群體的詩學特質。第一種模式受限於歷史事件規範的區間，難以對詩人詩篇進行跨年代追索；第二種模式的歷史區間比較寬鬆，對詩人詩篇的演變追索相對靈活。

　　本書對臺灣百年新詩的歷史斷代採用第二種分期模式，以詩人群體為單位區分為六大文化區塊：「日治時期」詩人群、「跨越語言的一代」詩人群、「大陸來臺詩人」詩人群、「笠詩社新世代」詩人群、「戒嚴世代」詩人群、「解嚴世代」詩人群。「笠詩社新世代」詩人群屬於「戒嚴世代」詩人群，但為了呈現「跨越語言的一代」與「笠詩社新世代」之間的延續脈絡，從「戒嚴世代」詩人群特別切分出「笠詩社新世代」詩人群以資區分。

我對「大陸來臺詩人」進行了年代界定，以出生於 1933 年為下限且於 1949 年前後從大陸來臺者。對於 1934 年後出生 1949 年來臺者一律視為臺灣詩人。我的理由是：這些詩歌作者在臺灣接受完整的高中以上教育，學習資源與寫作歷程與臺灣場域密不可分。長期以來有不少 1934 年後出生（甚至 1960 年後出生）的詩歌作者，在作者簡介中溯源其祖籍，我尊重這樣的身分認同；但我還是將之歸屬於臺灣詩人之列，而非在臺山東詩人或在臺湖南詩人。

　　我對「戒嚴世代」詩人群與「解嚴世代」詩人群，也進行了特殊界定，區分根據不是詩人寫作的起始年代，而是詩人出生年代。首先，我將解嚴年代定位於公告廢止《動員戡亂時期臨時條款》的 1991 年（實質解嚴），而非解除戒嚴令的 1987 年（條件解嚴）。根據 1991 這個年份，我上推三十年為一代，將 1961 年後出生者定位為「解嚴世代」，1931-1960 年間出生者定位為「戒嚴世代」。這是為本書的歷史敘述規範的限定性框架，方便作者群的世代區分。

六、上卷【歷史敘事與詩學闡釋】

　　本書的敘述內容為臺灣新詩史，歷史敘事（史）與詩學闡釋（詩）並重，這種敘述模式能夠達成「詩史互證」的文化意義。詩是一面鏡子，不但鑑照個人生命史（小敘述）也反映社會環境變動（大敘述）。詩可以擴充歷史材料深化歷史詮釋，反過來說，歷史趨勢也深刻影響詩人的性格與作為，變動詩篇的書寫向度與文化視野。歷史敘事剖析外顯時空結構，詩學闡釋探索內隱場域特徵，將外顯現象內化，將內隱情結裸露，彼此交流對話，才能

達成詩史互證的目標。

上卷【歷史敘事與詩學闡釋】，一章至七章，各章內涵簡介如下：

第一章〈臺灣早期新詩（1873-1949）〉。本章分作五部分：一、臺灣南島民族與古謠部落頌，簡介排灣族古謠部落頌。二、「臺灣意識」肇始與「臺灣新詩」創生，澄明「臺灣意識」之醞釀與「臺灣新詩」的發源。三、清領與日治時期的臺灣新詩，介紹「白話字詩」，敘述「日治時期」的新詩文化與歷史沿革，評介二十位詩人，包括賴和、張耀堂、王白淵、追風、張我軍、楊華、楊雲萍、郭水潭、楊熾昌、林精鏐等。四、戰後初期（1945-1949）的臺灣新詩，引介三位「銀鈴會」同人：詹冰、林亨泰、錦連。五、臺灣早期新詩的理念與精神，總結臺灣早期新詩的反抗精神。戰後到戒嚴之間雖然只有四年，卻是臺灣歷史上變動最劇烈的年代，故特別列出「戰後初期」這個階段。

第二章〈從抑鬱到奮起：「跨越語言的一代」〉。本章首先敘述戰後「臺灣新詩」面臨的歷史性挑戰，接著評介八位「跨越語言的一代」詩人：吳瀛濤、詹冰、陳千武、林亨泰、羅浪、錦連、陳秀喜、杜潘芳格；針對具體文本進行詩學闡釋，陳述他們跨語言詩寫的艱辛過程，並對語言風格與文化特質進行整體性歸納。

第三章〈《笠》的誕生與「笠詩社新世代」〉。本章分作三部分：一、《笠》的誕生與定位。二、「笠詩社新世代」詩人群評介（介紹十位，從葉笛到利玉芳）。三、「笠」詩群的貢獻與考驗。本章一方面肯定「笠詩社」對臺灣新詩發展的貢獻，另一方面對《笠詩刊》的編選內容、「笠詩社」菁英老化後繼乏人、「笠詩群」表層現實主義的書寫傾向提出分析與建言。

第四章〈「大陸來臺詩人」與臺灣新詩發展〉。分成四部分：

一、臺灣多元族群與「大陸來臺詩人」。二、「大陸來臺詩人」文本評介（介紹十二位，從覃子豪到鄭愁予）。三、「大陸來臺詩人」與臺灣新詩發展。四、臺灣新詩文化的主體性。第四部分尤其重要，涉及兩個命題：建構臺灣主體性的兩難抉擇、「臺灣意識」與「臺灣主權」。本章也對「大陸來臺詩人」與「跨越語言的一代」進行修辭模式比較。大陸來臺詩人的詩文本豐美深厚，對臺灣新詩的階段性發展起過無法磨滅的貢獻；「現代詩社」、「藍星詩社」、「創世紀詩社」，三大詩社之成立也激勵了臺灣新詩書寫與閱讀的風潮。

第五章〈「戒嚴世代」詩人群雄並起〉。介紹「戒嚴世代」生活的時代背景，對十六位「戒嚴世代」詩人群進行文本評介，每位作者選擇最具代表性的詩文本（一至三首）進行詩學闡釋與風格評析。出生年最早葉維廉（1937-），出生年最晚孫維民（1959-）。最後對「戒嚴世代」詩人群進行整體評估，比較「戒嚴世代」與「笠詩社新世代」詩文本的審美差異，分析臺灣新詩「中堅世代」與前後世代的詩學關聯。

第六章〈「解嚴世代」詩人眾聲喧嘩〉。介紹「解嚴世代」生活的時代背景，對十六位「解嚴世代」詩人群進行文本評介。出生年最早陳克華（1961-），出生年最晚黃岡（1986-）。最後對「解嚴世代」詩人群進行整體評估，比較「解嚴世代」與「戒嚴世代」詩文本的審美差異，也對「詩」的時代風氣與文化位階進行反思。

第七章〈新詩文化周邊命題的考察反思〉。本章探索五個新詩文化周邊命題：詩集團、詩論爭、詩事件、詩現象、詩評論。詩集團：介紹重點詩社、詩刊的發展脈絡與文化風潮。詩論爭：簡述「現代主義論戰」、「現代詩論戰」與「鄉土文學論戰」的

論爭過程、文化內涵與影響。詩事件：歸納各個年代影響與助益
「臺灣新詩」發展的重要事件。詩現象：分析非華語新詩創作的
興起、網路詩書寫、新詩教育長期遲滯、臺灣詩壇的造神熱。詩
評論：對詩評書寫與文學獎評審機制的諸種缺失嚴肅檢討。最後
對臺灣新詩文化進行考察與反思，提示新詩文化重構之道。

七、下卷【精神標竿與文化圖像】

臺灣百年新詩累積的歷史文獻與文學文本浩瀚駁雜，有待揀
選與釐清，才能呈現臺灣新詩獨特的精神史樣貌。本書除了澄清
歷史脈絡、考察新詩文化之外，也嘗試立定精神標竿樹立「典範
詩人」，確認審美評價凸顯「典範詩章」。何謂典範詩人？超越
時代又突破範型，既是傳統繼承者又是變革未來者。李白、杜甫
從《詩經》、《昭明文選》中吸納菁華，「大雅久不作，吾衰竟
誰陳」（李白〈古風其一〉）、「熟精文選理，休覓彩衣輕」（杜
甫〈宗武生日〉），開創不朽的盛唐之音。韓愈、白居易上承李、
杜昭顯的詩歌精神：「李杜文章在，光焰萬丈長」（韓愈〈調張
籍〉）、「天意君須會，人間要好詩」（白居易〈讀李杜詩集因
題卷後〉），又努力進行突破框架的寫作，下啟北宋詩文氣場。
李、杜、韓、白堪稱唐代典範詩人。

何謂典範詩章？能產生極內在極超越詩意迴響的詩文本，堪
為後人的學習法式。以唐詩為例：張若虛〈春江花月夜〉、李商
隱〈無題〉都堪稱典範詩章。典範詩章又分審美性（價值軸）、
歷史性（時間軸）、地域性（空間軸）三大類型。審美性價值是
典範詩章的必要條件，必須通過審美評價考驗才能納入典範詩章
的候選文本。歷史性價值以 1925 年出版的張我軍《亂都之戀》

為例，它的審美價值不是頂高，但深具歷史意義，是臺灣第一本新詩集。地域性價值關注邊緣群族與角落文本，比如原住民詩人、新住民詩人、古謠部落頌、白話字詩等，新詩文化才能豐厚圓滿。「典範詩人」與「典範詩章」的標定，最能見出詩史作者的眼光，平庸雜錯之選，經不起時間的檢驗還會貽笑大方。審美性（價值軸）、歷史性（時間軸）、地域性（空間軸）三大座標系，交互編織與照應，方才構成「臺灣百年新詩」的文化圖譜。

　　下卷重點選擇六位詩人，對其詩學成就進行更深入評介，彰顯「臺灣詩學」的特殊光彩，包括：黃荷生、楊牧、零雨、卜袞、孫維民、鴻鴻。六篇詩人論，探索主題是「詩學」，這是推動新詩文化生成與發展的核心元素。本書所以命名「臺灣百年新詩」（包含詩史與詩學），而非「臺灣百年新詩史」，道理在此。除了對重點詩人／詩篇進行文化梳理，也對異他敘事進行文本發掘，串聯歷史敘事闡釋詩與史的詩意迴響。匱缺詩學探索的新詩史論述，無法彰顯「臺灣百年新詩」在審美層面的真正建樹。

　　下卷【精神標竿與文化圖像】，八章至十五章，最後長篇總論，內涵簡介如下：

　　第八章〈直面死亡恫嚇的艋舺少年黃荷生〉。黃荷生的詩原生性與原創性兼具。原生性來自生命自我啟蒙的內在需求，原創性指詩的風格沒有別人的影子。他擅長運用一連串動詞片語將意念延展成連綿波流，語言在流動過程中分化變奏，瀰漫微妙多層次的音響，觀念與想像以未定向未定形即興開落，語言策略別具創意。探索主題隱含對「白色恐怖」高壓統治的批判，直面死亡恫嚇的勇氣令人敬佩。

　　第九章〈楊牧詩的風格特徵與審美精神〉。楊牧多重聲音交響的詩意書寫，產生迷離氛圍與渾沌情境；關注詩與現實的錯綜

往來，現實經驗往往被視為相對元素而非絕對元素；詩的經驗焦注於凝神虛白，注重境界與情韻之孳息繁衍。楊牧詩形象典雅聲響幽微，文字打磨得多彩魔魅，就語言藝術而言堪稱當代華文詩典範；痛苦傷殘被抒情聲音與象徵框架莊重包裹，現實感斂藏而形上思維顯揚。

第十章〈零雨的詩，文化傳承與創世排練〉。零雨是一個詩歌視野廣闊詩歌精神高昂的詩人，詩歌語言自成一種文化譜系，枝繁葉茂蔚為大觀。零雨詩學的發展脈絡前後連貫，吸納各種元素轉化為己用，命題多元手法深刻，擅長運用組詩形態進行多角度多層相的詩意探索。零雨專注詩歌創作四十年如一日，現實生活低調樸素，以詩為一生志業。

第十一章〈布農族詩人卜袞的詩章〉。卜袞的布農族語詩章是臺灣文化的一項奇觀，也是世界詩歌文明的珍貴資產。卜袞的新詩書寫不但是以族語呼息，而且是回到部落尚未文明化的山林環場進行書寫，與祖靈更加親近。他的詩部落文化色澤濃郁，銘刻著祖先寬闊的靈性思維與古老的生命智慧，表達布農族注重和諧的自然生態觀，跌宕想像的人性情感，豐富多彩的部落生活樣貌。

第十二章〈孫維民，黑暗與絕望的探索者〉。孫維民的詩攜帶著濃厚的基督教思想，無懼地披露末世景觀：疾病、鬼靈附身、人世混濁、罪惡橫行，活端端一個撒旦統治的時代。綜觀孫維民的詩歌歷程，主題探索聚焦於神與魔的鬥爭敘事，對人類的道德維度大膽涉獵精闢演繹，詩的結構思維獨樹一幟。孫維民的詩語調冷靜內蘊多重諷諭，成就他「以詩祈禱」的複雜面貌。

第十三章〈鴻鴻詩的藝術特質〉。鴻鴻早期書寫以生活感懷詩與心靈抒情詩為主，後期書寫因生活歷練加深，經由多元藝術

創作和參與社會運動之行為實踐，磨銳藝術知覺加大批評力度，情思轉深邃，多元題材詩與社會議題詩也開展出嶄新面貌。鴻鴻詩的風格特徵是現實空間與想像空間之相互滲透，語言策略自由隨興，常有出人意表的情思跳躍，詩歌情境有機生成。

第十四章〈臺灣新詩的異他敘事〉。新詩的主題類型分作典型命題與非典型命題，典型命題為新詩主流敘事，非典型命題為新詩異他敘事。本章發掘的詩文本屬於異他敘事，目的是擴充與校正臺灣新詩的書寫向度。介紹八種異他敘事，每種類型選擇一到三位詩人的詩文本進行評介：一、海洋書寫。二、地誌書寫。三、自然書寫。四、族群議題書寫。五：同志議題書寫。六、性別議題書寫。七、身體經驗書寫。八、靈性經驗書寫。總結「異他敘事」與「異他美學」的潛在關聯。

第十五章〈詩與史的詩意迴響〉。本章選擇三件歷史事件敘事詩文本，兩件歷史時期敘事詩文本，試圖呈現詩與歷史的沉鬱對話及其詩意迴響。歷史事件敘事詩：「霧社抗日事件」書寫；向陽〈霧社〉。「二二八事件」書寫；黃粱《小敘述：二二八个銃籽》。「八二三炮戰」書寫；葉笛〈火與海〉。歷史時期敘事詩：「白色恐怖時期」書寫；瘂弦〈深淵〉系列。「解嚴後臺灣社會」書寫；廖人《13》。五件文本的完成年代，依時間順序：1959年瘂弦〈深淵〉系列、1967年葉笛〈火與海〉、1979年向陽〈霧社〉、2013年黃粱《小敘述：二二八个銃籽》、2014年廖人《13》。

本章次第顯影：從日本帝國殖民對臺灣族群的壓迫引發「霧社抗日事件」，到「二二八事件」國民黨軍執行的全境大屠殺，從「八二三炮戰」中國人民解放軍對金馬地區長期的砲擊侵擾，到「白色恐怖時期」執政者濫捕濫殺對臺灣人精神意識的嚴重摧殘，再到「解嚴後臺灣社會」面臨政治、經濟、軍事多重洪流的

裡外交攻。百年來，臺灣人時時面臨的精神壓迫與死亡恫嚇，在詩篇文本的詩意迴響中深刻重現。本章內涵前後貫串，昭示臺灣歷史的詭譎多變，臺灣新詩的現實關懷與歷史反思，呈現「詩史互證」的文化意義與啟蒙價值。

　　最後壓軸為長篇總論〈臺灣新詩的歷史脈絡與文化特徵〉。分四大部：一、臺灣新詩的歷史脈絡。二、臺灣新詩的文化圖像。三、臺灣詩學建構的意義與困境。四、臺灣百年新詩的詩歌精神。第一部分從三個維度追索歷史脈絡：時間維度的歷史（四個時期）、空間維度的歷史（七個地域）、語言維度的歷史（六種語言）。第二部分從三個面向進行文化圖像分析與人文價值重構：臺灣新詩的語言空間（評析六大文化區塊十二位詩人）、臺灣新詩的詩歌空間（闡述八種詩學模式）、詩與詩人的價值規範（重新定義詩與詩人）。第三部分陳述建構「臺灣詩學」的重要性，闡釋建構的意義與困境，提示建構的目標與方法。第四部分，歸納臺灣百年新詩的詩歌精神：抵抗奮進、多元共生。

八、臺灣百年新詩文化圖譜

　　本書總共評介百位詩人，敘述脈絡分屬八大區塊，依出生年排序如下。

　　一、「日治時期」詩人群二十人：

　　賴和（1894-）、張耀堂（1895-）、追風（1902-）、王白淵（1902-）、張我軍（1902-）、楊守愚（1905-）、楊華（1906-）、楊雲萍（1906-）、郭水潭（1907-）、吳新榮（1907-）、陳奇雲（1908-）、楊熾昌（1908-）、邱淳洸（1908-）、翁鬧（1910-）、李張瑞（1911-）、巫永福（1913-）、林修二（1914-）、林精鏐

（1914-）、施文杞（不詳）、崇五（不詳）。

二、「跨越語言的一代」詩人群八人：

吳瀛濤（1916-）、詹冰（1921-）、陳秀喜（1921-）、陳千武（1922-）、林亨泰（1924-）、羅浪（1927-）、杜潘芳格（1927-）、錦連（1928-）。

三、「笠詩社新世代」詩人群十人：

葉笛（1931-）、白萩（1937-）、黃荷生（1938-）、岩上（1938-）、杜國清（1941-）、李敏勇（1947-）、陳明台（1948-）、鄭烱明（1948-）、江自得（1948-）、利玉芳（1952-）。

四、「大陸來臺詩人」詩人群十二人：

覃子豪（1912-）、紀弦（1913-）、周夢蝶（1921-）、方思（1925-）、余光中（1928-）、洛夫（1928-）、管管（1929-）、楊喚（1930-）、商禽（1930-）、瘂弦（1931-）、吳望堯（1932-）、鄭愁予（1933-）。

五、「戒嚴世代」詩人群十六人：

葉維廉（1937-）、林泠（1938-）、朵思（1939-）、楊牧（1940-）、吳晟（1944-）、蘇紹連（1949-）、馮青（1950-）、零雨（1952-）、陳育虹（1952-）、陳義芝（1953-）、陳黎（1954-）、向陽（1955-）、羅智成（1955-）、夏宇（1956-）、卜袞（1956-）、孫維民（1959-）。

六、「解嚴世代」詩人群十六人：

陳克華（1961-）、瓦歷斯・諾幹（1961-）、羅任玲（1963-）、鴻鴻（1964-）、阿芒（1964-）、許悔之（1966-）、唐捐（1968-）、陳大為（1969-）、隱匿（1969-）、鯨向海（1976-）、楊佳嫻（1978-）、蔡宛璇（1978-）、廖人（1982-）、喵球（1982-）、楊智傑（1985-）、黃岡（1986-）。

七、「異他敘事」詩人群八人：

羅英（1940-）、詹澈（1954-）、莫那能（1956-）、劉克襄（1957-）、黃粱（1958-）、劉梅玉（1970-）、河岸（1970-）、薛赫赫（1972-）。

八、總論「特別推薦」十人：

秀陶（1934-）、非馬（1936-）、曾貴海（1946-）、阿翁（1952-）、林央敏（1955-）、羅思容（1960-）、楊小濱（1963-）、張芳慈（1964-）、鄭順聰（1976-）、撒韵·武荖（1976-）。

上述裁選，無可避免地受到資料限制（對象文本收集）與眼界限制（作者史觀史識）的雙重制約，也受到敘述脈絡與論述框架的條件限制，但皆秉持「黃粱詩學」一貫之尺度進行選擇、組織與闡釋。無論這些入選作者的人格與風格如何，百位詩人及其詩文本，象徵性地構成了「臺灣百年新詩」的文化圖像。這幅臺灣新詩文化圖譜，彰顯詩與歷史的對話交流，注重新詩文本的審美因素，留意新詩文化的周邊與角落，強調文本內涵與「臺灣」的在場關聯。臺灣新詩史位居臺灣文化史的核心部位，臺灣新詩是建構臺灣文化的關鍵元素。

本書詩史詩評的文本引用，以尊重對象文本的著作權益為前提，遵守三個引用原則：第一、善意引用。第二、最小限度引用。第三、考量闡釋與教育需要斟酌的引用。文本引用與文本評介，以詩史與詩學的文化考量為重。本書的詩史敘述與新詩評論，著作權歸屬黃粱；詩史引用與詩評引用的對象文本，著作權歸屬原始著作人。

臺灣新詩史規劃，是一個全新的文化挑戰，因為這是第一個百年，歷史脈絡前文與文化座標前文極度缺乏。一旦歷史脈絡疏通文化座標定位，時間軸、空間軸、價值軸安置妥當，詩人座落

哪個位置？詩篇到底有何成就？相對來說就能澄清；有了歷史性的參照座標與審美性的評量基準，文化檢索與審美評價才能進行更加深刻的挖掘。歷史考察與文化建構是一個動態過程，沒有一勞永逸的歷史論斷與文學評價。不同的「臺灣新詩史」能產生不同的文化參照系，提供多重角度去辯證臺灣新詩的優勝劣敗；釐清「臺灣百年新詩」的文化圖像與象徵內涵，對於理解「臺灣」的心靈狀況與精神脈動，具有難以估量的啟明作用。

【參考文獻】

張詩勤，《臺灣日文新詩的誕生——以《臺灣日日新報》、《臺灣教育》（1895-1926）為中心》（臺北：政治大學／臺灣文學所／碩士論文，2016年）

陳淑容，《「曙光」初現——臺灣新文學的萌芽時期（1920-1930）》（臺南：國立臺灣文學館，2012年）

柳書琴等著；柳書琴主編，《日治時期臺灣現代文學辭典》（新北：聯經出版公司，2019年）

張炎憲召集；新臺灣和平基金會統籌；李筱峰、薛化元等主編，《典藏臺灣史》八冊（臺北：玉山社，2019年）

黃梁，〈日治時期與戰後初期（1920-1949）臺灣新詩〉《百年新詩1917-2017》〉（花蓮：青銅社，2020年）

第一章
臺灣早期新詩（1873-1949）

一、臺灣南島民族與古謠部落頌

（一）臺灣南島民族

　　臺灣的地理位置在歐亞板塊和菲律賓海板塊交接處，經過板塊長期擠壓形塑出高聳山脈和豐富地理景觀，各種氣候形態匯聚島嶼，生物多樣性舉世聞名；臺灣位處西太平洋第一島鏈中心，是國際海洋漁業、經濟貿易與海空交通航線的樞紐。臺灣的族群和語言也呈現驚人的多樣性，四萬七千年前臺灣西海岸中北部即有人類活動歷史；六千年來一直居住在臺灣的族群，就其使用的語言，屬於南島語系的臺灣南島語族。使用南島語的臺灣南島民族在臺灣本島上分化為二十多個不同族群、二十八種語言（目前估計），他們之間語言的差異非常大，且保留很多古南島語特徵；根據語言學和考古學證據，臺灣很有可能就是南島民族的起源地／擴散中心。1991 年澳大利亞考古學家貝爾伍德（Peter Bellwood）發表一篇論文，「推論南島民族分七個階段擴散開來，最初從臺灣開始，距今約五千年。」（李仁癸《臺灣南島民族的族群與遷徙》）南島語系歧出十個分支，臺灣南島語族（Formosan languages）占據了九個（泰雅群、西北群、西部平原群、鄒語群、魯凱群、排灣群、卑南群、布農群、東臺灣南島

語群），另一個為馬來 - 玻利尼西亞語族（Malayo-Polynesian languages）。南島語族分佈的最北界是臺灣，最東到達夏威夷群島與復活節島，最南抵達紐西蘭，最西邊是非洲東南部外海的馬達加斯加島，是全世界分佈領域最廣的族群，其中包括菲律賓、馬來西亞、印尼等人口眾多的國家。南島語也是世界上種類最多的語言，總數為 1,262 種，使用人口大約二億五千萬人。

2011 年中央研究院地理資訊科學研究聯合實驗室繪製的「臺灣南島民族遷移圖」顯示，臺灣南島民族的島內擴散中心在臺南市曾文溪與鹽水溪形塑的沖積平原，從五千年前開始分化，每隔五百年為一階段，分五階段擴散，最後遍及全島。六千年以來到漢人開始移民臺灣的四百年前，臺灣南島民族一直都是臺灣島的主人。蘭嶼的達悟族使用達悟語，語言脈絡屬於南島語系／馬來－玻利尼西亞語族／菲律賓語族／巴丹語群，他們與菲律賓北方海上的巴丹島民有同源關係，歷史上有持續雙向的往來。

（二）排灣族古謠部落頌

臺灣的口述傳統文本包含神話傳說、部落詩頌與民間歌謠等，敘述者有閩粵移民，也有臺灣原住民族。1624 年 8 月荷蘭人入據大員（臺南市安平區沿海地域），為追求貿易上的利益需要大批勞力從事開墾，開始招募農業移民，以船隻運送閩粵沿海的漢人來臺。1662 年 2 月 9 日荷蘭人投降，鄭成功接收熱蘭遮城，為解決軍民糧食問題也徵召大批漢人來臺。臺灣原住民族因為人數眾多的閩粵移民來到臺灣，生存空間被排擠，又復經歷日本帝國與國民黨軍政集團禁制母語的政策，加上缺乏文字書寫系統記錄，部落母語和傳統文化在被殖民過程中逐漸失落。2002 年 3 月，組改與正名的「行政院原住民族委員會」，積極

關注原住民族各項事務；2010 年協助出版了《大武山亙古的文學詩頌》（雙 CD），內容包括排灣族（Paiwan）平和部落與萬安部落的古謠部落頌聲音檔與歌詩（排灣族語／漢語對照）。平和部落（Piuma）與萬安部落（Kazazaljan）自古以來（依據部落傳說至少在五千年以前）即盤踞在屏東縣霧臺鄉的大武山（Kavulungan 標高 3,092 公尺）西北邊二十公里處，平和部落在東萬安部落在西，領地海拔高度 1,000 公尺。

　　「傳統的口傳文學是以詩詠、口誦、吟唱或歌詠的方式傳承。所有的歷史、傳說、倫理制度、禮俗、精神生活、語言和詩詞的口傳設計，是老祖先為了彌補人類先天記憶上的有限因素及時間淡化因素等問題，故將重要熟記的事物或行為藉由口誦吟唱或歌詠方式世代傳承下去。這些智慧屬稀有的珍寶，深信每一篇、每一首、每一句，都蘊藏著動人的史詩和人文。對有心精研排灣族文化的族人或有心更深遠的瞭解排灣文化精粹的研究者來說，是引導走出排灣族模糊圖像的一扇門。歷經百年的滄桑，在時間侵蝕及異質文化的強勢洗禮下，排灣古文明和歷史的容貌，儼然成為人們想像的隔世傳說。探研排灣口傳文學深信有助於更清楚看見歷代祖靈的容顏，更可清晰見到排灣族在歷史長河中，先人點點滴滴留下的人文足跡和生活中的樣貌輪廓。」（拉夫琅斯・卡拉雲漾〈出版序〉《大武山亙古的文學詩頌》）

　　這些部落耆老吟唱的傳承久遠的歌謠，不但音樂旋律震撼靈魂，詩頌的語言古樸詩意盎然，相當具有審美價值。底下簡介三首（華語版）：

〈傳說Lalesai〉　平和部落詩頌

父母說：
我彷彿是神話，
沒有起點，沒有終點。

有誰？願意與我，
共同創造纏綿悱惻的愛情故事，
我日日夜夜的期待著。

我真羨慕神話故事，
可以決定創造自己的命運、
自己的情緣。

想起思慕的人，
更是加增對他的情網。

　　這首詩頌採用對話形式書寫，第一節是父母的言語，形容自己的孩子終身沒有伴侶，虛無飄渺（猶如神話般）過日子。第二節是敘述者獨白，言說對於愛情的渴望。第三節是負心人的調侃言詞，反諷對方可以自由創造自己的命運。第四節敘述者再度闡述對思慕之人的迷戀，猶如「傳說」般的「愛情」再度迴響著餘音。

〈**輕快情詠 Saceqaljan**〉　平和部落詩頌

我的情意如山林中的樹藤，
蔓延、纏繞著整座的檜木林。

願化作天上的雲朵，
隨時投影在妳的懷裡。

當夕陽餘暉時，天邊層層的彩霞都夾帶著，
我最深沉的情意。

　　這首詩頌的形象思維相當生動，第一節情境空間是檜木森林
（情意纏綿到處勾連），第二節情境空間是天上雲朵緊隨著戀人
投影（情意追索永不消歇），第三節情境空間是西天的夕陽彩霞
（情意絢爛層層疊疊）。

〈**山柚之歌 Valjangatju**〉　萬安部落詩頌

真羨慕山柚啊！枯葉凋落後又萌出新芽。
我和面貌出眾女子輪工，當日就輪還回報。

真羨慕 lidjasen 樹落葉過後又恢復翠綠。
和面貌不揚的女子輪工，一年後才輪還回報。

讓我們快樂交往五年吧！
何需五年呢？我們的青春已去啊！

本詩頌透過山柚樹與 lidjasen 樹，凋葉後立即萌發新芽，以自然生態的有序循環對比人類情感的不可捉摸；況且青春一去不復返，戀情飄渺或遲滯皆使人心焦慮。自然與人文的呼應對比與無端起興的敘述模式，多麼類似《詩經》的風詩傳統，但歷史起源可能更加古老。

從以上三首頌詩的文本闡釋，我相信讀者一定能感受到排灣族《大武山亙古的文學詩頌》，不僅僅是臺灣原住民的文化資產，也是臺灣文化的珍貴寶藏，更是人類詩歌文明史上的璀璨珍珠。而且，我對古謠部落頌聲音唱誦部分的文化評價，甚至比文學詩誦的歌詩文字還要更高；尤其在聆聽王族宣示主權的〈比悠瑪部落頌〉、彰顯尊貴身分的〈鞦韆頌〉、闡述傳統規範的〈守貞頌〉等莊嚴肅穆的頌詩吟唱時，讓人精神為之聚斂而神往。聲音旋律之能量不需要經過文字作為中介傳譯，直接撞擊與穿透身心靈全體，人的精神意識跟隨神聖唱誦一圈又一圈迴旋直往天際提昇。這是毫無疑義的古老「頌詩」在人間的顯揚，既莊嚴又神聖。也難怪吟頌的舞者開唱前，須微微舉目朝向天際，向天界神靈及祖靈致敬。由此可見，比、興、風、頌不是《詩經》所專屬，而是人類情感的「原型」；尤其《詩經》的祭典歌舞部分已經完全失落，排灣族的古謠部落頌就更顯珍貴。

臺灣南島民族居住在臺灣這塊土地，有著連綿六千年的歷史，原住民的古謠部落頌，一定曾經傳唱在各部落各族群，起著聯繫族群情感傳續部落文化的任務。我相信既風雅又莊嚴的文化傳統與頌詩精神不會消失，需要有心人士積極採集，以資發揚光大。臺灣原住民族的古謠部落頌是一個獨立的文化區塊，其文化位階崇高，不可與民間歌謠與當代新詩混為一談。

二、「臺灣意識」肇始與「臺灣新詩」創生

　　「臺灣新詩」的誕生由四個歷史條件所促成：一、語言文化層面，1917 年 1 月胡適（1891-1962）發表〈文學改良芻議〉，提倡「白話文學」，1918 年 1 月 15 日《新青年》雜誌刊發三位作者（胡適、沈尹默、劉半農）九首新詩，「新詩」正式登上歷史舞臺。二、社會革新層面，1917 年 2 月陳獨秀（1879-1942）發表〈文學革命論〉，揭舉「國民文學、寫實文學、社會文學」，強調文學具有社會革新與啟蒙民智的作用，激勵作者書寫具有社會革新意識的新文學。三、文學視野層面，歐美文學思潮與各種「自由體」詩文本，藉由日本作家與臺籍作家引入臺灣，革新臺灣作家的詩歌視野。四、民族意識層面，1918 年 11 月第一次世界大戰結束前後，四大帝國（俄羅斯帝國、德意志帝國、奧匈帝國、鄂圖曼帝國）陸續覆滅，1919 年 1 月巴黎和會提倡「民族自決」，全球性民族獨立運動勃興，啟發臺灣人的民族自覺，醞釀「臺灣意識」。

　　1895 年大清帝國拋棄臺灣、澎湖，臺澎陷落為日本殖民地，臺灣人武力反抗未果埋下「臺灣族群」民族自覺的種籽，1895 年 5 月 25 日揭櫫的「臺灣民主國」成為一個具有象徵意義的圖騰。日本殖民地政策下臺灣人淪落為二等公民，「本島人」與「內地人」的差別待遇對比強烈，催生 1921 年「臺灣文化協會」與 1927 年「臺灣民眾黨」等本土性組織成立，臺灣菁英進行全島性串連，透過演講與書寫啟迪民智，「臺灣意識」更進一步得到開拓。

　　1683 年 6 月清廷派施琅攻臺，10 月 8 日鄭克塽投降鄭氏王

朝覆滅，1684 年 5 月清廷於臺灣設一府三縣，正式將臺灣納入版圖。1895 年 4 月 17 日甲午戰爭結束，戰敗國大清國與日本帝國簽署「馬關條約」，清廷把臺灣、澎湖群島永久割讓給日本。1945 年 8 月 15 日，昭和天皇宣佈無條件投降，10 月 25 日日本降方代表在臺北向受降主官陳儀投降，「日治時期」結束，國民黨軍政集團控制臺灣、澎湖。1946 年 10 月 25 日行政長官公署強制臺灣報刊禁用日文，嫻熟日文的臺灣作家陷入發表困境。1947 年發生「二二八事件」，1949 年發生「四六事件」，1949 年 5 月 20 日零時起臺灣全境實施戒嚴。1684 年至 1895 年為「清領時期」，1895 年至 1945 年為「日治時期」。1945 年至 1949 年戒嚴之前，稱名為「戰後初期」。

　　橫跨清領與日治時期的 1873 年至 1935 年間，臺灣已出現因傳道需要而書寫傳播的台語「白話字詩」，1922 年起臺灣人書寫的日文「新詩」正式躍上歷史舞臺，1923 年起漢文（華文）「新詩」也陸續登場。

　　張耀堂（1895-1982，臺北木柵人）就讀於東京高等師範學校，1921 年畢業返臺。1922 年 7 月 1 日出版的《臺灣教育》月刊第二四二期，刊出張耀堂翻譯的新詩兩首，一首是英國女詩人羅賽蒂（C. G. Rossetti 1830-1897）的〈The Rainbow〉（虹），一首是 Free Lance（自由作家）的〈舊き友と新しき友〉（新朋與舊友）。8 月 1 日出版的《臺灣教育》月刊第二四三期，刊出張耀堂創作的日文新詩〈臺灣に居住する人々に〉（致居住在臺灣的人們）。這是目前所見最早的臺籍詩人書寫的臺灣新詩，相關介紹首見於邱各容（1949-）的文章〈被遺忘的一方天地——張耀堂〉（《全國新書資訊月刊》2007 年 10 月號）。

　　1923 年以日文寫作的新詩有兩首，一首是〈詩的模仿〉組

詩，1923 年 5 月 22 日寫作，1924 年 4 月 10 日發表於《臺灣》
雜誌第五年第一號，作者追風（本名謝春木，1902-1969，彰化
芳苑人）。謝春木就讀臺灣總督府國語學校師範部時即參加學生
運動，1921 年留日進入東京高等師範學校就讀，1925 年畢業後
返臺，加入「臺灣文化協會」，擔任《臺灣民報》記者，1927 年
參與「臺灣民眾黨」創建工作。一首是〈鼴鼠〉，詩末註記 1923
年 2 月 18 日脫稿，作者王白淵（1902-1965，彰化二水人）。謝
春木與王白淵同年同月出生於彰化，且為國語學校師範部同學。
王白淵 1922 年到臺中州二水公學校（今彰化縣二水國小）出任
訓導，1923 年獲臺灣總督府推薦，赴日就讀東京美術學校圖畫師
範科，1926 年畢業後赴岩手縣女子師範學校擔任美術教師，1931
年 6 月在日本自費出版日文詩文集《棘の道》（封面圖案是荊棘
纏繞的十字架）。王白淵《棘の道》即請謝春木為之作序。

　　以漢文寫作的新詩乃 1923 年 10 月 13 日寫就，1923 年 12 月
1 日刊載於《臺灣民報》第一卷第十二號的〈送林耕餘君隨江校
長渡南洋〉為始，作者施文杞（彰化鹿港人），1923 年就讀於上
海南方大學，蔡惠如籌組的「上海臺灣青年會」主要成員。但以
詩歌空間構造而言，文本的語言形態與敘述模式近似散文；故我
主張應以施文杞 1923 年 12 月 21 日寫就，1924 年 3 月 11 日發表
於《臺灣民報》第二卷第四號的〈假面具〉為臺灣漢文新詩開端。

　　臺灣新詩基於歷史命運，發源書寫分為漢文與日文兩條路
線。漢文寫作者須面對文言向白話轉變的語言結構調整，日文寫
作者初期要承受以異族語言反抗異族統治的精神自我齟齬，戰後
從日文向華文蛻轉者更飽嘗精神裂隙和語言跨越的雙重挑戰，心
路歷程悲壯。

　　日治時期的臺灣新詩，詩人身處日本帝國強悍擴張的被殖民

環境，文本的批評意識強烈，內蘊深刻的反殖民精神；又從中國與日本導進各種西洋流派詩風及文學理論，對臺灣新詩產生內涵與形式的雙重影響。戰後初期的臺灣新詩，詩人受到獨尊華語與威權體制的雙重圍限，經歷「二二八事件」全臺大屠殺的性命之憂，飽受精神壓抑與心理苦悶，多數臺灣詩人進入寫作沉潛期，但依然有少數詩人默默耕耘。

三、清領與日治時期的臺灣新詩

對日治時期臺灣新文學最早提出觀察與分判的是黃得時（1909-1999，臺北樹林人），葉石濤（1925-2008，臺南人）的臺灣文學史觀點有些繼承自黃得時，羊子喬（本名楊順明，1951-2019，臺南佳里人）〈光復前臺灣新詩論〉也相當具有參考價值。清領與日治時期臺灣新詩的發展，我延續三位臺灣文化先進的脈絡，再加以擴大，依時代環境之變化判分四階段：（一）白話字時期 1873-1935（二）新詩萌芽期 1920-1932（三）文化伸展期 1932-1937（四）戰時內斂期 1937-1945。簡述時代背景與新詩歷史進程：

（一）白話字時期1873-1935

1、台語白話字的源流

2011 年由蔣為文（1971-）擔任總編輯的《台語白話字文學選集》由國立臺灣文學館出版，一套五冊包括：《文化論述 kap 啟蒙》、《台譯文學》、《詩・歌》、《小說・劇本》、《散文》。這套書的資料來源，主要是從 1885 年開始出刊的《臺灣府城教會報》，精選其中白話字文學文本，以白話字原文與漢

羅翻譯對照方式，展現臺灣文學發展史上，長期被忽略的一方寶藏。從何信翰主編的《詩‧歌》選文觀察，總共選出五十八首詩歌，都是有正式出版／發行記錄的文本，發表年代從 1873 年延續到 1935 年（最後兩首是 1965 年和 1983 年，但傳道見證意味太濃故忽略不計）。也就是說，臺灣「台話字詩」的存在早於從日本導入的日治時期「近代詩」，也早於從中國傳入的民國五四時期「新詩」。

　　1842 年 8 月 29 日，清廷與英國訂立《南京條約》，鴉片戰爭結束，英國傳教士因為清廷的開港政策開始前往中國傳教。「當時在廈門地區的基督長老教派傳教士為了對為數眾多的文盲傳遞福音，創造出只用 22 個字母的羅馬拼音字，這個方便學習、字句平易的文字系統被稱作『白話字』，用以區分文言書面語的『孔子字』。19 世紀中葉以後，往返於廈門與臺灣的英國長老教會傳教士將『白話字』帶進臺灣，除了引進新式的印刷機，他們更在 1885 年創設後來俗稱《教會公報》的臺灣第一份報紙《臺灣府城教會報》。」（陳淑容《「曙光」初現——臺灣新文學的萌芽時期（1920-1930）》）白話字的應用起先是要幫助傳教士學習廈門話，後來傳教士為了讓信徒自己閱讀《聖經》，就用白話字開始翻譯《聖經》各章節，1850 年廈門的教會學校開始傳授羅馬拼音的白話字。1873 年，由臺灣第一個醫療宣教士：馬雅各醫生（Dr. James Laidlaw Maxwell，1836-1921）翻譯的第一本白話字《新約聖經》出版，開始在臺灣教會中流傳。

　　巴克禮（Thomas Barclay，1849-1935）出生於英國蘇格蘭，1872 年畢業於蘇格蘭自由教會神學院，1874 年抵達廈門學習廈門話，1875 年 6 月在臺灣打狗（高雄）登陸。「1880 年英國（長老教會）母會捐贈臺灣一架羅馬字印刷機，而 1881 年巴牧師回

國休假時，特地學習檢字和排版方法，以便回到臺灣後得以應用。1884 年回臺時，便立即設法裝配印刷機並開始印刷，是為臺灣印刷業的開端。」（呂美親〈數位典藏天書 e 化：台語白話字文獻數位典藏〉）1885 年 7 月，巴克禮牧師創辦的刊載白話字文本的《臺灣府城教會報》第一期出版，1932 年 5 月改稱《臺灣教會公報》。1969 年 3 月《臺灣教會公報》因官方強力推行國語政策禁止教會使用白話字，自一〇五一期起改以華文印行，白話字《臺灣教會公報》畫下句點，但華文版持續出刊未曾中斷。

　　「白話字」又稱「教會羅馬字」，是為了文化啟蒙與宗教教育需要而創造的文字系統，對廣大教會群眾的知識普及影響深遠。因教化大眾的傳道需要因應而生的「白話字詩」，以宣傳上帝大愛為主要內容，但因為詩歌語言形式簡約、想像空間引人遐思，也創生出詩意盎然的文本，理應加以珍惜廣為流傳。

2、「白話字詩」文本簡介

　　由於白話字（全羅拼音字）與漢羅（漢字羅馬字合用），一般讀者難以順利閱讀，底下簡介的兩首詩，第一首是完全遵照白話字對照音譯的漢羅版本，第二首是採用意譯方式的全漢字版本。

　　　〈人活無久 Lâng oah bô kú〉節選　　無落名，1873，《養心神詩》第40首

　　　2
　　　老人衰 lám，氣欲斷，
　　　過往時刻 oh 拍算，　　　（過往：過世，oh 拍算：難預測）

親像鳥隻緊緊飛，
溪水流落直直過。

3

少年勇健，無疑誤，
較早老人會歸土，   （較早：提早）
譬喻雲霧罩大山，
遇見日出忽然散。

6

人客一暝歇客館，
天光起身無延緩，
咱tiàm世間若出外，
向望天頂永遠tòa。   （tòa：晴朗）

這首詩的原始文本，取材自巴克禮1873年編輯的以白話字呈現的《養心神詩》（共五十九首）。當時長老教會同時在廈門與臺南兩地傳教，巴克禮將廈門傳教使用的廈門話全漢字《養心神詩》，翻譯成台語白話字以適應臺南地區教友的需要。《養心神詩》雖然不是臺灣教友原創，但此白話字詩輯在臺灣的教會流傳廣泛影響深遠，和臺灣還是有在場關聯。

〈人活無久〉是《養心神詩》第四十首，共六段，每段四行，白話字詩原文採用七字調形式，韻式AABB（押尾韻）。巴克禮是英國蘇格蘭人，故韻律採用英詩規範（其他詩篇也有採用ABBA、ABAB）。六段詩的詩意各自獨立，集合起來又形成廣闊的詩意迴響。上引其中三段，後兩行都運用動態化意象；第六

段以祈使句結尾形成反諷，與第1段的悔改「死後 ài 改無機會」、
第四段的得救「靈魂 kám 會得著救」相互呼應，相當精彩。

〈空空Khang-khang〉　　無落名，1909.10，《台南教會
報》第295卷

設使有人一心需索錢財，
卻倚靠那些敗壞社會的事業，
這是空空。

設使有人為了獲得尊重，
卻用盡辦法去圖謀更高職位，
這是空空。

設使有人為了滿足個人私慾，
卻專做那些會陷害大眾的事情，
這是空空。

設使有人為了要長命百歲，
卻虛度光陰沒有盡力做好自己的工作，
這是空空。

設使有人只在乎當下的事情，
卻不關注未來的願景，
這是空空。

設使有人只渴求快活的時光，

卻不追尋永福的境界，

這是空空。

　　〈空空〉1909年出現於《台南教會報》第二九五卷，是臺灣人所寫的白話字詩，採用自由體格式，三行詩6節，前兩行長短調，第三行同句反覆帶有叮嚀意味。「這是空空」，很明顯的台語句式，加上字音數縮短，以肯定句的強勁節奏傳達意念。

　　白話字詩雖然在臺灣誕生與流傳，但基於三個因素：一、白話字詩的書寫是基於宗教因素而非文學因素而創生，雖然它具有文學文本的具體內涵。二、白話字詩雖然是以分行形態書寫符合詩歌規範，但書寫者是基於服務「宗教意念」而非經由「詩的經驗」之審美體驗而書寫。三、白話字詩是特定時期、特定場域具有特定目標的文化案例，與「臺灣新詩」之生成發展未曾產生對話與連結。因此之故，我將白話字時期（1873-1935）的白話字詩視為臺灣新詩的特殊伏流，屬於歷史脈絡序奏而非「臺灣新詩」歷史運轉的開端。

（二）新詩萌芽期1920-1932

1、《臺灣青年》雜誌創刊

　　臺灣的新詩萌芽期從1920年至1932年，即《臺灣青年》創刊至《臺灣新民報》改為日報發行為止。1920年1月11日東京的臺灣留學生成立「新民會」，是臺灣第一個有組織、有目的、有行動綱領的政治團體；會長林獻堂（1881-1956，臺中霧峰人），副會長蔡惠如（1881-1929，臺中清水人），幹事黃呈聰、蔡式穀。蔡惠如捐出一千五百圓做為創辦雜誌經費，林呈祿又向當時島內

臺灣富商募款，募得辜顯榮三千圓、林獻堂一千圓、林熊徵一千圓、顏雲年一千圓等，設立「臺灣青年雜誌社」。1920 年 7 月 16 日《臺灣青年》雜誌創刊，日文、漢文合刊在東京出版，創刊號提及三大目標：「民族自決的尊重，男女同權的實現，勞資協調的運動」，意欲啟迪臺灣民智，扭轉社會風氣。

2、提倡白話文，創辦新文學刊物

　　1920 年 7 月《臺灣青年》創刊號刊登了留日臺籍青年陳炘（1893-1947，臺中大甲人）的〈文學與職務〉一文，主張文學的任務在於傳播文明思想，負有改造社會的使命，「今日之形勢，當使文學自覺，勵行其職務，以打破陋習，擊醒惰眠，而就今日之文明思想，以為百般革新之先導為急務也。」這篇文章以文言文書寫尚嫌保守。1921 年 10 月「臺灣文化協會」成立於臺北，以「助長臺灣文化為目的」，暗中批判殖民體制，爭取臺灣人權益；林獻堂為總理，蔣渭水、連溫卿、陳逢源、賴和等人為理事，林幼春、林茂生等人為評議員。1922 年 4 月 1 日，《臺灣青年》成為「臺灣文化協會」機關刊物，更名為《臺灣》，在島內普遍發行。1923 年 1 月刊登黃呈聰（1886-1963，彰化線西人）的〈論普及白話文的新使命〉與黃朝琴（1897-1972，臺南鹽水人）的〈漢文改革論〉，兩篇文章的核心論述是提倡白話文，呼應胡適白話文學的主張。

　　「回想我們臺灣的文化，現在猶停滯沒有活動，也沒有進步的現象，原因在那兒呢？因是我們的社會上沒有一種通俗的文字，使民眾容易看書、看報、寫信、著書等，所以不曉得世界的進步情形和社會的黑暗面，民眾易成愚昧，這就是社會不能進步的原因。所以我們感覺得要普及這種文字，使我們的同胞個個都

能看得懂，他們的智識才會增加，社會方能進步。」（黃呈聰〈論普及白話文的新使命〉）

　　1923 年 4 月 15 日《臺灣》增刊全漢文的《臺灣民報》半月刊（10 月改成旬刊），目的是「用平易的漢文，或是通俗白話，介紹世界的事情⋯⋯與本誌（即《臺灣》）並行，啟發臺灣的文化。」（〈增刊預告〉）。該刊全部登載白話文，且設有「文藝」專欄，成為發表臺灣新文學作品的重要基地。1924 年 5 月《臺灣》停刊專注辦理《臺灣民報》，6 月《臺灣民報》改版為週刊。1927 年 8 月 1 日《臺灣民報》獲准遷臺發行。

　　這一時期的《臺灣民報》轉載不少民國五四時期新文學家的作品，如胡適、魯迅、冰心、郭沫若、徐志摩、郁達夫等，也刊登不少歐美浪漫主義與寫實主義文學的翻譯作品，作家有：雪萊、都德、莫泊桑、法郎士、霍桑、泰戈爾、傑克‧倫敦等，對臺灣文壇都有激勵作用。1925 年 4 月 1 日起，蔡孝乾（1906-1982，彰化花壇人）發表《中國新文學概觀》，介紹發端於北平的文學革命與新詩運動的理論與創作（《臺灣民報》三卷十二號至十七號）。1925 年 10 月 4 日《臺灣民報》以〈詩學流行的價值如何〉為社論，主張身為文人應表達臺灣的地方色彩，建設臺灣新文學。

　　1924 年 5 月，曾任《臺灣日日新報》與《南日本新報》記者，也是出版機構「民眾公論社」主編的林進發（1903- ？，臺北大稻埕人），於艋舺堀江町創刊日文《文藝》雜誌（赤陽社發行，一期）。刊物封面題字：「勿驚乎宇宙廣袤，悲兮人類渺小」。1925 年 3 月，甫從臺北第一中學畢業的楊雲萍（本名楊友濂，1906-2000，臺北士林人）和好友江夢筆（1901-1929，臺北人）共同創刊白話文文學雜誌《人人》（二期，3 月、12 月），主編楊雲萍。江夢筆在〈創刊詞〉中言：「要發揮文藝的價值，

行文藝的使命，所以卷號題作人人，薄有理惑之文藝的意義存在
其間。」張我軍新詩〈亂都之戀〉即刊載於第二期。這兩份雜誌
是日治時期臺灣人最早創辦的新文學刊物。

3、「臺灣新詩」萌芽期的文學環境

　　日治時期發行量最大的官方報紙是《臺灣日日新報》，1898
年合併《臺灣新報》與《臺灣日報》而成立，兼容漢文版與日文
版。漢文版創刊之初即設立文藝欄，刊登小說、雜文與詩詞。
1922 年起日文版也開始設立全版篇幅的文藝欄，刊登口語自由
詩、俳句、小說，也介紹各種文藝思潮。

　　臺南地區的《臺南新報》，1903 年由《臺澎日報》改名而來，
1930 年至 1932 年間設有「海外文藝 news 欄」，廣泛介紹海外
思潮。台中地區的《臺灣新聞》，1907 年由《中部臺灣日報》易
名而來，相當重視文藝欄，除了每週三、五固定出刊，還新增「月
曜文壇」（星期一文壇）長期徵稿。

　　1924 年 10 月起張我軍（本名張清榮，1902-1955，臺北板橋
人）擔任《臺灣民報》編輯，大力鼓吹白話新文學。1926 下半年
起賴和應聘主持《臺灣民報》「學藝欄」，勇於提攜青年作家。
1930 年 3 月 22 日《臺灣民報》改名《臺灣新民報》（週刊），
8 月 2 日「曙光」新詩欄創刊，主編賴和（本名賴癸河，一名賴
河，1894-1943，彰化人）、陳虛谷（本名陳盈滿，號虛谷，1896-
1965，彰化人），至 1932 年 4 月 2 日持續發行八十七期，成為激
勵臺灣新詩寫作最重要的舞臺，總計約四十名作者，發表一百四
十餘首新詩。

　　臺灣教育會 1901 年 7 月創刊《臺灣教育會雜誌》，1912 年
1 月更名為《臺灣教育》月刊，發行至 1942 年，為一本綜合性刊

物。張耀堂在該雜誌上發表的文本，包括：詩、散文、小說、雜文、文學史，也涉及短歌、小說、童話之論述，1927 年 11 月發表〈新詩的發芽及其發育〉，介紹 1895-1926 年日本「近代詩」之沿革。

　　1926 年至 1930 年間日本在臺作家創辦的日文詩誌有：西川滿主編《扒龍船》（1926 年 8 月創刊，二期）、保坂瀧雄主編《詩火線》（1927 年 3 月創刊，一期）、草葉竹比古主編《日時圭》（1928 年 3 月，一期）、藤原泉三郎主編《無軌道時代》（1929 年 2 月創刊，三期）、保坂瀧雄主編《風景》、中山侑主編《水晶宮》（1930 年 1 月創刊）。除了上述報章、雜誌、詩刊之外，還有無數的文藝團體與附屬刊物，他們共同形塑的文學環境，即催生「臺灣新詩」萌芽成長的溫床。

4、臺灣早期新詩的日本化、中國化與臺灣化

（1）日本化的臺灣新詩

　　張耀堂出身望族，其父張德明在清代為拳山堡內湖庄地方總理，在木柵聞人張達斌麾下任參謀長，日治時期曾任臺灣總督府民政局通譯、臺北州議會員、木柵區長、深坑庄長。張耀堂先後畢業於木柵公學校、臺灣總督府國語學校師範部（臺北師範學校前身）、東京高等師範學校（筑波大學前身）。1921 年畢業後返臺，先後任職於臺北工業學校（現今臺北科技大學），臺北第二師範學校（現今臺北教育大學），1945 年 12 月，轉任戰後建國中學首任校長，翌年 7 月卸職。「張耀堂以一個被殖民的臺灣人身分，能夠側身於教師幾乎全是日本人的師範學校擔任國語（日語）教諭，若非有相當能耐，實不足以為之。他的文采表現於詩作、譯作、散文，以及關於兒童文學（童話）、小說、新詩、短詩、俳句、文學史等的論述，範圍既深且廣，是位全能型的教師

作家。」（邱各容〈被遺忘的一方天地——張耀堂〉）。

　　張耀堂在日本求學時期結交不少日本友人，其中包括著名詩人生田春月（1892-1930），1921 年返臺從事教育工作，教學之餘勤快寫作。1921 年 2 月 13 日《臺灣日日新報》發表一篇介紹張耀堂的文章〈兩耀之同化一致〉：「耀堂為深坑庄長張德銘之子，現在東京高師文科第二部，……短歌私淑晶子女史。長詩私淑春月氏。散文私淑蘆花氏。曩者雖曾以『理想之女』當選於懸賞小說。目下更草『識よ者女性同權を叫へ』之論文。可謂之新人也。」這篇文章的重心並不是誇耀張耀堂的才華，而是讚美出生於殖民地臺灣的學子張耀堂同化於日本文化很成功，題意如此。

　　張耀堂回臺後隔年起，接續寫作／發表了日文詩六首：〈臺灣に居住する人々に〉（致居住在臺灣的人們）、〈青年愛のシンボル春月〉（青年愛的象徵春月）、〈Poem〉（詩）、〈早春の言葉〉（初春的話）、〈新學期の心もち〉（新學期的心情）、〈春よさよなら〉（春唁，再會）。發表時間：1922 年 8 月 1 日至 1923 年 7 月 1 日。第一首與第二首流露出日本與臺灣兩地牽連之情，前者凸顯張耀堂教育臺灣學子的教師使命感：

　　　〈致居住在臺灣的人們〉　　張耀堂，1922，張詩勤譯

　　　（她——臺灣是天賜的豐饒之地、我們平時所居住的地方。居住在臺灣的人們：這裡是指國語使用者（教育令第二條）和非國語使用者（教育令第三條）的總稱。詩中的島上之人也是指這個意思。我們一直以來就愛她的，不過，雖嫌多餘我還是試著敘述了她的可愛之處。但是，因為我是一個青年教育者，還是會懷疑自己所說的會不會不

脫青年人的乳臭未乾呢。讀者唷，還請海涵！）

美麗的南島唷
聳立著名玉山的高砂島唷
你的北邊是溫帶
而南邊是熱帶
在那裡，全都是
薰香濃郁的花卉在笑著
在那裡，全都是
甜味絕佳的樹果結實纍纍
米、鹽、茶、金子等等，你
毫不吝惜地給與島上的人
啊，別去說彼此的不是
教導她吧──
　　　在神的威名之下
喔，親愛的島上人們唷

　　詩前序文提到的「國語使用者」指涉在臺日本人，「非國語
使用者」指涉本地臺灣人。而作為教師的使命就是教導「島上的
人們」「別去說彼此的不是」，且能共同遵命於「神的威名」，
這裡的「神」顯然是指稱日本天神。張耀堂作為同化於日本的本
島詩人，一出手就相當稱職。正因此，序文中的「我們一直以來
就愛她」，這份「愛」，不是基於土地倫理關懷的人性之愛，而
是自日本國／日本文化／日本語循序而下的日本國族對殖民地族
人之愛。張耀堂的日本人身分認同相當徹底，雖然他是道道地地
的臺灣菁英。正因為他出身於地方望族又是文化菁英，張耀堂的

認同與選擇合乎常理，因為這才是一條能夠一展長才的康莊大道。他的父親在清領時期與日治時期皆為地方首長，張耀堂日治時期在幾乎全是日本人的師範體系擔任教授職，在國民黨軍政集團執政時期擔任建中校長、臺灣省行政長官公署參議、臺灣省政府參議、臺灣工業研究所課長等職。這就是殖民地臺灣經常上演的生存喜劇，如得其情哀矜而勿喜，被剝削、被霸凌、被密裁、被屠殺的更廣大的另一群是搬不上檯面的。

張耀堂的第二首詩也很有意思，敘述作者與生田春月的舊日情誼。〈青年愛的象徵春月〉全詩十二節，下引三至七節：

〈**青年愛的象徵春月**〉節選　張耀堂，1922，張詩勤譯

美麗的南島唷，您還記得我吧
縱使經過數年，現在還會夢見
學生時志得意滿地走在東京市中的事
就來說說堆積如山的見聞其中之一吧——

是牛込天神町的銀行裡的故事
在那裡住著詩人春月
拜訪時正值我返鄉的半年前
銀行與詩人，兩個名詞是可笑的對比

有一次我收到原稿其中一截的評價：
『尼采的鼻子確實是在卓別林君之上
鼻君為了成就冒險特技而與空氣絕交
於是，尼采就成了天國的哲學教授

人們不是每天都在呼吸空氣嗎
然後，愛就是空氣那樣的東西』
他沉默地給予苦笑
他的賢內助也微笑著

有一天我說了這樣的事：
『雖然我們互相來往，但是當我們開始
切實地進行各自的主義時，還是發展出了
各自的特色』

　　要理解這首詩需要透過兩個前文，一個是尼采（Nietzsche，1844-1900）的名言：「唯我發現了真理，因為我首先感覺到——聞到——謊言之為謊言……我的天才在我的鼻子上。」（尼采《瞧！這個人》）一個是張耀堂性格上的自負，「他雖然職業是教師，卻也會作詩、寫小說，在本島人青年中是相當少見的類型。他曾經投稿《大阪朝日》還是《大阪每日》的小說獎，結果得到第二名，這件事讓他發揮了他一流的狂氣、憤慨地說：『我的小說得到第二名可真奇怪，少說也應該得個第一名才是。』」（林進發《臺灣人物評》，1929 年）

　　尼采基於獨立思考的文化批判與反基督宗教立場，不見容於時代；又因極度真誠於人性情感，不忍於馬匹被主人鞭笞而陷入精神迷狂境地。第五節的引言是春月對張耀堂文稿的評價，將尼采的鼻子套在卓別林的鼻子上，就是春月對張耀堂文稿（鼻君）的批評，此一鼻君為了「成就冒險特技」（運用文學技巧），「而與空氣絕交」（無視於社會實情）。第六節引言是春月對張耀堂

文稿的諷刺，此一言說：「愛就是空氣那樣的東西」，正好顯現張耀堂果然無知於社會實情（春月將此一觀察與判斷以「鼻君」形象反諷），故只能「沉默地給予苦笑」。

生田春月成名甚早，1917 年出版第一本詩集後幾乎每年皆有著作問世，也翻譯出版了屠格涅夫散文詩、小說與海涅詩集等。生田春月在日本詩壇是一個獨行者，張耀堂〈新詩的發芽及其發育〉一文，即指稱生田春月是一個「無所屬者」。1910 年《日韓合併條約》簽訂，日本吞併朝鮮半島，1920 年代日本開始急遽向外擴張，意圖染指中國東北諸省。1922 年日本共產黨祕密成立，鼓吹勞工運動與農民運動，1928 年「三一五事件」、1929 年「四一六事件」，日共遭遇大規模掃蕩。生田春月身處於動盪不安的時代，思想傾向逐漸受到尼采影響，且求道於禪（戒名澹雲院孤峰春月居士），1930 年 5 月在乘坐的船輪上投身瀨戶內海自盡。

春月與張耀堂之間的關係亦師亦友，但奉行的主義與性格行事截然兩樣。春月對於「銀行與詩人」這兩個符號意涵的「可笑的對比」了然於心，也對日本瘋狂對外擴張的國家政策難以認同，否則不會走向虛無主義的道途；張耀堂以被殖民地人民的身分，卻能先後優游於兩大強權治下而毫無窒礙。兩相對比之下，生田春月顯然更有資格贏得「詩人」之名。1935 年張耀堂自己編著的《新選臺灣語教科書》（上下冊），選擇在日本始政四十週年紀念「臺灣博覽會」第一天正式出版，並在〈例言〉中自陳：「本書花費數年的研究苦心，目的在配合始政四十週年紀念出版。」因此之故，我將張耀堂歸類為日本化的臺灣詩人，他創作的新詩為日本化的臺灣新詩。

（2）中國化的臺灣新詩

　　張我軍 1915 年由板橋公學校畢業，隨前清秀才趙一山學詩，
1921 年赴廈門同文書院學習，1926 年考進北京私立中國大學國
學系，1927 年轉入北京師範大學國文系，1929 年畢業。1924 年
4 月 21 日在《臺灣民報》發表〈致臺灣青年的一封信〉，「諸君
怎的不讀些有用的書，來實際應用於社會，而每日只知道做些似
是而非的詩，來做詩韻合解的奴隸，或講什麼八股文章替先人保
存臭味。」1924 年 11 月 21 日在《臺灣民報》發表〈糟糕的臺灣
文學界〉，「臺灣的一班文士都戀著壟中的骷髏，情願做個守墓
之犬，在那裡守著幾百年前的古典主義之墓。」批評舊詩壇「擊
缽吟」了無生氣，戕害臺灣文學生機，掀起一波新舊文學論爭。

　　黃得時〈臺灣文學史序說〉這麼提起：「歷代總督和民政長
官把漢詩用於治臺的一方策，因而漢詩文也就愈漸隆興。然而此
傾向使得詩忘卻了本來使命，招致徒然以雕琢為專事的結果，這
就表現在詩社或吟社的結成，幾成詠物詩為主的擊缽吟體的出
現。擊缽吟為詩的墮落，然而全島青年滔滔地迎合，在大正十四、
五年（1925-1926 年）間，全島詩社逾數百，到了每年舉行全島
大會的盛況。」（葉石濤譯）上述言論確實反映了當時傳統詩社
的八股作風。但並非所有臺灣漢詩人書寫的古典詩都是了無生氣
的詠物詩，從林幼春、林獻堂、蔡惠如、賴和、林秋梧等人的古
典詩，都能見到以詩言志的鏗鏘之聲。積極參與臺灣民族運動的
革命僧林秋梧（1903-1934，臺南人）書寫的古典漢詩：「菩提
一念證三千，省識時潮最上禪。體解如來無畏法，願同弱少鬥強
權。」（〈贈青年僧伽〉，1929）、「出家何必入山中，今古時
潮盡不同。悟到娑婆即淨土，降魔伏怪樂無窮。」（〈偶感寄獅

山妙宏大師原韻〉，1929），即為時代留下光明磊落之聲。

張我軍抒情詩集《亂都之戀》，含序詩共計五十六首，創作時間為 1924 年 3 月迄 1925 年 3 月，1926 年 1 月在臺灣出版，由《臺灣民報》各地批發處代售。本書以當時軍閥混戰、人心惶惶的北平「亂都」為背景，記錄張我軍的情感經歷與社會觀察，表達人的自由意志，修辭講究情感強烈，為臺灣新文學運動以來的第一本白話文新詩集。

　　〈弱者的哀鳴〉　　張我軍，1925

　　　　樹枝上的黃鶯兒呵，
　　　　唱罷！儘量地唱你們的曲！
　　　　趁那隆冬的嚴威
　　　　還未凍結你們的舌，壅塞你們的嘴。
　　　　唱呀！唱呀！唱破你們的聲帶，
　　　　吐盡你們的積憤。

　　　　青空中的白雲呵，
　　　　飛罷！儘量地飛向你們的前程！
　　　　趁那惡熱的毒氣
　　　　還未凝壅你們的去路。
　　　　飛呀！飛呀！無論東西，無論南北，
　　　　任意飛向你們的前程。

　　本詩發表於 1925 年 7 月 19 日《臺灣民報》，六行詩 2 節，第 1 節與第 2 節採取幾乎一致的句型結構，塑造韻律反覆之感；

深究其內容與形式接近於宣導與口號，但以講究的文藝語言加以包裝。

《亂都之戀》還有另一種帶有浪漫主義風格的詩篇，文字較為清新：「三／呵！呵！呵！這時候，／怕她也被這如針刺的雨聲／叫醒過來了！／雨呀！快點兒歇息罷！／莫要把她的柔腸刺斷呀！／／四／雨是已歇了。／太陽似乎怕什麼，／羞羞澀澀地不敢露面，／雲縫裡，／偶爾射出來的一片微光，／強調了我無限的希望。」（張我軍〈無情的雨〉節選，1924），「四／火車縱無情，／火車縱萬能，／也載不了我的靈魂兒回去，／我已盡把他寄在這裡了。／／五／唉！昨日在先農壇的樹蔭下／話別的一對少年男女，／今朝一個在家中歎息，／一個在鏖鏖地響著的車中含淚！」（張我軍〈亂都之戀〉節選，1925）。來自海外的抒情性聲音，雖然暫時掃開了時代的暗鬱氛圍，卻無以改變日本帝國殖民統治下臺灣文學的悲情底色。

張我軍〈新文學運動的意義〉發表於 1925 年 8 月 26 日《臺灣民報》。他首先引用胡適白話文學的主張：「自從三百篇到於今，中國的文學凡是有一些價值、有一些兒生命的，都是白話的，或是近於白話的。其餘的都是沒有生氣的古董，都是博物院中的陳列品！」接著說起：「臺灣話有文學的價值沒有？臺灣話合理不合理？」實在，我們日常所用的話，十分差不多占九分沒相當的文字。那是因為我們的話是土話，是沒有文字的下級話，是大多數占了不合理的話啦。所以沒有文學的價值，已是無可疑的了。所以我們的新文學運動有帶著改造臺灣言語的使命。我們欲把我們的土語改成合乎文字的合理的語言。我們欲依傍中國的國語來改造臺灣的土語。換句話說，我們欲把臺灣人的話統一於中國語。」

顯而易見，張我軍理想中的「臺灣新詩」是以北京話文書寫的中國化臺灣新詩，甚至只是胡適倡導之下的「白話新詩」，呈現否定絕大多數古典文學價值，重視溝通與傳播功能的實用主義文學觀，也無視北京話與臺灣話的語言重大差異。張我軍在否定「擊缽吟」的八股文學時，不自覺地掉落另一個狹隘的文學框限。《亂都之戀》的語言美學淵源於北京話文，內蘊雅言修辭特徵，與臺灣人樸質的日常話語格格不入。也因為這種語言文化差異，《亂都之戀》的詩歌風格對臺灣早期新詩的影響微乎其微，無論對日治時期詩人或跨越語言的一代詩人，在語言美學上都沒有發生典範作用；但就鼓勵文學書寫面向現實的時代潮流而言，還是有推波助瀾之功。

（3）臺灣化的臺灣新詩

　　謝春木 1921 年參加林獻堂、蔣渭水等人發起的「臺灣文化協會」，1925 年畢業於東京高等師範學校。10 月臺灣發生「二林事件」，彰化二林蔗農與製糖會社爆發衝突（起因於收購價格長期不合理），謝春木特地返臺伸援蔗農的抗爭。1927 年 7 月 10 日蔣渭水、洪元煌、黃旺成、黃周、彭華英、陳逢源等人共創臺灣第一個合法政黨「臺灣民眾黨」，以「實現政治的、經濟的、社會的自由」為三大目標，謝春木擔任中央常務委員、勞農委員會主席。謝春木曾任《臺灣民報》記者，也擔任過過左傾色彩濃厚的《洪水報》編輯，是積極關注臺灣現實發展的文化人。日文小說〈她要往何處去？──給苦惱的年輕姊妹〉，描寫臺灣留日學生的婚姻問題，也涉及臺灣婦女所受到的封建桎梏，啟蒙色彩濃厚，是臺灣早期白話小說的重要作品，以筆名追風發表於 1922 年 7 月《臺灣》雜誌（分三期連載）。日文新詩〈詩の真似する〉

（詩的模仿）1923年在日本東京寫就，1924年4月發表於《臺灣》雜誌，由〈讚美番王〉、〈煤炭頌〉、〈戀愛將茁壯〉、〈花開之前〉組構而成，風格剛健意象凝聚：

〈詩的模仿〉組詩　　追風，1923，月中泉譯

〈讚美番王〉
我讚美你／你以你的手，你的力量／建立你的王國／贏得你的愛人／你不剽竊人家功勞／我讚美你／你不虛偽，不掩飾／望你所望的／愛你所愛的／你不擺架子

〈煤炭頌〉
在深山深藏／在地中地久／給地熱熬了數萬年／你的身體黝黑／由黑而冷／轉紅就熱了／燃燒了熔化白金／你無意留下什麼

〈戀愛將茁壯〉
談不上美麗可愛／跟妳今天約會，明天也約會／後天又要幽會吧／今天給妳感動一項／明天又要給妳迷上一項／不長的紅頭髮／不大的眼睛／如今變成不見面的嘆息之源／嫻淑的步履／高雅的微笑／都在渾然中成為航海的燈光／戀愛是茁壯的

〈花開之前〉
亭亭玉立／菖蒲之纖細條莖／年輕蓓蕾／飽涵著思惟／難挨的梅雨季／快要天晴了吧／那麼，我們都／索性微笑吧

前兩首充滿陽剛之氣，語言質樸，情感健壯。生番、熟番為早期對臺灣原住民族的慣常稱呼，「番王」即為臺灣原住民部落首領，〈讚美番王〉表達對臺灣原住民族的禮讚與敬重，隱含族群平等共生共榮的觀念。〈煤炭頌〉具有象徵意涵，將燃燒自己奉獻社會的精神期許，以形象思維的手法烘托。〈戀愛將茁壯〉不是一首個人的私密抒情，而是對「愛情」的歌詠，將愛提升到指引人生航程的高度。〈花開之前〉也帶有象徵意涵，「難挨的梅雨季」是典型的臺灣氣候，象徵日治時期苦悶的時代環境，「快要天晴了吧」，轉喻臺灣人渴望擺脫殖民統治的冀盼，「索性微笑吧」，映現臺灣人對獨立自由的永恆渴望。整體組詩情思交織，創生出氣象寬廣心胸開闊的詩歌空間。

為什麼標題「詩的模仿」？有兩層意思，第一層，〈詩的模仿〉是臺版的《嘗試集》，是有意識地進行「新詩」的嘗試，呼應胡適 1920 年出版於北平的第一本白話新詩集《嘗試集》。第二層，1923 年臺灣處於被殖民位置，還未成為獨立自主的國度，「詩」仍舊可望而不可及；「詩的模仿」意味著對於獨立自由的渴望，故曰：「快要天晴了吧／那麼，我們都／索性微笑吧」，內蘊自我期許之義。

王白淵 1923 年赴日本留學，1926 年畢業於日本東京美術學校（東京藝術大學前身），年底透過日本同學推薦，前往岩手縣盛岡女子師範學院擔任美術教員。1931 年 6 月自費出版日文詩集《棘の道》。王白淵的一生充滿現實與理想的掙扎，詩篇流露被殖民者在黑暗中求索光明的渴望；卑微的臺灣人民猶如地底下的鼴鼠，彎曲爬行的生活困頓感流露在字裡行間。〈もぐら〉（鼴鼠）脫稿於 1923 年 2 月 18 日臺灣彰化：

〈鼴鼠〉　　王白淵，1923，陳千武譯

蠢動著挖土的鼴鼠
你的路很暗又彎曲
但你在地下構築的天國令人懷念
鼴鼠啊　你是幸運者
沒有地上的虛偽也沒有生的倦怠
為了看著無限的光亮而瞇著眼睛
為了達到希望的花圃你的路很暗
笨拙的手也很能勞動
漆黑的衣服十分暖和
有孩子也有情人
在黑暗的角落盡情讓愛的花盛開
地上的雙腳動物討厭你又虐待你
鼴鼠啊　笑著推開吧
在這麼廣闊的世界　不能說
沒有讚美你的人
絲毫不疑惑神之國而從早到晚
向著光亮而走的黑暗通道的你
可恨又可愛的
鼴鼠啊　你的孩子吱吱地哭叫著
快餵奶吧

　　施文杞的〈假面具〉為臺灣漢文新詩開端，批評意識強烈，內蘊深刻的反殖民精神；核心意象為「假面具」，藉以揭穿臺灣人逐漸麻木的被殖民真相。全詩鋪陳哥哥、弟弟兩個角色的演劇，

推導出穿戴假面具的人性弱點，諷刺社會普遍的虛偽現象，哀嘆民眾委屈奴化之可悲可歎：

〈假面具〉　施文杞，1923

一
哥哥戴著假面具，
跪到我面前，
我見著一笑。

二
哥哥！
你為什麼要戴假面具？
快些脫起來罷！
使人們得見你的
「廬山真面目」。

三
假面具呀！
可惡的假面具呀！
你少些供人戴罷！
戴著善惡使人不曉，
人家於是利用你多少。

　　1924 年 8 月楊雲萍在《臺灣民報》上發表〈這是什麼聲〉，以激情的語調追索人道主義精神：「唉！這是什麼聲？唉！這

是什麼聲？／矛盾！變則！虛偽！醜惡！和膏汗！血淚！所釀成的這是什麼聲？／這樣和平！自由！平等！光明的月下何以有這聲？／唉！我的腦袋已將要破裂了！／那洋式樓臺下賣粿小兒的『粿呀，粿呀』好可憐的聲，和著那樓臺中喝唱歌舞的聲合奏！……」（楊雲萍〈這是什麼聲〉節選），貧兒街頭賣粿與官商酒樓歡歌的強烈對比，呈現當時臺灣社會的真實樣貌。此時日本財閥壟斷臺灣經濟大量併吞農地，臺灣農村面臨逐漸瓦解的悲慘境遇，進而催生「農民組合」、「臺灣工友總聯盟」等團體成立，為農民與勞工的權益進行抗爭。這是日治時期不少臺灣作家，文本內涵包容社會主義思想的時代背景。

由於日治時期殖民統治者對本地群族的壓迫，臺灣早期新詩普遍蘊蓄反抗精神。1926 年 12 月「新竹青年會」借《臺灣民報》向島內徵選白話詩，第一名作品〈誤認〉（作者：崇五，新竹人），反諷隱匿於詩行間，詩質頗為純粹，語言老練：

〈誤認〉　崇五，1926

公園裏的躑躅花，
　　不論看了誰都是笑。
狂蝶兒誤認了，
——誤認做對他有深長的意思。
每日裡只在她的頭上飛繞，
　　躑躅花更是笑，
狂蝶兒呵！我說給你聽吧——
　　她的笑是冷笑——嘲笑。

楊華（原名楊顯達，1906-1936），出生於臺北，1916年遷居屏東，曾加入屏東傳統詩社「礪社」，以教授漢文為業。1926年楊華加入「臺灣黑色青年聯盟」，這個組織由日籍無政府主義者小澤一所推動，結合臺北與彰化的青年周和成、王詩琅、王萬得、黃白成枝等人，1926年11月27日成立於臺北。12月小澤一促成東京無政府主義宣傳刊物《Sabbath Land》（和平島）在臺復刊發行。不久該組織被日警探知，1927年2月1日起各地會員共計四十四人被捕，多數短期關押後獲釋，小澤一等主犯四人被判刑。

　　2月5日，楊華因違犯「治安維持法」關在臺南刑務所，5月出獄，獄中書寫了《黑潮集》五十三首小詩，是此一時期臺灣漢文新詩代表作品。楊華出獄後因貧病交加生活陷入苦境，復被日治當局監視壓迫，1936年以懸梁之舉告別人世。「黑暗！／汙濁！／這是很大的監獄。」，「鐵鎖雖強，當著我們熱熊熊般心火／也要熔解。」，「命運！／是生命的沙漠上的一陣狂飆，／毫不憐恤的／把我們／——不由自主的無量數的小砂——／緊緊的吹揚鼓蕩著／飄飄地浮懸在空虛裡，／飄浮飄浮永沒有止息之處。」，「洶湧的黑潮有時把長堤沖潰。／點滴的流泉有時把磐石滴穿。」（楊華《黑潮集》10、48、50、2）。《黑潮集》將殖民地生存場域比做「監獄」，以「鐵鎖」象徵殖民統治，形容被殖民歷史為「生命沙漠上的狂飆」，率皆形象鮮明，情感濃烈；又以穿越臺灣海峽的洶湧「黑潮」象徵臺灣族群的生命力，表達沖毀長堤（異族統治）的渴望，楊華詩向閉鎖時代發出了鏗鏘有力的異議。「我要從悲哀裡逃出我的靈魂，去哭醒／那人們的甜蜜的戀夢！／我要從憂傷裡擠出我的心兒，去填補／失了心的青年胸膛！」（楊華《黑潮集》51）楊華不只追求個人自由，更渴

望反壓迫的聲音能夠影響時代青年。楊華書寫於 1932 年 1 月發表於 1935 年 7 月《臺灣文藝》的〈女工悲曲〉，也是一首為弱勢者發聲的感人詩章：「天光時，正是上工時，／莫遲疑，趕緊穿寒衣。／走！走！走！／趕到紡織工場去，／鐵門鎖緊緊，不得入去，／纔知受了月光欺。／想返去，月又斜西又驚來遲；／不返去，早飯未食腹裡空虛；」（楊華〈女工悲曲〉節選），這才堪稱是與臺灣的族群／歷史有在場關聯的「臺灣新詩」。

臺灣化的臺灣新詩所呈現的「臺灣話文」語言樣態，很明顯與「北京話文」的語言樣態有很大差異，這種語言差異來自不同的族群歷史與地理環境，有其各自的風格與美學。有人將具有「臺灣話文」特徵的臺灣早期新詩，貶抑其文學語言為粗糙不成熟，是完全不理解母語價值的錯誤思維，也未曾考慮「言文一致」的重要性。如果臺灣早期新詩的語言樣態都趨向於張我軍書寫的「北京話文」，或內涵如張耀騰那般的媚日求榮，那才是教人詫異與驚恐的臺灣文化噩夢。

5、「臺灣話文」論爭

1932 年 1 月，葉榮鐘、莊垂勝、郭秋生、黃春成、賴和、周定山、陳逢源等人，共同創刊漢文文藝雜誌《南音》半月刊，前六期編輯黃春成，後六期為張星建。葉榮鐘（1900-1978，彰化鹿港人）撰寫〈發刊詞〉：「臺灣的渾沌既非一日了，但是有始以來當以現代為第一，目前的臺灣可以說是八面碰壁了，無論在政治上，經濟上以至於社會上各方面，不是蓄氣頹唐的，便是矛盾撞著。」《南音》前後共十二期，九期、十期合併出刊、1932 年 9 月 27 日發行第十一期，十二期因有反日作品遭查禁，實際只出版十期。討論能否以「臺灣話文」作為書寫工具的「臺灣話文論

爭」在《南音》上進行了激烈對話。

　　1922 年 9 月 8 日蔡培火發表〈新臺灣的建設與羅馬字〉於《臺灣》第三年六號，認為較漢文易學的羅馬字是建設臺灣文化的基礎事業。1924 年連溫卿在〈將來之臺灣話〉中，提出臺灣話文法建構的論述。1930 年起黃石輝、郭秋生等人更加強調「言文一致」，主張將臺灣語文字化，臺灣話文論爭熱烈展開，爭論核心牽涉臺灣文化認同，以臺灣話文書寫鄉土文學成為一股思潮。

　　1930 年 8 月黃石輝（1900-1945，高雄人）於《伍人報》（九至十一期）發表〈怎樣不提倡鄉土文學〉：「你是臺灣人，你頭戴臺灣天，腳踏臺灣地，眼睛所看見的是臺灣的狀況，耳孔所聽見的是臺灣的消息，時間所歷的亦是臺灣的經驗，嘴裡所說的亦是臺灣的語言；所以你的那枝如椽的健筆，生花的彩筆，亦應該去寫臺灣的文學了。」這裡的「鄉土文學」意指：「臺灣經驗／臺灣語言／臺灣現實」三位一體的臺灣文學書寫。

　　「自民國十一年起，至民國二十二年止，十年來之間，發生了一連串的文字改革運動，有的提倡『白話字』，有的提倡『羅馬字』，有的提倡『臺灣話文』，甚至也有人提倡過『世界語』，個人的主張都不一致，但其企圖都是一樣想在異族的支配下，使全省民（當時稱臺灣人），獲一識字的利器，以吸收新智識，新思想。」（廖漢臣〈臺灣文字改革運動史略〉，1955）廖漢臣（1912-1980，臺北艋舺人）在 1930 年代的臺灣話文論爭中強烈主張北京話文，反對臺灣話文。1933 年吳坤煌（1909-1989，南投人）發表〈臺灣的鄉土文學論〉，從左翼的觀點認為強調在地化與族群性的鄉土文學與跨越民族與階級的社會主義普羅文學會產生衝突，對臺灣的鄉土文學主張進行批判。

　　1931-1933 年間《臺灣新民報》也出現不少「臺灣話文／鄉

土文學」討論，對建設「臺灣新文學」提供不少思想性激盪。郭秋生（1904-1980，臺北新莊人）1931年7月7日起在上面發表（連載三十三回）〈建設「臺灣話文」一提案〉，明指：「文字可促進人類生活的提昇，但現今言文乖離的現象有礙文化發展，故有建設臺灣話文的必要。」又言：「所以吾輩說，當面的工作，要把歌謠及民歌，照吾輩所定的原則整理，而後再歸還『環境不惠』的大多數兄弟。」，強調臺灣話文的必要性，內蘊文藝大眾化的思想。

　　日治時期活躍於北港郡的蔡秋桐（1900-1984，雲林元長人），1931年2月與北港地區文學同好創辦《曉鐘》雜誌（共三期），也曾擔任臺灣文藝聯盟南部委員。「蔡氏的寫作從小說、新詩到民間歌謠的採錄，都存有以臺灣話文為基調的表現方式。……他的作品不忌俚諺粗話，在高度的諷刺手法下，表現了深刻而嚴肅的主題。」（陳淑容〈蔡秋桐〉《日治時期臺灣現代文學辭典》）

　　「臺灣話文」是相對於「北京話文」而言，兩地的族群性格、生活場域大不相同，語言環境當然也兩樣，要照搬中國話文來書寫臺灣的現實，確實會產生某種程度的隔閡；而且言文不一致會形成衝突，長久下去必然導致母語衰頹。所以郭秋生提議文學作家要向歌謠與民歌學習，相當有遠見，再配合黃石輝所說「嘴裡的臺灣語言」，不就是後來臺灣本土語言（台語、客語、原住民族語）書寫運動的軸心思想！賴和的新文學書寫就嘗試貼近臺灣話文，用心參酌臺灣話語調進行漢文文本修改；賴和新文學作品獨特的親切語境，正是因此而創生。

　　關於「臺灣話文」，吳新榮（1907-1967，臺南將軍人）在《震瀛隨想錄》的意見值得參考：「有人說臺灣話是一種死話，我卻以為未必然。用正確的文字來表現正確的白話，這必定可為理解

國語的基礎；而且研究臺灣白話，使其成為有系統的方言，我相信可以助長國語更進一步的發展。」臺灣是個多族群多語言共生的文化寶島，各族群各語言應該受到同等的待遇與尊重，絕不允許任何唯我獨尊的「國語」霸權存在。

6、陳奇雲、王白淵、楊熾昌出版日文新詩集

臺灣新詩作者在此時期出版了三本日文詩集：1930 年 11 月臺灣「南溟藝園社」出版的《熱流》，收五十首新詩，作者陳奇雲（1908-1940，澎湖人）。1931 年 6 月由日本盛岡市久保庄書店印行的《棘の道》，收六十六首新詩（目次六十四首，卷末二首），作者王白淵。1931 年日本ボン書店出版的《熱帶魚》，收七十五頁新詩，作者楊熾昌（1908-1994，臺南人）。

《南溟藝園》是大阪朝日新聞社臺灣支局負責人多田利郎主編的日文文藝雜誌（1929 年 10 月 -1933 年 1 月，共計發行二十七冊，初名《南溟樂園》），鼓吹詩文創作，也擴及音樂、戲劇、美術。1930 年 12 月多田氏與多田道子女士創辦「無鑑查民眾美術」組織，1931 年 12 月改名為「全南方藝術家聯盟，南溟藝園社」，社員約一千五百名。《南溟藝園》提供給熱愛文藝人士自由發表的空間，臺灣作家投稿者有陳奇雲、郭水潭、王登山、徐清吉等人。

多田南溟漱人（多田利郎）撰寫的《熱流》〈案頭私語〉提到：「那些詩在我們《南溟藝園》上看來璀璨有光，而且據說那些詩篇曾經緣由他是『臺灣人』之故，被所有的發表機關冷酷地拒絕。」，「他如白紙似的率直的純情──因其故，不可過止地迸出來流──赤裸裸的充滿意念的詩──簡直帶著強大的熱的宏響傳達著，越發──打擊我的胸臆啊！」《熱流》的第一首詩〈你

把靈魂弄哪兒去啦？〉:「你把靈魂弄哪兒去啦？哪兒去啦……？／怎地，不快點喊回來？／／把手放在心臟上看看／鮮紅的血忠實地流動著吶／暖烘烘的人底血啊／／一張字據的紙張／夠這麼珍貴嗎？／可貴的連自己都得騙!」(陳奇雲〈你把靈魂弄哪兒去啦？〉節選，葉笛譯)。陳奇雲以詩篇召喚臺灣人被禁錮的靈魂，發出底層勞動者反壓迫的不屈聲音:

〈狂暴的鐵鏈〉　陳奇雲，葉笛譯

　　──總之有人搖搖晃晃地
　　被一切疲勞、困憊、迎合的傢伙拖拉著的是真的
　　──於是身軀內的普羅列塔利亞集團發急一躍而起
　　今天高高地揚起狂暴的鐵鏈了

　　陳奇雲出生於澎湖馬公，曾經考上臺南師範學校，卻因家境貧困無法前往就學；後來通過教員檢定考試才得以在澎湖當地學校任教，卻又因為與學校女同事林秋梨自由戀愛慘遭革職。陳奇雲詩集中有些作品即批評了學校日本督學、校長、同事的偽善與冷酷。詩人堅持己見無視保守的社會陋習，終於在 1931 年 1 月與林女士在臺灣結成姻緣。婚後陳奇雲先後任職於臺北市市役所衛生課、臺灣鐵道部，1940 年 6 月突然氣喘發作，因心臟麻痺過世。
　　1932 年 3 月，王白淵與吳坤煌、張文環、林兌等人組織「東京臺灣人文化同好會」，9 月 22 日，王白淵因同人葉秋木參加「朝鮮人虐殺紀念日遊行」被牽連，於課堂講學時遭日警當場逮捕拘留二十四天，學校工作被解聘。1933 年 3 月，王白淵再度與一批愛好文藝的臺籍作家在東京組織「臺灣藝術研究會」，組織下設

演劇部、音樂部、文藝部、文化部，7月創辦機關刊物《フオルモサ》（《福爾摩沙》）雜誌，蘇維熊、吳坤煌、張文環擔任編輯。〈創刊辭〉：「我們是一群想重新創造『臺灣人的文藝』者，決不被偏狹的政治、經濟思想所束縛。」可想見當時臺灣青年的心靈苦悶與力求突圍之迫切。

1934 年王白淵離開日本到上海尋求發展，先在謝春木的「華聯通訊社」從事翻譯日本廣播消息給大陸有關機關的工作，1935 年 9 月起任教於上海美術專科學校。1937 年 7 月 7 日北平近郊發生「盧溝橋事變」，緊接著「八一三事件」爆發於上海，王白淵在上海法國租界被日軍逮捕判刑八年，遣送回臺北服刑，1943 年 6 月釋放。戰後，王白淵積極參與臺灣的文化活動，1945 年任《臺灣新生報》編輯部主任，1946 年任《臺灣文化》編輯。1947 年 4 月又因「二二八事件」被牽連，入獄一百天，幸虧游彌堅擔保得以出獄。1950 年 10 月再因臺共「蔡孝乾案」牽連入獄，1954 年由謝東閔保釋出獄。1963 年又再度入獄十一個月。三次坐牢皆因「言論影響青年」、「知情不報」等政治性罪名。

王白淵〈我的回憶錄〉提到：「我的半生充滿著苦悶、鬥爭與受難的生活。當然這是日本帝國主義的殘暴所使然，但亦是一個和真理以外不能妥協的我的性格所致。在殖民地長大的人，特別是智識份子的去向，異常複雜。在日本帝國主義無微不至的專制之下，不願意做奴隸的人們，特別是富有革命性的人，只有到處碰壁、煩悶、反抗、流浪、入獄。這種人可說是臺灣的良心。」，「周圍的環境，世界的潮流，特別是中國革命和印度的獨立運動，使我不能泯滅的民族意識，猛烈地高漲起來。藝術這萬人懷念不絕的美夢從此亦不能滿足我內心的要求了。象牙塔裡的美夢，當然是人生的理想，又是多情多感的我所好。但是一個民族屈在異

族之下，而過著馬牛生活的時候，無論任何人都不能因自己的幸福和利害，而逃避這個歷史的悲劇。……藝術與革命——這兩條路不能兩立似的，站在我的面前。」。詩篇〈生之路〉即表達個人／社會，藝術／革命的兩端拉扯，但詩人不得不硬著頭皮走上一遭：「右邊如劍的愛戀之林／左邊廣茫的沙漠／其間有一條無限長的小路」。

〈蝴蝶〉一詩顯影了王白淵內心嚮往的自由境界與人道主義精神：

〈蝴蝶〉　王白淵，巫永福譯

從大氣飄於大氣
可愛的天上使者
確實抱著看不見的神底旨意
告訴我們自由與歡喜
搭上微風作漂泊之旅
為被踐踏的原野草花
你也駐足
噢！蝴蝶啊
地上的天使啊
我希望如你飛翔
帶著真理的羽翼
持著愛的觸角
飛迴於被虐待者之間
從花神取得甜蜜
分給那些人吧

詩篇中傳達的自由理想超越國家與民族,追求普世性的愛與真理。

王白淵 1926 年的一篇文章〈靈魂的故鄉〉提到:「多數人是未能汲取充滿於自己周圍的生命之泉,過著沙漠一般的生活的。深深挖掘你的心底,凝視圍繞著你的自然吧!如此,生活之泉將會滾滾不斷地湧出來的。人們最後的欲求不是生活的安全,而是靈魂的自由。不是貪得無厭的財富的累積,而是向無限生命的創作。」詩人不畏現實的困厄與誘惑,一心嚮往靈魂的自由,這是一條令人敬畏與愛慕的「荊棘之道」。

楊熾昌出生於臺南,筆名有水蔭萍、水蔭萍人、島亞夫、島田忠夫等。楊熾昌之父楊宜綠為臺南名士、傳統詩人。1906 年為重振臺南出身的進士許南英 1891 年創立的「浪吟詩社」,連雅堂、陳瘦雲、趙鍾麒、謝石秋、楊宜綠等人共同創立「南社」,與中部地區「櫟社」、北部地區「瀛社」,合稱日治時期三大傳統詩社。楊宜綠 1927 年擔任「臺灣文化協會」中央委員,1928 年因臺南州知事欲徵收大南門外公用墓地興建運動場,楊宜綠當時任職《臺南新報》發文抗議,被以煽動市民罪下獄十個月。楊熾昌六歲時由父親親授《詩經》,也受過漢學私塾教育,中學時即嗜讀文學書籍,看遍臺南圖書館的文學藏書,開始接觸日本與歐美文學。1930 年楊熾昌赴日本九州報考佐賀高等學校文科丙組(法文科),失敗後赴東京,認識新感覺派作家岩藤雪夫、龍膽寺雄,乃由他們介紹與大東文化學院的西村伊作院長面談,院長命其撰寫有關芥川龍之介的論文,得其賞識而獲准插班入學,攻讀日本文學。

當時日本詩壇正受歐洲前衛文學運動影響,發起了本土的未來派宣言,「詩和詩論」派詩人群如西協順三郎等,大力推介超現實主義,開創了日本的現代主義詩章。楊熾昌接納這些文藝

思潮並以日文進行現代詩寫作，注重作品的表現形式與感覺氛圍，成為臺灣新詩史上的超現實主義先驅。1931年《熱帶魚》與1932年《樹蘭》，兩冊日文個人詩集因1945年5月31日美軍空襲臺南，大火燒燬楊宅藏書五千餘冊而湮沒無存。1931年楊熾昌因父病輟學返臺，西村院長准其以函授方式完成學業，並獲得畢業證書。楊熾昌1933年6月在臺南組織「風車詩社」，下個時期另有發揮。

7、賴和發表漢文長詩〈流離曲〉

1925年至1926年12月止，臺灣總督伊澤多喜男，以低廉價格將三千八百八十六甲餘的土地准由三百七十位日裔退職官員承購，無視在地農民長期擁有的權益，此所謂「退職官拂下無斷開墾地」事件。大部分無斷（擅自）開墾地，都是當地農民辛苦開闢的河岸土地（如大肚溪沿岸土地），農民長期與洪水抗爭辛勤耕作，世代靠此為生。賴和依此事件後農民流離失所的悲慘社會現象，寫下二百九十二行的漢文長篇敘事詩〈流離曲〉，1930年9月以筆名甫三發表，分四期登載於《臺灣新民報》，第四期內容因涉及批判統治當局，被審查機關刪除，版面開天窗。

全詩分三章敘述：〈一、生的逃脫〉描述洪水沖毀河濱耕地與屋宅，民眾拚命逃生的境況：「猛雨更挾著怒風，／滾滾地波浪掀空。／驚懼、忽惶、走、藏、／呼兒、喚女、喊父、呼娘、／牛嘶、狗嗥、／混作一片驚號慘哭，／奏成悲痛酸悽的葬曲，／覺得此世界的毀滅，／就在這一瞬中……」。〈二、死的奮鬥〉敘述人間慘劇，活在生死邊緣者不得不賣掉兒子，事後悔恨回憶：「救寒療飢可無慮，／為什麼？心緒轉覺不安！／為什麼？夜夢反自不寧！／一時時妻子的暗泣吞聲，／不知不識，那兒子的／

臨去時依戀之情，／到了夜深人靜，腦膜中／這影像顯現得愈是分明。」。但人終歸要與命運搏鬥，在亂石灘上重拾生機，「這一片砂石荒埔，／就是命之父母，這一片砂石荒埔，／就是生之源泉」。〈三、生乎？死乎？〉鋪陳統治當局的殘酷施政，不顧農民生活安危，逼迫人民喊出內心的憤怒；詩篇召喚抗暴意志，表現臺灣人堅韌不屈的精神：「如屠宰之羊、砧上之魚／絕望地任人屠殺割烹」，「正對著喫骨飲血之筵，／任憑你，哭到眼淚成泉，／也無人替你可憐」，「耕好了田卻歸於官吏，／種好了稻竟得不到收穫，／就一個我怎麼這樣狹仄」，「被壓迫的大眾，／被榨取的農工，／趨趨！集集！／聚攏旗下去」。

賴和從小受私塾的漢文教育，1909 年考進臺灣總督府醫學校（後來的臺大醫學院），1914 年畢業，1919 年起在彰化開設「賴和醫院」，因對貧戶經常免費醫療而被彰化市民尊稱為「彰化媽祖」。賴和一邊行醫一邊寫作。1921 年參與創立「臺灣文化協會」，獲選為理事，1926 年主持《臺灣民報》「學藝欄」，提攜不少文學後進。「應社」詩友楊守愚 1943 年回憶：「他當時幾乎是拚著老命去做這份工作的，他毫不珍惜體力地──刪修別人寄來的稿子，有時甚至要為人修改原稿的大半部分。常常有些文章，他簡直只留下別人的情節而重頭修改過。」賴和 1923 年 12 月 16 日因「治警事件」首度繫獄二十四日。治警事件起因「臺灣議會設置請願運動」被官方取締，全名「治安警察法違反事件」，蔣渭水、蔡培火、蔡惠如、林呈祿、林幼春、陳逢源等人被判處三至四個月徒刑。1941 年 12 月 8 日「珍珠港事件」當天，賴和又因莫須有的罪名遭逮捕，關押四十多日，1942 年 1 月 16 日之後因病重出獄。1943 年 1 月 31 日，賴和心臟病病發往生，辭世後還遺留上萬元債務。2 月 3 日舉行公祭參加葬禮者五百多

人，在賴和出殯路上街坊鄰居沿途擺設香案路祭，懷念他的仁德。

　　賴和寫作包含小說、隨筆、雜文、舊詩、新詩，以寫實手法描寫臺灣民眾的殖民地處境，對弱勢族群寄予同情，充滿人道主義關懷。「弱者的哀求，／所得到的賞賜，／只是橫逆，摧殘，壓迫，／弱者的勞力，／所得到的報酬，／就是嘲笑，謫罵，詰責。」（賴和〈覺悟下的犧牲〉節選），這首詩副題「寄二林事件的戰友」，反映發生於 1925 年 10 月 22-23 日的「二林事件」，表達對於彰化二林蔗農反抗製糖會社壓榨的伸援，斥責日本統治集團的不義與殘暴。賴和的文學生涯與臺灣新文學的創立同步開展，以寫作批判社會現狀，抒發民眾的自由渴望，被後人稱譽為「臺灣新文學之父」，名實相符。

（三）文化伸展期1932-1937

　　文化伸展期從 1932 年 4 月至 1937 年 4 月，即《臺灣新民報》改日刊至日本政府全面禁止臺灣報刊使用漢文為止。此時期文學雜誌此起彼落地在各地創刊，文學發表園地增多。《臺灣新民報》1932 年 4 月 15 日正式成為日報，林呈祿擔任主筆。它標榜「臺灣人唯一之言論機關」，為臺灣民眾發聲；特闢漢文文藝欄與日文文藝欄，刊登文學作品鼓勵創作，臺灣新文學走向奮發生長的新階段。「當時的該報，日文和漢文的文藝各佔一頁，一個引進日本文學系統，另一個承繼了中國文學的潮流，努力於移入來自雙方的新思潮。」（黃得時〈輓近臺灣文學運動史〉，葉石濤譯）《臺灣新民報》最高發行量曾達五萬份。

　　1933 年 10 月「臺灣文藝協會」成立於臺北，郭秋生為幹事長，成員有廖漢臣、黃得時、朱點人、王詩琅、黃啟瑞、蔡德音等人。會則第一條：「本會稱曰臺灣文藝協會，以有關於臺灣文

藝並能夠為臺灣文藝進展上努力的有志而組織，以自由主義為會的存在精神。」1934 年 7 月創辦漢文機關刊物《先發部隊》，廖漢臣為主編，雜誌封面標榜「純文藝雜誌」。〈創刊辭〉相當激越：「我們臺灣的所有分野，都已是碰進了極端之牆壁，無論是政治生活、經濟生活、社會生活、個人生活，早已聽著呼喊改進的聲音，同時待望真摯有力的文藝之出現，也已非一日了。可是，很不幸，臺灣新文學，時至今日，還是荒涼不堪，而甚至荊棘叢生著，也別說其有無達到時代的水準，與曾否滿足時代民心的渴仰。」以先發部隊命名，就是渴望披荊斬棘勇敢突進。然而受迫於臺灣總督府壓力，1935 年 1 月出版第二期，不得不接受一部分日文作品，改名為《第一線》。兩期刊物分別策畫了：「臺灣新文學出路的探究」特輯與「臺灣民間故事」特輯，相當具有前瞻性的編輯理念。第二期刊物出版後，「臺灣文藝協會」被迫解散。

1、《福爾摩沙》、《臺灣文藝》、《臺灣新文學》創刊

1933 年 3 月 20 日留學日本的王白淵、吳坤煌、蘇維雄、張文環、劉捷、巫永福等人在東京組織「臺灣藝術研究會」，7 月 15 日發行了日文機關誌《福爾摩沙》（共出三期，1933 年 7 月至 1934 年 6 月）。〈創刊辭〉如是說：「為什麼數千年的文化遺產和現在所處的各種特殊事情中生活的人們中，迄今為止未曾誕生獨特的文藝？這是一件太不可思議的事情。我們的先輩並非沒有閒餘時間和才能，寧可說是勇氣和團結力不足。淺學菲才的我們有鑑於此，如今站起來做先驅者，消極方面要去整理研究向來微弱的文藝作品和現時膾炙民間的歌謠、傳說等鄉土藝術；積極方面，決心以我們的整個精神，創作真正的臺灣純文藝。」（葉石濤譯）

1934 年 5 月 6 日，由張深切、賴明弘主導倡議，臺灣作家群在臺中市舉辦第一次全島文藝大會，趕來參加的全臺作家共計八十二人。當天討論的結果：決定成立文藝團體「臺灣文藝聯盟」，發行機關刊物《臺灣文藝》（漢文日文合刊）。11 月 5 日「臺灣文藝聯盟」正式成立，《臺灣文藝》創刊號誕生，1934 年 11 月至 1936 年 8 月共出版十五期雜誌。「臺灣文藝聯盟」為全臺性的文藝組織，公推賴和為常務委員長，賴和堅辭後改推張深切（1904-1965，南投草屯人）為委員長，張星建（1905-1949，臺中人）擔任《臺灣文藝》編輯兼發行人，日文欄由楊逵（本名楊貴，1906-1985，臺南新化人）負責。「臺灣文藝聯盟」陸續成立各地支部，除原有東京支部外，還成立佳里支部、嘉義支部、埔里支部。

　　張深切，草屯樟腦商宿儒張玉書養子，就讀草鞋墩公學校五年級時，因公然反抗禁說台語政策，致被日籍教師毆打逐出校門，1917 年隨父親「櫟社」詩友林獻堂赴日就學。1923 年 9 月張深切轉赴中國上海，就讀商務印書館附設國語師範學校。1924 年 5 月與謝雪紅、蔡孝乾等人在上海成立「臺灣自治協會」，以臺灣民主自治為訴求。1926 年 9 月張深切至廣州，與張秀哲、李友邦等人組織「廣東臺灣學生聯合會」，1927 年 3 月 27 日，學生會會員：張深切、張月澄、郭德欽、林文騰、李友邦等人祕密組織「臺灣革命青年團」，主張揭舉臺獨革命旗幟，向日本帝國主義宣戰，張深切被推舉為「宣傳部部長」。張深切 1927 年考入中山大學法科政治系，常向文學系主任兼教務主任的魯迅（1881-1936）多所請益。4 月 12 日中國國民黨展開上海的「東南清黨」（清除黨內的中國共產黨黨員），4 月 15 日發動「廣州四一五事件」，進行廣州全城搜捕。同一時間，張深切潛返臺灣，因涉入 5 月「臺

中一中學生罷課事件」，8月被日治當局逮捕入獄，雖無罪開釋，隨後再以涉嫌「廣東事件」（廣東臺灣獨立革命運動）被捕判刑兩年，直到1930年才出獄。出獄後為推展文化啟蒙運動，8月與何集璧等人在臺中組織「臺灣演劇研究會」，隨後展開社會寫實劇之公演，因劇情之意識形態鮮明而遭禁。1934年5月張深切成功地連結起臺灣作家群，成立「臺灣文藝聯盟」。這是繼1921年「臺灣文化協會」、1926年「臺灣農民組合」、1927年「臺灣民眾黨」、1928年「臺灣工友總聯盟」、1930年「臺灣地方自治聯盟」之後，臺灣人所成立的全島性活動機構。日治時期臺灣人前仆後繼的抵抗精神，從這些組織的成立與發展脈絡能看出一些端倪。

1935年12月楊逵堅持「更積極面向臺灣現實，更濃烈的寫實傾向」的文學主張，另啟爐灶創辦《臺灣新文學》（漢文日文合刊），1935年12月至1937年6月，除第一卷第十號遭禁，共出版十四期雜誌，二期《新文學月報》，廣泛介紹日本、蘇聯、中國的現實主義文學作品。《臺灣新文學》與《臺灣文藝》的作者基本上是同一批人。

2、「鹽分地帶」詩人：郭水潭

這一時期的臺灣新詩提倡現實主義精神者，以鹽分地帶作家群為代表。「鹽分地帶」指日治時期北門郡，包括臺南縣佳里、學甲、北門、將軍、七股、西港六個鄉鎮，這些地區產鹽或土地富含鹽分。他們的寫作題材集中在日常生活的人事物，注重文學內涵與鄉土的聯結並藉此抒發情感與思想，郭水潭、吳新榮是鹽分地帶作家群核心人物。1936年2月《臺灣文藝》刊出「鹽分地帶詩人‧文聯佳里支部作品集」特輯，收錄了郭水潭、吳新榮、

林精鏐、青陽哲（莊培初）、王登山等人詩作。

　　郭水潭（1907-1995，臺南佳里人）的創作，包括短歌、俳句、詩、小說、隨筆等。1937 年發表日文詩〈廣闊的海──給出嫁的妹妹〉（陳千武譯），是一首鄉土關懷的深情之作，核心意象是：「佇立在那潔淨的海灘／妳就會知道比陸地／多麼廣闊的海──」，表達對於生活的理想願景。底下節選四段：

> 「妹妹　妳要嫁去的地方是／白色鹽田　接著藍海／在那廣闊的中央突出／羅列的赤裸小港街」

> 「那邊　有歷史的港口／豎立著紅色戎克的帆柱林／那邊所有的巷道／都刻有粗暴的腳印」

> 「驚奇那些粗笨的風景／耐著　廣闊有變化的生活／還有露出的屋頂　紅戎克帆柱／日日同樣吼叫的季節風／妹妹　妳小小的胸脯／想必會受傷吧」

> 「然而很懂事的／善良的海邊的丈夫／會特別愛護妳／會給妳聽聽新土地的傳說吧／天晴　無風的日子／會溫柔地　牽著妳的手／讓妳撿起海邊美麗的貝殼」

郭水潭的妹妹嫁給詩人朋友王登山，從內陸佳里小鎮去到濱海的北門鹽鄉；鹽田雖然貧瘠荒闊，卻有廣闊的海足以對應心靈的自由渴望。郭水潭的詩藉由真摯親情，傳達對家鄉土地的熱愛與依戀。

　　與廣闊的海形成對比，是個人心靈受到時代禁制之苦。郭水

潭寫道:「站在水濱的少女／有如女神維納斯那麼崇高／她那映著藍天的眸子／有自由與希望在燃燒／／不錯　站在水濱的我們的聖母／有如廣泛的海那麼寬大／可是　啊／在她那不纏一絲的裸身／風頑強地纏繞……不是嗎?」(郭水潭〈海濱情緒〉,陳千武譯),站在海濱聽風觀海,詩人終於將內心情感釋放出來,自由「裸身」與壓抑「纏繞」之間形成巨大張力。〈徬徨於飢餓線上的人群〉刊登於 1931 年 9 月出版的《南溟藝園》,描寫臺灣社會現實的兩極分化,資本家誇耀奢侈的宴會過後,湧上來一群貧窮飢餓的孩子:「他們的眼神嚴肅認真地／一下子要把剩餘吞掉的氣勢」,貴賓與紳士喝剩的「玻璃杯底像血混濁的葡萄酒」,猶如被剝削被遺棄的貧困人群。

　　1941 年郭水潭出任臺南州技士,成為日本政府正式官員,一度遭到鹽分地帶作家群非議。1943 年 1 月,郭水潭因「思想有問題」遭拘捕入獄八個多月;郭水潭認為起因他堅持不願廢漢姓改日本姓名,違抗當局的「皇民化運動」。1947 年「二二八事件」爆發,時任《民報》總編輯的同窗好友蘇新(1907-1981,臺南佳里人)被警備總部追緝逃往中國,郭水潭連帶遭到情治人員監控,不得不焚燬日記與手稿,文學創作因之中斷。

3、「鹽分地帶」詩人:吳新榮

　　吳新榮(1907-1967)出生於鹽水港廳蕭壠支廳將軍庄(今臺南市將軍區),父親吳萱草為傳統舊詩人。吳新榮就讀臺南商業專門學校時受到英文教師林茂生(1887-1947,臺南人)的思想啟蒙,也經常跑去聆聽「臺灣文化協會」的演講。1925 年吳新榮赴日留學,畢業於東京醫學專門學校。吳新榮日本求學階段正是大正時期新思潮高漲之際,到處瀰漫著社會主義思想,他也受其影

響，1928 年加入左翼團體「東京臺灣青年會」與「東京臺灣學術研究會」。1929 年發生官方掃蕩日共的「四一六事件」（共計逮捕二百九十人）；吳新榮牽連其中被捕，關押二十九天，往後一直受到日本政府監視。1932 年 9 月吳新榮返臺經營其叔父設立的佳里醫院，1933 年 10 月與郭水潭、徐清吉成立「佳里青風會」，成員十五人，為當時地方上第一個文化組織。「以加強地方青年的友誼聯繫及提高讀書風氣為目的，不久，這一組織經遭日本政府強迫解散。」（林芳年〈鹽分地帶作家論〉）1935 年 6 月 1 日吳新榮等人又共同組織「臺灣文藝聯盟佳里支部」，成員十二人，郭水潭在成立宣言中標舉「鹽分地帶」與「地方性觀點」。成員中吳新榮、郭水潭、王登山、林精鏐、莊培初、林清文、徐清吉經常發表作品，被稱為「北門七子」，開始在臺灣文壇嶄露頭角，1936 年 12 月 26 日支部解散。1947 年「二二八事件」爆發，3 月 10 日吳氏出任「二二八事件處理委員會臺南縣北門區支會」主委，3 月 24 日得知自己被通緝後展開逃亡；因他父親也涉嫌被捕而主動投案，被關押一百多天。1954 年 10 月，吳新榮又因共產黨人「李鹿案」之牽連再度繫獄四個月。

　　吳新榮的詩充滿社會主義的思考，恆為弱小者發聲，1935 年的〈煙囱〉（張良澤譯）陳述日本資本家經營的糖廠剝削臺灣勞動者的社會光景，每月薪資只夠抵償欠債的生活任誰也難以生存。詩篇第一節描繪風景表象，連綿不盡的甘蔗園搭配壯觀的糖廠煙囱，彷彿太平盛世；二三節披露人民艱苦的生活內情，「啊，榨出甘甜的甘蔗汁／流出腥腥的人間血！」，對比強烈。「煙囱底下聚集的黑影／人人手裡兩張白紙／『領收證』與『借用證』的金額／令人氣憤地每年都相等」，傳達出蔗工們一生辛勞卻永遠負債的悲慘現實。

吳新榮另一首〈農民之歌〉，不只表達底層民眾的心聲，更且追溯臺灣先民的拓荒精神，架構歷史縱深，提示臺灣人「為生活而勞動不息」的奮鬥史實，藉以自勵自強：「啊，想起我們祖先的往昔吧／當他們初臨大地時／雙手空空什麼也沒有／有的只是一葉扁舟與一把鋤頭」。

吳新榮 1953-1966 年擔任《南瀛文獻》季刊主編，1955-1965年主修《臺南縣志稿》（十卷十三冊），連同多年來編纂的《南瀛文獻》（十二卷十八冊）文史資料，為「南瀛學」奠定堅實基礎。

4、「鹽分地帶」詩人：林精鏐

林精鏐（1914-1989，臺南佳里人，1954 年改名林芳年），祖父林波在地方上從事製糖事業致富，1895 年日軍逼近鄉境時，曾以財富支助林昆岡領導數百鄉民扼守八掌溪抗日。傳言日本北白川宮能久親王率軍推進臺南時，在蕭壠地區（臺南佳里）義竹圍林投巷中伏身體重傷（不久致死），日軍震怒大肆捕殺當地無辜鄉民二千餘人（史稱「蕭壠事件」）。其父林泮自幼接受漢學薰陶，熱愛傳統文學，研讀易、禮與諸子百家，以林芹香為筆名發表文章，乃鹽分地帶著名漢詩人，與吳萱草、郭良榮等人合組「竹林詩學研究會」。林精鏐承襲林波熾烈的抗日精神，謹守祖先三不庭訓：「不穿日本木屐、不穿日本和服、不講日本話」。林精鏐從小陶冶出強烈的民族意識，也從家教與自修中奠定文學素養。在鼓吹現實意識強調鄉土關懷的鹽分地帶詩人群中，林精鏐不只會寫批判日帝暴政的社會議題詩，也寫出不少耐人尋味的抒情詩佳作，甚至將兩者巧妙結合起來。

〈喧囂的村落的某日〉描寫殖民政府推行社區「清潔日」運動的鄉村即景。林精鏐的敘事詩情節起伏跌宕，人物的動作表情

精確微妙。出人意表的再三反諷：「口袋裡的土塊」、「沒抽過的香菸和酒」，讓閱讀過程充滿撥雲見日般的發現樂趣。形容風之聲響與威力，用「亂七八糟的口哨」、「灑了水一般」、「異樣的小夜曲」、「扇子被砍了下來」，形象鮮明而獨創。〈喧囂的村落的某日〉寫於 1936 年，記錄臺灣日治時期農村經濟蕭條的光景，細膩地描繪出殖民統治貪婪成性的掠奪者（清潔日檢查員）臉譜：「要用香菸燻囉嗦的傢伙。／要用白鶴酒讓囉嗦的傢伙酒醉。／這樣紅的清潔證票就能連同名牌／讓春風撫弄了。／啊，喧囂的粗陋的一天喲。」（林精鏐〈喧囂的村落的某日〉節選，葉笛譯）

林精鏐對於人事物的描繪，立體又深刻，猶如動態雕刻藝術，注重敘述脈絡裡「客觀情緒」的守持：「咳嗽得厲害的老衰農夫擦著眼睛／向積水處沙沙地灑了泡尿／／不漱口　不洗臉皺紋滿面老衰的臉喲／無光的眼珠和凹塌的鼻子爭吵著／老農夫急忙地大口扒進了蕃薯簽飯／／突出的下顎咬著短菸桿兒／朝著牛屁股給了藤條一鞭」（林精鏐〈出動〉節選，葉笛譯）。林精鏐十八歲時（1931 年），因父親與伯父不合家道中落，家庭經濟陷於破產狀態三餐不繼，故詩人對於底層民眾的生活充滿同情心。1933年林精鏐寫出第一首日文新詩〈早晨之歌〉，發表於《臺灣新民報》，「自民國二十四年於茲（民國三十二年），在臺灣各報章雜誌上共發表日文新體詩三百餘首，是當時詩作最多的一位，此外尚有小說、散文、評論等二十餘篇。」（黃章明整理〈林芳年先生年譜〉）2006 年，葉笛翻譯的林芳年作品選集《曠野裡看得見煙囱》出版，收錄詩篇六十一首，稱得上佳作連連，現實性與藝術性兼具。

〈翩躚的蝴蝶——贈南國小姐Takako〉　林精鏐，葉笛譯

無聲地洋溢著　紫色的靜穆
紛飛的野地上的蝴蝶喲
騷擾甘美的薔薇的花蕊

夜的蝴蝶夢著甜蜜的夢
把花粉撒在
裝飾得美麗的床上
遊戲著的蝴蝶　蝴蝶喲
真像是天真無邪
滿懷喜悅呢

自閉於紫色房間的蝴蝶
潤溼的眼瞳
撲動色彩繽紛的羽翼……
把所有的花粉
撒在凹陷眼瞳裡
飛舞的蝴蝶
飛去的無數蝴蝶們喲

我捉住最漂亮的蝴蝶
用大頭針釘在蝴蝶箱裡

　　〈翩躚的蝴蝶——贈南國小姐 Takako〉是一首罕見的反情詩，詩分四節，前二節情境舒緩，第三節開始變調，第四節兩行

情境翻轉，頗得駭人耳目之審美效應，讓人驚豔。「釘」字用得極端殘酷而大膽，語言像手術刀一般，殘酷的社會現實被迫解離而裸裎（南國小姐乃煙花女之另類說辭）。

〈鐵路〉　林精鏐，1935，葉笛譯

鐵路是沉默的詩人
一个立著
蜿蜒的世紀的憂鬱就⋯⋯
結構就⋯⋯

鐵路是蒼白的哲人
夜晚　像暴風雨的列車的激情後
也靜悄悄的⋯⋯
青色的信號牽引著北方的木星⋯⋯
啊　不知從哪裡血的氣味！

真的　隔著物質文明一層的對面
也許就是太初的叢林

　　〈鐵路〉，無論從形式或內涵而言都是現代性十足的「詩」，它出現於 1935 年臺灣農村一個二十二歲的青年之手，不禁讓人肅然起敬。「鐵路」是現代文明的象徵，它往來調動經濟物資，也運送部隊帶來戰爭；蜿蜒而漫長的「鐵路」又是大地的象徵，猶如世界本身默默承受一切壓輾，滲透出蠻荒暗鬱的時代氣息。世紀悲慘地流著熱汗與冷血，唯有詩人／哲人聞到血腥之味。這

一年 6 月，「臺灣文藝聯盟佳里支部」成立，8 月，「鹽分地帶」
作家群中最年輕的兩位：林精鏐（1914-）與莊培初（1916-）共
同創刊《易多那》文學雜誌，一期就宣告夭折；兩個寫詩的農村
窮小子，懵懂地邁向他們無從想像的烽火連天的未來。

5、關懷弱勢族群的楊守愚

　　楊守愚（本名楊茂松，1905-1959，彰化人），1910 年入私塾，
奠定深厚的漢學基礎，1923 年開始在臺灣漢詩壇嶄露頭角。1927
年因參與無政府組織「臺灣黑色青年聯盟」，遭到檢舉，被拘役
十七天。1929 年受賴和鼓勵首度發表小說，小說與新詩創作不斷
作品豐碩。1934 年加入「臺灣文藝聯盟」，1935 年隨楊逵離開
另創《臺灣新文學》，擔任漢文欄主編，1939 年與賴和、陳虛谷
等人創立漢文古典詩社「應社」。

　　楊守愚對臺灣的底層民眾與貧困農村，不時以詩筆加以描
繪，筆尖常帶悲憫之情。比如傾盆大雨帶來的洪災，〈蕩盪中的
一個農村〉節選：

　　　　遼闊無垠的砂埔、田野
　　　竟氾成了大海汪洋
　　　　綠油油的蕃薯甘蔗
　　　絳梗般地漂流著
　　　　肥胖胖的牛羊牲畜
　　　鳧鳥般地沉浮著
　　　　欹斜剝落的茅竹屋
　　　船兒般地盪擺著
　　　　一些騎在屋脊的災民喲

戰戰地
　　像個船次漂海的旅客

比如地震造成的斷垣殘瓦，〈一個恐怖的早晨〉節選：

家裡就像一只小船
大地竟變成巨浪
一陣暴風襲來
浪翻了
船覆了
坐船的人都溺死在巨浪中

又宛然是兵燹之餘
繁華的市街
一瞬　竟成廢墟
亂堆中
任撿不出一片完全的瓦片
人行道
海鋪著一具血肉模糊的死屍

　　楊守愚的父親為前清秀才，自己從小師承傳統文人郭克明學
習漢文與漢詩，新詩文本選詞典雅，獨具特色。楊守愚的小說經
營也很專精，主題聚焦於對社會弱勢族群的關懷；他的詩對人物、
情境的細緻描繪，與小說書寫的觀察與磨練息息相關。

6、楊熾昌與「風車詩社」

　　1920-1930 年代的臺灣，日文報紙經常登載日本詩人作品與在臺日本作家的近代詩／現代詩，也介紹西洋名家詩作及文學理論，對臺灣新詩產生不少影響。有些臺灣詩人接收從歐洲傳抵日本的現代主義，超現實主義、象徵主義手法，詩篇的語言策略與意象運用相當靈活，頗具現代感；透過隱喻方式間接批判現實，巧妙避開日帝當局的言論取締。這些詩人更加重視語言藝術，以充滿想像力的語言組織婉轉表現意念與情感，這種類型的詩章以「風車詩社」同人的作品為代表。

　　1933 年《臺南新報》副刊學藝欄主編日本人紺谷淑藻因事他就，請臺灣詩人楊熾昌代行職務，楊氏因而認識其他經常投稿的作者。6 月楊氏創立「風車詩社」，創始成員：楊熾昌（水蔭萍）、李張瑞（利野蒼）、林永修（林修二）、張良典（丘英二）、戶田房子、岸麗子，尚梶鐵平後續加入，共同推動臺灣的超現實主義詩歌。10 月《風車》詩誌第一輯發行（限定本七十五冊，內容包括：詩、詩論、散文、小說），刊名為法文「Le Moulin」。第二輯 1934 年 1 月，第三輯 1934 年 3 月，前三輯，楊熾昌主編。第四輯 1934 年 9 月，李張瑞主編。1934 年 11 月、12 月，編輯兩冊《風車同人集》。

　　1934 年 2 月楊氏在《臺南新報》上發表〈檳榔子的音樂〉，提及自己對於詩的思考：「我非常喜歡在燃燒的頭腦中，跑向詩的祭禮，模仿野蠻人似的嗅覺和感覺。在詩這一範疇裡會召喚危險的暴風雨這件事，也是作為詩人血淋淋的喜悅。」，「我的文學思考恆向時間轉動著。我認為對時間的肖像之愛，常成為詩人應該扶植詩的思考之重要的契機。」（節選，葉笛譯）

1936 年發表於《臺南新報》的〈燃燒的頭髮──為了詩的祭典〉，也是認識楊熾昌詩觀的重要參考：「燃燒的火焰有非常理智的閃爍。燃燒的火焰擁有的詩的氣氛成為詩人所喜愛的世界。詩人總是在這種火災中讓優秀的詩產生。吹著甜美的風，黃色梅檀的果實喀啦喀啦響著野地發生瞑思的火災。」（節選，葉笛譯）

　　1934 年 12 月楊熾昌寫作〈尼姑〉、〈茉莉花〉、〈無花果〉，發表於《臺南新報》，三首故事性散文詩都是服膺上述詩學的文學實踐，充滿潛意識感覺氛圍，且將時光之流截斷為一永恆「時間肖像」的傑作：

〈尼姑〉　　楊熾昌，1934，葉笛譯

　　年輕的尼姑，端端打開了窗戶。
　　夜氣黏纏地磅礡著，端端伸出白白的胳膊抱緊胸懷。可怖的夜氣中，神壇的佛像有嚴然的微笑。端端眼睛隨著夜晚而興奮清醒。影翳靜寂，燈徹夜燃燒。

　　在夜的秩序中驚駭的端端走向虛妄的小道。我底乳房何以不像別的女人一樣美呢。我的眼窩下何以僅只映照著被忘記的色彩……。

　　紅玻璃的如意燈繼續燃燒著。青銅色的鐘漾著寒冷的心。尼姑庵的正廳像停車場一樣寒森森。
　　紅彩的影翳裡，神像動了。

韋陀的劍閃了光。十八羅漢跨上神虎。端端雙手合十，昏厥而倒下。

隨著黎明的鐘響尼姑端端起來了。線香和香薪濛濛發香。正襟危坐著端端在哭。吟誦了一陣經文。

——母親啊！母親

端端將年輕尼姑的處女性獻給神了。

〈尼姑〉描述一個難耐清修的年輕尼姑端端，渴望衝破禁忌的欲望掙扎之旅，內藏時代象徵義涵，敘述視點在主客觀之間自由流動，全詩透發出壓抑傷殘的心靈寒意，影射詩人所處的臺灣被殖民處境。〈茉莉花〉一詩也是象徵書寫模式，一個喪夫的姣麗女子Ｊ夫人在他人面前強忍悲傷，「畫了眉而紅唇豔麗」，無人明瞭她把剪去長髮投入丈夫棺槨的決然心志。詩篇結束於「蒼白的唇上沒有口紅　帶在耳邊髮上的茉莉花把白色清香拖向夜之中」，女人在悲情寂寥中走向未知的夜，畫面留下夾雜馨香與哀愁的永恆背影。〈無花果〉敘述鄉村長工與主人女兒沒有結局的戀情，兩人雖有愛的結晶，長工卻在「近黃昏時　投身埤圳的水閘」，詩篇結束於「雪霏匍伏到窗邊眺望外面／她呼喚堯水少年……」。

三首詩表面上看是社會生活的寫實描繪，但深入探究，端端、Ｊ夫人與堯水少年象徵了被殖民地人民的三種心理情境，雪霏與少年突破了外在制約，但結局是悲慘的，徒留下「淚汪汪的眼睛」和「雨下個不停」。端端在嚴苛的體制內昏厥，只能靠自我意淫、唸誦經文與呼喚母親來抒解身心苦悶。Ｊ夫人對現實採取一種美學的抵抗，杜步西的音樂、普羅米修斯的彈奏、拿波里式的歌，「亭內白衣的斷髮夫人搖晃著珍珠耳飾揮動指揮棒／菊花的花瓣

裡精靈在呼吸」，多麼非現實性的畫面！這不就是楊熾昌自身的心理投射嗎？詩篇具有超現實主義的潛意識流露又內蘊著象徵主義氛圍。三首詩同時寫就一齊發表，噴射出意識深處無可告慰的時代哀愁。另一首〈青白色鐘樓〉也搖晃著心靈孤寂的陰影——

〈**青白色鐘樓**〉　楊熾昌，1933，葉笛譯

晨
一九三三年的陽光

我邊啃著麵包
邊向南方的街道走去……

白的胸部
吸取新時代的她在著婦女服的現實上，
敲撞拂曉的鐘……

毛氈上的腳，腳在「死」裡舞蹈著，
琳子的白衣服對面什麼也看不見

風中閃耀著椰樹的葉尖
風中飛來紙屑

發亮的柏油路上動著一點陰影，
他的耳膜裡洄漩著鐘聲青色的音波……

無蓬的卡車的爆音

真忙吶

這南方的森林裡譏諷的天使不斷地舞蹈著，

笑著我生鏽的無知……

誰站在朦朧的鐘樓……

賣春婦因寒冷死去……

清脆得發紫的音波……

鋼骨演奏的光和疲勞的響聲

冷峭的晨早的響聲

心靈的響聲……

　　現實場景、心靈場景、想像場景交替著出現，產生迷離夢幻之情。這首作品注重感官知覺的微妙觸動，葉尖閃耀，紙屑飛揚，蔭影晃搖，天空交錯著憂鬱的鐘聲與鋼骨演奏的冷光，鐘聲裡迴盪著「譏諷的天使」之訕笑聲，卡車無視於賣春婦之死轟隆開過，詩人的心靈持續鏽蝕著……。「年輕尼姑」、「遺孀」、「鄉村長工」與「賣春婦」都是社會上的弱勢存有者，她們被強硬冰冷的現實眼光圍堵，一道無形的牆囚禁被損害者的身心，臺灣人在日本統治下的被殖民處境何嘗不是如此？楊熾昌的詩充滿著如是的幽微象徵，他不願落入寫實主義帶有明確政治立場的窠臼，而採取流盪想像力引發自由聯想的美學反抗途徑。

　　楊熾昌的超現實主義詩篇，乍看之下，似與臺灣的歷史情境社會現況無涉，以致被吳新榮、郭水潭批評為「薔薇詩人」，指

讁他有逃避現實的唯美傾向。但楊熾昌的詩歌造境從另一個更深邃的角度切入現實內面，撫摩幽微難辨的時代氛圍與心靈音色，傳達難以捕捉但無處不在的現實幻影，此即「詩的真實」，以此坦露現實內核。同時代的詩人林芳年如是評述：「文學作品的構成形式，與人人的思維不同而異，惟追根究柢文學不外乎維護嚴肅人生的一面，這種主張尤以寫實主義派作家為甚，但固守著『藝術』燈塔世界的人們也有同樣的主張。這些人們的象徵性作品，或許與群眾生活沒有直接關係，惟它們是以超現實的手法來創造藝術，認為也會同樣的能予撫慰人生的效果」（林芳年〈燃紅的臉頰——楊熾昌的詩與詩人〉）

　　楊熾昌的第三本詩集《燃燒的臉頰》（日文自印版）刊行於 1979 年 11 月臺南河童書房，收錄 1933 年到 1939 年散逸各處的詩篇，詩集〈後記〉裡楊氏緬懷自己的詩創作生涯，以明晰的語言陳述那充滿夢幻色彩的詩之感覺與意念：「當時年輕的霸氣是在企圖前衛的藝術性中，得以舒緩地伸展率直的抒情的。從散文詩中故事的幻影重疊的形象和暗喻，帶著愉悅的音響，煞像披靡於什麼涼風的夢似地搖曳著。我一閉上眼就在眼瞼底下感到明亮的水在搖蕩，從無意識裡初醒，本能的衝動先被變成鮮麗的圖型，又回歸無意識。我的內部永遠殘留著為透明的火焰所燒成的傷痕……」（節選，葉笛譯）。

　　《燃燒的臉頰》收錄楊氏三十二首詩作，呂興昌（1945-）又從舊報章雜誌蒐集三十七首，共計六十九首，再加二首 1979 年寫就的〈自畫像〉與〈無題詩〉，此乃楊熾昌為時代留下的詩篇總和。楊熾昌的詩在臺灣詩史上彷彿一個幻影，可望而不可即；它以日文書寫，加之詩的光影微妙，對翻譯是一大考驗。楊熾昌的作品流失大半，完整的翻譯也出現得很晚，葉笛翻譯的《水蔭

萍作品集》直至 1995 年 4 月才問世，而作者卻於 1994 年 9 月早一步離塵而去。讀一讀 1979 年 5 月詩人於春雨迷離的茅舍書寫的〈無題詩〉吧，跟隨夢的翅膀飛翔：「以為永恆的才有價值的／人，就信賴石頭／築造墓石吧。即使短命／也有如花一樣／完美無瑕的……／／在水族館裡太陽的光線／就是綠色的麥穗／詩人在唱／貓的憂鬱」（楊熾昌《燃燒的臉頰》後記）。

7、「風車詩社」林修二與李張瑞

風車詩社臺籍成員林修二（本名林永修，1914-1944，臺南麻豆人），1933 年 3 月留學日本，入東京慶應義塾大學預科（文科），1936 年 4 月進入慶應義塾大學英文科本科就讀，受教於日本「新精神」（Esprit Nouveau）運動核心人物西脇順三郎（1894-1982）。西脇順三郎在〈關於我的詩創作〉裡說：「我自己以之為理想的詩是不拿任何東西來做象徵的詩，那是繪畫性的、我要的是光看到形象本身就會感到什麼的詩。要創造那樣的形象就是詩的內容，那形象會神祕地吸引住我們，我說那就是詩之美。詩的作品是終結於形象本身的，亦即讓遠的關係變為近的，近的關係變為遠的。詩就是要創造包括那樣的新關係的形象為目的，我認為那新的關係就是詩之美。」（葉笛譯）。林修二與楊熾昌的詩都明顯受到西脇潤三郎詩與詩論的啟迪，聲色波動、形象恍惚，然而情思與精神祕密翻湧：「夜光蟲在發光──／要享受海底聲響就要借考克多的耳朵／抑或要變成貝殼……」（林修二〈小小的思念〉，1934，葉笛譯）、「吊在花與花之間的／光的網床／天使們／躺在那兒午睡／微風搖晃著／透明的夢」（林修二〈午睡〉，1935，陳千武譯）。

〈黃昏〉　林修二，1936，葉笛譯

無聲無息地黑暗的海潮在充滿著
沉沒於靜闃的海底我失明了
為海的幻想追逐著，我
在摸索著珍珠貝

我疲憊了
在微暗的洋燈光裡細細地碎裂
藍色鄉愁向濤色微笑著

遙遠的海風的聲響
海藻的紅翅膀像女扇似地起伏在我臉頰上
我的瞳孔一時
為黃昏的馨香像夜光蟲似的
閃耀了起來

蟄伏於意識海底的詩人，像似夜光蟲似的瞳孔，兩頰佈滿紅海藻
隨海流翻湧流盪，摸索著詩的隻言片語猶如採擷珍珠貝……。
　　林修二就讀大學時期罹患肺結核病，1940 年 3 月大學畢業，
5 月因肺結核病情嚴重返臺靜養，6 月結婚，其後兩次返回日本
療病，1944 年 6 月病逝麻豆家中。逝世前的最後一句話是：「啊，
我的星星將墜落！」。〈出航〉1936 年 4 月發表於《臺南新報・
文藝欄》，彷彿自我追悼的輓歌：「驪歌　小提琴的哭泣成為大
排長龍，華麗且寂寞地穿過空間融入波浪裡去」（節選，陳千武
譯）。1980 年林修二家屬委託楊熾昌編輯出版了林修二遺稿選集

《蒼い星》，2000年臺南縣文化局出版《林修二集》（呂興昌編訂，陳千武譯）。

　　風車詩社臺籍成員李張瑞（1911-1952，臺南關廟人），筆名利野倉。就讀臺南州第二中學校時與楊熾昌同校同級，結為摯友。1930年前往日本就讀東京農業大學，1932年提前返臺，任職嘉南大圳水利組合，1933年受楊熾昌之邀加入風車詩社。李張瑞的詩帶有意念曲折的抒情風，在現實與幻想的爭持中詩意流淌：

　　〈天空的婚禮〉李張瑞，1935，陳千武譯

　　　螺旋槳的聲音擬似爆竹的
　　　拂曉
　　　公主充滿著羞恥的肢體
　　　等著吾君
　　　地上響起生活的進行曲喇叭
　　　鳶帶著今天的喜訊旋飛著

　　　飛機迎接新娘飛入天空去
　　　不久，東方的新娘晃晃地顯身了
　　　忽而新娘美麗的姿容被隱藏起來
　　　在地上激昂的人們
　　　終於沒發現在天空的婚禮

「天空的婚禮」，是無法被視覺所發現的，因為它只存在於詩人對生活的冥想，是詩人用以突破殖民地臺灣禁閉環境的詩的手段。

1936 年 3 月發表於《臺灣新文學》的〈輓歌〉（陳千武譯），李張瑞對鬱滯衰病、空虛已極的時代環境進行抒情式批判：

今天的陽光普照在昨天的窗
冬天把院子裡的花草搬到哪兒去？

硼酸的味道和永恆被遺忘的藥瓶
而這些有什麼用……

日夜震顫了房間空氣的咳聲已絕
……鳥姿被吸入空虛的一角……

已沒有人接受的信封一張放入郵箱裡
即是從沒有的重量的聲音

「存有的聲音」，無人聞問地躲在陰暗角落，也像從來不曾存在似的，更無法傳遞出去與他者溝通，「虛無」莫過於此，鳥姿被困頓於樊籠，心靈再也無法飛翔。詩人寫出了日治時期臺灣心靈深刻感知的「真實聲音」。

戰後李張瑞調職到斗六水利會，1949 年 1 月在水利會中與同事共同組織未公開的讀書會，集資購買雜誌分享閱讀心得，6 月解散。1952 年 1 月 11 日，李張瑞因讀書會其他成員涉入匪諜案牽連被捕，9 月判處十五年徒刑，12 月奉總統蔣中正簽核改判死刑，年底槍決。李張瑞只參加過短期讀書會，並無任何叛亂事證，這就是「白色恐怖」令人髮指的殘暴之處。楊熾昌因好友的冤枉遭遇悲憤至極，辭去《公論報》記者職務，並宣佈封筆從此絕口

不談文學。

8、留學日本的文藝青年：巫永福

　　同時期在日本留學的臺灣文藝青年還有巫永福（1913-2008，南投埔里人）。「我於1929年考進台中一中，因借讀世界文學全集立志於文學之路，1929年轉讀名古屋五中接觸到日本文學的盛行，乃於1932年考進日本文豪山本有三主持的明治大學文藝科，接受了小說家山本有三、橫光利一、里見敦、劇作家岸田國土、豐島與志雄、評論家小林秀雄、詩人室生犀星、荻原朔太郎、法國文學家辰野隆、露西亞文學米川正夫等的薰陶。」（《巫永福全集》總序）巫永福1933年在東京參與「臺灣藝術研究會」與《福爾摩沙》之創辦，成為最年輕的會員，開始在文藝刊物上發表作品，以冷靜的眼光觀察社會現實思索生命的意義。「如同未曾存在過將來也不會存在似地／在誰都不知道的時候孤獨的老太婆／在睡床上僵硬著／不勝依戀似地猶然掙開著眼睛／／在沒有繫累的寂寞裡／在誰也不哭的某日下午／從後門被草蓆包裹著／被埋葬於土祠裡了」（巫永福〈在誰都不知道的時候〉節選，葉笛譯）

　　巫永福就讀埔里小學校六年級時與「霧社事件」核心人物花岡二郎為同班同學，花岡二郎曾經對巫永福說：「你們臺灣人的命運與我們高山族是同樣的，都是可憐的族群。」小時候也常聽家族前輩說起：「1896年埔里人民起義，趕走所有日本人於埔里城外，引起日本政府當局調派臺中、斗六的大軍從西北南門三面夾攻埔里，埔里再陷落。這一次日本軍著實不客氣，從斗南北上的部隊經過魚池時，將我巫家在下城一萬多坪的大厝第砲毀，殺死我族人多人。在埔里又是一番瘋狂的屠殺，埔里一時除日本軍隊及官署人員家屬之外變成死城。」（《巫永福全集》總序）

日治時期日本人常譏笑臺灣人為「清國奴」，詩人將內心的悲哀反映在詩裡：「亡國的悲哀把被日本人謾罵／為清國奴的憤怒／埋藏於苦苓樹下／花的薰風也不能化解我怒氣／只得不為人知地偷拭眼淚」，「山鳩鳴叫就讓它有個家園吧／雞在鳴叫就讓它有個家園吧」（巫永福〈孤兒的哀愁〉節選，葉笛譯）。但臺灣人的家園在哪裡？日治時期臺灣人想像的祖國，大多數指向中國大陸，這是當時合情合理的推想。巫永福就寫過〈祖國〉一詩：「還沒有見過的祖國／隔著海　咫尺天涯／在夢裡看見　在書裡讀到的祖國／流過幾千年在我的血液中／它的影子棲息在我胸臆裡／回音在我心中」。但巫永福想像的家園還有另一層義涵，那是祖先篳路藍縷開闢的山林田野，這塊祖祖輩輩沾染著汗血的土地只能是「臺灣」：

〈土〉　巫永福，葉笛譯

土裡有埋葬的父親的馨香
土裡有埋葬的母親的馨香

看得見陽光掠過竹篁閃在落葉上
鳥兒飛過那光的斜線

從下雨溼了的土裡飄來微微的芳香
料峭裡磅礴著春天微微的芳香

閃爍於枯葉上的陽光的氣息
鮮新嫩綠的新芽的豐盈

隱藏在微風裡的溫暖

　　雲的信息是春天早

　　新芽裡有父親的汗血香

　　新芽裡有母親的汗血香

9、留學日本的文藝青年：翁鬧

　　在日本發行的《福爾摩沙》創刊號（1933年7月）刊登了一首詩〈淡水的海邊〉，那是彰化作家翁鬧（1910-1940）登上文壇的第一篇作品。翁鬧出生於「臺中廳武西堡關帝廟社」為陳家四男，五歲時過繼給「臺中廳線東堡彰化街」（彰化社頭）的雜貨商翁進益作養子。1929年翁鬧從臺中師範學校畢業，1930年任教於「田中公學校」，〈淡水的海邊〉就是這個時期的作品。這首詩表現出翁鬧純熟的敘述手法與多情的性格特質：「海風舒爽／西邊的天空輝映著銀與薔薇／我握著妳的手／眺望著海浪像數不清的小兔／拍打上前／妳薄桃色的身影　我由衷喜愛」，「在妳的房間／某天早晨我睜眼醒來／天窗照進了／微微的薄光／在室內製造出淒愴的明暗」，「未到十六歲正含苞的妳／不得不販賣自己的身軀！／如今妳是否／還待在那個昏暗寂寥的房間／島嶼的海岬砂地上／與妳相佇立的往昔　依然夢迴」（翁鬧〈淡水的海邊〉節選，黃郁婷譯）。

　　詩篇雖然情感豐富，但語調與視點泛發出強烈的疏離感，從燦爛的西天收縮到漆黑巷弄，再內聚於室內悽愴的明暗，最後翻轉出一個被壓迫者悲情的身體，與昏暗寂寥的生存空間。翁鬧以

私密的個人經驗，映照時代的集體困境。「妳是否／還待在那個昏暗寂寥的房間」，也是詩人苦悶心靈的自我提問；這個提問將以更嚴峻更絕望的情境，出現在詩人的下一個階段。

1934 年，翁鬧完成師院畢業生五年應盡的義務教職，隻身來到東京落腳高圓寺地區。這裡充斥著不修邊幅的文藝青年、四處碰壁的知識分子、醉酒的流浪漢、無政府主義者等等。翁鬧初到東京寄居同學吳天賞（1909-1947，臺中人）住處，身無分文，生活所需都靠同學救濟；但翁鬧勤奮寫作幾乎每個月都有新作發表，1935 年即以小說〈憨伯〉入選日本《文藝》雜誌的公開創作懸賞。〈詩人的戀人〉（黃郁婷譯）1936 年發表於故鄉的《臺灣文藝》，雜揉輕狂與絕望的狂想詩：「她逝於他有生以前／又是／在他死後誕生的／Cosmopolitan」，Cosmopolitan，直譯「世界主義者」，學者黃毓婷稱它為「四海為家的旅人」。我個人將Cosmopolitan 闡釋為世界本身，詩人愛戀著這個世界，將她當作戀人，「太陽都凍結的死寂之夜，他挾著冰出逃。那裡是嘉年華的花車、火炬、無聲息的舞蹈、海底浮動的光……／凜冽的風將他，只有他，像落葉一樣翻捲／世界滅絕，他坐在岩石邊上伸手召喚。天的一角垂下，他將沿路採集的播其上。／世界甦醒，人們驚駭。然而明白星光之由來的，僅他一人。」但世界無視於詩人的存在，他只能「挾著冰出逃」，活在冰凍的世界底層，以「落葉一樣翻捲」的姿態孤獨漫遊。此時的翁鬧是一個異鄉人，他生存在日本加速對外侵略，加強言論鎮壓的時代；高壓禁錮的現實環境與創作者的心理放肆彼此抗衡，構成了翁鬧作品的幻夢氣息。詩人的美學抵抗如此狂野而決絕，從制高點俯瞰人間，對自求毀滅的世界投以宛如星光般的憐憫。

1938 年 5 月起日本開始實施《國家總動員法》，人員與物資

皆由國家統籌嚴格管制，留日臺籍青年也受到不同程度的影響。1940年任職於內閣印刷局校對員的翁鬧被撤職，失去金錢來源的詩人，將書籍、衣服、被單都拿去典當。年末，翁鬧死亡的消息傳播開來，有一傳言頗符合詩人放浪不羈的性格；同時期在東京求發展的臺中師範學校同學楊杏庭（筆名逸舟，1909-1987，臺中梧棲人）說：「他冬天睡在亂七八糟的報紙堆裡，就這樣凍死了。」

（四）戰時內斂期1937-1945

戰時內斂期：從1937年4月1日日本政府全面禁止使用漢文至1945年10月25日臺灣脫離日本統治為止。1936年7月25日，臺灣總督府召開「民風作興協議會」，以「國民精神之振作與同化之徹底」為討論主題，可視為日本在臺灣推展「皇民化運動」契機。皇民化運動第一階段：1937年到1940年「國民精神總動員時期」，強化國民對時局的認識，通過各種思想宣傳與精神動員，消弭臺灣人的祖國意識，灌輸大日本臣民思想。第二階段：1941年到1945年「皇民奉公運動時期」，徹底落實日本皇民思想，強調挺身實踐，驅使臺灣人為日本帝國盡忠。

漢文刊物被迫停刊後，唯一倖存的以漢文為主的刊物是通俗文藝雜誌《風月報》（1937年7月至1941年6月，八十八期），後改名為《南方》（1941年7月至1944年1月，五十六期），終結於《南方詩集》（1944年2月至1944年3月，二期）。日文作品從《文藝臺灣》（1940年1月至1944年1月，三十八期）與《臺灣文學》（1941年5月至1943年12月，十期）出現後，才轉趨活躍。

1、本土「臺灣文學」與日本「外地文學」的抗衡

　　《文藝臺灣》的主編兼發行人，是《臺灣日日新報》文藝部長西川滿（1908-1998）。雜誌發行之後，在臺日文作家的文藝活動熱絡起來。由於不滿《文藝臺灣》把雜誌塑造為日本「外地文學」的編輯方針，張文環、黃得時、陳逸松、王井泉等人成立「啟文社」，創辦以臺灣作家為中心的《臺灣文學》，力求反映臺灣民眾被殖民的心靈苦悶與艱難處境，主編張文環（1906-1978，嘉義人），最後一期主編呂赫若（本名呂石堆，1914-1951，台中人）。黃得時的三篇著名文學論述：〈臺灣文壇建設論〉、〈輓近的臺灣文學運動史〉、〈臺灣文學史序說〉，都發表在刊物上。「不過這兩本雜誌雖然對立，但在文藝思想及意識並沒有什麼不同，祇在民族情感上各據一方而已。」（王詩琅〈日據下臺灣新文學的生成與發展〉）1943 年 11 月 13 日，官方的「臺灣文學奉公會」在臺北召開「臺灣決戰文學會議」，因會議中「獻上文藝雜誌」的提案，《文藝臺灣》與《臺灣文學》被合併於臺灣文學奉公會發行的《臺灣文藝》雜誌。

2、逃避現實：邱淳洸與意識抵抗：楊雲萍

　　此時期創作／發表作品的詩人，詩歌寫作呈現兩種類型：一種，精神陰影轉移作浪漫抒情以逃避日本統治當局的政治壓迫，邱淳洸（本名邱森鑣，1908-1989，彰化人）的兩本詩集：1938 年《化石の戀》與 1939 年《悲哀の邂逅》，皆屬此類作品。例如：「我一直在沉思／火車越過了幾個車站／而仍然／有白手帕的影子浮現在眼前／／綠色的風景從車窗飛逸／柔軟的光稀落落的打入心胸／河、森林、山、不動的雲／還有我／／午前的太陽／把

暖風送來給詩人／因而微微的熱情昇上了／然而　越走越遠離的距離喲／／我還在沉思／沉思遇見妳的那個下雨天」（邱淳洸〈白手帕〉，陳千武譯）。另一種，詩人的抵抗意識深藏於語言組織中或以廢棄語言（停筆）反抗如火如荼的「皇民化運動」，楊雲萍 1942 年的詩篇〈鱷魚〉屬於默默抵抗的典型：

〈鱷魚〉　　楊雲萍，1942，葉笛譯

說我過於靜止？
那是地球轉得太快的緣故。
就算如此，這裡的水太冷，
給我弄得再溫暖一些。
冷，冷
啊，冷
但　只有我尾巴上這一把劍
絕不絕不生鏽。

　　同類型的寓言性系列詩篇，詩人命名為「動物園詩抄」，涉及的動物還有鶴、駱駝、虎、豬、鳥等。〈猩猩〉一詩對臺灣人的被殖民處境作出反諷強烈的形象描繪：「這十二尺見方的獸檻絕不狹窄。／在險惡的世界上，有這一片淨土，倒是個奇蹟。」（節選，葉笛譯）

　　楊雲萍享年九十五歲，在兩個不同體制的高壓政權下度過一生。楊氏出生於書香世家，祖父為傳統文人父親是醫生，1926 年赴日，1928 年入文化學院文學部創作科就讀，受業於川端康成與菊池寬等人。1927 年 4 月，「東京臺灣青年會」設立社會科學研

究部，楊雲萍投身其間；東京臺灣青年會以「涵養愛鄉心情，發揮自覺精神，促進臺灣文化的開發」為目標，實際上是推展臺灣民族自決運動。1927 年 10 月 30 日「東京臺灣青年會」分裂，由左翼幹部掌握權力。1928 年日本發生「三一五事件」，政府大規模逮捕左傾份子（共計逮捕一千六百五十二人），楊雲萍遂專心致力於文化歷史研究，遠離政治活動。

　　1932 年楊雲萍返臺，埋首鑽研南明史、臺灣史與臺灣文化。楊雲萍熟諳漢文與日文，具備詩人與史學家雙重身分，1946-1949 年間任《臺灣文化》編輯組主任，1947 年起擔任臺灣大學歷史系教授，至 1991 年才完全退休，教育出許多新一代臺灣史研究者，如張炎憲、林瑞明、許雪姬等人。楊雲萍的《山河集》出版於 1943 年 11 月（臺灣清水書店），其他詩作集結為《山河新集》。兩個集子經葉笛先生翻譯成漢文，共計新詩七十二首，書寫年代為 1938 年至 1945 年，收入林瑞明、許雪姬主編的《楊雲萍全集》，2011 年由國立臺灣文學館出版。

　　1926 年新年號的《臺灣民報》刊載二篇白話文創作小說，一篇是賴懶雲（賴和）的〈鬥鬧熱〉，另一篇是楊雲萍的〈光臨〉。1925 年 3 月《人人》雜誌創刊號上一篇駁斥連雅堂（本名連橫，1878-1936，臺南人）先生固守舊文學主張的〈無題錄〉，也是這位不滿二十歲青年的大作。數年後，連雅堂與楊雲萍在霧峰的「櫟社」活動中碰面，相談甚歡至夜半，連氏對楊君說：「雲萍君，當年我認為只有你有資格攻擊舊文學，因為你懂得舊文學。」

　　楊雲萍《山河集》出版於戰爭末期，因時局動盪未受注目，但語言鏗鏘且餘韻繚繞。〈冷不防〉詩前有題辭：「長女貞貞，國小二年級生。某日，『冷不防地』問：什麼是什麼？」

〈冷不防〉　楊雲萍，1944，葉笛譯

冷不防啤酒瓶破裂。

冷不防茶花掉落。

冷不防被任命為府評議員（怎麼可能？）

冷不防美人向我訴說愛意。

你是位詩人哩，冷不防被這麼說，

冷不防被狗吠叫。

冷不防大地哄響。

然後，啊

冷不防石頭喊叫出來。

這首詩共有五重聲音交響：

第一，稚女對世界的疑問、對生命的困惑，發出「什麼是什麼」的天真探問；在太平洋戰爭打得天花亂墜的時刻，任誰也無法回答這個提問。

第二，自我嘲諷的聲音。臺灣人被任命為府評議員，參與政治議程；「怎麼可能？」，被殖民者向來是次等公民。得佳人親睞？少來誘惑收買這一套。

第三，他者嘲諷的聲音。「詩人」是什麼東西啊？從世人的眼光看：舞文弄墨而已，誰理會你這個「文化精神傳承者」在幹些什麼。連狗都專朝詩人吠叫，「狗」構成了微妙反諷。

第四，啤酒瓶、茶花為什麼掉落？美軍轟炸機日以繼夜在天空玩特技，難免掉下幾萬磅的大酒瓶，瓶子碎裂，「大地哄響」，這是千載難逢的時代交響樂。

第五，「石頭喊叫出來」，大地痛哭失聲，連上帝也尖叫啜

泣！「石頭」是什麼？石頭是地球、是母親、是人類被折磨得不成形的心。

　　楊雲萍用簡練的文字編織出一個巨大深邃的網羅，全詩無一字涉及戰爭與痛苦，無一字涉及殖民地與悲哀，只是平靜地將它們肢解。楊雲萍擅長運用對比意象構造詩境，更重要的是，他懂得讓意境作為主體發聲，避免個人意識凌駕文字之上戕害詩意。「太清澈的小河，／鮑魚瘦細，倏地游去。／啊，／不是悲哀，／不是憤怒，／在荒涼的玻璃裡，／啊，／我獨自屹立。」（楊雲萍〈冬〉，葉笛譯），河中游魚是大自然的恩賜，自由自在，對比意象是被關閉在玻璃缸裡的人；冬日之光寒冽的氣息像似冰冷的玻璃四面環繞。以季節嚴寒的「冬」轉喻殖民統治肅殺的「冬」，禁錮人的心靈。多麼荒涼冰冷的玻璃！「獨自屹立」的詩人無語問天。然而楊雲萍內心堅守著「道」，一條連接過去與未來，不屈不撓的正道：

　　〈道〉　　楊雲萍，1943，葉笛譯

　　趕著路，
　　忽然　我望見山巒優美。
　　青翠欲滴　欲滲染。

　　我趕的路，
　　砂礫連綿，
　　風塵嗚咽。

　　楊雲萍所謂的「道」指涉什麼？是先人之遺澤，「它吸取光，

為大氣所磨鍊，／非以禮切它不可，／非以道煮它不可」（〈炊事之詩〉）；是文化傳統的源遠流長，「古枝新杗最是多花」（〈新年誌感〉）。在〈道〉這首詩裡，「我趕的路」，隱喻「道」之途，它總是飛砂走石窒礙難行。楊雲萍以遠方靜謐的「青翠欲滴」對比當下暴躁的「風塵嗚咽」，理想與現實的永恆頡頏立時彰顯，文字簡潔立意深刻。

楊雲萍的新詩在臺灣早期詩史中是一個異質性存在；他的詩，一方面臺灣語境濃厚，另一方面又蘊蓄著深厚的古典漢詩傳統。楊雲萍的詩章從出生活又滿盈著文化義涵，選詞造句素樸雅緻，平和敘述中流淌著溫暖的性情。

3、楊雲萍、楊熾昌、林精鏐之異同

1975 年楊雲萍為林梵（本名林瑞明，1950-2018，臺南人）詩集《失落的海》寫序，〈歷史家與詩人〉如是說：

> 「太初有語言（logos）。」（註）
> 註：沒有把 logos 譯為「道」，更大的誤譯
> 沒有把 logos 作為「the Word」，更大的誤解。
> 歷史家失去歷史而歷史家，
> 詩人失去詩而詩人……。

這是具有形上學高度的詩觀／哲學觀，反映楊雲萍作為詩人與歷史學家的深刻文化涵養。這段話的重心在最後兩句，「歷史」文本與「詩」文本都是人為建構的產物，但真正的詩人與歷史家，必須穿越人為建構的各種障礙（甚至包括語言），重新與根源產生聯繫，才能接觸到「真實」本身，無論是歷史真相或詩的

真實。

　　楊熾昌 1985 年出版隨筆集《紙魚》，從收錄的文章〈土人的嘴唇〉，能清晰感受到詩與思想之獨特震盪：「在酒歌裡天亮／土器的音響和土人的嘴唇裡／開著詩的花」，「有詩人的悲劇這一句話。它說明著詩人的生命越按照詩人的意志完全被控制，就越會產生悲劇。然而意識著這種悲劇而要從這個悲劇逃脫，無非就是那詩人的死亡。」，「詩人走在懷疑與不服之中，新的文學將破壞一直到現在的懷疑和不服。新的文學將破壞一直到現在的通俗的思考，會創造出修正它的思考吧。現代詩的完美性就是從詩法的適用來創造詩，非創造出一個均勻的浮雕不可。所謂詩的才能就是於其詩的純粹性上，非最生動的知性的表現不可。詩持有的一種表現就是感性的纖細和迫力，聯想的飛躍成為思考的音樂，而擁有燃燒了文化傳統的技巧的巧妙性。」（本文初版 1936 年發表於《臺南新報》，上文為《紙魚》版節錄，葉笛譯）詩人傾心磨造的純粹詩鏡，它所映照的不只是平面圖畫而是立體雕塑，深入現實又超越現實，承接傳統又再造傳統；楊熾昌接受詩之啟迪而孤獨漫遊，獨特的異他美學至今屹立不搖。

　　楊雲萍與楊熾昌有幾個共同特徵：兩人都來自書香世家文化涵養深厚，留學日本以日文書寫詩章，文本風格鮮明但位處文學場域邊緣，詩學成就長期被歷史湮沒缺乏承繼者。楊雲萍的詩風溫潤舒緩，楊熾昌的詩風流麗飛躍，兩人都重視文字的鍛鍊與美學構造；詩篇強調想像空間，重視心靈音色，經得起咀嚼餘韻綿長。「遙遠的／水路的煙／／向水波發誓的／淡色的戀／／像尋覓遺物一樣／要回遠處的煙」（楊熾昌〈煙〉，1936，葉笛譯），短短三十個字，將心思飄渺、無處著落、虛寂搖擺的戀的告解，以一絲淡色的迎向遠方、祈求回歸的煙細膩傳達。「向水波發

誓」、「尋覓遺物」、「回」，用字細膩情意深邃，整體畫面虛白迷離，令人興起欷歔之嘆。楊雲萍的〈鳥〉也是如此，文字硬朗明淨如刀鋒閃耀：

〈鳥〉　楊雲萍，1945，葉笛譯

倏然，鳥飛去，
──心臟的鼓動造出空間，
烈風格達格達搖撼著玻璃窗。
啊，我追求如鐵、如夢的確切……

　　瞬間而快速，心臟的收縮帶動雙翼，一隻鳥如烈風般投向了未知，引起詩人的興發感嘆：「我追求如鐵、如夢的確切」，如鐵，象徵意志斬截不可屈折，如夢，比喻心靈正逼視著現實的邊界，喻義從兩端快速交錯直抵遠方，「未來」就在前方堅定地等待著我……。詩寫於 1945 年 4 月 21 日，距離日本宣佈投降不到四個月。這首詩只用了三十七個字，但詩情浩大廣闊，堅貞而清揚。「詩」所以動人，正在它立足現實又超越現實，永遠不作現實意識的奴隸，它滿盈著想像空間故能超越時空界域。楊熾昌與楊雲萍的詩，因為美學質地殊異而遭受誤解與輕視，但盼後學者能重新認識它的審美價值與人文精神。
　　楊雲萍的詩蘊藉敦厚，含藏著漢語文化的特質，從山河集、冷不防、道、太初等語詞之運用就能判明。楊熾昌的詩超現實主義的風格鮮銳，它來自日本傳導轉進的歐洲文化思潮，以無意識作為驅使詩翼飛翔的核心動能。而林精鏐的詩走上另一條道路，臺灣的鄉土氣息深邃濃厚：

〈白壁的陋屋〉　林精鏐，葉笛譯

陋屋的連間裡

疲於病痛的老頭在啜泣

病黃的身體扭動

在盡是塵埃的白床上

沙啞沉痛的小夜曲

透過快破的玻璃窗

混進激烈地吠叫的群犬中

瘦骨嶙峋　宛如秋天的落葉

病床的寂寥

纏繞膏肓的無情的繩索

團團地捆綁住了他

　　〈白壁的陋屋〉採冷靜的白描手法，圖繪出日治時期臺灣鄉村的破敗光景，沙啞的啜泣與激烈的犬吠對照交混，加上團團綑綁的「無情的繩索」，讓人孳生悲憫之情；這不只是一張他者的素描，更是一幅自畫像。相對於日治時期不少臺灣詩人的留日背景，林精鏐是臺灣農村孕育出來的暗夜冷峻的靈魂。

　　因為歷史環境之蔽障，楊熾昌、林精鏐、楊雲萍的詩歌文本長期無人聞問；漢譯本《水蔭萍作品集》問世於1995年，《曠野裡看得見煙囪》出版於2006年，《山河集》、《山河新集》2011年才躍出水面。這些精湛的日文漢譯詩篇，不約而同都來自葉笛的細膩翻譯，臺灣文學界要深切感念葉笛先生無私的文化奉獻。

四、戰後初期（1945-1949）的臺灣新詩

　　正當太平洋戰爭末期，物質匱乏精神蕭條，1943 年 9 月，臺中州立臺中第一中學校（五年學制）三年級學生張彥勳（筆名紅夢，1925-1995）與同班同學朱商彝（筆名朱實，1926-？），許世清（筆名曉星）等人因為熱愛文學，將大家的原稿彙編裝訂成冊，彼此傳閱共同切磋。內容包括：童謠、短歌、俳句、新詩、隨筆。1944 年成立同人組織「銀鈴會」，油印會員作品集《ふちぐさ》季刊（邊緣草，種在花壇邊緣的花草，朱實命名），兩期之間發刊會員讀後心得集《綠洲》。

　　1945 年 8 月 17 日美國總統杜魯門批准《一般命令第一號》，9 月 2 日麥克阿瑟將軍在受降儀式上發佈，指令臺灣及中南半島北部的日軍向蔣介石元帥投降，蔣中正委派何應欽將軍為受降全權代表，何應欽又委派陳儀為臺灣受降代表。10 月 25 日，日本降方代表安藤利吉將軍在臺北公會堂（今之中山堂）向受降主官陳儀投降並在受領證上簽字，國民黨軍政集團因此契機控制臺灣、澎湖。1951 年 9 月 8 日，日本與第二次世界大戰同盟國成員簽訂的《舊金山和約》（1952 年 4 月 28 日生效）第二條載明：「日本政府放棄對臺灣、澎湖等島嶼以及南沙群島與西沙群島的一切權利、權利名義與要求。」並未申明臺澎地區及南海群島歸屬何方。

（一）行政長官公署強制報刊禁用日文

　　1946 年 10 月 25 日起臺灣報刊禁用日文，嫻熟日文的臺灣作家陷入發表困境。「銀鈴會」因政經局勢不變又遭逢語言轉換，1947 年初暫時停刊。1947 年 2 月臺灣爆發「二二八事件」，國

民黨軍政集團執行全臺清鄉，大量臺灣菁英與媒體工作者被槍殺或被逮捕，國民黨黨工與非臺灣籍作家掌控了絕大多數媒體。《臺灣新生報》總經理阮朝日和日文版總編輯吳金鍊，事件發生後被長官公署派人持槍押走下落不明。台中分社記者陳安南、嘉義分社主任蘇憲章、高雄分社主任邱金山、高雄印刷廠廠長林界等臺灣籍職員都遇害。1947 年 8 月 1 日《臺灣新生報》的「橋」副刊創刊，由歌雷（本名史習枚，？-1994，江西九江人，復旦大學畢業，當時《臺灣新生報》官派總編輯鈕先鍾表弟）主編，發起「臺灣文學的重建」活動，舉辦「如何建設臺灣新文學」之討論會，希望振興戰後低迷的文藝，鼓勵臺灣作家創作。1948 年 8 月楊逵創立《臺灣文學》叢刊（出版三期），主張「認識臺灣現實，反映臺灣現實，表現臺灣人民的生活感情與思想動向」，實踐他一貫的現實主義文學主張。

1948 年 5 月「銀鈴會」將同人刊物復刊更名為《潮流》，以漢文、日文合刊方式繼續出版五期《潮流》季刊、二期《聯誼會特刊》、二期《潮流會報》，主編張彥勳。1949 年 4 月 6 日臺北發生「四六事件」，「橋」副刊主編歌雷被捕（很快即釋放），銀鈴會精神導師楊逵被捕，銀鈴會同人蕭翔文被捕入獄半年，張彥勳藏匿半年後自行投案關押百餘日，朱實被列入六名主嫌公開通緝只得流亡中國，銀鈴會解散。

「銀鈴會」其他重要同人有綠炎（1921-2004，本名詹益川，另筆名詹冰，苗栗人）、亨人（1924-2023，本名林亨泰，另筆名恆太，彰化人）、金連（1928-2013，本名陳金連，另筆名錦連，彰化人）。國立臺灣文學館 2013 年整理相關文獻翻譯出版《銀鈴會同人誌（1945-1949）》，「銀鈴會」面貌逐漸清晰。

（二）「銀鈴會」同人詹冰、林亨泰、錦連

「銀鈴會」同人詹冰的〈戰史〉一詩（發表於 1946 年，書寫日期推測在戰爭結束前後），言簡意賅頗具震撼力：

〈**戰史**〉　詹冰日文詩，1946

金屬被消費了。
肉體被消費了。
眼淚被消費了。
尤其是女人們的美麗的眼淚。

詹冰 1942 年赴日本就讀醫專，1944 年 9 月戰爭末期，詹冰結束學業冒烽火返臺，四天船期卻在美軍砲火與魚雷威脅下，走了四十天才抵達基隆。戰爭的殘酷相當難以描述，〈戰史〉卻猶如匕首，一刀割裂烽火漫天的布幕。

林亨泰的〈書籍〉也深刻反映了時代歷史——

〈**書籍**〉　林亨泰日文詩，1949

在桌子上堆著很多的書籍，
每當我望著它們，
便會有一個思想浮在腦際，
因為，這些書籍的著者，
多半已不在人世了，
有的害了肺病死掉，

有的在革命中倒下，
有的是發狂著死去。
這些書籍簡直是
從黃泉直接寄來的贈禮，
以無盡的感慨，
我抽出一冊來。
一張一張的翻看，
我的手指有如那苦修的行腳僧，
逐寺頂禮那樣哀憐。

於是，我祈禱，
像香爐焚薰著線香，
我點燃起煙草……

林亨泰就讀臺灣省立師範學院（今臺師大）時期加入「銀鈴會」，
持續投稿於同人刊物《潮流》，這是一本強調「潮流是時勢的趨
勢與傾向，是臺灣青年血脈的流向」的前衛刊物。1949 年 4 月 6
日，大批軍警包圍臺灣大學宿舍與臺灣師範學院宿舍，總共三百
多名學生被捕，其中十九人遭到羈押審判，林亨泰本人也遭受拘
留審查。〈書籍〉發表於 1949 年 4 月 2 日出版的校園刊物《龍
安文藝》，彷彿預告時代苦難即將降臨。《龍安文藝》主編為臺
灣師範學院史地系學生林曙光（本名林身長，1926-2000），刊物
出版後，因發生「四六事件」而緊急收回全數燒燬，2002 年尋獲
倖存本。1949 年 4 月 15 日林亨泰出版日文詩集《靈魂の產聲》（掛
名銀鈴會出版），然因「四六事件」之心理衝擊，只好全數收藏
在表姊夫家的日式壁櫥裡，最後淪為炊飯柴薪的下場，不被粗暴

歷史所蹂躪的倖存物，竟只剩一兩冊。

　　1949 年 5 月 20 日零時起，《臺灣省戒嚴令》正式實施，臺灣、澎湖進入長達三十八年的戒嚴時期。錦連寫於 1950 年的詩篇〈地圖〉，從臺灣人的眼光來仰視牆壁上龐大無比的「中國大地圖」：

　　　〈**地圖**〉　錦連日文詩，1950

　　　擱下書本
　　　抬頭看看壁上的大地圖
　　　「現代中國大地圖」
　　　如一個胃般的大地圖
　　　被塗上種種顏色
　　　挺起肚子伸向大海
　　　剛剛讀過的書頁裡
　　　有「戰爭」的字眼
　　　有「殘暴」的字眼
　　　猶如螞蟻般的人民
　　　在這裡面出生
　　　在這裡面受害
　　　真是令人不敢相信
　　　像是做夢一樣的事情
　　　這是新的歷史在悲鳴
　　　拿起書本
　　　有「團結」的字眼
　　　有「死鬥」的字眼

恐怖和憧憬
奮勇和戰慄的血液
刷地迅速貫通了我的五官

　　這首詩呈現雙重視域交疊之景：一個場景是 1937 至 1945 年之間的中日戰爭，一個場景是 1945 至 1949 年之間的國共內戰。前者的歷史悲鳴著重在中國受到日本的侵略與受難，「像是做夢一樣」，日本戰敗了，臺灣人在戰爭過程中也是受難者。後者的歷史悲鳴轉移視域，國民黨軍被共產黨軍擊潰撤退到臺灣，臺灣人再度成為被壓迫的受難者。座標軸心的「中國大地圖」的背後，隱藏著無人聞問的邊緣的「臺灣」；「我的五官」隱喻一張臺灣人的臉，漲滿著「恐怖和憧憬／奮勇和戰慄」的複雜心情與激動血液。

（三）跨越語言的艱難考驗

　　1946 年 4 月 2 日行政長官公署成立「臺灣省國語推行委員會」，在臺灣強力推行國語政策。起先產生一股臺灣人學習國語的熱潮，官方與民間的國語補習班風起雲湧在各地紛紛成立供不應求，10 月頒佈全面廢止報刊雜誌日文版的配套措施。但 1947 年發生「二二八事件」全臺大屠殺，1949 年頒佈戒嚴令實施白色恐怖高壓統治，臺灣人的「祖國熱」被徹底澆熄。凡此種種，致使臺灣前輩詩人遭受文化限制與精神壓抑而停筆。銀鈴會的同人及其他臺籍詩人們，成長於日本時代最嚴厲的禁制漢文階段，雖然努力學習華文，一時之間難以突破語言文字的障礙。

　　然而詩人不愧是時代的精神象徵，在飽受征服者（日本帝國集團）運用語言作精神佔領，及後續代管者（國民黨軍政集團）

壓抑本土語言戕害臺灣人精神意識的錯亂時代，詩人不畏籠罩在他們身上的語言黑霧，由日文潛行到華文，依然孜孜不懈地創作著，試圖進行精神裂縫的彌合，此即所謂「跨越語言的一代」。這些詩人成為 1964 年創立的「笠」詩社重要成員，延續臺灣新詩前輩們無畏思想箝制、堅守人的尊嚴、尋索「臺灣主體意識」的創作道路。「日治時期」詩人群根植於土地倫理關懷的反殖民精神，通過「跨越語言的一代」詩人群的中繼傳承，影響「笠詩社新世代」詩人群的書寫傾向與精神立場，感染其他熱愛鄉土的臺灣詩人們，形成一股默默塑造「臺灣主體意識」的核心力量。

　　詩經過語言翻譯，其間必有精神損益，而詩人經過了兩種語言的翻譯，其間的精神損益又是如何？此事實堪玩味。精神的裂隙可否通過語言的跨越而真實彌合？天性熱愛母體語言的人類又為什麼常遭非母體語言的佔領？被羞辱的其實是語言自身──語言是人類精神之母。

五、臺灣早期新詩的理念與精神

　　第一次世界大戰後全世界刮起自由思想之風，揭舉民族自決的大旗；朝鮮於 1915 年發生「三一萬歲事件」（日佔時期的韓國獨立運動），中國掀起 1919 年的「五四運動」（外爭主權內除國賊的政治運動）。這些風潮影響了在東京留學的臺籍青年，他們組織各種團體策劃反殖民統治，文化啟蒙運動也隨政治運動而展開，臺灣人的新詩寫作與這股潮流緊密結合。

　　臺灣早期新詩，日文詩寫作者以王白淵、楊雲萍、楊熾昌最為重要；漢文詩寫作者以賴和、張我軍、楊華為代表。王白淵的《棘の道》1931 年出版後傳回臺灣，王詩琅（1908-1984，臺北

艋舺人）曾言：「王白淵的詩集《荊棘之道》則備受稱讚」。請聽《棘の道》的〈序詩〉：「日出之前蝴蝶的魂魄／飛往地平線那邊／你知道蝴蝶往何處／朋友啊／為了共同的作業／撤廢界標柱吧／那邊是可貴的戰地／／你知，我也知／地平線那邊的光／是東天輝煌的黎明標誌／朋友啊／我們互為兄弟／撤廢國境的界標吧／為我們神聖的亞細亞」（巫永福譯），它是帶有理想主義氣質的詩章，對受限於臺灣殖民地風景的苦悶詩人們，應有不小的心靈激勵作用。「詩人孤獨的吟唱／訴說萬人的胸懷」（王白淵〈詩人〉），因為反殖民意識與理想主義性格，王白淵在日治時期與國民黨戒嚴時期多次入獄吃盡了苦頭，他的一生具體呈現臺灣知識分子活在不同外來政權下的艱難處境。1965 年王白淵告別式追悼會上，昔日東京《福爾摩沙》雜誌同人張文環提及一件往事：「後來白淵兄因事，不得不與日本太太離開，夫妻話別實在很慘痛，並不是因為愛情有問題而仳離。因為日本政府對於民族的歧視，才為了民族意識與尊嚴離別的。他到了祖國後，雖然知道他日本太太生了一個女孩子，而非常高興，但卻寫了一首石川啄木調的詩──『被日本帝國主義者放逐的人，不能讓他親生孩子叫一聲「爸爸」，哀哉兮。』藉此諷刺他自己的心情。」，令人唏噓歷史之無情。王白淵撰寫的《臺灣美術運動史》一書，也是劃時代的開路性文化工程。

　　楊熾昌在臺灣的詩活動展開於 1933 年，籌組「風車詩社」，以新詩創作挖掘心靈內面空間，帶動一股強調潛意識氛圍的超現實主義詩風。但當時臺灣社會沒有足夠的文化準備，致使楊熾昌在臺灣文壇始終處於邊緣位置；他的美學成就須待 1995 年 4 月《水蔭萍作品集》出版後才漸漸得到重視。《水蔭萍作品集》的葉笛譯序提到 1980 年代初往事：當時葉笛居住於東京，某天逛書店

發現一本《臺灣・心の美》影集，內有楊熾昌美文兩篇，拜讀後，「心想：此人日文寫得真有風格，媲美日本作家而毫無遜色！」，卻對作者身分背景毫無所悉。楊熾昌的日文新詩因時代捉弄，在臺日兩地皆無法得到適當及時的評價，誠乃歷史傷心事。

　　楊雲萍最先以漢文寫詩，但其新詩成就為日文書寫的《山河集》與《山河新集》。楊氏嘗言：「文學創作必須有傳統可依據，就像用白話文來寫小說，是可以成功的，因為中國早就有白話小說的傳統，但是用白話文來寫新詩，必需還要磋磨詩的語言」。考察其《山河集》〈巷上盛夏〉：「空地上，走江湖的敲打著銅鑼，／來，諸位，諸位，我絕不絕不說假話空話，／……突然圓月掛在屋頂上，／亞字欄浴著月影　如夢的少女倚靠著欄杆，／要拉胡琴？還是要唱董子調？／……歷史不回頭，／一切都會過去，／只有，新的悲哀留下來。／啊，康朗空巷　我底木屐響著。」融合中國古典詩意與臺灣現實生活，再加日本木屐拖在腳下，真乃文化大觀。楊雲萍 1942 年成為《民俗臺灣》同人，《民俗臺灣》（1941 年 7 月 -1945 年 1 月，四十三期）為戰爭時期的文化保存與鄉土研究貢獻不少心力。戰後，楊雲萍參與 1946 年 6 月創立的「臺灣文化協進會」，擔任機關刊物《臺灣文化》月刊編輯組主任。「臺灣文化協進會」發起人有：游彌堅、許乃昌、陳紹馨、林呈祿、黃啟瑞、林獻堂、林茂生、楊雲萍、陳逸松、蘇新、李萬居等人。《臺灣文化》創刊宗旨以協助政府推行中國化的文化政策為根本方向，但經歷 1947 年「二二八事件」、1948 年「許壽裳被斧劈事件」、1949 年「四六事件」造成心理劇烈衝擊，1950 年 12 月不得不停刊。楊雲萍 1947 年起擔任臺灣大學歷史系教授，專研明史與臺灣史，是臺灣文史研究的先驅人物，而其充滿文化義涵的新詩也值得後人借鑑。

1927 年張我軍與居住在北平的宋斐如（原名宋文瑞）、洪炎秋、蘇薌雨等人，為「臺灣人的思想改造」，共同創辦了《少年臺灣》雜誌（總計八一九期，主編宋斐如），可視為「祖國認同派」文人的集結。宋斐如（1903-1947，臺南人），畢業於北京大學經濟系，曾任臺灣省行政長官公署教育處副處長。1945 年 12 月宋斐如擔任《人民導報》社長，1947 年 2 月 22 日因《人民導報》刊登批評政府施政措施的文章，被罷黜教育處副處長一職，3 月 11 日 6 名持槍武裝軍警闖入宋家，強行將宋斐如押走，在「二二八事件」中遇害。

　　1947 年臺灣發生二二八大屠殺與後續中國國民黨白色恐怖治臺政策，加上中國共產黨在大陸慘絕人寰的「土地改革」、「反右運動」、「文化大革命」等施政措施（國民黨軍政集團在臺灣強力宣傳了萬惡共匪的嘴臉），此一「祖國認同」在臺灣人意識中無可避免地逐漸傾毀。張我軍二十一歲留學北平時認識十八歲的京城少女羅心鄉，迎娶回臺並請臺灣文化名人林獻堂先生證婚。大兒子張光正後來轉向馬列主義思想，1945 年加入共產黨滯留中國發展；二兒子張光直（1931-2001）1946 年隨父母遷居臺灣，就讀建國中學時因「四六事件」牽連坐了一年牢。張光直為避免再惹文字禍「棄文從考古」，考進臺大人類學系，後竟成國際知名考古學權威。張我軍家族的經歷反映臺灣歷史的複雜性，耐人尋味。

　　楊華生前未發表，死後才由朋友在住家中蒐集的獄中詩抄《黑潮集》五十三首並序，深刻表達臺灣人的生存困境與心靈哀愁，「鏡有破時，／花有落時，／月有缺時，／銀幣卻保持著永遠的勝利。」，「流泉在山中悲鳴，／似訴它不見天日之苦。」，「源泉曾被山嶽禁錮在幽暗的窟裡，／他能繼續著催起流水的跳躍，

／所有浸流而使山嶽崩壞。」（楊華《黑潮集》49、12、11）。

楊華詩呈現孤獨者的思考與批判，絕望中懷藏著希望的種子，為日治時期臺灣人的生存實況留下時代證詞。《黑潮集》1937年刊登於《臺灣新文學》第二卷第二、三號時，編輯在後記中提到：「讀得自序，曉得是在獄中寫成的。那時候當然有另一種心境，所以集中有幾節在小生看來，於表現上很覺銳利，怕把紙面戳破，故特抽起，這一點敢希諸同好者寬諒。」（五十三首只發表四十六首）楊華的詩雖然篇幅短，猶如匕首的情感尖刃依然蘊藏著穿破紙面的力道。

　　賴和的新詩寫作數量不多，但皆有感而發慷慨激昂，〈流離曲〉具備微型史詩氣象，為臺灣的歷史命運譜寫詩章。〈南國哀歌〉七十六行也是長篇敘事詩，乃哀悼1930年10月27日的「霧社事件」而作。霧社的賽德克族人以實際行動反抗日本暴政，殺死了一百三十四名日本人；臺灣總督隨即發出「討伐」諭告，持續兩個多月的大砲加毒氣的戰事，致使參與起事的霧社部落幾近滅族。「所有的戰士已都死去，／只殘存些婦女小兒，／這天大的奇變，／誰敢說是起於一時？／／⋯⋯我們處在這樣環境，／只是偷生有什麼路用，／眼前的幸福雖享不到，／也須為著子孫鬥爭。」（賴和〈南國哀歌〉節選）賴和悲慟的詩思，記錄了被壓迫人們的受難之情與反抗意志。賴和詩章強調與土地、歷史的對話，在文字裡灌注著深刻的靈魂覺醒的聲音，為臺灣的本土化運動與主體性思維樹立精神標竿，唱出臺灣早期新詩最高昂的聲音：

〈低氣壓的山頂（八卦山）〉節選　賴和，1931.10.20

在這激動了的大空之下，
在這狂飆的迴旋之中，
只有那人們樹立的碑石，
兀自崔嵬不動，
對著這暗黑的周圍，
放射出矜誇的金的亮光，
那座是六百九十三人之墓，
這座是銘刻著美德豐功。

雲又聚得更厚，
風也吼得更凶，
自然的震怒來得更甚，
空間的暗黑變得更濃，
世界已要破毀，
人類已要滅亡，
我不為這破毀哀悼，
我不為這滅亡悲傷。

人類的積惡已重，
自早就該滅亡，
這冷酷的世界，
留牠還有何用，
這毀滅一切的狂飆，
是何等偉大淒壯，

我獨立在狂飆之中，
張開喉嚨竭盡力量，
大著呼聲為這毀滅頌揚，
並且為那未來的不可知的
人類世界祝福。

　　賴和使用「牠」來指稱當時的臺灣社會，帶有強烈的悲憤情
感，反映臺灣人在日治時期淪落為牛馬的悲慘情境。尤其當他面
對著 1895 年 8 月「乙未戰役」中最慘烈的「八卦山之役」，因
抵抗日本近衛師團接收臺灣而犧牲的烈士掩埋於「六百九十三人
之墓」，詩人因烈士魂之號召而勇敢抗歌。此墓曾經湮沒，1965
年烈士遺骸六百七十九具連同鏽蝕兵器因農夫整地出土，1983 年
興建專祠奉祀。詩中的「這座是銘刻著美德豐功」，指當地另一
座建立於 1914 年的「北白川宮能久親王殿下紀念碑」，北白川
宮能久親王曾在此地設立八卦山司令所，因而立碑紀念。（國民
黨軍政集團流亡來臺後拆毀此碑，1961 年改建八卦山大佛）
　　1920 年 7 月《臺灣青年》由留學日本的有志青年創刊於東
京，其間經過無數波折，1927 年才遷回臺北發行；名稱多次更
動：《臺灣青年》、《臺灣》、《臺灣民報》、《臺灣新民報》，
1941 年 2 月因為日本帝國發動南向侵略政策的原因被迫改稱《興
南新聞》。1944 年 3 月因決戰期統一言論與紙張奇缺的原因，全
臺灣的報紙合併為一家官營的《臺灣新報》；1945 年 10 月 25 日
《臺灣新報》被國民黨軍政集團接收改稱《臺灣新生報》。1945
年 10 月 10 日臺灣人創立《民報》，以做臺灣人民之喉舌為己任，
迅速發展成民營的臺灣第一大報；1947 年發生「二二八事件」，
3 月 9 日《民報》報社遭查封，社長林茂生被武裝軍警從家中帶

走遭遇「密裁」，總編輯蘇新逃亡中國。上述歷史過程，說明1945年前後時代環境變動之劇烈。

吳濁流（1900-1976，新竹新埔人），1942年進入《臺灣日日新報》擔任文化部記者，這段時期寫下反映臺灣社會鉅變與臺灣人集體命運的名作《亞細亞的孤兒》（原名《胡志明》，1943年起稿1945年5月完稿），成為見證臺灣歷史的重要文學文本。貫串全書軸心的「臺灣人」身分認同問題，直到2023年依然困擾著這個物產豐茂景緻優美但精神飄移心靈浮沉的寶島。

從王白淵的〈饅鼠〉、楊雲萍的〈這是什麼聲？〉、楊華〈黑潮集〉、賴和〈流離曲〉、郭水潭〈徬徨於飢餓線上的人群〉、吳新榮〈煙囪〉、林精鏐〈喧囂的村莊的某日〉、楊熾昌〈青白色鐘樓〉，一直到詹冰〈戰史〉、林亨泰〈書籍〉、錦連〈地圖〉，臺灣詩人們，無論在日治時期還是戰後初期，受到的壓抑與屈辱不曾稍歇，但臺灣人屢仆屢起的精神抗爭也未嘗中斷。1922-1949年的臺灣早期新詩，反映臺灣困厄的現實環境與歷史命運，艱難苦楚又充滿生命力，為臺灣的新文學開拓史，烙下發奮圖強的鮮明形象。

【參考文獻】

胡適，《文學改良芻議》（臺北：遠流出版公司，1986年）

胡適，《嘗試集》（臺北：遠流出版公司，1986年）

蔣為文總編輯；何信翰主編，《台語白話字文學選集03詩‧歌》（臺南：國立臺灣文學館，2011年）

李壬癸，《臺灣南島民族的族群與遷徙》（臺北：前衛出版社，2011年增訂版）

平和部落、萬安部落吟唱；拉夫琅斯‧卡拉雲漾製作，《大武山亙古的文學詩頌》（屏東：行政院原委會文化園區管理局，2010年）

陳淑容，《「曙光」初現——臺灣新文學的萌芽時期（1920-1930）》（臺南：國立臺灣文學館，2012 年）

李勤岸，《白話字文學》（臺南：開朗雜誌，2010 年）

邱各容，〈被遺忘的一方天地——張耀堂〉（臺北：《全國新書資訊月刊》2007 年 10 月號，2007 年）

張詩勤，《臺灣日文新詩的誕生——以《臺灣日日新報》、《臺灣教育》（1895-1926）為中心》（臺北：政治大學／臺灣文學所／碩士論文，2016 年）

李筱峰，《臺灣革命僧——林秋梧》（臺北：自立晚報，1991 年）

李南衡主編，《日據下臺灣新文學詩選集》（臺北：明潭出版社，1979 年）

陳千武、羊子喬主編，《光復前臺灣文學全集新詩卷》（新北：遠景出版公司，1982 年）

銀鈴會著；周華斌編，《銀鈴會同人誌（1945-1949）》（臺南：國立臺灣文學館，2013 年）

張我軍，《張我軍全集》（臺北：人間出版社，2002 年）

陳奇雲著；陳瑜霞譯，《熱流》（臺南：台南市立圖書館，2008 年）

王白淵著；莫渝編，《王白淵　荊棘之道》（臺中：晨星出版社，2008 年）

廖振富，《文協精神臺灣詩》（臺北：玉山社，2021 年）

郭水潭著；羊子喬編，《郭水潭集》（臺南：台南縣立文化中心，1994 年）

吳新榮著；葉笛、張良澤譯；呂興昌總編輯，《吳新榮選集》（臺南：台南縣立文化中心，2001 年）

吳新榮，《震瀛隨想錄》（臺南：硝琅山房，1966 年）

林芳年，《林芳年選集》（臺北：中華日報出版社，1983 年）

林芳年著；葉笛譯，《曠野裡看得見煙囪》（臺南：台南縣政府，2006 年）

錦連著；阮美慧主編，《錦連全集》（臺南：國立臺灣文學館，2010 年）

林亨泰，《林亨泰全集》（彰化：彰化縣立文化中心，1999 年）

林亨泰著；陳昌明編，《林亨泰集》（臺南：國立臺灣文學館，2008 年）

葉笛，《葉笛全集》，（臺南：國家臺灣文學館籌備處，2007 年）

詹冰著；莫渝編，《詹冰集》（臺南：國立臺灣文學館，2008 年）

楊熾昌著；葉笛譯，《水蔭萍作品集》（臺南：台南市立文化中心，1995 年）

巫永福著；沈萌華主編，《巫永福全集》（臺北：傳神福音，1996 年）

楊雲萍著；林瑞明、許雪姬主編，《楊雲萍全集》，（臺南：國立臺灣文學館，2011 年）

翁鬧著；黃毓婷譯，《破曉集》（臺北：如果出版社，2013 年）

黃得時著；江寶釵主編，《黃得時全集》（臺南：國立臺灣文學館，2012 年）

葉石濤，《臺灣文學史綱》（高雄：春暉出版社，2010年註解版）

柳書琴等著；柳書琴主編，《日治時期臺灣現代文學辭典》（新北：聯經出版公司，
2019年）

張炎憲召集；新臺灣和平基金會統籌；李筱峰、薛化元等主編，《典藏臺灣史》八冊（臺
北：玉山社，2019年）

第二章
從抑鬱到奮起：
「跨越語言的一代」

一、戰後「臺灣新詩」面臨的歷史性挑戰

　　1945 年 10 月 25 日國民黨軍政集團接管臺灣，執政官僚貪汙、部隊軍紀敗壞、社會經濟蕭條，臺灣民怨高漲，導致 1947 年 2 月底「二二八事件」爆發。「二二八事件是一場高度計畫性的鎮壓行動，以當時的臺灣菁英為目標。一九四七年四月，軍統臺灣站的站長林頂立向南京當局呈報一份一千零七人的『二二八事變叛逆名冊』，林獻堂名列叛逆之首，包括李萬居、連震東、黃國書等都在其中」，「包括《人民導報》、《民報》、《大明報》、《中外日報》、《重建日報》等十一家報社（連同《大公報》臺北分處為十二家），以及民智印書館被查封，與此同時，則是新聞工作者大量死亡或逃亡。」（李禛祥〈二二八事件的人權迫害形式〉）。在「二二八事件」中被屠殺的臺灣民眾，依 1994 年行政院《二二八事件研究報告》研究員推估，受難人數 18,000 人至 28,000 人。1960 年 9 月 4 日雷震主持的《自由中國》雜誌被迫停刊，1961 年 3 月 3 日李萬居的《公論報》被查封；從此之後，國民黨黨工掌控了全部媒體，臺灣作家更趨暗啞，成為自生自滅

的潛流。

1949 年 5 月 20 日零時起臺灣省全境實施戒嚴，1987 年 7 月 15 日零時起解除戒嚴令，白色恐怖凌虐臺灣超過三十八年。戒嚴時期「被特務盯上的人數令人咋舌。1967 年國安局的『安全資料中心』已有個人資料檔案近十四萬份。被列檔監控者，除了政治犯和黨外為當然人選外，還包括一切官方不放心的對象，被歸類為『匪嫌』、『分歧份子』、『台獨份子』等名目。」（李禎祥〈國家的敵人與充滿敵人的國家〉）

「依據行政院法務部向立法院所提的一份報告資料，顯示在戒嚴時期，軍事法庭受理的政治案件達 29,407 件，無辜受難者約達 14 萬人。然據司法院透露政治案件達六、七萬件，如以每案平均三人計算，受軍事審判的政治受難者應當在二十萬人以上。又據國防部於 2005 年 7 月 31 日呈給陳水扁總統的《戒嚴時期叛亂暨匪諜審判案件》報告，合計遭受審判有 27,350 人，經篩檢別除重複後，計有 16,132 人。」（張炎憲〈導言：白色恐怖與轉型正義〉）後一數字未含司法系政治案件與未列入報告的政治案件，人數偏低。

我不否認蔣氏父子的臺灣經營有兩大歷史性功績：守衛臺灣避免落入中共魔掌（背後有駐臺美軍與《中美共同防禦條約》撐腰）、創造臺灣經濟奇蹟（每年 1 億美金的「美援」加上「十大建設」）。但蔣氏父子在臺灣長期進行濫捕濫殺，摧殘臺灣人的精神意識，罪惡彌天蓋地；有些學者與政客試圖將兩蔣的功過相抵來淡化二人的罪行，這是不可原諒的荒謬說辭。

1949 年 4 月 6 日發生「四六事件」，警備總部逮捕臺灣大學與臺灣省立師範學院三百多名學生；學生文學團體「銀鈴會」迫於形勢自動解散。銀鈴會同人詹冰、林亨泰、錦連，經過困難的

自修華文階段，逐漸轉換語言書寫媒介；陳千武、陳秀喜、杜潘芳格、羅浪的歷程也屬類似情況；吳瀛濤是極少數日文與華文都擅長的臺灣新詩作者，最早突破語言封鎖的困境。這些經歷寫作語言轉換的詩人，因林亨泰 1985 年的文章〈跨越語言一代的詩人們──從「銀鈴會」談起〉，而被定義與命名。

　　成長於日本教育體制，被迫以日語為母語者，詩歌寫作有幾種發展類型。有些人華文、日文皆運用自如，選擇以日文寫詩：楊熾昌寫詩只用日文，楊雲萍的《山河集》也選擇日文書寫；但他們的詩篇內蘊反殖民精神，應視做臺灣文學的寶貴資產。以日文寫作的臺籍詩人，有些人的語言轉換相當成功，華文詩作推陳出新；有些人語言轉換得較遲，寫作效率與寫作意願被限縮。戰後持續以日文寫作者如黃靈芝（本名黃天驥，1928-2016），他的日文俳句享譽東瀛，小說成就也令人驚豔。1951 年，黃靈芝曾與羅浪、錦連等人成立「日文文藝會」，合編過日文《詩誌》。

　　早期臺籍詩人，經歷日本帝國殖民高壓統治與國民黨軍政集團戒嚴統治兩階段，新詩文本中滿盈著悲憤與抵抗交雜的情境內涵。他們的文學成績因為統治階層刻意抹煞與貶低，長期被主流文化與整體社會漠視，這是時代的悲劇。臺灣是一個族群混血、文化混血的奇蹟島嶼，快速變動的身分認同不斷考驗著臺灣人民的智慧。

　　「吃米而不知米價／今天又夕暮了／／埋在書裡／瘦於詩句／／哺乳的嬰兒／火般哭泣／／妻的手／變得澀粗／／啊，蕭寂的夜／送葬的人影橫過冥暗的陋巷而去」。這是吳瀛濤寫於 1942年的〈夕暮〉，不知、埋、瘦、火般哭泣、澀粗、蕭寂、送葬、人影、冥暗、陋巷，詩中語詞全數傾向於否定、懷疑、晦澀、陰暗、貧困，甚至指向死亡，如實反映日治時期臺灣人在心靈上與生活上的困境。「跨越語言的一代」詩人，以其獨特的生命經歷、

語言經歷、詩歌經歷，為臺灣的社會變遷與歷史真相留下寶貴的文化見證。這些詩人全都參與了 1964 年成立的「笠詩社」，築造臺灣詩人本土化的詩歌陣地。本章選擇八位「跨越語言的一代」詩人，進行作者介紹與作品評析。

二、「跨越語言的一代」詩人群評介

（一）吳瀛濤　思想家氣質的抒情詩人

　　吳瀛濤（1916-1971）出生於臺北大稻埕地區，祖父是享有盛名的「江山樓」（臺北四大酒家之首）創辦人吳江山。吳瀛濤 1934 年畢業於「臺北商業學校」，1939 年開始日文詩創作，1941 年從「臺灣商工學校」北京語高等講習班第五期結業，掌握華文讀寫能力；1943 年完成日文新詩集《第一詩集》（1939-1943），1944 年完成華文新詩集《青春詩集》（1939-1944），他是臺灣詩人同時精通華文寫作與日文寫作的先驅者。吳瀛濤 1944 年旅居香港與戴望舒等人有往來，旅港期間開始發表華文、日文詩作，當年返臺就職於臺北帝大（今臺灣大學）圖書館。1945 年於《民報》發表華文新詩與評論，1946 年於《中華日報》副刊發表日文與華文新詩，實乃最早的「跨越語言的一代」詩人。吳瀛濤 1953 年起在《現代詩》，1954 年起在《藍星週刊》，1961 年起在《青年戰士報》，1964 年起在《葡萄園》詩刊，持續發表大量詩作，為戰後 1945-1964 年間最活躍的臺籍詩人。1964 年 6 月，吳瀛濤成為《笠詩刊》十二位創辦人之一。

　　吳瀛濤 1946 年 1 月起任職於臺灣省專賣局臺北分局，直到 1971 年 8 月退休；因緣際會，他成為「二二八事件」的在場者與見證者。2 月 27 日晚引爆警民衝突的取締私菸地點南京西路天馬

茶房騎樓，就在詩人住所附近；2月28日臺北遊行民眾衝入私菸查緝員任職的專賣局臺北分局，痛毆專賣局職員搗毀公物，正是詩人任職的場所。事件相關詩篇，在吳瀛濤1953年9月正式出版的第一本新詩集《生活詩集》沒有收錄，直到1970年出版的《吳瀛濤詩集》方才現身。《吳瀛濤詩集》收錄詩人自己整理的六本詩集內容，並依寫作年代統一編號。1953年版《生活詩集》與1970年版《吳瀛濤詩集》中《生活詩集》卷，詩篇創作年代皆為1945-1953年，但編選內容頗有出入。依編號位置與內容推斷，〈海流〉（作品124）與〈怒吼四章〉（作品125-128），應為「二二八事件」前後相續書寫的詩章：

〈海流〉　吳瀛濤，《生活詩集》作品124

大陸北方已開始積雪
惟今天戰亂鮮紅的血卻印在雪上
驚醒了這裡南方初春的淺夢

這是雞鳴的早晨
我正打開古老的地圖，緬想祖國多難的命運
而一股懷念的熱情如同浩盪的海流奔騰萬里

〈怒吼四章〉　吳瀛濤，《生活詩集》作品125-128

1
霹靂聲中
生命曾做一次最後的怒吼

啊，轟轟烈烈地

天地為之崩潰，世界為之毀滅

這是又一次創世

海嘯吞沒了太陽，渾沌換來了另一個新的宇宙

2

炎熱的白晝

心裡一顆炸彈已燃到引火點

而那太陽也將爆發，發出驚天動地的巨響

3

有人，向黑夜開槍，向夜之深處直衝而去

4

深夜裡，從墳墓爬出來，怒吼著

滿身流濺血淚的人

　　兩件文本擁有完全迥異的語境。〈海流〉敘述詩人眼中的中
國北方，氣候是寒冬，內容是戰爭殘酷的廝殺。從歷史史實來
印證，1947 年中國東北正發生扭轉歷史的關鍵戰役。1946 年 6
月 5 日，國共雙方達成東北停戰十五天的協議（史稱「六月停戰
令」），來華調停國共內戰的美國總統杜魯門特使喬治・馬歇
爾將軍下令從 1946 年 7 月 29 日到 1947 年 5 月 26 日對中國實行
武器禁運。同一時間，「蘇聯掠奪了滿州的大量財富，但沒有破

壞大連的兵工廠。在日本技術員和當地工人的幫助下，這些設施繼續運轉，生產了數以百萬計的子彈和炮彈。與此同時，蘇聯還透過鐵路和空運向中共源源不絕地提供各種物資支援。僅從朝鮮一地，蘇聯就裝載了兩千節車廂的物資運給中共。」（馮客《解放的悲劇 1945-1957》）國民黨軍的裝備老舊士氣低迷，加上後勤供應線拉得太長，1947 年起國共第二次內戰的局勢急劇逆轉。

前一首詩「祖國多難的命運」，應是指涉戰爭局勢開始對國民黨軍不利，但詩人熱愛祖國的信念如浩瀚海流奔湧向北方，隔空以詩人精神加以支持。後一首詩的語境突然產生劇烈變動，「又一次創世」形容歷史劇變帶來的衝擊，「心裡一顆炸彈已燃到引火點」與「太陽也將爆發」兵分兩路，各別指向臺灣歷史事件與中國歷史事件；一方面反映「二二八事件」臺灣發生大屠殺悲劇個人憤怒已到臨界點，另一方面反映中共赤潮崛起正在席捲大陸的歷史趨勢。唯有作出如此詮釋，才能明白「向夜之深處直衝而去」與「從墳墓爬起來，怒吼著／滿身流濺血淚的人」所隱喻：臺灣人遭逢苦難之深邃悲慟，與臺灣島面臨的歷史悲劇之慘烈。〈海流〉與〈怒吼四章〉詩歌語境之劇烈反轉，顯現詩人心理情感之劇烈震盪。詩章在 1953 年初版詩集中不敢現身，1970 年新版詩集雖然選錄了詩人也不敢多作說明，可見時代禁忌之嚴苛。

吳瀛濤有兩首詩觸及「神」之命題，因書寫年代差異語境也迥然有別，〈風土與歷史〉寫於 1939-1944 年（日治時期），〈神四章〉寫於 1963-1964 年（戒嚴時期），前者語調定靜心中猶存願景，後者精神倉皇茫然而無助，可見國民黨戒嚴統治對臺灣人的精神桎梏是多麼巨大！

〈風土與歷史〉　　吳瀛濤，《青春詩集》作品94

風土之中／存有歷史

歷史使風土變貌／風土也是歷史的溫床

風土是歷史的母胎／歷史象徵風土

風土成為歷史／歷史成為風土／於新的風土之中／存有新
的歷史的願望

於風土與歷史之中／存有神

神形成歷史／神形成風土

〈神四章〉節選　　吳瀛濤，《瞑想詩集》作品435-438

1
神，在蒼穹的深處／我已覓見了祂／／祂微笑著／不，祂
在憤怒／／憤怒著，憂鬱的祂／二十世紀的神

2
仰望天空／我幾乎哭泣／／因神不在／不知在何方／／甚
至連祂的名字都忘了／啊，可憐的我的神

吳瀛濤1962年5月發表於《海洋詩刊》的〈午夜之歌〉（原

題〈午夜〉，作品 361），反映活在政治意識形態禁錮底下的臺灣人，彷彿一具行屍走肉，被迫成為故鄉的陌生人：「午夜，我是一具木偶／失去語言，影懸在壁間／／午夜，我是一個囚徒／被時間禁錮，被空間幽閉／／午夜，我是一個幽靈／似夢遊病者，不知去向／／午夜，我是一個陌生人／異地的一切，一無所知／／午夜，我是一個醉客／不知為何而醉，直至清醒／／午夜，我是一隻野獸／冒著陷阱，勇於奔馳／／午夜，我是一顆隕星／失落於邊涯，化為微塵」。木偶、囚徒、幽靈、陌生人、醉客、野獸、隕星，詩中的象徵物，全數都是被操控、被壓抑、被異化、被放逐、被消逝的邊緣性存有，深刻反映戒嚴時期臺灣人的生命悲情，甚至只有在「午夜」無人時，才敢抒發一丁點個人詩思。

　　吳瀛濤是一個具有思想家氣質的抒情詩人，但不是以強烈的批評諷喻見長，而是通過藝術性轉化與思想性提升，將內心懷藏的苦悶與壓力，化作抽象的詩歌空間，以此抵銷嚴酷的現實對人的無情壓榨。吳瀛濤最好的詩是帶有輓歌氣質的個人化抒情，混合著絕望與淒美的詩之魅力：「騎樓坍塌／樓梯倒斜／／憂鬱的少女／塗泥巴的頑童／／夜來了／孤獨的人走向陌生的巷底／／那邊／一塊石冰冷的被濃霧閉蓋／／且在深處／一朵火紅的花驀然地開綻」（〈陋巷〉節選）

　　吳瀛濤畢生留下六百多首詩，終生與詩為伍，將詩的誕生與詩人的誕生視為共同使命；他從不與人爭名奪利，默默經營著自己的一方詩土。吳瀛濤寫了不少論詩詩，有他自己獨特的詩觀，從下引詩篇斷章，能從中感悟到詩人渴望跳脫時代侷限之自我淬鍊的精神：「當你看到一個殘廢者／當你看到一個不幸的人／當你也喪失了些什麼，也祈求了些什麼／／你能不能寫那些喪失，那些祈求／關於你的，也關於鄰人，關於全世界的／詩正需要你

那種善良的語言」（〈善良的語言〉節選）。

（二）詹冰　非文學語域造就詩歌空間

　　詹冰（1921-2004），本名詹益川，苗栗縣卓蘭鎮客家人。1942 年赴日本留學，對詩歌極為嚮往想要報考文科，在東京寫信向父親陳情；但身在臺灣的父親堅決反對，詹冰只好就讀於東京明志藥專。「雖然我念的是藥學，對文學的熱情不但毫無減弱，而且更增強起來，我一隻手拿著試管，一隻手翻開詩集。民國三十二年我第一次投稿新詩。幸而〈五月〉成為堀口大學（1892-1981）的推薦作品，博得不少好評。」〈五月〉發表於日本的文藝雜誌《若草》，成為詹冰最重要的「第一首詩」，「可是要寫出這『第一首詩』，我已苦心寫了幾十首的習作。」（詹冰〈新詩與我〉）

　　〈五月〉　詹冰日文詩，1944，陳千武譯

五月
透明的血管中
綠血球在游泳著——
五月就是這樣的生物

五月是以裸體走路
在丘陵，以金毛呼吸
在曠野，以銀光歌唱
然而，五月不眠地走路

這首詩是作者在藥專二樓教室，靠窗眺望校園正在發綠芽的櫻樹，有感草就。「綠血球」是生物學名詞「紅血球」的變奏，「紅血球」乃血液中數量最多的成分；以「綠血球」形容滿園的綠芽勃發之美，表達五月生機盎然的空間氛圍。「裸體走路」、「不眠地走路」，形容春夏之交節氣熱烈與奮進精神。〈五月〉的兩大特徵：擬人化修辭和科學名詞入詩，是詹冰早期詩作的典型標誌。

詹冰以科學名詞入詩的文本，以〈液體的早晨〉、〈金屬性的雨〉最著名。兩首都是四行詩 4 節，起承轉合的結構佈置；雖然章法簡單，但作者運用形象思維豐富其內涵，以非文學語域造成詩歌空間的新奇感，語言策略相當成功。「現在，／讀新詩般我要讀／被玻璃紙包裹著的／新鮮的風景／／例如，／水藻似的相思樹下，／成了魚類的少女／搖著扇子的魚翅。」（〈液體的早晨〉節選）詩人將晨光之輕盈比作液態，風景通透如玻璃紙包裹著，水藻般的相思樹葉晃動中，美人魚般的少女搖著扇子。相當新穎的形象思維，風格獨特。

〈金屬性的雨〉　　詹冰日文詩，1945-1949

銀白色的雲
發射白金線的雨，
於是少女的胸裡，
就呈七色焰色反應。

鳥類的交響曲是
沸騰的高錳酸鉀溶液。
心臟型的荔枝是

燦爛的血紅色結晶體。

並列的檳榔樹是
綠色的三角漏斗，
啊，過濾的詩感
水銀般點滴下來……。

充滿 Ozone 的花圃就是
新式化學實驗室。
太陽脫下雲的口罩，
顯出科學家的嚴肅。

　　〈金屬性的雨〉想像奇絕，攝涵實驗室的精神，展露詹冰以
物質存有態變化將空間換位的獨特詩法。「雨」被賦與「金屬性」
不但形容雨絲的晶亮，也加賦「雨」實驗物的屬性。「雨」是試劑，
滴下大地，遠山（少女的胸）投射出七色虹；雨滴入樹叢，鳥聲
噪喧如溶液沸騰般尖嚷，枝頭的紅荔枝被雨淋得更加燦紅，這豈
不是結晶麼？檳榔樹頂葉束展開如倒三角錐的漏斗，雨線被層葉
過濾轉折，改變了線條而點滴下來……。花圃是花鳥棲息之地，
「Ozone」是臭氧也是新鮮空氣，到處流盪；從生物化學的眼光，
陽光、雨水於有機體上產生了多麼複雜的化學反應！詹冰將實驗
室裡的知識與經驗巧妙嫁接到對天地萬物的觀察，滌洗了視覺上
的積塵。〈金雨性的雨〉藉由奇妙生動的形容，傳達出大自然的
生命躍動感。荔枝與檳榔樹都是臺灣物產，這首詩的寫作時間，
推測是詹冰返臺後所作，即 1945-1949 年間。
　　「現代的詩人應將情緒予以解體分析後，再以新的秩序和形

態構成詩，創造獨特的世界。……我的詩法是「計算」。我計算心象的鮮度。計算語言的重量。計算詩感的濃度。計算造型的效率。以及計算秩序的完美。最後的目標是要創造前人未踏的詩的美的世界。」（〈笠下影　詹冰〉），詹冰之詩觀如是說。對詹冰而言，大自然是物理／化學實驗室，詩則是文字／美感的實驗室。

　　1944 年 10 月太平洋戰爭末期，詹冰結束學業冒烽火返臺，1945 年結婚，1946 年加入張彥勳主持的「銀鈴會」文學團體，作品在同人詩誌《邊緣草》與《潮流》上發表。詹冰此時期的日文詩篇，呈現非常罕見的清新質地與奮發精神。

　　　〈新的座標〉　　詹冰，《銀鈴會同人誌》版

　　　這裡吹著明亮的風
　　　這裡充滿溫暖的陽光
　　　將我移植到這肥沃的土壤
　　　的大手啊
　　　雖然我悲傷的肉眼看不見
　　　但我的心能溫暖地接觸
　　　曾經受傷的年輕的根
　　　在此安穩地尋求養分而成長
　　　曾經乾枯的清淨樹液
　　　如今在我的樹幹發出聲響地昇降
　　　啊，在這新的座標
　　　直到美麗的果實結果之前
　　　我啊，一步都不能踏出

「這裡」是一個關鍵語詞，流瀉明亮的風與溫暖的陽光，隱喻戰後的臺灣家鄉，有土地／心靈雙重義涵。「新的座標」是相對於戰前舊的座標而言，新的座標擁有肥沃的土壤，給人溫暖與滋養，鼓舞了心靈願景。此詩寫作時間，推測在 1947 年「二二八事件」發生之前。

另一首〈燈〉的語境有比較強烈的黑暗與光明的對比：「看看那盞燈。／有時像淚水，悲傷地閃著光，／有時像血液，激昂地燃燒。／那燈看似遙遠，卻出乎意料地近，／那燈看來很小，卻非常熾熱。／那燈是祈禱的話語。／那燈是生命之歌，／那燈為真理供養，／那是每個人為自己的靈魂所點亮的燈。」〈燈〉發表於「銀鈴會」會刊《潮流》第二年第一輯春季號，1949 年春，署名綠炎（即詹冰），顯現臺灣人靈魂中追求真善美的願望。這期的《潮流》是最後一期，發刊後不久即發生「四六事件」，大批學生被抓捕判刑。5 月 19 日戒嚴令頒佈，臺灣民眾從此陷入白色恐怖的長期陰影。

1965 年詹冰詩集《綠血球》由笠詩社出版，收錄詹冰新詩五十首，全數由日文寫成（詹冰漢譯）。「民國四十七年被聘當中學教員。我的目的在想學習國文。經此一舉，出於無奈，盡力學習國文。所以這次進步多了。」（《綠血球》後記），經過四、五年的努力，詹冰開始翻譯自己的日文詩作，也從事華文詩寫作。

1986 年詹冰出版新詩集《實驗室》，詩集收錄一首經典的華文長詩〈船載著墓地航行〉，寫作時間 1967 年，涉及主題是「沖繩島戰役」（1945 年 4 月 -6 月）前夕作者搭船冒死返鄉的經歷，距離事件已隔二十三年。詹冰 1944 年 9 月明治藥專畢業獲藥劑師資格，10 月 29 日搭乘貨船「慶運丸」由神戶返臺，貨船因躲避美軍潛艇與戰艦之攻擊曲折航行，12 月 7 日才安全抵達基隆。

四十天的海上歷險，生死繫於一線，「『慶運丸』的甲板上爬著
／夜光蟲般發光的海水」：

　　　驅逐艦拚命發射的爆雷聲
　　　貨船加速的發動機喘聲
　　　可是　甲板上是非常寂靜的
　　　只有綁住人的救生袋白白地排列著

　　　人們屏息傾聽將臨的一個聲音
　　　　魚雷炸破船體的聲音
　　　　火藥炸碎人體的聲音
　　　　死神在哄笑接著咳嗽的聲音
　　　　地獄的鐵門滑軌的聲音
　　　　人一出生就等待的那個聲音
　　　　啊　死前必須要聽的那個聲音！

　　　哎呀　被魚雷射中的船隻
　　　在黑暗裡如罌粟花般燃燒著
　　　不久　那朵紅花也凋萎消失了
　　　唉　死神已經光臨那個地方
　　　一瞬後也許來到自己的腳邊吧
　　　死亡的冰冷深深地穿入毛孔中

　　　人們的神經猶如破碎的魚網
　　　被抽出血液的　臉　手　腳
　　　被絕望浸蝕的　心　肝　腦

現在　人已是無機物的塑像

現在　人已是等待釘的屍體

墓地的冷冽普遍地籠罩甲板上

哦！我看見了活著的死！

　　這首八十六行的詩雖然篇幅不大，卻具有史詩氣息，寫出戰爭中悲慘無助人類的群體命運。觸及死亡而非想像死亡，體驗恐怖而非虛擬恐怖。文本中戰爭的聲響、氣息如在耳際迴盪，恐懼綑綁你的雙腳直至不能動彈，死亡在人們的內臟裡滾絞。「地獄的鐵門滑軌的聲音」，多麼恐怖！「人們的神經猶如破碎的魚網」，何其哀懼與無告！詩篇後半部加入了夫婦對話場景與年輕男子的內心獨白，賦予詩章人間戲劇張力，悲劇意味轉濃。黑暗大海上流離著一座座蒼白的墓碑，老人，男人，女人，小孩，「船載著幕地航行——蒼白的墓地／／一九六七年十一月八日午夜／在我的腦海裡　莊嚴地／船載著墓地航行——」，一首教人敬畏生死的詩章。

（三）陳千武　自然語境混和歷史語境

　　依陳千武〈我的兵歷表〉記錄，詩人 1942 年 7 月 20 日入臺北市六張犁「臺灣特別志願兵訓練所」接受訓練，1943 年 9 月 30 日從高雄港登船前往南洋參戰，1946 年 7 月 20 日船艦抵達基隆港安全返鄉。1980 年陳千武接受鄭烱明、李敏勇、拾虹等人關於戰爭經驗訪談時回答：「戰爭的時候，今天要死或明天爬不起來，是無人能預料的，『睡時感到自己還活著，醒時感到自己沒有死去』，這種深刻的感覺，一直到今天，有時還會再無端地回

想起，我覺得它仍存在我底世界裡。」如此的戰爭記憶與死亡陰
影，形塑了〈信鴿〉一詩：

> 埋設在南洋
> 我底死，我忘記帶回來
> 那裡有椰子樹繁茂的島嶼
> 蜿蜒的海濱，以及
> 海上，土人操櫓的獨木舟……
> 我瞞過土人的懷疑
> 穿過並列的椰子樹
> 深入蒼鬱的密林
> 終於把我底死隱藏在密林的一隅
> 於是
> 在第二次激烈的世界大戰中
> 我悠然地活著
> 雖然我任過重機槍手
> 從這個島嶼轉戰到那個島嶼
> 沐浴過敵機十五粒的散彈
> 擔當過敵軍射擊的目標
> 聽過強敵動態的聲勢
> 但我仍未曾死去
> 因我底死早先隱藏在密林的一隅
> 一直到不義的軍閥投降
> 我回到了，祖國
> 我才想起
> 我底死，我忘記帶了回來

埋設在南洋島嶼的那唯一的我底死啊
我想總有一天，一定會像信鴿那樣
帶回一些南方的消息飛來──

　　陳千武在戰爭中的角色是重機槍手，轉戰於一個又一個島嶼，這是相當吃重的任務；況且南洋遍地是熱帶雨林，當地原住民部落的動態也難以掌握，死亡是戰士的貼身夢魇。前半敘述的「終於把我底死隱藏在密林的一隅」，是「敢死者」置之死地而後生的象徵性舉措，後半提點的「我底死，我忘記帶了回來」，死亡其實早已滲透進生命深處，是「倖存者」的自我嘲諷，也是對戰爭的無言控訴。

　　戰爭記憶深植在身體裡，詩人將之轉化為：「密林是情竇初開的／處女地／／今夜　我站在／懸崖斜面／看密林的情火在燃燒／忽視我的存在在燃燒／／然而　我還要／竄進密林」（〈尋〉節選）、「秤稱戰爭與和平／如果得到的平衡是正義／那正義／也許是戰爭的私生子／沐浴在夜的愛情裡／祇聽遠方戰鼓的伴奏／我們的不安早已麻木了」（〈夜‧和平〉節選），愛與死亡的二重奏對映著和平與戰爭的二重奏，描繪出個人情感與時代歷史交錯編織的紋路。

　　「竄進密林／伸直雙臂　像／杉林的枝幹　挺直擎天／欲踢開朽葉重疊的陋習／而千萬層的年輪鬱悒　封鎖我／於停滯的歷史／樹與樹之間　遍布空虛」（〈密林〉節選）。上引〈密林〉片段，來自作者南洋作戰的經驗，但 1942 至 1946 年間的生命經驗在 1962 年書寫此詩時，南洋密林的自然語境被加賦了臺灣戒嚴的歷史語境，形塑心靈與環境多重糾纏的詩歌空間，詩意的融和轉化相當成功。陳千武新詩的批評意識經常建立於歷史視域

中，文本富有現實縱深與時代意義。

　　1961 年的〈雨中行〉也運用類似的語言策略：「千萬條蜘蛛絲　直下／包圍我於／──蜘蛛絲的檻中／／被摔於地上的無數的蜘蛛／都來一個翻筋斗，表示一次反抗的姿勢／而以悲哀的斑紋，印上我的衣服和臉／我已沾染苦鬥的痕跡於一身／／母親啊，我焦灼思家／思暮妳溫柔的手，拭去／纏繞我煩惱的雨絲──」（節選）詩中的敘述者彷彿一個異鄉遊子，被大雨溼透，身軀上的蜘蛛斑紋被賦予煩惱與抵抗雙重義涵，身體感濃烈。文本中的「思家」想念所呈現的斷離感，並非肇因於流浪他鄉，而是臺灣人身在故鄉卻猶如異鄉人。1961 年，白色恐怖正在全島瀰漫！

　　從帶有雙重視鏡的詮釋視域，重新檢視〈野鹿〉一詩，會產生完全迥異的感受：

　　　〈野鹿〉　陳千武，1966

　　　　　野鹿的肩膀印有不可磨滅的小痣　和其他許多許多肩膀一樣　眼前相思樹的花蕾遍地黃黃　黃黃的黃昏逐漸接近了　但那老頑固的夕陽想再灼灼反射一次峰巒的青春而玉山的山脈仍是那麼華麗儼然　這已不是暫時的橫臥脆弱的野鹿抬頭仰望玉山　看看肩膀的小痣　小痣的創傷裂開一朵豔紅的牡丹花了

　　　　　血噴出來　以回憶的速度　讓野鹿領略了一切　由於結局逐漸垂下的慢幕　獵人尖箭的威脅已淡薄

　　　　　很快地　血色的晚霞佈滿了遙遠的回憶　野鹿習性的諦念　品嚐著死亡瞬前的靜寂　而追想就是永恆那麼一回事

嘿　那阿眉族的祖先　曾經擁有七個太陽　你想想七個太陽
怎不燒壞了黃褐皮膚的愛情　誰都在嘆息多餘的權威貽害了
慾望的豐收　於是阿眉族的祖宗們曾經組隊打獵去了呢　徒
險涉水打獵太陽去了呢　——血又噴出來

　　豔紅而純潔的擴大了的牡丹花——　現在　只存一個太
陽　現在　許多意志　許多愛情　屬於荒野的冷漠　在冷漠
的現實中　野鹿肩膀的血絲不斷地流著　不斷地痙攣著　野
鹿卻未曾想過咒罵的怨言　而創口逐漸喪失疼痛　曾灼熱的
光線　放射無盡煩惱的盛衰　那些盛衰的故事已經遼遠

　　野鹿橫臥的崗上已是一片死寂和幽暗　美麗而廣闊的
林野是永遠屬於死了的　野鹿那麼想　那麼想著　那朦朧
的瞳膜已映不著霸佔山野的那些猙獰的面孔了　映不著夥
伴們互爭雌鹿的愛情了　哦！愛情　愛情在歡樂的疲憊之
後昏昏睡去　睡……去……

　　陳千武參與過濛北地區防衛戰及勢第三號作戰；日本投降後，
又受英軍指揮，參加印度尼西亞獨立軍作戰。〈野鹿〉詩中，作
者以在南洋帝汶山島服役的見聞，寫下了常在死亡左近的體驗：
「當時帝汶山的日本軍已失去本國的支援。缺乏糧食……有些士
兵被派進入原始森林裡打獵。密林裡野鹿特別多，平均二、三天
就有一隻野鹿被打死，放置於部隊的廣場。那從肩膀流著血死去
的野鹿，我看過很多，而覺得同一個生命，人與野鹿的死有何差
別？被一張召集令徵召來到戰地的我的生命，又豈不是很脆弱的
嗎？」（陳千武〈我怎樣寫〈野鹿〉這首詩〉）〈野鹿〉的原始
語境來自作者的南洋作戰經驗，1940 年代的獵殺／死亡記憶，混
合了陳千武 1960 年代目睹父親病危時寬容的生命態度：「野鹿

卻未曾想過咒罵的怨言」，再加上原本遍佈臺灣的野生梅花鹿群絕種的命運，三種經驗／想像交叉作用，流露對臺灣族群未來命運的歷史憂思。「霸佔山野的那些猙獰的面孔」有特定指涉，隱喻竊佔臺灣的國民黨外來政權。

發表於 1970 年 8 月的〈恕我冒昧〉，也是運用語境轉換手法寫成的詩章，「祢的腳／在歷史的檀木座上／早已麻木了吧」，「不！不過　誰也不該永久霸佔一個位置／如果　我說錯了話請原諒／廟宇管理委員會的　老先生們！」，借批判媽祖枯坐「檀木寶座」譏諷蔣介石之獨裁，「老先生們」指稱當時那些終身不需改選的立法委員與國大代表們。放諸當時的政治環境，發表這首詩是冒著危及生命的舉措。陳千武 1970 年 6 月發表的〈影子〉一詩，也賦有諷刺意味，核心意象是「專制的太陽」與「我的影子」，「我知道我底影子　如果再長／長過那牆垣的頂角的時候／這個世界就會崩潰／不！我會崩潰／會被整飭得體無完膚」（節選）。當絕大多數臺灣民眾對專制獨裁選擇沉默以對，詩人無畏地彈撥詩的聲音。

「在廟的幽昏裡／動盪不停的獻媚／在人潮的妒忌裡／又牲禮又香枝又金紙／再膜拜再膜拜再膜拜／意圖吵醒神／獲得神的保佑……／天這麼熱／蒼蠅一匹／逃避在媽祖的鼻子上」（〈媽祖生〉節選），盲信的臺灣民眾習慣性地在廟埕敲起迎神的銅鑼聲，但詩人說：「天空會轉晴嗎／敲打銅鑼　招來災禍的天狗會逃掉嗎？」（〈銅鑼〉節選）陳千武的詩之批判，不僅針對不義的統治集團也針對被統治的鄉愿群眾。

陳千武（1922-2012），本名陳武雄，另一筆名恒夫，南投縣名間鄉人。1935 年 4 月考入臺中一中（五年制），五年級時以柔道部主將身分聯合劍道部主將陳嘉豐策動全校學生反對「皇民化

運動」改日本姓政策（臺灣總督府 1940 年公佈更改姓名法，推動廢漢姓改日本姓），而遭監禁月餘，1941 年 3 月畢業時，操行丁等、軍訓丙等，不得繼續升學。1939 年 8 月 27 日陳千武即發表日文新詩〈夏深夜之一刻〉於黃得時主編的《臺灣新民報》日文學藝欄，至年底共發表八首詩，1940 年將二十七首詩彙編成日文私藏詩集《彷徨ふ草笛》。1958 年陳千武開始以華文發表作品，1963 年出版第一本華文詩集《密林詩抄》，1964 年與詹冰、林亨泰等人創設臺灣詩人集結的「笠詩社」。陳千武的詩風偏向現實主義批評意識強烈，但筆尖常帶感情富有浪漫情懷，也擅長將欲望之特殊領悟入詩。1974 年發表《剖伊詩稿》十章，是富有心理意識氛圍的散文詩，對女性的情感面貌進行了深度剖析。

〈鳥〉，剖伊詩稿之一　陳千武，1974

　　　　她不喜歡把剎那間泛起的思考的表象連結起來　就是捕捉了思考　也立刻就把它移作行動　強烈的行動底意慾過去之後　便將捕捉到的思考棄而不顧　一向不把感情的殘渣　儲蓄在「過去」的堆積裡——即便是片鱗半爪
　　　　她沒有過去　一個沒有依戀不捨的女人　時時活在美麗的「現在時」的青春中　每天在時間的劃分裡　翻開快樂的人生卡片　因而她喜歡笑　她的笑是透明的　笑的時候　自然舉起左手掩著張開的嘴——她不會忘記這種無邪的小技巧
　　　　也許因為活在無邪的青春裡　她的腳十分細小
　　　　自嘲為「鳥仔腳」而露出微笑的她　卻真的是一隻小鳥　從今天飛向明天一直飛著去　而在不知不覺中　在地平線上　連影子都不留　就消逝了　在天空高高地張滿了

捕鳥網的這個地點　　她很瞭解　　在這個地點絕無「過去」
的夢存在著

　　《剖伊詩稿》雖然書寫對象是生活於都會的女性，但陳千武
將詩歌語境融入自然景觀，塑造出野生的風景，映現女性神祕的
情感／慾望世界。《剖伊詩稿》彷彿是另一種密林詩抄，其中搬
演著永恆的戲碼：狩獵與閃躲，誘惑與抗拒。「張滿了捕鳥網的
這個地點」，是男人架設的捕鳥陷阱；「一隻小鳥　　從今天飛向
明天　　一直飛著去」，則是女人的慾望軌跡。這軌跡，切斷過去
甚至抹去影子；沒有感情殘渣的現在時，當然不必有情感重量的
承擔，很適合輕盈的「鳥仔腳」。這種感情模式不需要過去的夢，
未來的夢也不會有。但「她喜歡笑　　她的笑是透明的」，這個掩
嘴的動作雖然無意識，卻深深印在男人腦海中。

　　〈血〉節選，剖伊詩稿之八　　陳千武，1974

　　　　由於多量的出血她蒼白著　　像散亂的花瓣那樣的血
使她的哀憐隨時流露在嘴唇　　她是善感的女人
　　　　火旺盛地燃燒著　　映紅了她的臉頰　　當蒼白臉頰被染
紅了　　她多少也就能脫離出血的痛苦
　　　　她伸著腰　　等待著火延燒過來　　閉上眼睛的她那激烈
的期待　　微微地顫抖著
　　　　她從瞬間窒息似的感覺中　　沉入灼熱的舌尖在燃燒的陶
醉感
　　　　開始燃燒的她的舌尖也像血一樣鮮紅

「血」在詩中有多重指涉，女人的經血，女人的慾望，性愛的陶醉感。慾望的密林，身體的密林，密林詩抄《剖伊詩稿》，以接近意識流的敘述手法，語意波流任性穿梭，描繪富有潛意識燦爛色彩的女性圖像。它展現一幅幅男性視野中的女人風姿，掀啟女性密林的神祕角落。《剖伊詩稿》十章，在華文新詩中開闢一方少人涉足的新領域。

　　陳千武經歷日本帝國殖民之戰爭洗禮，又復遭遇國民黨戒嚴統治之白色恐怖，這些難以擺脫的致命遭遇與恐懼經驗，豐富了他的生命體驗與感覺深度，成就他詩歌脈動中堅硬厚實的質地。

（四）林亨泰　強調語言秩序的組織變化

　　〈溶化的風景〉　　林亨泰，1947，呂興昌譯

　　即使驟雨暴降的日子也
　　無法立刻淋溼，
　　然而一眼望去全是發亮的綠
　　為什麼這麼快就溼透了？

　　走了五六步
　　再回頭看
　　全部的景色
　　早被眼淚溶化了⋯⋯

　　林亨泰 1946 年考進臺灣省立師範學院（現今臺師大），親身經歷 1947 年「二二八事件」與 1949 年「四六事件」現場。林亨泰 1940 年代的新詩共計五十六首，其中四首因緣特異，直到

1979 年才收入北原政吉主編的日文版《臺灣現代詩集》。此四首為：〈群眾〉、〈黎明〉、〈思惑〉、〈溶化的風景〉。未發表原因經林氏確認乃「二二八事件」發生後有感書寫，事涉敏感而收藏。瞭解個中背景有助於解讀〈溶化的風景〉，雖然敘述者傷慟欲絕，但強烈情緒經過沉思默想獲得美學距離與心靈沉澱，此即林氏詩藝精妙處。林亨泰不肯追隨尋常視點，不願耽溺於日常心情，堅持思維與想像的獨特角度發出詩的箭矢。

〈溶化的風景〉第一詩節以惑問語氣展開，帶出一個框景——「發亮的綠」和「溼透了」的疑惑；第二詩節拉開距離——「走了五六步」，調整焦距後，景色的溼透與發亮原來是——觀者「眼淚滂沱」的關係，否定了前面的情境認知。第一節與第二節之間架設懸念結構，讓悲傷情緒有一個凝肅轉折才陡然釋放。〈溶化的風景〉，是一幅令人難以釋懷的歷史風景。

戒嚴時期，白色恐怖的陰影始終籠罩臺灣民眾的生活，政治案件將近三萬件牽涉的受難人數達十四萬人。人民的自由與基本人權，包括集會、結社、言論、出版、出國旅遊等權利都被限縮，常有政治異議人士人突然失蹤，冤獄頻傳。戒嚴時期臺灣設有山地管制區，全島沿岸遍佈海哨有衛兵站崗與巡邏，民眾不得隨意進入山區靠近海邊。林亨泰的新詩名篇：〈風景 No.1〉、〈風景 No.2〉書寫的正是此一時代風景。第一首，詩人為陽光下開闊的自然景觀照相，「農作物　的／旁邊　還有／農作物　的／旁邊　還有／農作物　的／旁邊　還有／陽光陽光晒長了耳朵／陽光陽光晒長了脖子」，鄉野的農作無邊無際，被陽光拉拔不斷生長，詩篇賦有生生不息之義涵。第二首，描繪植滿防風林的海岸，人們只能透過木麻黃樹林的間隙窺視海洋風光，「防風林　的／外邊　還有防風林　的／外邊　還有防風林　的／外邊　還有／然

而海　以及波的羅列／然而海　以及波的羅列」，影射被禁忌的人生風景。直聳的木麻黃植株像似監獄鐵欄，大海浪流象徵人們對自由的渴望。

〈風景 No.1〉、〈風景 No.2〉是一組對照性作品，一首是白中之白，陽光燦爛充滿希望；一首是黑裡泛黑，禁制之後還有禁制。兩首詩透過精心安排的語調頓挫，形成一種特殊的聲音風景。林亨泰寫於 1962 年的〈非情之歌　作品第三十九〉曾經細膩地自我解讀這兩首風景。「寫詩並非那麼神祕／只是把白寫得更白／只是把黑寫得更黑／寫風景／只是／通過農作物／通過農作物／通過農作物／而已……／／寫詩並非那麼神祕／只是把白寫得更白／只是把黑寫得更黑／寫風景／只是／通過防風林／通過防風林／通過防風林／而已……」。〈風景 No.1〉、〈風景 No.2〉是簡潔有力的革命性詩章，半世紀之後讀來依然精神煥發。

林亨泰嘗言：「不論什麼時代，走過怎樣的歷史，『現實』並不是在無意義的時間中，漫無目標地飛蕩，任自漂流。『現實』是那內化成為自己的呼吸、感覺以及認識的總和。而詩，是透過這些現實的諸多事件，融會於自己的身體感官，而逐漸化形、成長。」（林斤力《福爾摩沙詩哲　林亨泰》）雖然戒嚴時期將監牢建築在每一個臺灣住民身上，對於詩人而言，正是詩，將無情的現實轉化為意義深刻的身體性詩章，扶持著生命成長。殘酷的歷史在生命中留下爪痕，這些爪痕隱藏著時代迫切的命題，教導人們凝視盤根錯節的島嶼苦難，並從中得到心靈轉化與精神昇揚。

林亨泰（1924-2023）出生於彰化縣北斗鎮，早年接受日文教育，就讀大學後嘗試華文寫作。林亨泰年輕時廣泛閱讀日文譯介的歐美現代派作品與哲學家著作，奠定其詩篇中的現代主義基調。1955 年與創辦《現代詩》的紀弦通信，並於 1956 年加入「現

代派」。被譽為臺灣「現代繪畫導師」的李仲生（1912-1984），1957年來彰化女中任教後，與任教於彰化高工的林亨泰，也時相往來，經常就文藝思潮進行交流。林亨泰1964年參與創辦《笠詩刊》，擔任首任主編，1983年發表〈爪痕集〉組詩依然神采奕奕。「像乾裂的河床／留在時間裡／隱約可見的爪痕」，以爪痕隱喻心靈抵抗的痕跡；「將沉默堆了起來／砌成了時間墳墓」，顯現歷史沉積的岩層。「慢慢地／被吃掉果肉之後／／給人任意丟棄的／龍眼果核／／垃圾堆裡／像隻瞪大的眼睛／／埋怨地／看著滿地的果核」（〈爪痕集之五〉），表達臺灣人被壓抑、被禁制的存在狀況與無奈表情。

　　林亨泰1986年《爪痕集》出版之後，卻未見更重要的詩篇面世，誠為憾事。新作雖然承續對現實生活與貪腐政治的批判，多數流於現實淺層的直白敘述，缺乏美學張力和語言特色；缺乏抒情底蘊與想像空間的文字，終究變成味如嚼蠟的議論。譬如1994年書寫的〈腐爛〉一詩，問題就極為明顯：「在財閥的眼光裡／風景只是衣食住／在政客的眼光裡／憲法只是掌權術」，語調誠懇本土關懷明確，但這是蹩腳的政論不是詩。這種類型的淺層現實主義文本，在臺灣詩人群中相當常見，啟因於作家長期被戒嚴體制壓迫過度悲憤，導致陷溺於本能性反抗；強調寫作必須貼近現實，反而拘束了文學生命的審美想像與開放性伸展。

　　對文化資源的多方涵養與對語言的美學思考，是林亨泰早期詩篇成功的基礎。比如1956年的〈人類身上的鈕釦〉：「給自尊／有所自我救濟／螺絲／許多螺絲／把這空洞的／箱子／頭部胸部間／胸部兩手間／胸部腹部間／腹部兩腳間／撐住了」，簡潔有力又出人意表，這才是能夠滌除文明積塵的現代主義詩章！對人類尊嚴的自我嘲諷，反映戒嚴時期臺灣人被踐踏被操控的生

命情境；如果不靠螺絲勉強固定，生命早就解體。或如 1955 年書寫的〈春〉、〈夏〉、〈秋〉、〈冬〉，以抽象化符號／情境表現出對「存有」的形上哲思，寓意深刻：

〈春〉

長的咽喉／鳴著圓舞曲／而告知／從軟管裡／將被擠出的／就是春

〈夏〉

一排排／年輕的獸／從白色流動於白色／這些標本／都是尼龍製的

〈秋〉

雞，／縮著一腳在思索著。／／而又紅透了雞冠。／／所以，／秋已深了⋯⋯

〈冬〉

以霧之白的心／以單細胞動物之白的行為／在這結晶體的早晨──我／敲響了你那原生質的鐘

「擠」是帶著壓迫性質的字眼，獸之「標本」喪失了生命力。「白」之心與行為是對時代環境的概括（象徵白色恐怖年代）。詩人在當下能做什麼？像哲學家一般：「單腳站立思索」（但隨時可能傾倒），敲響「原生質的鐘」（發出創造性的詩的聲音，不斷自我更新）。林亨泰〈人類身上的鈕釦〉與〈春、夏、秋、冬〉所展現的珍貴美學元素，未能成為臺灣新詩創作者的參考典範，

甚且被林氏的後期書寫自我淡忘；或許這正是臺灣諸多相互咬齧的矛盾在詩界之爛熟演義，只能如是解嘲並深以為戒。

　　1995 年林亨泰腦溢血，遵醫囑復健逐漸恢復。2009 年出版《生命之詩──林亨泰中日詩集》，內容分三部分：第一部「人的存在」是華文詩新作，二三部「生命之詩」、「盧梭《愛彌兒》讀後」，則以日文寫作再由林斤力翻譯為華文詩。如此奇特的語言／思想往來交織的書寫現象，來自「跨越語言的一代」詩人的身體性經驗，是臺灣新詩史一道不可磨滅的風景。

（五）羅浪　以長期沉默垂釣詩思

　　〈蘇鐵〉　　羅浪日文詩，1961

　　一群無言吶喊的手臂
　　伸向
　　陰霾四合的天空

　　長久地忍受
　　　被壓制的憤怒
　　　被壓制的埋冤

　　羅浪（1927-2016）本名羅洁泮，客家人，出生於苗栗市羅星里，此地與抗日烈士羅福星有關連。羅福星（1886-1914）生於印尼，原籍中國廣東省嘉應州，同盟會會員，曾經參與黃花崗之役。1912 年羅福星來臺灣成立同盟會支部，以臺北大稻埕為活動範圍進行地下抗日運動。他往來於臺北、苗栗間，並從大陸走私武器運至臺灣，主張以革命推翻日本殖民統治。羅福星提出「驅逐日

人，收復臺灣」的口號，宣稱一旦起事大陸方面就會出兵前來。1913 年 2 月時已發展約五百名會員。9 月，新竹廳大湖支廳一批槍支遭竊，日警循線追查，羅福星在各地建立的組織被偵破。12 月 16 日羅福星逃到淡水欲偷渡時遭警方逮捕。日本總督府在苗栗成立臨時法庭進行審訊，判處死刑者二十名，有期徒刑二百八十五名，史稱「苗栗事件」。羅福星曾旅居苗栗街的田寮大字，即今之苗栗市福星里。「我們村子裡的居民，一半以上姓羅的，以前革命烈士羅福星從唐山到臺灣的時候，就住在我們村子，隱藏身分很方便。我很多親戚因為羅福星搞革命而被殺掉。」（莊紫蓉〈訪問羅浪〉）羅浪自身經歷過日本帝國殖民與國民黨戒嚴統治，不少詩作帶有反抗現實的特質；然而嚴酷的歷史環境不斷把個人的抗爭情緒壓抑下來，〈蘇鐵〉一詩即表達出內外雙重制約的人性掙扎之苦。

羅浪直到 2002 年才出版作品比較完整的《羅浪詩文集》，〈自序〉中詩人提到：「年輕時曾以日文寫過詩。作品於光復初期報紙上之日文版刊登。就在這個時期與錦連、黃靈芝諸兄認識，並合編過日文詩誌。自修以中文寫作後，寫了少數苦澀的詩在報刊發表，並譯介日本戰後現代詩及詩論，不久該刊竟被指為日本詩壇的殖民地。對跨越語言一代的臺灣詩人而言，這是件令人難過痛心的事情。」作為臺灣詩人中「跨越語言的一代」，羅浪長期沉默有雙重因素，一個是：「無法以直截地且有生成力的語言寫出自己真正的感受，並不能理直氣壯地把內心的狀態恰當表達出來。」詩文集中保留了三十六首日文詩，因為不容易用華文轉譯詩的初衷；華文詩五十三首也有部分文本是由日文詩翻譯。

羅浪沉默的另一個因素是：個人母語無法得到社會尊重。「記得國小四年級的時候，在學校玩得高興，以客語大聲喊叫，被路

過的日籍老師『不可以講臺灣話』挨了一巴掌，雙手蒙住發熱的臉頰，自幼少的心靈裡感到被殖民的強烈悲哀。」（羅浪〈自序〉）這段個人的歷史追憶很有意思，因為常見的歷史敘述是：1945 年國民黨軍政集團接收臺灣之後，臺灣人講母語被嚴厲糾正必須講國語。兩個歷史場景都是學生吃了一巴掌（有時還罰款）；但「國語」的內容：1945 年之前是日語，1945 年之後是北京話。羅浪的長期沉默，來自 1945 年前後兩種歷史環境的政治壓迫，這是「跨越語言的一代」詩人群在生活與寫作上的雙重困境。

當 1949 年 5 月 20 日臺灣地區開始實施戒嚴，臺灣人的心理意識又是如何回應歷史衝擊？羅浪寫於 1949 年的〈芭蕉〉為詩人的心靈抵抗留下一個註記：

〈芭蕉〉　羅浪日文詩，1949

在季候風與驟雨中
儼如嘶吼的馬　衝鋒的戰士

憤怒的手掌擁抱到什麼？
萬叢震顫已藏不住過多的埋怨
世世代代的羈留　該終止了！

芭蕉啊！
當出發的日子來臨
就要像一群脫韁的駿馬
就要像一群勇敢的隊伍

搖撼綠色的旗幟

向前衝鋒　嘶吼　奔騰

然而，芭蕉畢竟只能在原地衝鋒，踏出半步也不可能；但身體情感的衝動與吶喊被文字轉化為生動形象，讓心靈抵抗的能量得到宣洩。何時才能解脫埋冤與苦情？臺灣人持續等待歷史條件成熟的契機。

　　羅浪一生所面臨的歷史環境，最教人畏懼的是無所不在「白色恐怖」，欲有作為的年輕人隨時面臨著國家機器的監視與逮捕：「在此終究臨死的時刻，我不寒而慄！／在曠野回響飢餓的狂嘯，／映照夕陽而冒血的眼睛反光。／／被侵蝕的牧場怎麼了？／被抓去的小羊怎麼了？不知所措／像牧人深感憂慮，是否安好？／憂愁在內心深處痛感無限悲哀。／／伴隨危機而煩惱，／恰似滲入心裡的老舊苔垢。／伴隨恐怖而不安，／像在腦海裡張開的蜘蛛網。」（〈黃昏的祈禱〉）此詩寫於 1950 年 8 月，年輕的羅浪，眼看著社會上有為的青年一個又一個被抓走，「刑囚」何時輪到我？「自由」何時能降臨？對於遭遇被殖民／再殖民命運的「跨越語言的一代」，心理壓抑與心靈抵抗反覆折磨著他們。「蜘蛛網」在腦海裡張開，非常傳神的白色恐怖記憶圖像。

　　〈垂釣〉顯現時代禁制與自由渴望的強力拉扯：

〈**垂釣**〉　羅浪日文詩／1965

癡於坐禪，

漁人，困於寂寞。

釣竿，投向閃動的倒影，

探索生命的訊息。

寂默的心靈，
以一種超然的嗜好，
點綴而餐食風景。

思索的喜悅，終而
衝破閃閃蕩漾的波光，
跳躍的魚，
反抗的旗。

「跳躍的魚」扯動「反抗的旗」，自由像似不情願上鉤的魚，因
抵抗時代網羅而拉彎了釣竿，繃直釣線。

　　釣魚對於羅浪來說有多重義涵，最初是可以貼補家計，「每
次我釣魚回來，少我四歲的妹妹就馬上把魚拿去市場賣，賣了錢
交給我媽媽。」其次是偷得充分的思考時間，「釣魚的目的是要
釣上一條魚，再多一條的話，小孩子可以吃。其他的就是思考，
颱大風的日子，澎湃的水，就像是動盪不安的臺灣，我身在這樣
的故鄉臺灣，要如何盡力去找出一些什麼來。還有，臺灣人的命
運要反抗，要追求自己的前途。」（莊紫蓉〈訪問羅浪〉）釣魚
活動勾引著邊緣垂釣者的生存反思。

　　　〈垂釣細語二〉　　羅浪日文詩，1960

自開天闢地以來在龐大的寂靜瀰漫之中。
釣魚明知道釣不到，才有乘興的樂趣。
釣者的手臂很長，

可怕的長，總覺得很長很長。
以全身全力拚鬥，
以撐住滿身精悍的力氣苦戰。

湧上珍惜與恍惚，
久久地盯視手中的魚體。
豐饒與不毛、生與死，
凡事已按氾濫的情勢輪迴。
拍一聲，魚體反轉，
一閃虹光就消失無蹤。

　　詩人以文字垂釣，在龐大的寂靜之中垂釣；而命運之神高高
在上以死亡垂釣人類，「魚體反轉」隱喻生命的本能反抗。垂釣
與被垂釣僅懸在一念之間，象徵詩人心靈長久以來處於壓抑與反
壓抑的永恆張力。「海潮沖擊著磯岸，釣者與魚搏鬥的刺激鏡頭，
和簑笠江船漁翁垂釣圖之對照，可以這麼說，釣魚與詩的傳統和
蛻變有很多類似探討的地方。……釣者在夢想魚，詩人在挖掘
詩。」（〈釣與詩〉）羅浪之詩觀如是說。
　　羅浪曾經是一位純真的抒情詩人，擅長將現實生活的細緻體
驗入詩，〈結婚〉一詩寫於 1956 年，「魚」的意象被移入室內
的水缸，「家庭」的藩籬終將築起：

〈結婚〉　　羅浪日文詩，1956

將要觸及
觸及有刺的藩籬

敏感的
生活　窄門以及
圍牆

發抖的手伸進命運的魚缸
將擄獲的魚
捕起⋯⋯

　　1957 年的〈吊橋〉寫出小鎮風情之美:「古老的吊橋,／像
挑著擔子叫賣的老人。／／有穿紅裙讓風打滾的,／少女騎著單
車踏過了／／橋寂寞地在咳嗽⋯⋯」,多麼清新而浪漫的情懷。
羅浪的抒情聲音,最後以一首悲情詠嘆調〈水波的吶喊〉,道盡
世態無常與人情滄桑:

　　〈水波的吶喊〉節選　羅浪華文詩,2010

　　午後的太陽已偏西
　　山崖下天光已暗
　　一條鯉魚　一條鯰魚雙雙游來
　　凝結一股陰森之氣
　　我低頭合掌:
　　「請問二位是否陰曹使者
　　能否告訴我父母親現在可好?」

鯉魚像老夫子撇著兩條鬍子
鯰魚長著鬍子還戴著眼鏡
一言不發　轉眼間不見蹤影
等了好久聽不見任何回音
向茫茫湖面吶喊：
「父親呀！母親呀！」

從〈蘇鐵〉無言的內在埋冤，到〈水波的吶喊〉面向茫茫湖面大
聲呼叫，中間流竄著半世紀臺灣心靈苦悶的掙扎。

（六）錦連　冷靜客觀的心靈鏡像

「守著夜的寧靜／不轉眼珠的小壁虎／以透明的胃臟／靜
聽著壁上的大掛鐘／／連空氣都欲睡的夜半／我亦孤獨地
清醒著／守著人生的寂寥……」（錦連〈壁虎〉）

錦連（1928-2013）本名陳金連，彰化人，十六歲起在鐵路局
彰化站任電報員，一直服務到五十五歲退休。〈壁虎〉是錦連任
職鐵路局值夜班時隨手作，寫於 1952 至 1956 年間。1956 年在詩
友羅浪的贊助下，錦連出版日文漢譯詩集《鄉愁》（篇幅不多，
作者自譯）。錦連戰前與戰後寫了四百餘首日文詩，部分自譯為
華文，2002 年以華文日文同時出版《守夜的壁虎》及《夜を守り
てやもりが……》二冊。集中有兩首詩特別值得關注，〈井水〉
與〈羅盤〉，從中可以窺見詩人心靈的基本音色：

〈井水〉　　錦連日文詩，1950年代

那是石榴樹下的一口乾淨的水井

沒人汲用　清澈到底的水井

往下探望

映現著幽魂般的自己的臉孔

無底的藍天

和裂開的紅紅的石榴果實在搖晃著

打從那時候開始

我似乎感覺瞧見了死亡的影子

是少年的日子或是幼年的時期

全都給忘了

那是搖籃裡的夢的碎片

是一個遙遠又鈍重的記憶

然而　卻是始終離不開生活的一個幻影

是在長大成人後的我的心靈

訴說著海底神祕的深遠深遠的一口水井

　　沒人汲用的「井」，有淵深孤寂之意，井中之水倒映「自己
的臉孔」，隱喻心靈鏡像。它像似記憶又彷彿幻影，呈現表象之
我與內在之我親切又陌生的關係；「裂開的紅紅的石榴果實在搖
晃著」，顯現潛意識般的神祕感。這是一首渾沌之詩，是錦連作
為詩人的一首「元詩」。孤寂是詩篇底色，根源是外在環境的禁
錮，此時是戒嚴時期；只有日文讀寫能力的錦連，面臨著作品無
法發表與交流的困境。
　　錦連在「銀鈴會」末期加入，最後一期《潮流》會刊曾發表

作品。緊接著發生「四六事件」，不少同人被拘捕與審訊；錦連聽從創辦人之一朱實父親的忠告，在三峽地區（錦連祖居地）躲藏了一段時間不敢回彰化住家。明瞭當時的歷史現實，才能真確感知錦連心靈世界之鬱悶，和詩篇文本語境的根源。

「陰沉／太濃／窒息性的　固體的憂鬱／／從歪斜了的桌子上／從翻倒了的一隻茶杯的腹部／緩緩流出／／有傳奇性的故事／說是／曾經有人在此啜泣……」（〈靜物〉）。這幅靜物圖來自帶有疏離視點的透視心靈的鏡像，靜物自身訴說著無言哀愁，且隱藏著對現實的批判。錦連帶有冷靜客觀秩序的透過具象呈現「客觀存在」，表現特定「真實」，且內蘊批判性的詩，美學根源來自興起於德國的「新即物主義 Neue Sachlichkeit」，而異軍突起於 1930 年代日本的「即物詩」潮流。1937 年《新領土》同人誌在日本創刊，村野四郎（1901-1975）為其中最具代表性的即物詩領銜者。「新即物主義是以其美學概念，表達客觀而符合目的的形態性，並和克比傑的建築理念相通，而詩的觀點也並非感傷的，而嘗試以符合目的性的語言結構加以表達。因此作品中，排除了一切抒情性的想像，而彷彿像冷靜的照相鏡頭般，捕捉物體本身。」（村野四郎〈新即物主義〉，陳千武譯），克比傑即生於瑞士的法國建築大師勒‧柯比意（Le Corbusier，1887-1965）。1965 年《笠詩刊》七期刊登錦連、恒夫翻譯的村野四郎詩作，1968 年《笠詩刊》二十三期介紹了「新即物主義」，1970 年陳千武翻譯村野四郎實驗性名作《體操詩集》（笠詩社出版），皆可為交流旁證。從上述觀點回看林亨泰早期新詩（〈風景 No.1〉、〈風景 No.2〉、〈春〉、〈夏〉、〈秋〉、〈冬〉），也有受到「即物詩」潮流影響的痕跡。

錦連 1958 年的〈時與茶器〉也受到即物詩的啟發：「一塊綠青色的憂鬱／莊嚴地／坐鎮靜靜的室隅／／只用了臉部肌肉表

示匆忙的『時』／『時』往流著／／忽然／茶器猶如醒來似地／搖擺著走出去……」一種渴望擺脫現實禁錮的潛意識，化身為走出和室的「茶器」（將物質昇華為精神象徵），無視於時鐘臉上的時間之流。詩的整體鏡像，一方面反映了苦悶的心靈真實，一方面也潛藏著對於現實的抵抗。

錦連 1950-1960 年代的詩篇絕望感相當強烈，流露出讓人窒息的壓抑氛圍：

〈輾死——Cinè Poème〉　錦連日文詩，1959

1　窒息了的誘導手揮舞著紅旗
2　啞巴的信號手在望樓叫喊
3　激——痛
4　小釘子刺進了齒齦
5　從理念的海驚醒而聚合的眼眼眼睛
6　染了血的形狀的序列
7　齜牙的輪子停住了
8　一塊恐怖
9　在輪子與輪子之間
10　太陽轟然地墜落了
11　所有的運動轉換方向
12　大地震的音響和有密度的聲浪
13　圓圈縮小
14　麻木的群眾仰望著
15　有些東西徐徐地上昇　然而
16　灰塵似的細雨從天上落下（人們想到淚珠以前）

「Cinè Poème」是法文，電影詩，數字編號是分場場景。「轢」有雙重含義，輾壓與欺凌，錦連以電影詩的影像疊映手法，傳達被戰爭巨輪車裂的時代與歷史。關鍵轉折在第十景：「太陽轟然地墜落了」，日本軍國主義傾斜下墜，戰爭機運開始轉向，而其象徵性歷史場景是「原爆」：超高速具有殺傷力的衝擊波、上昇的蕈狀雲與從天而降的劇毒煙塵。「窒息、啞巴、激痛、驚醒、恐怖、麻木」，這些語詞無法形容原爆「轢死」的大規模死亡。「當時我在被列為空襲主要目標的彰化火車站工作。因不能擅離職守，每日在需與死神搏鬥忍受死亡恐懼的環境下生存。」（錦連〈牛津獎得獎感言〉）身處戰爭地景中，人人皆被綑綁於恐怖的死亡陰影下；被轢死的其實是所有的戰爭參與者，主動、被動、強迫、被強迫皆然。

　　「火柴又滅／火柴點著／裸著的腳跟烙印很深／那些木偶喊救的聲音淒涼／那些木偶掙扎的面容絕望／／把火柴一齊點燃／照耀黑暗／把火柴一齊點燃／風雨淋漓之夜太長──」（〈火柴〉節選）。〈火柴〉正式發表於 1984 年 12 月的《笠》詩刊，收錄在 1986 年出版的詩集《挖掘》。依據其疏離性語調與絕望心情推測寫作時間應在 1950-1960 年代，與〈轢死〉同一時期。也可將〈火柴〉視為 1950 年代至 1980 年代詩人對臺灣社會的總體觀照，其核心情感是臺灣人對戒嚴時期「白色恐怖」的受難感受與心理掙扎。「點著／又滅／點著／又滅」，形容生存的掙扎之苦，「木偶」是身不由己的被操縱者，隱喻身處再殖民處境的臺灣人民；「聲音淒涼，面容絕望」，一張詩人的自畫像。1984 年錦連發表此詩時，臺灣實施戒嚴已經三十五年了卻還看不到盡頭，一個人有多少三十五年可活？「風雨淋漓之夜太長──」，錦連的絕望感其來有自。

　　〈轢死〉與〈火柴〉不只是傳達心靈恐懼與生命絕望感，且

寓批評意識於冷靜語調中。時代環境禁制言論與思想，於是詩人想方設法以曲折隱晦的方式，藉由特殊形象替自己發言，吐露心底的積鬱，既悲情又真實。「戰時的困窘，死亡的陰影，突如其來的終戰，經濟混亂，二二八事件，八七水災，結婚生子，長達39年的白色恐怖，對這種完全無法適應的環境，時時刻刻，每一個場面，都鮮明的浮在腦海中，身處於如此複雜心情下，我仍用日文寫了數百首的詩作，而這些詩作是在不想發表及沒有發表園地，全然為自己而寫的情況下產生，自己整理後，現在看來，每一個階段的創作，皆是我真實人生的紀錄。」（錦連〈牛津獎得獎感言〉）

錦連的寫作歷程超過五十年而創造性持續不墜，2003 年出版的華文詩集《海的起點》，依然佳作迭出：

〈標的〉　錦連華文詩，2002

我托起獵槍
好好瞄準後　扣下板機發射再發射

子彈劃一條直線以可怕的速度朝向標的飛出
我的愛的子彈
怨恨的子彈
哀傷的子彈
憤怒的子彈
痛楚的子彈

這些子彈都靜止於標的一吋前方

就這麼靜止了半個世紀以上了

當我嚥下最後一口氣的瞬間

全部會轟然地穿破標的爆炸

而這個世界將會莊嚴地毀滅

「子彈」以愛開端結束於痛楚，中間夾雜著「怨恨、哀傷、憤怒」，
這是錦連半世紀以來的生存感觸；這些莫可名狀的感情，一直壓
抑於生命底層無法釋放，在文本中形成巨大張力，無法索償不能
救贖，直待死亡降臨才能解放。這種悲劇性生命經驗是那一代臺
灣人的普遍感受，在現實生活中經常被民眾消解為無奈悲情；在
詩歌場景中，卻被詩人莊嚴地凝聚起來，達到一種堅不可摧精神
質地，詩的啟蒙意義得到伸張。

　　〈標的〉值得注意的語言策略，是在文本末端設置「情境反
轉」，讓人錯愕之餘體驗精神轉換的美感；同一時期的〈群雞與
Soprano〉也有這種特色：

　　〈**群雞與 Soprano**〉　錦連華文詩，2002

　　升起的微弱晨光清楚地把稜線顯現在晴空中

　　從遠遠的那邊　群雞整隊向前行進過來

　　為了要告知我黎明的來臨

　　為了要偷偷地撫慰我

　　我還在睡眠的汪洋大河中漂蕩著

　　我還委身於人生的倦怠中

吵嚷的群雞叫聲
幾乎要震破耳膜　那尖高的 Soprano

我忽然醒過來
群雞的喧鬧聲嘎然而止

　　——我看不見未來

「偷偷地撫慰我」是一句饒有深意的反諷語，因為形式是「震破耳膜」的女高音（Soprano）尖聲叫嚷，彼此相互抵消。不幸的是，敘述者在「夢中黎明」來臨前忽然醒過來，「喧鬧聲」消失，我的未來也跟著遁走。詩人以此婉轉表白：伴隨我一生的只有永無止盡的黑暗，與難以安寧的心靈。

　　回顧錦連 1950 年代書寫的〈軌道〉，顯現他精神世界絕不委屈的一面：「被毒打而腫起來的，／有兩條鐵鞭的痕跡的背上，／蜈蚣在匍匐　匍匐……／／臉上都是皺紋的大地癢極了。／／蜈蚣在匍匐，／匍匐在充滿了創傷的地球的背上，／匍匐到歷史將要湮沒的一天。」錦連的固執絕非記仇不忘或心靈狹隘，而是警惕自我與他人「莫忘鞭痕的歷史」！相對於臺灣人對歷史真相的模糊以對和普遍漠視，錦連的詩是一道血跡鮮明的記憶鞭痕。

（七）陳秀喜　女性生命之激昂與堅毅

　　陳秀喜（1921-1991）出生於新竹陳家，排行第五，出生不久被剛夭折男嬰的另一家陳姓夫婦收養；收養家庭因為始終未再添丁，陳秀喜甚得養父母疼愛。起初，養父因經營印刷廠有成，購

置田產頗有積蓄；後來沉迷於養馬與賽馬，家道中落。陳秀喜成長於大起大落的商賈之家，形塑了她浪漫大方的性格。八歲，陳秀喜進入新竹女子公學校就讀，畢業後，養父又特聘家庭教師教她古典漢文，十六歲時，她以清・王堯衢的《唐詩合解》自修古典漢詩，少女時代即懷抱對詩的熱情。

1942 年，陳秀喜與任職於中國上海三井洋行的張以膜結婚，隨夫婿居住上海，太平洋戰爭結束後隨夫婿返臺定居。陳秀喜婚後受盡就讀上海高女的小姑們之欺凌，而婆婆又因當年中意某家醫生千金無法如願，對陳秀喜百般挑剔，後來甚至大聲辱罵拳腳相向。丈夫中年後耽溺於上酒家，陳秀喜大度寬容，甚至跟隨丈夫出入歡場。這些感情波折與婚姻生活經歷，是陳秀喜詩歌的重要主題。

〈愛情〉　陳秀喜，1971

一隻奇異的鳥飛翔而來
沒有一定的途徑
不知何時　它來自何方
並不是尋巢而飛來

樹枝不曾擺過拒絕的姿態
向天空　像要些什麼的手
如果　那隻鳥飛來樹枝上
樹枝會情願地承擔
最美好的妝飾
而且希望從此這隻鳥沒有翅膀

樹枝心願變成堅牢的鎖

因為奇異的鳥在樹枝上

比勳章更輝煌

比夕陽懸在樹梢　更確實的存在

樹枝等待一隻奇異的鳥

　　陳秀喜經營這首詩已經五十之齡，文本卻流露出熱情洋溢的青春之感，讓人驚異其女性生命之激昂與堅毅，竟不因歲月而磨損。「比勳章更輝煌」的愛情，確實是人間難以獲得的寶貴勳章。

　　陳秀喜對家庭生活與倫理關係的梳理，以〈棘鎖〉與〈灶〉最具有代表性，詩篇流露的濃厚鄉土情感與社會習俗牽絆，令人難以忘懷。〈棘鎖〉敘述主題是傳統社會的女人：「鮮花是愛的鎖／荊棘是怨的鐵鏈／我膜拜將來的鬼籍／冷落爹娘的乳香／血淚汗水為本份／拚命地努力盡忠於家／捏造著孝媳的花朵／捏造著妻子的花朵／捏造著母者的花」。將原生家庭形容為散發乳香，把嫁入夫家比喻作入了鬼籍，非常強烈大膽的對比，甚至可稱譽為非常勇敢。敘述者受盡委屈還得強顏歡笑，「捏造」一枝倫理之花；孝媳，愛妻，慈母，一個女人身兼三種身分，唯獨淪喪了自己的生存尊嚴，被圈限在家庭規範中無法動彈。

　　如何打開這把生命棘鎖呢？在體制保守而父權張揚的年代，她甚至陪伴丈夫上酒家，學跳舞養成好酒量，忍受酒家女對丈夫的撒嬌；1978年陳秀喜婚變後自殺獲救，勇敢地以離婚收時殘局。她更加勇氣可嘉的行為，則是將生命中的憂歡、痛苦、委屈以詩篇陳述，留下生命經驗／身體經驗中不可磨滅的印記：「灶的肚中／被塞進堅硬的薪木／灶忍受燃燒的苦悶／耐住裂傷的痛苦／

／灶的悲哀／沒人知曉／人們只是知道／詩句中的炊煙／嬝娜美麗──」（〈灶〉節選），陳秀喜將鄉土元素與親身經歷結合，成就一首情感深沉的身體性詩章。

陳秀喜少女時代（1936年）開始書寫短歌、俳句，在《竹風》發表文章。1967年參加日本東京「からたち」短歌社臺北支部的活動，因而認識巫永福、杜潘芳格等人，1968年加入日本短歌研究會，結識吳瀛濤，1970年加入黃靈芝主持的「臺北俳句會」。這些文學活動中詩友的鼓勵，溫暖了她的心靈。1967年陳秀喜加入「笠詩社」，1971年起擔任「笠詩社」社長，發揮她個性四海的魅力，推動臺灣詩壇與日韓詩人的交流不遺餘力。

1958年才開始學習華文的陳秀喜，1967年的華文詩〈嫩葉〉就讓人耳目一新：

> 〈嫩葉──一個母親講給兒女的故事〉節選　陳秀喜，
> 1967

> 啊！　多麼奇異的感受
> 怎不能縮回那安祥的夢境
> 又伸了背　伸了首
> 從那覆葉交疊的空間探望
> 看到了比夢中更美而俏麗的彩虹
> 嫩葉知道了歡樂　知道了自己長大了數倍
> 更知道了不必摺皺紋緊身睡著
> 然而嫩葉不知道風吹雨打的哀傷
> 也不知道蕭蕭落葉的悲嘆
> 只有覆葉才知道　夢痕是何等的可愛

　　　　只有覆葉才知道　　風雨要來的憂愁

　　這首詩從母親的角度向女兒訴說經營家庭的艱難，與作為「嫩葉／
女兒」保護者之「覆葉／母親」，難以言說的情感哀愁與生活悲
嘆，讀來令人動容。以自然景物起興風詠的傳統根源於《詩經》，
陳秀喜的古典漢詩素養發揮了作用。

　　　1973 年陳秀喜發表〈臺灣〉一詩，此詩 1977 年經梁景峰改
編為〈美麗島〉，由李雙澤譜曲，乘著民歌運動的風浪席捲臺灣
各地。1979 年 12 月高雄爆發「美麗島事件」，這首歌也被禁唱，
直到 1987 年政治解嚴後才解禁。此歌在臺灣風起雲湧的社會運
動中不斷被傳唱，成為經典之作：

　　　〈臺灣〉　　陳秀喜，1973

　　　形如搖籃的華麗島
　　　是　母親的另一個
　　　永恆的懷抱
　　　傲骨的祖先們
　　　正視著我們的腳步
　　　搖籃曲的歌詞是
　　　他們再三的叮嚀
　　　稻　草
　　　榕　樹
　　　香　蕉
　　　玉蘭花
　　　飄逸著吸不盡的奶香

海峽的波浪衝來多高
颱風旋來多強烈
切勿忘記誠懇的叮嚀
只要我們腳步整齊
搖籃是堅固的
搖籃是永恆的
誰不愛戀母親留給我們的搖籃

「搖籃／奶香」、「叮嚀／懷抱」的母性話語，替代了「荊棘／
鮮花」、「枷鎖／妝飾」的愛情話語。愛戀轉化為人與土地家園
的關係，陳秀喜詩篇的內涵再一次擴展與增殖。「海峽的波浪衝
來多高／颱風旋來多強烈」，象徵臺灣遭遇的人為／自然兩面夾
擊，「腳步整齊」則是合力抵禦外來衝擊的不二法門。

　　1974 年的〈編造著笠〉如是說：「以被殖民過為羞恥／要補
償羞恥／我戴著笠認真耕耘／活在兩國的歷史／被殖民過的／此
事不可重演／我們的悲哀／就此打個休止符吧／在詩園的片隅／
我在編造著笠／如果手指滲血也要繼續／讓下一代青年們／唱出
美人魚的歌聲」。生命當中主體意識的變動，與時代環境、歷史
意識、心靈結構緊密關聯，此詩終結於「Formosa 是寶島／是人
情極濃厚的燈塔」，象徵「臺灣意識」開始抬頭。〈編造著笠〉
視「被殖民」為羞恥，與〈臺灣〉一詩將美麗島視為「搖籃」，
放諸 1970 年代，是極為前衛的思想舉措。

　　陳秀喜從人與土地的關係來看待家園，1977 年寫出了〈強風
中的稻〉：「走向田畦／強風是／嚴酷的叱咤聲／稻心不由主／
如瘋人散亂的頭髮／驚惶呼救著／／佇立觀看／強風中的稻／根

緊緊抓著泥土／背負著累稔／為了站穩而掙扎／也許　稻知道／農夫一季的辛苦」，稻心不由主（「主人」從日本帝國延續到國民黨軍政集團），寫出令人悲嘆的臺灣族群的真實命運。1978 年〈榕樹啊，我只想念你〉如是讚美家園：

榕樹啊
你的葉子是
我最初的樂器
你是我童年避雨的大傘
你是曬穀場的涼亭
你是老人茶，講故事的好地方
你是小土地公廟的保鏢
你是我家的門神
我在異鄉
椰子樹的懷抱裡
還是只想念你

——〈榕樹啊，我只想念你〉節選

　　人對土地家園的切身之愛，是「臺灣意識」能夠萌芽、開拓、興盛的根本要素。

　　1970 年陳秀喜出版日文短歌集《斗室》，1971 年之後陸續出版了華文詩集《覆葉》、《樹的哀樂》、《灶》、《嶺頂靜觀》、《玉蘭花》等，1991 年過世後，家屬設立「陳秀喜詩獎」（1992-2001）獎勵後進，1997 年李魁賢主編的《陳秀喜全集》（十冊）出版。陳秀喜盤根錯節的一生，如實呈現臺灣人悲歡交集的命運，讓人感慨萬千；陳秀喜勇敢跨越藩籬與關懷鄉土的詩歌創

作，無愧於她有「臺灣傳統社會中的奇女子」、「臺灣女性主義詩人先驅」之美譽。

（八）杜潘芳格　充盈基督信仰的詩風

〈我用言語來裁縫靈魂的衣裳〉　杜潘芳格

禮拜天進教堂
有穿著深藍色衣裝帶白色手套穿黑皮鞋的我
在親友招待的喜筵
有淡雅的化妝梳著華貴風格如花般髮型的我
打球時
有穿著運動衣的我
在家休閒時
有穿著像睡衣一般寬鬆衣服的我

就像這樣
靈魂有時憂愁
在呻吟
我從自己的語彙裡尋找言語來為它
裁縫適當的衣裳

我的詩就這樣顯現

〈我用言語來裁縫靈魂的衣裳〉顯示詩人的生活背景：篤信基督宗教的家庭，優裕的上層階級生活。杜潘芳格（1927-2016），本名潘芳格，新竹縣新埔客家望族長女，母親篤信基督教，祖父

曾任日治時期新埔地方庄長。潘芳格就讀新竹女中時即嘗試以日文寫作詩歌、小說與散文。1948年與杜慶壽醫生結婚，先後生養了七個孩子，生活忙碌而艱辛。早期日文詩篇經詩友翻譯成華文，曾經於報章與詩刊發表；1965年加入笠詩社，受到吳濁流、葉笛、鄭清文等朋友鼓舞，開始寫作華文詩。因中美斷交的現實陰影籠罩，1970年代短暫移民美國依親於子女。1992年日文、華文、英文三種語言薈萃的詩集《遠千湖》獲第一屆陳秀喜詩獎。

杜潘芳格一生經歷三種國籍：日本、中華民國、美國，以四種語文寫作：日文、華文、英文，1980年代中期受到客家詩人黃恆秋（本名黃子堯，1957- ）熱愛客家文化的影響，開始用臺灣客語（客家話文）寫詩，是臺灣最早寫作客語詩的先驅。「他收藏有一本以前日本總督府出版的書籍，那是一本以臺灣客家話和日本話對照的書。黃恆秋在舊書攤買到了這本書，他就把這本書拿來送我，要我好好參考。……我當初用客家話寫詩，大概跟黃恆秋、和他送給我看的這本書有關係。」（杜潘芳格《杜潘芳格生命史》）

「我的詩觀就是死觀。死也無悔，不把今天善惡的行為帶過明天。活一天猶如渡一日，是我的理想。在死的明理上，明理生；對於現實此時此刻，人與人的關係，自然的風景，樹葉，以及路旁的小孩的笑臉，都成為我詩觀裡珍貴的懷念，語言是映照心靈的鏡子，不能只耽於空虛的夢。在日常生活上，浸於太多的悲哀，是心靈無法顯出適當的語言之故，因此，持著『死觀』，超脫『死線』的意象，就是我的『詩觀』。」（杜潘芳格〈杜潘芳格的詩觀〉）為靈魂尋找適當的語言，以向死而生的態度面對語言／生命而寫詩，這兩種思想結合鑄造出杜潘芳格的語言觀／詩觀。

〈唇〉　杜潘芳格

染上拂曉的顏色　嘴唇淡紅／以醒來的手指撫摸／柔軟而
可愛的活著的嘴唇。／人人都具唯一的嘴唇／敘述生涯長
長體驗的唯一嘴唇

「住在汙穢嘴唇的人民裡汙穢的嘴唇的人，被燃燒在天使
的煤火燒了嘴唇」

春晨，我在睡醒的枕上輕輕撫摸唇／撫摸著今天，還沒有
語言來找的嘴唇。

　　詩中引言出自《舊約聖經・以賽亞書》六章五至七節，《聖
經》（和合本）全譯如下：「那時我說：『禍哉！我滅亡了！因
為我是嘴唇不潔的人，又住在嘴唇不潔的民中，又因我眼見大君
王萬軍之耶和華。』有一撒拉弗飛到我跟前，手裡拿著紅炭，是
用火剪從壇上取下來的，將炭沾我的口，說：『看哪，這炭沾了
你的嘴，你的罪孽便除掉，你的罪惡就赦免了。』」不淨／聖潔
的語言觀對照的是原罪／赦免的生命觀，具有典型的基督宗教信
仰內涵。對語言決定性力量的信靠，讓杜潘芳格的詩寶藏著誠摯
正向的人性情感，而且具有重生／復活的生命書寫能量，此即「在
死的明理上，明理生」的深層義涵。
　　「不知何時，唯有自己能諦聽的細微聲音，／那聲音牢固地
上鎖了。／／從那時起，／語言失去出口。／／現在，只能等待
新的聲音，／一天，又一天，／嚴肅地忍耐地等待。」（〈聲音〉）

「語言失去出口」，敘述母語生活／母語書寫長期被官方禁制的臺灣社會現實。然而對於生命／語言／詩三重疊合的信念，讓杜潘芳格勇敢地深化自己的語言／詩，從被外來語言（日語／華語／英語）殖民的生命歷程，逐步掙脫時代環境的束縛，自覺地轉向母語詩（客語詩）書寫。

「曾經活在歷史裡／祖先們的意識／無意識仍舊存在肉身現形的自己。／／不只是光，但願赤裸裸地奔跑。／那豈只是他們而已？／／語言是活生生的東西。／美麗的蘭花。」（〈復活祭〉節選）「祖先們的意識」在個人身體中現形，是多麼振奮人心的莊嚴體驗！語言是母體文化的肉身，是祖先們活生生的生命體。杜潘芳格借浴火重生的淨身觀念進行語言之光的自我洗禮，詩篇開放著蘭花般的馨香。

〈中元節〉是杜潘芳格經常被提點的詩篇：「你／喜愛在紛雜的人群裡／追求『忘我』。／／而我／越來越清醒。／／貢獻於中元祭典的豬，張開著嘴緊緊咬著／一個『甘願』。／／無論何時／使牠咬著『甘願』的／是你，不然就是我。」多麼誠懇的自我／他者雙向式反省與批判。中元節普渡為了祭拜亡靈，人們常常宰殺大豬公作為犧牲，犧牲的嘴裡塞了一個椪柑，柑諧音衍義為「甘願」。臺灣人忘掉自己的被奴役身分，忘掉族群的被殖民歷史，鄉愿地漠視主體性缺席的生存狀況；被犧牲的豬代替人們受罪，不能改變臺灣人被外來政權殖民統治的事實。甘願被宰殺，甘願淪為時代犧牲品的你與我，對於臺灣人的主體性淪喪誰能脫卸責任？

關於〈中元節〉，詩人曾經有過解題：「這首詩還沒有被人想到，跟耶穌基督的犧牲有關；耶穌基督當時就是這樣代替人類受罪而死。所以奉祂的靈、聽祂聖經的教義，我有時候也在想，

我以後會不會到地獄去？」（杜潘芳格《杜潘芳格生命史》）。一個有信仰者的生命，處在無真實信仰的社會人群中，杜潘芳格並未責怪人們的社會性愚昧，而是反求諸己，以基督信仰衡量生命的道德堅持與價值實踐。與〈中元節〉主題類似的詩以〈平安戲〉、〈紙人〉為代表，三首詩都有華語、客語兩種版本。以母語書寫，我想，就是杜潘芳格期盼已久的「新的聲音」。杜潘芳格1993年出版的《青鳳蘭波》與1997年出版的《芙蓉花的季節》，收錄了更多的客語詩文本。

　　主導杜潘芳格詩歌生涯的軸心力量，始終都是基督宗教信仰，這是她的詩篇能夠超越社會視野，進而提昇到精神視野的重要因素。早期的詩篇〈山〉，呈現一種樸素的終極觀照：

　　〈山〉　杜潘芳格

　　墳墓的視線直打顫了，遙遠的山巒
　　深深，披著濃藍色的絨衣，山峰不動。
　　頸項承受濛白的冰冷霧滴，墳墓獨自思維著
　　「過去」就是絕對的不回來麼。

　　墓中眼
　　打穿遠峰的那些眼，
　　誰也不敢踐約「未來」。

　　站在「天」「地」的接線上，
　　正如，不敢誓約「神」。

面向遙遠的山，墓中眼

切實地，喊著

「噫！我要知道呵」。

籠罩詩篇整體性價值氛圍的，是人與神的交流願望；「墓中眼」
超越生命的侷限，象徵有限存有者對於生命意義的終極觀照。如
果人與神之間，沒有對於「未來」的共同許諾與信任，靈魂的此
時此刻要如何安置與解脫？〈山〉透過墓中眼渴望越界的視線，
吶喊出靈魂求真的永恆渴望；這種象徵性的美學手法，展現了杜
潘芳格不同凡響的藝術高度與思想深度。

　　杜潘芳格詩篇的觀念與想像，因為己身豐富的生命經歷，與
《聖經》的深刻洗禮，煥發出獨特的思想視野與美學風格。也因
為詩篇獨特的形象與思維，拒斥讀者又吸引讀者，耐得住時間的
汰洗與咀嚼，〈荒野〉正是這樣一首詩：

　　〈荒野〉　　杜潘芳格

　　肉眼看上去

　　那是青綠的菜園或水稻成長的田園

　　卻像沒有任何事物的荒野。

　　那是一座大橋或工廠的建築物

　　卻也像是荒涼

　　沒任何事物的荒野。

　　從載著肉體疾駛的車窗，

看上去
那是重疊的農作物或綿延的民房
卻像沒任何事物的荒野。

我是怎樣了
是死了嗎？
是否為了復活
才死去了呢？

像幻惑中的青翠的草原
遙遠的山脈
河水的細流　野地的青菜
只在動盪無意義的人群裡

突然急迫地
堵著一扇厚厚的大理石懸崖
遮住了我的視野。

荒野不是自然場域，而是充滿無意義人群／社會的荒蕪存有；一
個沒有靈魂自覺的臺灣人，一個匱缺「臺灣主體意識」的臺灣社
會，在詩人眼中就是喪失未來願景的「荒野」，「荒野」被提昇
為文化象徵。詩人能夠提出這個問題，代表生命發出渴望突破時
代困境的聲音，死亡／復活的生命重奏再一次響起它的主題旋
律。急迫升起的「一扇厚厚的大理石懸崖」堵住我的視線，這堵
牆無所不在，但人們視若無睹，不敢正視生存意義的挑戰。詩人
作為時代良心，正視了這個歷史性的精神命題。杜潘芳格在 1990

年代提出的核心命題，直到詩人逝世的 2016 年依然懸而未決，
甚至還未被大多數臺灣住民意識到問題的嚴肅性。

〈今夜窗下也許仍有回響〉　杜潘芳格

不是那開在樹上的花朵。
所以　並不是相思樹花或櫻花。
更不是黃橙與深紅的
鬱金香和薔薇

啊！
那個回響是
在昏暗的海底
又更深之處的真珠，所吐露的吟哦聲。

靈魂的聲音發自深層的海之底層，真正的詩的聲音必然如是；
詩並非顯然燦麗如一時繁花，而是幽微深沉經過歲月淬鍊的「真
珠」。杜潘芳格的詩篇具有真珠般的聖潔與珍貴，是不屈從於時
代命運撥弄，透視黑暗迎向光明，臺灣人高貴靈魂的象徵。

三、語言風格與文化特質

對於「跨越語言的一代」詩人群，最大的書寫挑戰是語言轉
換／文化轉換，有人轉換得快，有人轉換得慢，也有人拒絕轉換
語言。吳瀛濤掌握華文讀寫能力來自日治末期參加北京語高等講
習班，這種講習班不可能長期與深入。詹冰因 1958 年受聘擔任

中學生物老師而強迫自己自修華文。羅浪服務於苗栗金融機構、錦連服務於彰化鐵路局，周遭同事沒人會講北京話，華文／華語進步緩慢。擅長書寫俳句、短歌、詩、小說、評論的黃靈芝，一生堅持以日文寫作；黃靈芝就讀臺大外文系時，因罹患肺結核以為自己壽命不長，因而放棄學習新語言。

陳千武的母親吳甘女士飽讀中國歷史章回小說，以《三字經》引導自己的孩子接觸漢文；但 1939 年就以日文寫詩的陳千武，1958 年肇始的華文書寫還得依靠艱苦自學。「在太平洋戰爭中，陳千武曾因有趣，而向戰友學會『孫文遺囑』，成為他唯一會寫的中文，返台之後，竟然因緣際會，靠著默寫『孫文遺囑』，進入林務局人事室，任職達二十六年之久。雖然幸運謀得工作，但是，陳千武想要以中文作為寫作工具，在文學上重新出發，仍然經歷了近十年的煎熬。」（「詩路」網站陳千武作家小傳）陳秀喜 1958 年開始學習華文，1967 年加入「笠詩社」開始華文詩創作。杜潘芳格的華文詩書寫，推測也是在 1965 年加入「笠詩社」之後。

本章介紹的「跨越語言的一代」詩人，獲得正規學習華文機會的只有林亨泰。1946 年林亨泰考入臺灣省立師範學院（今國立臺灣師範大學）教育學系本科（第一屆），1950 年畢業後返回彰化北斗中學任教。林亨泰嘗言剛進大學課堂根本聽不懂老師在講什麼，學習歷程相當艱辛。另一案例是鍾肇政（1925-2020，桃園龍潭人），戰後考入臺大中文系上課兩天即輟學，一方面因為自己有輕度聽力障礙，另一方面是無法適應教授濃重的方言口音。

語言轉換也牽涉文化轉換，等於思想觀念的重新洗牌，再加上語言學習方式的侷限，「跨越語言的一代」詩人群，他們的詩歌語言普遍粗樸而直白，相當程度保留了臺灣語言文化的性格特

質，也算是不幸中的大幸吧！粗獷的陶器有大方質樸之美，手作感強烈，精緻的瓷器有文雅細緻之美，層次感精微，藝術美感各有千秋。

更重要的差別是在文化層相上。「跨越語言的一代」詩人群，他們的一生存活在三種語言中。「跨越語言的一代」比起生活在單一華語中的「大陸來臺詩人」，前者的文本語言空間涵蓄的「鄉土性」比較顯著（土地連結重於語言連結），後者的文本語言空間涵蓄的「漢語性」比較濃重（語言連結重於土地連結）；兩者的語言文化差異相當顯著，美學風格差異也是如此。有學者從獨尊華語的觀點認為：「大陸來臺詩人」比「跨越語言的一代」語言美學更加進步，這是錯誤的思維；也有學者從強調臺灣主體性的立場，獨尊鄉土性新詩語言排斥漢語性新詩語言，心態偏狹自閉，也是錯誤的思維。多元族群、多元語言本來就是臺灣文化的優勢，應當共生共榮相互學習。語言沒有階級高低之分，只有適性與否（語言與族群的關係）、整全與否（語言與歷史的脈絡）之分。「跨越語言的一代」的新詩語言，呈現戰前與戰後（跨越兩個時代）臺灣地域的文化質地與臺灣族群的性格特徵，既是文化性語言，也是族群性語言，更是歷史性語言，這就是「臺灣新詩」的美麗與真實。

【參考文獻】

張炎憲、陳美蓉主編，《戒嚴時期白色恐怖與轉型正義論文集》（臺北：臺灣歷史學會、吳三連臺灣史料基金會，2009 年）

臺灣民間真相與和解促進會主編，《記憶與遺忘的鬥爭：臺灣轉型正義階段報告》（新北：衛城出版社，2015 年）

行政院二二八事件研究小組著；賴澤涵總主筆，《二二八事件研究報告》（臺北：時報出版，1994年）

吳瀛濤，《吳瀛濤詩全編》（臺南：國立臺灣文學館，2010年）

詹冰，《詹冰詩全集》（苗栗：苗栗縣文化局，2001年）

詹冰著；莫渝編，《詹冰集》（臺南：國立臺灣文學館，2008年）

銀鈴會著；周華斌主編，《銀鈴會同人誌（1945-1949）》（臺南：國立臺灣文學館，2013年）

陳明台編，《恒夫詩評論資料選集》（高雄：春暉出版社，1997年）

陳千武，《陳千武詩全集》（臺中：台中市文化局，2003年）

陳千武著；莫渝編，《陳千武集》（臺南：國立臺灣文學館，2008年）

呂興昌主編，《林亨泰研究資料彙編》（彰化：彰化縣立文化中心，1994年）

林亨泰，《林亨泰全集》（彰化：彰化縣立文化中心，1999年）

林亨泰著；陳昌明編，《林亨泰集》（臺南：國立臺灣文學館，2008年）

林亨泰，《生命之詩》（臺中：晨星出版社，2009年）

詹冰、羅浪著；莫渝主編，《認識詹冰‧羅浪》（苗栗：苗栗縣文化局，1993年）

羅浩洔著；莫渝主編，《羅浪詩文集》（苗栗：苗栗縣文化局，2002年）

錦連著；阮美慧主編，《錦連全集》，（臺南：國立臺灣文學館，2010年）

錦連著；岩上編：《錦連集》（臺南：國立臺灣文學館，2008年）

陳秀喜著；李魁賢主編，《陳秀喜全集》（新竹：新竹市文化中心，1997年）

陳秀喜著；莫渝編，《陳秀喜集》（臺南：國立臺灣文學館，2008年）

劉維瑛，《陳秀喜評傳》（高雄：春暉出版社，2010年）

杜潘芳格，《青鳳蘭波》（臺北：前衛出版社，1993年）

杜潘芳格，《芙蓉花的季節》（臺北：前衛出版社，1997年）

《杜潘芳格文學學術研討會論文集》（新北：真理大學臺灣文學系，2008年）

杜潘芳格著；劉維瑛編，《杜潘芳格集》（臺南：國立臺灣文學館，2009年）

杜潘芳格著；藍建春編，《杜潘芳格生命史》（新竹：新竹縣政府文化局，2014年）

張默、瘂弦主編，《六十年代詩選》（高雄：大業書店，1975年10月三版）

笠詩社主編，《美麗島詩集》（臺北：笠詩社，1979年）

葉石濤，《臺灣文學史綱》（高雄：春暉出版社，2010年註解版）

彭瑞金、藍建春、阮美慧、王鈺婷著，《臺灣文學史小事典》（臺南：國立臺灣文學館，2014年）

柳書琴等著；柳書琴主編，《日治時期臺灣現代文學辭典》（新北：聯經出版公司，
　　2019 年）

第三章

《笠》的誕生與
「笠詩社新世代」

一、《笠》的誕生與定位

　　1964 年 4 月 1 日吳濁流（1900-1976）創辦的《臺灣文藝》預定出刊，3 月 1 日在臺北先行召開青年作家座談會，會後，吳濁流、陳千武、白萩、趙天儀、薛柏谷、王憲陽等人，聚集到吳瀛濤華陰街的家中喝茶。聚會時吳瀛濤的一席話：「《臺灣文藝》要出刊了，是綜合文藝雜誌，值得慶賀，可是我們還需要一本純詩刊。沒有一本臺灣人自己的詩刊，怎能建立獨特而完整的臺灣文藝？文藝不能沒有詩。」（陳千武〈談「笠」的創刊〉），催生了《笠》的誕生。3 月 8 日，陳千武、錦連、林亨泰、古貝四人到苗栗縣卓蘭鎮詹冰家商談，林亨泰提出「笠」，作為詩社詩刊名稱。6 月 15 日《笠》創刊，雙月刊，發起人十二位：吳瀛濤、詹冰、陳千武、林亨泰、錦連、趙天儀、白萩、薛柏谷、古貝、黃荷生、杜國清、王憲陽。《笠》從 1964 年創刊到 2022 年底從未脫刊，持續出版了三五二期，「笠詩社」同人最多時曾經達到七十八人。

　　1964 年 6 月《笠》一期，刊載林亨泰〈笠詩社創刊啟事〉，

1970 年 12 月《笠》四十期，刊載陳千武〈臺灣現代詩的歷史和詩人們——華麗島詩集後記〉，從這兩篇文章，多少可以體會一些 1960 年代「臺灣新詩」所處的文化環境與歷史條件。

「現在，我們可以清楚地意識到，五四對我們來說，已不再意味著什麼意義了。我們可以將五四看成過去的，正如同我們將唐、宋視為過去的一樣；這是我們敢斷言的，因為我們已有了與前時代完全相異的詩的原故。」，「那麼，所謂屬於這個時代的詩是什麼呢？換句話說，這個時代有了怎樣的詩呢？其位置如何？其特徵又如何？這種檢討與整理的工作，在保存民族文化與幫助讀者之鑑賞力方面都是非常重要而且必須的；可是卻很少有人肯從事這一工作。本誌有鑒於此，遂不顧自身能力之微薄，毅然地起來從事這件工作。」（林亨泰〈笠詩社創刊啟事〉《笠》一期，1964年6月）

「一般認為促進直接性開花的根球的源流是紀弦、覃子豪從中國大陸搬來的戴望舒、李金髮等所提倡的『「現代」派』。當時在中國大陸集結於詩刊『現代』的主要詩人即有李金髮、戴望舒、王獨清、穆木天、馮乃超、姚蓬子等，那些詩風都是法國象徵主義和美國意象主義的產物。紀弦係屬於『現代』派的一員，而在臺灣延續其『現代』的血緣，主編詩刊《現代詩》，成為臺灣新詩的契機。另一個源流就是臺灣過去在日本殖民地時代，透過曾受日本文壇影響下的矢野峰人、西川滿等所實踐了的近代新詩精神。當時主要的詩人有故王白淵、曾石火、陳遜

仁、張冬芳、史民和現在仍健在的楊啟東、巫永福、郭水潭、邱淳洸、林精鏐、楊雲萍等，他們所留下的日文詩雖已無法看到，但繼承那些近代新詩精神的少數詩人們——吳瀛濤、林亨泰、錦連等，跨越了兩種語言，與紀弦他們從大陸背過來的『現代』派根球融合，而形成了獨特的詩型使其發展。」（陳千武〈臺灣現代詩的歷史和詩人們——華麗島詩集後記〉《笠》四十期，1970年12月）

依吳瀛濤的話與兩篇引文蘊藏的文化思維與歷史意識，「臺灣新詩」是繼承了兩種（民國新詩與日本新詩）根源，而又具臺灣特色的獨特詩文化；而《笠》之誕生與定位，背負著建立完整的「臺灣文藝」的歷史使命，自覺地建構與發展屬於這個時代的臺灣人自己的「詩」。

林亨泰的敘述有兩個凸顯的命題：一個是「唐宋與五四的歷史脈絡」，一個是「保存民族文化」。這裡提示的歷史脈絡，顯然將「臺灣」鑲嵌進中國歷史大敘述中，而「民族文化」所關注顯然也是中國文化。不論這樣的文化視野與歷史認知是否符合事實，從上述歷史材料推斷，在 1964 年，「臺灣歷史」、「臺灣意識」、「臺灣主權」，這些命題還沒有被充分自覺與認知；從另一個角度思索，在白色恐怖極其猖獗的年代，還沒有足夠的文化資源與歷史條件，使得更真實的「臺灣」被認識與被標舉。

陳千武敘述的「兩個根球說」值得討論：一個根球是「紀弦與覃子豪」將中國大陸的現代派詩歌搬來臺灣。一個根球是臺灣詩人「王白淵、巫永福、郭水潭、林精鏐、楊雲萍等人」與後繼者「吳瀛濤、林亨泰、錦連」受到日本近代詩精神影響。兩個根球融合促成臺灣新詩的生成與發展。陳千武提出「日本根球」，

是為了平衡 1950-1960 年代「中國根球」在臺灣一根獨大的文學現實，不得不勇敢標舉。

「中國根球說」忽視了一個歷史事實，紀弦與覃子豪皆有留學日本經驗，紀弦遊學日本（1936 年 4 月至 6 月）時間雖短，但受到在日本流行的歐洲詩潮震撼詩風大變，覃子豪 1935-1937 年就讀於日本東京中央大學。可見他們的詩歌文化視野與日本流行的歐洲新詩潮有實質關聯，與日治時期旅日臺籍青年承接類似的文化資源。「日本根球說」也有文化置缺，王白淵、楊雲萍、郭水潭、巫永福、林精鏐等人的日文新詩，在 1970 年尚未被挖掘與漢譯，況且楊守愚、楊熾昌、林修二、翁鬧等人也沒有浮上歷史檯面，並不表示日治時期詩人對臺灣新詩沒有發生具體影響，而是國民黨軍政集團代管臺灣，刻意壓抑與抹殺臺灣文化，造成「臺灣歷史斷裂」所致。來自五四時期民國新詩的「中國根球」確實存在（比如張我軍之於胡適），但影響力微乎其微；反而是「大陸來臺詩人」在臺灣所創作的現代主義詩歌，對「臺灣新詩」確實產生過不可忽視的影響，但與「中國根球」的聯繫也相當微弱（比如洛夫之於艾青、瘂弦之於何其芳）。紀弦、覃子豪和戴望舒、李金髮沒有詩學關聯。「大陸來臺詩人」的新詩大多數孕育自臺灣，詩人雖然在意識形態上存在血緣性的中國歸屬感，但非有根有本的文化性繼承。「大陸來臺詩人」同樣也是歷史斷裂的一群，也經歷戒嚴統治的時代制約。

《笠》的歷史使命感，多少受到了吳濁流創辦《臺灣文藝》的勇氣與雄心的激勵。「在當時，祇准『中華』或『中國』而不准『臺灣』二字出『頭』的環境裡，負責經費出版的發行人兼社長吳濁流先生，竟堅決主張要冠『臺灣』二字，才願出刊。他說：『我們要推動的是臺灣本土文藝，若非冠有「臺灣」二字即失去

辦雜誌的意義。』」（陳千武〈談「笠」的創刊〉《臺灣文藝》
一〇二期，1986 年 9 月）。難得的歷史機運出現了，笠詩人們及
時地披荊斬棘，拓建一方天地，留下參與建構「臺灣文化」塑造
「臺灣意識」的一長串詩的腳印。

　　簡述《笠》的重點成果：1965 年《笠》推出「笠叢書」第一
輯十冊：八冊詩集（白萩、杜國清、林宗源、吳瀛濤、恒夫、詹冰、
趙天儀、蔡淇津）、一冊林亨泰評論集《攸里西斯的弓》、一冊
陳千武譯詩集《日本現代詩選》。1969 年舉辦「第一屆笠詩獎」：
創作獎周夢蝶《還魂草》、評論獎李英豪《批評的視覺》、翻譯
獎陳千武《日本現代詩選》。1970 年出版華文日文對照詩選《華
麗島詩集》（陳千武編譯，日本東京若樹書房），1979 年出版同
人詩選《美麗島詩集》，副題：「戰後最具代表性的臺灣現代詩
選」。爾後尚有其他笠詩選出版：《混聲合唱》、《笠下的一群》、
《穿越世紀的聲音》、《複眼的思想》、《重生的音符》、《笠
園玫瑰》。1986 年出版「臺灣詩人選集」三十冊，1989 年出版《臺
灣精神的崛起——「笠」詩論選集》。1988 年主辦「第三屆亞洲
詩人會議」，主題「詩人在亞洲發展中的角色」，1995 年主辦「一
九九五年亞洲詩人會議」，主題「邁向二十一世紀的詩文學」。
2004 年創社四十週年，國立臺灣文學館主辦「笠詩社四十週年國
際學術研討會」，2014 年創社五十週年，臺北教育大學語文與創
作學系主辦「笠詩刊與臺灣現代詩發展學術研討會」。

　　這些積極的面向社會推廣新詩文化的作為，確實為「臺灣新
詩」積澱了豐厚的文化資產。但詩的成就還是要回歸創作文本，
「跨越語言的一代」詩人群之後，《笠》又培育出哪些「笠詩社
新世代」詩人群？詩篇的文化內涵與風格特色又如何？

二、「笠詩社新世代」詩人群評介

「跨越語言的一代」之後，還有哪些具有代表性的「笠詩社新世代」？底下選擇十位詩人進行重點評介，分別是：葉笛、白萩、黃荷生、岩上、杜國清、李敏勇、陳明台、鄭烱明、江自得、利玉芳。

（一）葉笛　靜謐微笑接受死亡的邀請

〈黑色的女神〉節選　葉笛

當黑色的女神姍姍走來
我放下最後一杯酒，一支烟，
仰首凝望屬於我的
　　九月夜天的那顆星……

她溫馨的氣息
像透明顫動的網
　　籠罩我燃燒的臉上，
當她柔美的唇輕觸我，
我閉上曾好奇地
　　探索這世界的眼睛，
　　埋首於她雙乳的幽谷裡。

太陽發冷
　　走進我的心房，

時間凝固

　在我的眉睫間，
所有的聲音絕響，
所有的顏色還原於白，

跳動的心臟成為化石！

一朵雲滿載我的幻影
　消失於她腳下的「時空」，
一絲風牽走我一縷呼吸
　化入她謎樣的微笑裡……

　　〈黑色的女神〉發表於 1966 年 6 月的《笠詩刊》，而葉笛
描寫「八二三炮戰」的大作〈火與海〉組詩，發表於 1967 年 6 月、
12 月。兩個文本都圍繞著「死亡意識」作鋪陳，應可視為姊妹作。
〈火與海〉組詩敘述金門「八二三炮戰」的戰爭臨場經驗，本書
第十五章第三節專題闡釋。〈黑色的女神〉情境構造比較抽象，
特定時空背景已被抽離，核心意象是「黑色的女神」象徵死亡。
　　「屬於我的九月夜天的那顆星」，作者出生於 9 月 21 日，
在占星學中是太陽運行至室女宮位置時出生的人。詩人與影響自
己的命運之星對視，「放下最後一杯酒，一支烟」，這個動作預
告敘述者坦然接受「死亡」。為什麼敘述者絲毫不恐懼不閃躲？
不但接受她的親吻，且「埋首於她雙乳的幽谷裡」；不但不哭泣，
且靜謐微笑接受死亡的邀請。值得關注的是，籠罩此黑色女神的
是「溫馨的氣息」，這是否暗示敘述者正活在另一極的對比環境
「孤絕」之中。相較於冰冷孤絕地活著，想像中的溫馨死亡，是

更值得生命接納的場域。

　　祕密表露於：「所有的聲音絕響，所有的顏色還原於白」，這是「黑色的女神」帶來的恩典。我說恩典，因為敘述者向死亡投誠而非屈服。這首詩呈現的不是虛無主義者的幻覺，而是一種宗教性的心靈覺醒；敘述者通過死亡的沐浴，向死而生，因而復活。「黑色的女神」是神聖化的象徵顯影，絕非覆滅一切的死，是一面生存透明的鏡像；通過自我鑑照，敘述者理解了生命的奧義，全詩結束於：「我靜謐的微笑映在妳的黑瞳裡」。

　　1970 年 4 月，接近不惑之年的葉笛，插班日本大東文化大學日文學科二年級，鼓起勇氣打造一個全新的生命。1980 年修畢博士課程後任教於跡見學園女子大學，1993 年回臺灣定居。此後，翻譯了一系列以日文書寫的臺灣早期作家：吳新榮、葉榮鐘、水蔭萍（楊熾昌）、楊雲萍、林芳年（林精鏐）等人大量的經典作品，對臺灣文化／臺灣文學之傳承貢獻卓著，是我特別敬重的臺灣詩人。

　　葉笛（本名葉寄民，1931-2006），臺南人，出生於屏東，1969 年加入笠詩社，2007 年《葉笛全集》十八冊精裝出版，總結作家一生筆耕的成果。

（二）白萩　臺灣人內心的戒慎與哀愁

　　〈雁〉節選　白萩

　　　　我們仍然活著。仍然要飛行
　　　　在無邊無際的天空
　　　　地平線長久在遠處退縮地引逗著我們
　　　　活著。不斷地追逐
　　　　感覺它已接近而抬眼還是那麼遠離

天空還是祖先飛過的天空。
廣大虛無如一句不變的叮嚀
我們還是如祖先的翅膀。鼓在風上
繼續一個意志陷入一個不完的魘夢

　　此詩一般的詮釋往往偏重：追求存在的意義與人生理想，忽略它所蘊藏的時代象徵。這首詩寫於 1966 年，「白色恐怖」瀰天蓋地的年代，生存的恐懼窒息著人們每天的生活。理解時代語境，便能發現「祖先飛過的天空」所帶來的精神支柱，與「陷入一個不完的魘夢」呈現的心理陰影；而「地平線」永遠遙不可及，隱喻臺灣人不知何時才能脫離「戒嚴」統治的悲情。詩之結尾，表達 1960 年代臺灣人內心的戒慎與哀愁，「孤獨如風中的一葉／／而冷冷的雲翳／冷冷地注視著我們。」高壓的政治陰影始終遮覆著／監視著臺灣人既孤絕又可悲的生存境遇。

　　白萩的長篇〈雁的世界及觀察〉，深入發展了「雁」之意象，「更且將豢養的雁／裝置了竊聽器／飛進你們的行列」，形容統治集團收買臺灣人作奸細，就近監控人民的一舉一動；軍警也在地面佈置埋伏，伺機射殺勇敢的反抗者，「有瞭望台蹲伏著監視⋯⋯有獨眼的槍管在窺探⋯⋯有偽裝的獨木舟在待命」。一旦時機成熟，「圍屠」開始，「只有你／僥倖／飛脫／在天空深處／孤零鳴叫／消失」。此一圍屠情境令人聯想起高雄「美麗島事件」，黨外核心人士悉數陷入牢籠，只有施明德僥倖脫逃（不久被捕）。此詩寫於 1981 年 2 月，文本內涵呼應 1979 年 12 月 10 日的歷史性事件。

〈病了的〉節選　白萩

（一條毛蟲正伏在妳的身上）
爬行，張牙，咬嚙

無法抗拒的妳，任憑
一條毛蟲在身上殘暴
無法救助的我，任憑
一條毛蟲凌辱著妳

在病了的秋空下
枝幹上並蒂著二枚葉子
一條毛蟲正嚼嚙著一葉
一葉空自焦急

　　〈病了的〉可以和另外一首詩協同閱讀，對進入文本的深層義涵有所助益。〈秋〉：「哎，那些鐵鞋在輪姦著我們希望的妻子／我們像一座被遺棄在路邊的屋子／空望著門前的路沒入遙遠的前方」，環境之壓迫與對未來之絕望，兩種情緒同時湧現，呼應著〈雁〉孤獨飛行的悲涼。值得注意的是，〈秋〉將「希望」喻擬為「妻子」，相當生活化的隱喻。從這個角度再回頭判讀〈病了的〉，「並蒂」隱喻夫與妻，毛蟲（國民黨軍政集團）正在啃噬臺灣人民的生活與未來；當你有此體會，〈病了的〉所安置的「殘暴」、「凌辱」這兩個語詞之沉重感，才能進入你的閱讀視域。

　　白萩（本名何錦榮，1937-2023），出生於臺中。1955 年以

〈羅盤〉一詩獲中國文藝協會第一屆新詩獎，被譽為天才詩人，1964 年參與創辦「笠詩社」，曾任《笠》詩刊主編。著作詩集：《蛾之死》、《風的薔薇》、《天空象徵》、《香頌》、《詩廣場》、《觀測意象》等。

（三）黃荷生　悲傷沉鬱的詩意迴響

〈**手術室**〉　黃荷生

在虐待著陽光的：
手術床上
流汗的玩具
有一張菜色的臉
在蒸發著慈悲的手術床上
出血的玩具
有一雙生鏽的眼睛

那味覺是極其古典的
有健康的藥箱
有獸般
以及僧侶般的藥箱
在病人之旁
有神
有被抓住被玩弄的神
在貧血的手術床上

「手術室」是對身體進行解剖的場所，進行著充滿不確定性

的生命療癒活動。「古典」通稱古希臘羅馬的藝術範型,指涉寧靜、莊重、精確的尺度與氛圍。「健康的藥箱」是醫藥能量的物質導引,「僧侶的藥箱」是祈禱能量的精神導引,中間夾住「獸般的藥箱」,野蠻的死亡導引;黃荷生塑造了一個精確莊嚴的古典畫面,對映複雜變幻的生命場域。以三重修辭形容手術床:「虐待著陽光的」、「蒸發著慈悲的」、「貧血的」。「虐待」帶有長期的霸凌印記,使陽光閃爍著黑暗光芒;「蒸發」比喻加熱過程,足以讓慈悲不堪忍受而逃離;「貧血」是先天體質衰弱兼營養不良,易使人昏厥。形容床上的病人是「流汗與出血」的玩具,任人擺佈;「生鏽的眼睛」,多麼新奇的字眼!讓人感受到病者長期承受的壓迫與心理恐懼。最最神奇的翻轉出現在最後三行,被折磨的病者不是平常人,而是「神」,是造物主正被自己創造的命運玩弄著。由此可見這間手術室不是一個寫實空間,而是象徵空間,隱喻戒嚴時期被國民黨白色恐怖壓迫得幾近窒息的臺灣人與臺灣社會。

〈都市〉 黃荷生

拉長了喉嚨似悲啼著的長頸鹿
而堆築了紅茶的皺紋為年齡的都市
從古銅色的煙斗中——一團團
一團團——遲遲地,抽出了
那最濃最重的憂鬱

像一個剛度過更年期的寡婦
她的一雙黑眼消瘦

像一個夭亡了孩子的母親
正遲疑地伸出多涸河的手

而泛濫著極過敏的傷感
渲染著灰貓的嘲諷的眼色
像穿插著很多休止符的破落戶的嘆息
他不過是一片草葉的裂紋
──正蔓延著

　　讀懂了〈手術室〉的象徵手法，對於〈都市〉之形象化思維就不難理解。「紅茶的皺紋」是指乾燥茶業糾結著的暗褐色紋路，搭配從長頸煙囪口冒出的濃重煙霧，讓都市背景塗抹上悲傷沉鬱的氛圍。而都市主體本身像似「剛度過更年期」、「夭亡了孩子」、「寡婦」，毫無未來可言，三重修辭再度登場。那雙「多涸河的手」像似大漢溪、新店溪與基隆河，穿越並環抱著社會肌理乾涸、人心組織絕望的 1950 年代的大臺北；臨時搭建的違章建築到處林立，街簷下的流浪貓冷冷地觀看這一切。

　　黃荷生（本名黃根福，1938-），出生於臺北舊城區艋舺，就讀成功高中時受教於路逾（詩人紀弦），因而寫起詩來；一本薄薄的詩集《觸覺生活》自費出版於 1956 年（高二上學期），二十四首短詩寫作於高一下學期。1993 年《觸覺生活》由「現代詩季刊社」再版，增補 1957-1958 年未曾發表的詩章三十首。增補的外輯詩作比起第一輯與第二輯，詩意更加深邃沉重。黃荷生專論呈示於本書第八章。

（四）岩上　富有同理心的包容觀照

〈老兵的刺青〉節選　岩上

那時堅決得
不但咬破手指寫血書
還在巖石上刻字
毋忘在莒
並在手臂在胸膛刺青
殺朱拔毛
反共抗俄

四十多年的歲月蒼老
巖石已斑剝
血書只換得一張
從中正紀念堂鬧到立法院的
授田證，一張永遠沒有土地的地圖
價碼仍在空中飄浮

　　1987 年 7 月 15 日零時起解嚴，11 月 2 日臺灣民眾赴大陸探親受理登記。不管是正規部隊還是學生兵，來臺灣度過近四十年歲月的外省籍軍人，此時都已變成了「老兵」；老兵回中國不一定還有親人可探，「授田證」也沒有土地可安身。1956 年 7 月 10 日政府公佈「反共抗俄戰士授田憑據頒發辦法」，前後共頒發七十萬張「戰士授田證」；由於反攻大陸無法兌現，退除役官兵要求政府補償，補償金於 1990 年 1 月 3 日起發放。

〈老兵的刺青〉發表於 1988 年 12 月，「老兵」是時代悲劇的印記，尤其是低階退伍軍人。譬如周夢蝶與商禽退伍之後，領著幾近沒有的退休俸，租賃簡陋小間，孤伶伶地在街頭擺書攤、賣牛肉麵，生活窘境可想而知。岩上另一首詩〈老芋仔手中的鞋子〉藉著一雙鞋，將流亡者家鄉與異鄉的情感聯繫起來：「草鞋皮鞋／孩子／想當年俺家從嚴寒的東北／穿著草鞋渡水而來／（易水寒呀　壯士一去兮不復返）／那已空前絕後的／布包仔鞋／是你從未謀面的奶奶為俺縫製的／一雙／寶／仍壓在箱底／（四十年發霉的鄉愁，何必提起）」。「芋仔」是對比於「蕃薯」的象徵符號，臺灣人在飢荒貧困時以蕃薯充飢，因蕃薯生命力強健故自喻為蕃薯，將 1949 年隨國民黨軍隊渡海來臺的外省移民視為芋頭（形狀類似但滋味不同）；但蕃薯之「蕃」肯定也是外來種無疑，只是移民順序有先後。外省籍獨身軍人在異鄉想找結婚伴侶並不容易，如果幸運找到臺灣族群配偶，孕生的後代被戲稱為「芋仔蕃薯」，但那孩子是未來唯一的依靠。岩上畢業於臺中師範學院，曾在中小學擔任教職，看到外省籍老兵（老芋仔）在雨中橫過操場，為上學的孩子送來一雙皮鞋，有感而發。「同學們都穿著皮鞋到學校／你的鞋子／為什麼丟在家裡／教室一間／找過一間／鞋子（孩子）／你在哪裡？」老兵的大陸鄉音把「孩子」唸成「鞋子」，在母語的身體情感裡，家鄉與異鄉真是渾融難辨啊！鞋子有道路之隱喻，孩子指涉未來願景，「鞋子（孩子）／你在哪裡？」，傳達出流亡者的茫然之情。岩上以人物加情節的語言策略，富有同理心的包容觀照，刻鏤出超越個人情感的時代印記；「孩子／鞋子」蘊蓄的複雜歷史感，在一位臺灣詩人的文字裡被編織出來。

　　岩上（本名嚴振興，1938-2020），嘉義人。曾任《詩脈》季

刊主編、《笠》詩刊主編、臺灣兒童文學會理事長。著作詩集：《激流》、《冬盡》、《愛染篇》、《岩上八行詩》、《針孔世界》等。

（五）杜國清　駕馭敘事運用諷喻的才華

〈滄桑曲〉節選　杜國清

噴射機繫著白色的緞帶越過藍天
像不能不送走的一隻心中的鴿子
遠了，還怕牠迷失；近了，怎堪牠別後再來啄食
啄起那些有淚生煙的慾情往事！
商店街還是滯游著呼吸廢氣的一群鹹魚
從地下電車中倒出來的鹹魚啊
酒吧裡還是坐滿著僱用酒精們打掃胃壁的經理
以及舉杯說是要你今夜為她狂醉后罵你是酒鬼的一些
美（在腿間的）女人
那祕藏著夜的城堡裡
創造另一種道德和愛情對位法
風還是在流竄，在掠奪，在向已無一葉的枝椏勒索
而枝椏以向著蒼天祈求的姿勢遙念著青春

她從人群中游離出來
在神殿前的一座拱橋上
想找回從前的那些彩色魚和噴泉
在蓮花邊的黑岩上靜坐著一隻烏龜
以哲人那種沉思在追憶人類的歷史
從水鏡中默讀著人類的命運

而在某種時勢之下，伸長著脖子向她擠眼

她撿起一塊石頭打在牠背著的卦上

水鏡中她的嘴無聲地哭歪著

她踏著自己的影子

　　向那神殿走去

　　〈滄桑曲〉是一首四段詩，前三段敘述一回戀情或一次豔遇，上引文本是第四段，對這次感情／慾望的追憶與反思。詩分二節，敘述者是一個男人，第一節敘述的主要內容是男人的酒吧見聞與情感經驗，與對這經驗既迷戀又懼怕的矛盾心理。「心中的鴿子」隱喻思念的女人，但她卻像一條轉眼即消失於虛空的飛機雲，暗示這段感情注定要隨風飄逝。「已無一葉的枝椏」隱喻男人的過期青春，成為風的勒索對象，「風」有歲月之喻。

　　第二節敘述的主要內容是女人在神殿前的身影。對著池水，她想找回從前的那些彩色魚和噴泉（隱喻女人曾經的青春），結果只看到黑岩上靜坐著一隻烏龜（陰魂不散糾纏不去的男人），那烏龜還「伸長著脖子向她擠眼」，受夠了龜頭的她，撿起石塊丟牠，自己也哭歪了嘴。詩篇結束於：「男人都像鴿子／夜夜回來／啄食著／她的／心」，從「都」這字眼可推測鴿子是複數，顯示她是一個風月場的女人。然而，她也是一個需要情感慰藉的平常人，「向那神殿走去」，是一回既虛無又踏實的人性舉止。

　　詩篇簡約的敘述，像似一篇意猶未盡的短篇小說，包藏著耐人尋味的情節與深刻的人性揭示，呈現作者駕馭敘事、運用諷喻的高超能力。從敘述情境：「地下電車」與「神殿前的一座拱橋」觀察，推測是杜國清 1966-1970 年留學日本攻讀碩士學位時期的

作品。

杜國清（1941-），臺中豐原人，美國聖塔巴巴拉加州大學東亞系教授兼臺灣研究中心主任，1996 年創辦《臺灣文學英譯叢刊》（半年刊），致力於在海外推動臺灣文學，開拓國際對臺灣文學的理解。著作詩集：《島與湖》、《望月》、《杜國清詩集：殉美的憂魂》、《情劫集》、《愛染五夢》、《山河掠影：杜國清詩集》、《光射塵方‧圓照萬象：杜國清的詩情世界》等。

（六）李敏勇　融合經驗與想像的政治詩

〈我聽見〉　李敏勇

我聽見／遙遠的呼喊／也許／從監獄的刑場／或／來自醫院的產房／

孤寂的夜裡／我正讀著一首異國的詩／詩人／以語言的擔架／從刑場領回政治受難者／並為他施洗

但我寧願／在日出之前／護士們抱著新的生命輕輕舉起／嬰兒離開母親子宮的哭聲／其實是／女人的歡喜

詩人聽見兩種聲音：一個是政治受難者臨刑的呼喊，一個是醫院產房嬰兒的啼哭；前者是受刑人控訴罪惡的吶喊，面向死亡，後者是嬰兒神聖的啼鳴，烘托誕生。兩種聲音都來自想像的情境，前者是閱讀文本引發的想像，後者是心理想像引發的聯想。罪惡的鏡像／聲音與神聖的鏡像／聲音同步出現，形成一種美學張

力，彼此抗衡。但敘述者說：「我寧願」引導每一天生活的是（煥發希望的）嬰兒哭聲，而非（延續悲情的）受難者呼號；揭示了作者的價值抉擇。「日出之前」是個關鍵語詞，暗示長夜漫漫；本詩寫於 1991 年，臺灣剛剛脫離戒嚴統治，但黎明（獨立自主的臺灣）尚未真正到來。唯有詩人能夠同時「聽見」兩種聲音：一個是來自歷史經驗的過去式聲音，一個是啟迪生命願景的未來式聲音。

形容「語言」是擔架，語言觀顯示詩人護持生命的重責大任；將「詩」視為具有施洗功能，詩觀隱含詩能淨化心靈的思想。〈我聽見〉不只是一首具有政治意涵的現實主義詩篇，同時也是一首披露詩人的語言觀／詩觀的「元詩」。

寫於 1997 年的〈國家〉也有類似的審美特徵，同時呈現兩種對比情境，一個指向過去的禁制視域，一個指向未來的開放視域：「我的國家／只隱藏在我心裡／／沒有鐵絲網／沒有警戒兵／／用樹葉編成的旗幟／飄揚在風中／／樹身就是旗桿／遍佈島嶼的土地／／有鳥的歌唱在樹林裡／隨著風的節拍回應自然的呼吸」。「國家」為什麼隱藏在心裡？隱臺詞是詩人不承認既存政體的正當性；國民黨軍政集團控制的國家機器，到處佈置著有形的鐵絲網與無形的監控網絡，這算哪門子的人民公僕？詩人認同的理想「國家」：自然的呼吸與風的節拍相應和，樹林遍佈在島嶼上，林中有鳥的歌唱。如果「風的節拍」象徵自由空氣在鼓動，「鳥的歌唱」隱喻人性情感的安和樂利；詩人眼中的國家風景，符合自然法則，能夠永續經營。

《美麗島詩集》李敏勇〈詩觀〉：「我的詩，是我的現象學，也是我的冥想錄。現實──在我的世界，既是攝影機鏡頭能捕捉得到的事象，也有從腦髓思考出來的花朵，融合經驗與想像力的

結晶，是我的憧憬。」上述兩首詩，成功地融合經驗與想像，讓人耳目一新；既能容納政治主題與批評意識，又不會陷落淺層現實主義意識先行的窠臼。但能夠做到這一點並不容易，需要時刻自我惕勵。

李敏勇（1947-）出生於高雄旗山現居臺北，寫詩兼擅文化評論，社會活動力旺盛，曾經擔任《笠》詩刊主編、「臺灣筆會」會長。著作詩集：《暗房》、《心的奏鳴曲》、《青春腐蝕畫：李敏勇詩集1968-1989》、《詠嘆調》等。

（七）陳明台　悲劇性構圖的詩章

〈黃昏〉節選　陳明台

持著劍的是
板著陰沉的臉孔的哀傷的男人是
魂魄隨著雲一般輕飄飄地盪在狂風中的男人是
不斷撲殺著躺在前方的自己的影子而活著的
男人是
包圍於看不見的敵人一般的錯落的
孤岩的神經質的男人是
潤溼於異國的雨的寂寞的男人
佇立著的是

烏鴉
罩上黑衣的死的幻影一般
呼嘯地越過頭頂

滿天亂飛

〈黃昏〉是陳明台1977年〈遙遠的故鄉〉系列詩之一，留
學日本時期的作品；「遙遠的故鄉」指涉臺灣，詩人從異鄉的視
點進行書寫。詩裡的敘述者陷入無法脫逃的困境，他所對抗的「看
不見的敵人」其實是他自己。異鄉人被異國的雨淋溼，使用著異
國人的劍，不斷砍倒自己化身的幻影，並依此狀態存活。詩篇呈
現典型的悲劇性構圖，且沁染著和風。理解文本的美學基調，有
助於親近〈遙遠的故鄉〉系列詩篇：

〈月〉節選　陳明台

哀傷的月
睜大眼睛在注視
瀕死的年輕的兵士
夢想遙遠的故鄉而闔不上眼睛的兵士
靈魂附著遙遠的星星顯得淒豔的兵士

哀傷的月
睜大眼睛在注視
暗將下來的戰場
剛剛經歷過激烈的搏鬥
疲憊下來的戰場
舐食散亂的肢體到處徘徊著狗的戰場

哀傷的月

睜大眼睛在注視
唯一的生還者的巨大的旗幟
飄在風中茫然的打顫的旗幟
緊緊地握在死去的少年的手中的旗幟

而不知道從什麼地方
昇起來的含淚的母親的臉

　　這首詩的悲劇性構圖更加完整，核心意象是敗北的灰色天空
上「哀傷的月」，與大地上緊握在死去少年手中的「打顫的旗
幟」。「狹窄的血槽上依然滴著鮮血的劍」，象徵性的「劍」像
陰魂，不離不散；這裡蘊藏的「武士道精神」明顯根源於日本文
化。詩境中「激烈搏鬥的戰場」與「破滅的生之風景」對映，將
悲劇根植於雙重哀傷的土壤。臺灣曾經是日本殖民地，陳明台之
父陳武雄（詩人陳千武），太平洋戰爭末期（1943-1945年）被
徵召到南洋作戰，對派駐南洋的臺籍日本兵而言，臺灣是遙遠的
故鄉。陳明台留學日本1977年寫下此詩，臺灣依舊在遙遠的他
方；周遭環境是經濟已經復甦，且與臺灣斷交的日本。陳明台身
處一個令他困惑的生存戰場，他要運用日本精神去抵抗日本環境
的壓迫感，唯一的依靠是：「不知道從什麼地方／昇起來的含淚
的母親的臉」，那是遙遠的故鄉極其淡薄的情感象徵，方向感很
不確定。
　　陳明台〈遙遠的故鄉〉系列詩顯現的臺灣情感是很珍貴的時
代記憶，1970年代的臺灣仍然處於戒嚴時期，對海外遊子而言，
故鄉的未來命如懸絲。剛經歷過1947年「二二八事件」大屠殺
的陳千武，將1948年出生的孩子賦予「明台」（讓臺灣脫離黑暗）

的政治符號，陳明台身體情感負荷之重可想而知。「祖母的笑容是看得見的東西／不／逝去的祖母的笑容是看不見的東西／／故鄉的臉是看得見的東西／不／不管何時　遙遠而飄渺／故鄉的臉是看不見的東西」（〈骨（二）〉節選），「故鄉的臉」在1970年代確實是模糊難辨的，臺灣人被連續殖民所滋生的苦難悲情，唯有詩人感受最為深刻。

　　陳明台（1948-2021），出生於臺中豐原，詩人評論家，日本國立筑波大學歷史人類研究所博士課程修畢，曾任中正大學臺文所教職。著作詩集：《孤獨的位置》、《遙遠的鄉愁》、《風景畫》等。評論集：《臺灣文學研究論集（一）》、《臺灣文學研究論集（二）》。

（八）鄭炯明　懇切道出卑微的心聲

　　〈蕃薯〉　鄭炯明

　　狠狠地／把我從溫暖的土地／連根挖起／說是給我自由

　　然後拿去烤／拿去油炸／拿去烈日下曬／拿去煮成一碗一碗／香噴噴的稀飯

　　吃掉了我最營養的部分／還把我貧血的葉子倒給豬吃

　　對於這些／從前我都忍耐著／只暗暗怨嘆自己的命運／唉，誰讓我是一條蕃薯／人見人愛的蕃薯

　　但現在不行了／從今天開始／我不再沉默／我要站出來說

話／以蕃薯的立場說話／不管你願不願聽

我要說／對著廣闊的田野大聲說／請不要那樣對待我啊／
我是無辜的／我沒有罪！

〈蕃薯〉書寫於 1979 年，呈現一個純樸的熱愛鄉土的青年，
富有人道主義精神的真實呼籲，它沒有革命者的慷慨激情，但接
近一般社會平民內心的渴望。

它的最大特色不是揭舉臺灣人的主體自覺與臺灣認同，而是
詩的語調。鄭烱明以一個南臺灣土生土長的下港人（臺南縣佳里
鎮人，出生於高雄）的腔調，懇切道出臺灣人渴望脫離戒嚴體制
的卑微心聲。〈蕃薯〉一詩的語氣幾乎淪為哀求，而非理直氣壯
地宣稱「人的尊嚴」，正是這一點讓我感慨萬千。

理解本詩的時代背景，重新閱讀〈蕃薯〉，會有迥然不同的
體會。「但現在不行了」，心靈翻轉的契機出現，「以蕃薯的立
場說話」，臺灣主體意識躍上紙面。臺灣早期的黨外街頭運動相
當艱難，黨外雜誌經常性被查封；參與街頭聚眾遊行、聽黨外人
士演講與閱讀黨外雜誌，成為戒嚴時期臺灣人尋求生命出口的重
要管道。「美麗島事件」發生於 1979 年 12 月 10 日，〈蕃薯〉
發表於 1979 年 6 月《笠》九十一期；收錄〈蕃薯〉一詩的鄭烱
明詩集《蕃薯之歌》，在美麗島事件受刑人被羈押的牢房中傳閱，
成為受難者的精神食糧之一。《蕃薯之歌》，1982 年獲得第二屆
笠詩獎（創作獎）。

鄭烱明的早期詩作〈搖籃曲〉，以更加抒情的語調書寫臺灣
人的悲情，詩中的「臺灣」化身為母親與搖籃，孩子（臺灣子民）
陷身於動盪不定的搖籃止不住啼哭：「搖喲搖喲／慈祥的母親呢

喃著／『睡吧，孩子／安靜地睡吧』／／我的身體十分疲憊／但
是我躺在這個／動盪、不安、悲慘的世界／教我怎麼睡得著／／
我放聲大哭／籃搖得越厲害／籃搖得越厲害／我越放聲大哭／／
搖喲搖喲／慈祥的母親呢喃著／『睡吧，孩子／安靜地睡吧』」，
讀來心頭隱隱作痛！

　　鄭烱明（1948-），出生於高雄，本業醫生，已退休。1968
年加入「笠詩社」，1982 年與葉石濤等人共同創辦《文學界》雜
誌，1991 年與作家、學者共同創辦《文學臺灣》雜誌並擔任發行
人。1996 年「財團法人文學臺灣基金會」成立，被推選為董事長。
2005 年任「臺灣筆會」理事長，承辦「2005 高雄世界詩歌節」。
著作詩集：《歸途》、《悲劇的想像》、《蕃薯之歌》、《最後
的戀歌》、《三重奏》、《死亡的思考》、《存在與凝視》、《詩
的誕生》。

（九）江自得　浪漫與現實的巧妙結合

〈癌症病房〉　江自得

1
白色的牆，白色的床單／背後是無限的空白／／小小的茶
几上／一個憂鬱的蘋果

2
夢中故鄉冬日的街道／海風吹拂起母親的臉／／遙遠的歌
聲在童年低唱／一滴滴哀愁自點滴液注入

3

屋內四處紛飛著／白骨的意象／／乾燥了的笑容／在靜寂
的冬夜碎裂

4

黎明的微雨中浮現／一株野菊

　　江自得是胸腔科醫師，也曾在日本國立癌症中心研究，以醫
師生涯為素材的詩篇頗有特色。〈癌症病房〉融和了觀照、回憶
與想像，為生命畫出一幅素描。癌症病房是孕育死亡的場所，
「白」正為了抵制黑暗降臨，同時又顯影出「空白」，一無所有。
此乃「蘋果」憂鬱之因，意象極端孤寂，「小小」，而且是「一
個」。

　　「夢」與現實對稱，「故鄉」與他鄉對稱，「童年」與成人
對稱。這些對稱之間彼此隔絕。「海風吹拂起母親的臉」與「一
滴滴哀愁自點滴液注入」也是對稱，也彼此隔絕；前者是虛無飄
渺的想像／追憶圖景，後者是身體／心靈此在如實的觸痛感。

　　「紛飛著」、「白骨的意象」刻意跨行處理，讓作者／讀者
都有接納死亡撫慰的心靈準備。「乾燥」、「笑容」、「靜寂」、
「碎裂」，簡單明快的起承轉合，生命被無言所承擔，包裹。冬
夜過後還會有黎明／春天嗎？「微雨中浮現／一株野菊」。作者
選擇形象自語的方式，為想像情境與現實人生留下虛白空間。

　　〈癌症病房〉的隨想性語言組織與留白式章法佈置，有非常
大的詩學發展潛能，可惜江醫生大概是太忙了，後來並沒有適當
發揮。

〈油菜花〉　江自得

平臥大地上綿延到天邊的田野是妳的胴體嗎
風湧動起的陣陣黃色波浪是妳的命運起伏的曲線嗎

妳放縱地讓情慾奔放如狂野的黃色嗎
妳選擇讓自己進入這般絢爛的死亡風景嗎

一葉早衰的花瓣
使妳從熊熊的慾火中醒來

一粒落地的種籽
使妳從搖曳在歲月中的夢裡醒來

　　乍看之下，以為是浪漫的情慾解放描述，忽然被潑了一盆冷水，出現「死亡風景」；醫生特有的冷靜臨場狀態使然嗎？好煞風景。想像的熊熊慾火被想像的超然之手弄醒，油菜花一定很不爽；但文字之手才是大神，沒法度。原來，是詩人的終極觀照作祟，詩從更大的尺度俯瞰「自然」，賦予自然景觀人文義涵。「種籽」落地，有回歸與再生雙重意義；「夢」被打醒，意味著面對現實，承擔道德責任。這首詩結合了浪漫主義與現實主義，不耽溺於眼前美景並視其為誘惑，有自我砥礪之義。
　　〈油菜花〉的現實隱喻與委婉敘述是間接形容，具有審美想像空間與自我批評意識，比那些乾癟的現實說教詩好太多；哪怕那些教義是多麼俱備本土關懷與鄉土元素，多麼政治正確，缺乏審美意識的文本我都敬謝不敏。

江自得（1948-），臺中人，曾任臺中榮民總醫院胸腔內科主任，已退休。著作詩集：《那天我輕輕觸著了妳的傷口》、《從聽診器的那端》、《三稜鏡》、《給 NK 的十行詩》、《遙遠的悲哀》等。

（十）利玉芳　反映弱勢族群的生存境遇

〈獵人與我〉　利玉芳

我是昔時發現日月潭的白鹿／追逐吧／我就在前方／那植滿桂花的家鄉小徑／跳躍

野薑花叢下／和長滿山蕨的陰暗小丘上／到處仍遺留著我倉皇的腳印

當一隻夜鶯／站在舢舨上打瞌睡的解嚴早晨／從前／我那些／怯懦的／藏起來的／奔竄而凌亂的腳印／全部都溜出來了／在桂花林間／一邊踢著太陽掉落的鱗片／一邊呼吸著初秋的空氣

獵人／循著湖畔赤裸的足印／追逐吧／且拉開你的弓箭虜獲我

〈獵人與我〉寫於 1995 年，詩中的關鍵字是「解嚴」，特指 1987 年 7 月 15 日起臺灣解除戒嚴。解嚴前之我只敢躲藏在陰暗山丘，常被獵人追逐奔竄而留下「倉皇的腳印」；解嚴之後的我不再是弱者，甚至敢向獵人挑釁；象徵自由心靈的白鹿在桂花

林間「踢著太陽掉落的鱗片」，令人響往的境界。詩篇用日月潭邵族（Thau）「白鹿傳奇」的故事，隱喻詩人具有發現新天地的稟賦，內蘊詩人自我期許。從篇末的「獵人」、「弓箭」與「虜獲」綜合觀察，也隱藏渴望愛情的意蘊。「解嚴」在詩篇哩，被賦予自我解放之義；「白鹿」，既是發現者，又渴望被發現。

　　〈嚎海〉　利玉芳

　　　少女們戴上秋天編織的花冠
　　　手牽手
　　　圍繞著壺
　　　一遍又一遍唱牽曲
　　　歌聲旋轉著先人艱苦過臺灣

　　　尪姨　被故里波濤的呼喚催眠
　　　遙望著荊棘延伸的河路
　　　印著西拉雅子民遷徙的柔順的腳步
　　　向著大海
　　　嚎哭

　　〈嚎海〉寫於 2004 年，描述西拉雅族（Siraya）吉貝耍部落（西拉雅族蕭壟社後裔）特有的「嚎海祭」情景。部落婦女們圍繞祭壇唱出蕭穆悲涼的牽曲，主持儀式的尪姨（女祭司）揮舞尪祖拐大哭，一邊遙祭祖靈一邊敘述祖先渡海來臺的滄桑史。西拉雅族是臺灣原住民平埔族群中，人口最多勢力最強的一族，主要分佈在嘉南平原到恆春半島間，因為與漢人接觸較早漢化相對嚴

重。由於族群的活語言鏈失落西拉雅語被列為「死語」，經族人努力下逐漸復甦和使用，向「復育中的語言」邁進。2005 年臺南縣政府率先承認西拉雅族為「縣定原住民族」；2010 年縣市合併後，臺南市政府認定為「市定原住民族」。2022 年西拉雅族爭取正名成功，憲法法庭 10 月 28 日判決「原住民身分法」第二條違憲，原民會應在三年內修法或另定特別法。

西拉雅族蕭壠社人原本居於八掌溪下游到曾文溪下游之間，受到漢人墾殖的競爭性逼迫，溯急水溪向內陸遷移，沿支流龜重溪來到現居地（臺南市東山區東河里）。「先人艱苦過臺灣」與「荊棘延伸的河路」，指涉兩度遷徙的經歷。嚎海祭悲涼的氛圍除了懷念祖靈之外，也間接反映了弱勢族群的生存境遇。

利玉芳（1952-），出生於屏東縣內埔鄉，客家人。著作詩集：《貓》、《向日葵》、《淡飲洛神花茶的早晨》、《燈籠花》、《放生》。

三、「笠」詩群的貢獻與考驗

誠如黃得時所言：「荷蘭為歐洲人，鄭氏是漢民族，清朝是滿洲族，日本是大和民族。這些相異民族的政治底支配力，不久就反映在文學作品上。……臺灣文學的政治性影響力非常強大。」（黃得時〈臺灣文學史序說〉，葉石濤譯）日本帝國的高壓統治一結束，臺灣又落入國民黨軍政集團的再殖民／類殖民統治；這種連續性高度壓抑的歷史環境，塑造了臺灣獨特的文學。從「跨越語言的一代」詩人群到「笠詩社新世代」詩人群，文本建構受到時代環境顯著影響，呈現反抗意志與悲情語境，面向現實的寫實風格具有主導性力量，內涵或多或少潛藏著政治性議題。總體

而言，這是「笠」詩群文本相當顯著的特色，也無形中圍限了書寫向度的拓寬與審美意識的深掘。

《笠詩刊》首任主編是林亨泰，一年之後，因為屋後山坡崩塌危及自宅，忙於整修工作而交棒給白萩，其後主編與執編多次替換。編輯團隊經常更換可能造成的問題是：詩刊的文本品質因為選稿者的審美評價尺度而有所差異。《笠》三十七期的主編是白萩，他在編輯室報告中以「審判自己」為題說出一段話：「詩人的詩應該以刊登在純詩刊上為榮，雖然那是無物質的報酬，但詩刊是專門性的，而不是報刊的玩票性質，那也照應了梵樂希所說的：『寧願被一個懂的人讀一千遍，而不肯被不懂的一千個人讀一遍。』讀詩刊的一群也就是懂詩的一群。有時鑒於世界造得不夠理想，我們會反問：上帝天天在審判人類，為什麼不自己審判自己一次？審判自己！就是取消同仁刊登同仁雜誌『當然權』的理由。同時做為審判人家的編輯同仁，更須天天審判自己一次，然後才來審判人家。先審判自己然後審判人家！讓今後在編輯室的同仁記住這句話！」這樣嚴肅而理想性十足的對待「詩」的態度，正可以看出一個詩人的真正品格。

縱觀《笠》詩刊超過五十年歷史的文本內容，就我個人體察，很難達到這樣嚴格的自我要求；詩刊文本品質的不穩定，對詩刊形象造成了長期性影響。以經營畫廊為例，如果一家畫廊品牌形象沒有建立穩固，很難吸引藝術家與收藏家的關注。「笠」的精英詩群主要集中於 1920-1949 年間出生者，但臺灣 1950 年以降出生的詩人可謂人才輩出，與「笠」搭上邊的優秀詩人為數不多。再以餐廳為例，如果一家餐廳的菜色無法推陳出新，很難吸引新顧客上門，光靠親朋好友捧場，很難擴展門面。這樣的發展趨勢與潛在危機當然不是《笠》詩刊專屬，而是多數同人詩刊的共同命運。

「笠」的最重要成就，是集結臺灣本土詩人群，借集團性力量凸顯作品的「臺灣意識」。擔任過《笠》詩刊主編的莫渝（本名林良雅，1948-）曾言：「就整體言，集團的風格隨著歲月的雕琢，早已塑成幾個共同外貌：在地性格、現實聲音、反抗精神、愛與和平的詩教。」（莫渝《笠下的一群》）從《笠》詩刊歷年文本與各種《笠詩選》的內容觀察，現實主義的集團文學傾向確實很明晰，關愛臺灣鄉土與批判時事的詩篇始終不絕如縷。就我個人長期閱讀《笠》詩刊與多本《笠詩選》的審美體驗而言，語言策略與思想意識的直白淺露是常見缺失。崇尚白話直說的臺灣人質樸性格本來是族群優點，但就文學價值而言，停留於淺層現實主義的文本只能說服一般讀者，難以吸引文學讀者的深度駐足。

　　本文共裁選十位「笠詩社新世代」詩人進行文本評介，展現新世代「笠」詩群的文學體積與重量，試圖呈現「集團性」本土聲音的大致風貌。這些作者為集團自身的代表詩人，但能否成為臺灣新詩史的重要詩人，猶待時間與後人的驗證。「笠」詩群的及時崛起，架構了臺灣新詩史承先啟後的一道重要脊柱，《笠》詩刊與「笠詩社」的歷史地位任誰也無法否認。期待所有立足臺灣認同臺灣的詩人，擺脫焦慮的抗爭心態與意識化說辭，以更寬廣更深邃的審美意識，為塑造臺灣新詩深厚的文學形象，相互砥礪，共同為臺灣文化的主體性建構奉獻心力。

【參考文獻】

葉笛著；趙天儀編，《葉笛集》（臺南：國立臺灣文學館，2008 年）

白萩著；李敏勇編，《白萩集》（臺南：國立臺灣文學館，2009 年）

黃荷生，《觸覺生活》（臺北：現代詩社，1993 年）

岩上著；向陽編，《岩上集》（臺南：國立臺灣文學館，2008 年）

杜國清著；莫渝編，《杜國清集》（臺南：國立臺灣文學館，2010 年）

李敏勇著；鄭烱明編，《李敏勇集》（臺南：國立臺灣文學館，2009 年）

陳明台著；李敏勇編，《陳明台集》（臺南：國立臺灣文學館，2009 年）

鄭烱明，《蕃薯之歌》（高雄：春暉出版社，1981 年初版／2009 年再版）

江自得著；阮美慧編，《江自得集》（臺南：國立臺灣文學館，2009 年）

利玉芳著；彭瑞金編，《利玉芳集》（臺南：國立臺灣文學館，2010 年）

張默、瘂弦主編，《六十年代詩選》（高雄：大業書店，1975 年三版）

笠詩社主編，《美麗島詩集》（臺北：笠詩社，1979 年）

趙天儀主編，《混聲合唱：笠詩選》（高雄：春暉出版社，2001 年）

鄭烱明編，《臺灣精神的崛起》（高雄：文學界雜誌，1989 年）

莫渝，《笠下的一群》（臺北：河童出版社，1999 年）

鄭烱明主編，《笠之風華：創社 50 週年《笠》特展》（高雄：春暉出版社，2015 年）

第四章
「大陸來臺詩人」與
臺灣新詩發展

一、臺灣多元族群與「大陸來臺詩人」

　　1949 年是臺灣當代史的關鍵年份。4 月 23 日中國人民解放軍佔領中華民國首都南京，10 月 1 日中華人民共和國在北京成立，12 月 10 日蔣中正（1887-1975）與蔣經國（1910-1988）從成都飛抵臺北，「中華民國」名存實亡，成為寄生臺灣的政治圖騰。

　　1945 至 1950 年，估計有一百二十萬來自中國的軍人與平民以各種方式遷往臺灣。依 1956 年臺灣人口統計資料，戰後來臺的中國各省籍人口一百二十一萬，臺灣籍人口八百零一萬，臺灣總人口數合計九百二十二萬，中國各省籍人口占比 13.1%，臺灣籍人口佔比 86.9%。依 2022 年臺灣人口統計資料：臺灣閩南族群 68.4%、臺灣客家族群 13.3%、臺灣外省族群 13.3%、臺灣南島族群 2.5%、臺灣新住民 2.5%（不同來源數據略有差異）。依移民臺灣的先後順序，臺灣南島族群最早，而後才是臺灣閩南族群、臺灣客家族群、臺灣外省族群、臺灣新住民。1945 年 10 月之前遷居臺灣的閩粵族群通稱為「本省人」，1945 年 10 月之後，移民臺灣的中國其他各省族群通稱為「外省人」。族群通婚會產

生自我認同的變化，1992年新修正之《戶籍法》廢止本籍（祖先籍貫）登記，增列出生地為登記項目，「本省人」、「外省人」的稱呼與身分印記在臺灣社會裡逐漸淡化。「臺灣新住民」指稱因跨國通婚或其他原因取得國籍的非本地住民。

棲居臺灣六千年的南島族群，在清帝國康熙朝被區別為「野番／土番」，乾隆朝因賦稅架構劃分「生番／熟番」，日治後期又改稱「高砂族／平埔族」，戰後通稱為「山地同胞」，1994年才正名為「臺灣原住民」。模糊混稱的「山地同胞／臺灣原住民」，因「臺灣原住民族權利促進會」自1984年發起「原住民族正名運動」的長期努力，部落地方命名終於得到民間與官方認同，歷程十分艱辛。

1949年前後，因大陸時局丕變，外省人士大量移入臺灣，其中包含來自中國各地的文化菁英政經專才。這些人才豐厚臺灣的文化與社會，鞏固臺灣的外交與經濟，產生難以估計的長遠影響。從大陸遷移到臺灣的外省人，從事新詩寫作者，包括：覃子豪、紀弦、彭邦楨、周夢蝶、羊令野、方思、余光中、洛夫、向明、羅門、蓉子、管管、商禽、大荒、楊喚、張默、碧果、瘂弦、吳望堯、鄭愁予、辛鬱等。這些詩人在臺灣創辦詩社，出版詩刊、詩集，策畫詩選，以臺灣做為文學實踐的場域，豐富臺灣新詩的文化內涵，參與塑造臺灣新詩獨特的形象。這些來自中國各省市，與故鄉母土有深刻連繫，因為歷史命運（主動或被動）棲居於臺灣，專志從事新詩寫作者，我稱名為「大陸來臺詩人」。這批詩人，以出生於1933年之前為限；1934年後出生者，在臺灣接受完整的高中以上教育，成長經驗／寫作經驗與臺灣的住地環境難以分割，我將之歸納於「臺灣詩人」之列。

本章選擇十二位「大陸來臺詩人」：覃子豪、紀弦、周夢蝶、

方思、余光中、洛夫、管管、商禽、楊喚、瘂弦、鄭愁予、吳望堯（巴雷），進行重點評介，並將「大陸來臺詩人」視為一個文學群體，梳理此一群體的文化傾向、修辭特徵，分析此一詩人群體與臺灣新詩發展的交互關係。

二、「大陸來臺詩人」文本評介

（一）覃子豪　象徵主義詩章

　　覃子豪（1912-1963），中國四川省廣漢人，大陸時期出版過詩集《自由的旗》（1939）、《永安劫後》（1945），1947年隻身來臺。1951年11月5日起紀弦、鐘鼎文、葛賢寧借《自立晚報》副刊版面每週一編輯出版《新詩週刊》（1951.11-1953.9，九十四期）；1952年5月改由覃子豪、李莎主編。1954年3月，覃子豪聯合鐘鼎文、夏菁、鄧禹平、余光中共同創辦「藍星詩社」，6月借《公論報》副刊版面編輯出版《藍星週刊》；依早期歷史脈絡觀察，《藍星》主要推手應屬覃子豪。覃子豪另一貢獻是擔任「中華文藝函授學校」詩歌班主任，瘂弦1953年10月1日至1954年9月30日曾經加入受其指導，向明、麥穗也是當時學生。覃子豪在臺灣出版三冊詩集：《海洋詩抄》（1953）、《向日葵》（1955）、《畫廊》（1962）。

　　覃子豪的詩有典型的象徵主義風格，詩例無數：「發著油光的石子路是鱷魚的脊梁／我是蓦然的從鱷魚的脊梁上走來」（〈造訪〉），「你的髮如琴絲，有海的韻律波揚／幽渺不可聞，有碧波在你眼裡掠過／而我已呼吸著你髮上的幽香」（〈秋之管弦樂〉）。覃子豪的詩質純粹，文字細膩，意象精準，有一種高雅的孤獨格調，有時略顯自戀。名作〈黑水仙〉是典型：「在午寐

夢土的岸上／初識你眼睛裡的黑水仙／那煥然的投影／祛盡我一切欲眠之時的迷惑」，〈畫廊〉也是：「在畫廊裡，無論我臥著、蹲著、立著／心神分裂過的軀體／蒼白如一尊古希臘的石像／髮怒而目盲」，〈髮〉亦如是：「投在牆壁上的是我破碎的影子／我看出是一個流浪於二十世紀的／荷蘭飛行人現代的憂鬱的面像」。覃子豪的詩與紀弦的詩，明顯都是西方文化脈絡下的產物，兩人的詩都有強烈的個人主義／浪漫主義傾向，只不過前者偏愛象徵主義的氛圍，而後者追慕現代主義之自由。

〈吹簫者〉節選　覃子豪

是酩酊的時刻／所有的意志都在醉中／吹簫者木立／踩自己從不呻吟的影子於水門汀上／像一顆釘，把自己釘牢於十字架上／以七蛇吞噬要吞噬他靈魂的慾望／且飲盡酒肆欲埋葬他的喧嘩

他以不茫然的茫然一瞥／從一局棋的開始到另一局棋的終結／所有的飲者鼓動著油膩的舌頭／喧嘩著，如眾卒過河

一個不曾過河的卒子／是喧噪不能否定的存在／每個夜晚，以不茫然的茫然／向嘵嘵不休的誇示勝利的卒子們／吹一闋鎮魂曲

　　覃子豪詩歌中的自戀並不讓人覺得討厭，原因是藝術造型豐美，形象思維有獨到之處，且蘊蓄著深層反思。「吹簫者」是詩人自況，「一個不曾過河的卒子」隱喻邊緣人／失敗者，對比意

象是「嘵嘵不休的誇示勝利的卒子們」,這些蠢蛋佔據主流位置;「不茫然的茫然」呈現流亡者回顧歷史時的清醒自覺。當鼓動「油膩舌頭」的喧嘩者,在政治講臺上說謊,詩人回應以「一闋鎮魂曲」,安靜點!不要丟人現眼,反諷強烈。〈吹簫者〉中的敘述者以「受難者」自居,一方面從普遍的迷醉中超拔自我,個人意志堅定,另一方面將詩提昇到俯瞰歷史的高度;詩人思忖著:如何在這喧嘩的偏安一隅的時代酒館裡,安置一面鏡子,讓他們鑑照自己那副德性?

〈過黑髮橋〉可能是覃子豪最後一首詩,這首詩的場景是臺灣東南角海岸,詩中出現當地原住民身影:

〈過黑髮橋〉節選　覃子豪

黑髮的山地人歸去

白頭的鷺鷥,滿天飛翔

一片純白的羽毛落下

我的一莖白髮

溶入古銅色的鏡中

而黃昏是橋上的理髮匠

以火焰燒我的青絲

我的一莖白髮

溶入古銅色的鏡中

而我獨行

於山與海之間的無人之境

港在山外
春天繫在黑髮的林裡
當蝙蝠目盲的時刻
黎明的海就飄動著
載滿愛情的船舶

啊！向子然一身的孤獨者與純粹的抒情詩人致敬。

　　詩人死後骨灰回歸四川老家，廣漢也建了覃子豪紀念館，臺灣對他而言只是一個旅棧，此乃人情之常。

（二）紀弦　現代派領航員

　　紀弦（本名路逾，1913-2013），祖籍中國陝西，出生於河北在蘇州唸美專；早期筆名路易士，1945 年改用紀弦為筆名。紀弦在中國大陸時期創辦過四份詩刊，出版過九本詩集，此人真是拚了命非當詩人不可！1948 年 11 月紀弦攜家帶眷渡海來臺，1976 年 12 月赴美定居。中國大陸時期三十六年、臺灣時期二十八年、美國時期三十七年，三階段都寫了不少名篇的詩人，不知道他的身分認同是什麼？

　　紀弦詩的風格特徵即「自由」；意識之自由、想像之自由、節奏之自由。意識之自由以〈致或人〉為代表：

　　〈致或人〉　紀弦

　　到沒有魔術，／也沒有上帝的時候，／當一切天體變成了扁平的，／一切標本魚游泳起來，／哦，或人，／我們將有一個欣喜的重逢，／在錶狀行星之最危險的邊陲。

彼時，哦，或人，／你是否還記得曼陀鈴的彈法，／我不知道；／也許我的嗓子已經啞了，／再不能唱一支三拍子的歌。

而我們是緊密地結合成一體了，／然後，以馬的速度，我們跑，／划著未來派的16條腿，／投影於一堅而冷的無垠的冰原上。

　　亂寫一通，但讓人心花怒放，好像一條解凍的魚在冰冷的意識大海下嬉鬧，生機盎然；「或人」，一個充滿無限可能性的自由心靈。這首詩寫於紀弦赴日本遊學時期（1936年4月至6月），「從日本詩人堀口大學的譯詩集《月下之一群》，我間接地觀光了法國現代詩壇，深受阿保里奈爾（Guillaume Apollinaire）之影響。同時又從其他的日譯本及報章雜誌的介紹，使我眼界大開，廣泛地接觸到了興起於二十世紀初期之諸流派——立體派的繪畫，超現實派的詩，我無不喜愛。不過，達達派的音樂與戲劇，那種否定一切只有破壞而毫無建設的極端虛無主義傾向，我不能不反對。於是我開始寫超現實主義的詩。例如〈致或人〉，就是那時期的得意作。」（《紀弦回憶錄》）紀弦詩風之轉變以此詩為標誌，在此特別提起（雖然它書寫於中國大陸時期）。

　　想像之自由以〈喫板煙的精神分析學〉為代表：「從我的煙斗裡冉冉上升的／是一朵蕈狀的雲，／一條蛇，／一只救生圈，／和一個女人的裸體。／她舞著，而且歌著；／她唱的是一道乾涸了的河流的氾濫，／和一個夢的聯隊的覆滅。」核爆／誘惑／呼救／挑逗／乾涸／理想夭折，從煙斗裡冒出來的意象全都指向

困頓的現實，反映內心之絕望。這首詩寫於 1953 年的臺灣，戒嚴初期最嚴密最緊張的白色恐怖年代。

　　節奏之自由請仔細聆聽：「她們喜歡快速那些綠／具可燃性的她們都很憂鬱／至於那些腐葉喪失了辛烷度的不喜歡／憂鬱她們是一點兒也不／／所以我經常表演攀爬／一面吹著最不音樂的口哨水手風地／在一個被加了特別延長記號的全分音符裡／登天梯以超脫」（〈未濟之一〉），句子隨意拉長縮短跨行跳躍，意念前後黏連斷裂不即不離難分難捨，到不了也停不下，「未濟」的韻律。（黃荷生詩歌的自由韻律似乎有這麼一點影子）

　　紀弦風趣瀟灑又狂妄，既固執且無畏，能天馬行空地在文字幻境裡耕耘，也能天空行馬地揮灑一番理想。一個窮教員，養家活口之外還把刊物辦得有聲有色，真不簡單。紀弦文本顯現他的性格特徵，自負又自戀：「千年後，／新建的博物館中，／陳列著有／／摘星的少年像一座。」，「手杖 7+ 煙斗 6=13 之我／／一個詩人。一個天才。／一個天才中之天才。／一個最最不幸的數字！唔，一個悲劇。」，「忽覺得我這瘦瘦長長的軀體／多麼像個耶穌／是可以被出賣的／是可以用釘子來釘的」；自負自戀者，通常難以自我檢證自我超越，詩歌歷程中的文本水平經常忽高忽低大好大壞。

　　〈阿富羅底之死〉寫於 1957 年，「把希臘女神 Aphrodite 塞進一具殺牛機器裡去／／切成／塊狀／／把那些「美」的要素／抽出來／製成標本」，「美」切成塊狀又製成「標本」，生命力蕩然無存，但卻被用來「觀賞」與「教育」，詩人說：「這就是二十世紀：我們的」文明表徵。阿富羅底（Aphrodite），掌管愛情、美麗與性欲的希臘女神；「阿富羅底之死」就是自由之死。自由不會憑空而至，探索自由者要通過一連串的鞭子、斧頭、

繩索、烙鐵的考驗。臺灣是個長期接受雙重規訓的社會，政治規訓加教育規訓，許多詩壇名家依循刻板寫作居然也擁有眾多門徒，顯示規訓的程度與範圍既深且廣。紀弦拒絕接受規訓，最絕頂的詩篇縱橫飛躍，沒法子學也不好懂，但能提供後學者「自由精神」的風範。

紀弦1956年揭舉的現代派信條六之二：「新詩乃是橫的移植，而非縱的繼承。」說出華文新詩發生學上的文化事實，但引起不少非議；仔細檢證那些非議者的新詩文本，其實也縱不到哪裡去。紀弦的宣言表面看會被誤會為「全盤西化論」，回到戒嚴統治的時代環境，黃粱詮解：對國民黨軍政集團壟斷政統挾持道統的美學抵抗，以橫的移植之開放性拒斥縱的繼承之文化壓迫感。

（三）周夢蝶　蘊藉深遠的貼心撫觸

評論家經常論述周夢蝶詩篇的佛教文化情懷，也無可否認，〈孤峰頂上〉、〈菩提樹下〉、〈托缽者〉、〈擺渡船上〉，篇章數不勝數。仔細尋思，文本的思想內涵都是陳年老酒啊！唯一優點，周公換了新瓶包裝。周夢蝶的詩歌語言既清涼又濃郁，情味悠遠耐人咀嚼：「明年臞髏的眼裡，可有／虞美人草再度笑出？／鷿鷈不答：望空擲起一道雪色！」、「你底影子是弓／你以自己拉響自己／拉得很滿，很滿。」、「月亮是圓的／詩也是──／／未識面已先傾心：／這無猜的兩小／為什麼不讓他們像貓狗一般／到積雪的叢草裡打滾！」、「我選擇冷粥、破硯、晴窗；忙人之所閒而閒人之所忙。……我選擇以水為師──高處高平低處低平。……我選擇電話亭：多少是非恩怨，雖經於耳，不入於心。」如此縱的繼承稍稍有了新意，不是簡單的修辭挪移，而是刻骨銘心的文化性情之積疊與蛻轉。

周夢蝶的詩造境寫意水乳交融，渾然一體，不輕浮於主體敘情、不偏執於境象雕鑿，意蘊與境象相生相感，虛實交襯跌宕自然，深體古典漢詩高妙境界。〈約會〉就是這麼一首蘊藉深遠的貼心之作：

〈約會〉節選　周夢蝶

總是先我一步
到達
約會的地點
總是我的思念尚未成熟為語言
他已及時將我的語言
還原為他的思念

總是從「泉從幾時冷」聊起
總是從錦葵的徐徐轉向
一直聊到落日啣半規
稻香與蟲鳴齊耳
對面山腰叢樹間
嬝嬝
生起如篆的寒炊

約會的地點
到達
總是遲他一步──
以話尾為話頭

或此答或彼答或一時答
轉到會心不遠處
竟浩然忘卻眼前的這一切
是租來的：
一粒松子粗於十滴楓血！

　　〈約會〉之前有題辭：「謹以此詩持贈／每日傍晚／與我促
膝密談的／橋墩」。周夢蝶是臺灣詩壇少見的一貧到底的詩人，
一生沒有固定宅邸，到處為家，這首詩寫於賃居淡水時所作。〈約
會〉敘述的約會對象當然不是橋墩，而是想像中的佳人，或者說，
將約會的佳人當作想像中的詩，意思彷彿。

　　「轉到會心不遠處／竟浩然忘卻眼前的這一切／是租來的：
／一粒松子粗於十滴楓血！」不由得讓人眼睛一亮，霍然驚醒；
文字的力量倏忽鑽入生命深處，將自我與世界同時炸開一個窟
窿。「總是我的思念尚未成熟為語言／他已及時將我的語言／還
原為他的思念」，以詩論「詩」，文字凝練而思想深奧。

　　2005年我擔任紫藤廬古蹟活動策展人，有天上午十點過後，
見茶館大廳周公獨自一人枯坐多時，私底下詢問茶館服務生：周
公跟人約幾點？服務生答中午十二點過後，我驚詫回應：那他幹
嘛那麼早來？服務生幽然一笑：周公向來如此。有詩為證〈夏至
前一日於紫藤廬　遲武宣妃久不至〉，發表於2006年：「攝氏
三十六度。日正中／無蛙鳴，亦無碁子可敲。／／窗外綠影婆娑
／芭蕉的鬼魂無視於窗玻璃的阻隔／飄然閃入，吐氣若蘭，說：
／夢蝶先生，我可以坐下來麼？／／髣髴一個又一個小劫流過去
了／日影孤懸，向西／一一作淡黃楊柳色」。周氏這款斯文作風
來自舊式文人雅興，也是縱的繼承之一種。

周夢蝶（本名周起述，1921-2014），原籍中國河南淅川，1948 年別母拋妻棄子隨青年軍來臺，1956 年因身體孱弱獲准退役。1959 年至 1980 年在武昌街騎樓下擺書攤，成為「臺北一景」。1959 年《孤獨國》、1965 年《還魂草》，2002 年《十三朵白菊花》、《約會》同時問世，2009 年新詩集《有一種鳥或人》誕生。語言策略從早期的文化修辭逐漸滲染了生活修辭，形成既典雅又親切餘韻繚繞的詩風。周夢蝶是臺灣前輩詩人當中，詩的品質精粹穩定，內涵不斷推陳出新的極端少數。自我要求之謹嚴不只反映於作品，也顯現了作者人格之清高；詩人淡泊名利，一生不曾變改。

（四）方思　以靜默相感，以寂寞和鳴

　　方思（本名黃時樞，1925-2018），中國湖南長沙人，在上海接受大學教育，1948 年來臺，曾任職國立中央圖書館。方思經常發表詩作於紀弦創辦的《現代詩》，翻譯里爾克《時間之書》，生平出版三本詩集：《時間》（1953）、《夜》（1955）、《豎琴與長笛》（1958）。在紀弦創舉的《現代詩》兩屆「詩選舉」中，第一屆得主楊喚，第二屆得主方思，可見方思之詩在當時已被詩壇看重。1980 年洪範版《方思詩集》問世，除一簡短〈自序〉外未增加其他內容。從《方思詩集》作者簡介中得知，他曾擔任美國狄董遜大學圖書館館長，從自序之言：「年年以來，生活煩勞依舊」，能窺停筆原因一二。

　　方思作品總數不多，但風格一貫且獨特，主題關注具有連續性，如其所言：「發揮時間是一延綿的觀點」，「記憶是最豐富的時間，惟一真實」，切中核心。他的詩具有神祕主義氛圍，精簡斷奏如〈白晝與黑夜〉：「終於敢安然于醒著，睜空虛的雙眼／面對這光輝的白晝／／昨夜是一座尼庵，數不盡祈禱的念珠／

對著，啊，你美麗眼睛的黑暗」，它帶有祝禱之情卻非宗教詩，比較接近心靈與存有之間的神祕問答。長篇迤邐如〈豎琴與長笛〉：「從島上逸出，升騰翔翔／而又回歸島上／植根于泥土的，到泥土必須回歸／永恆的故鄉，我欲久居／／以迴響為範圍，而又吸納所有的／迴響于一己之內／於是鳥與鳥對唱／如音響與迴聲，光與色彩／如影與自身，鷹與不朽的希望／於是撲振著雙翅，永恆向上／企求：／愉快幸福的婚姻！」（節選），彷彿一蘊蓄著形上思維的交響詩。「島」與「永恆的故鄉」乃詩人的理想國，我欲久居並渴望成家之地並非一個現實地點，而是充盈著美妙和聲之詩意迴響與自由心靈能振翅翱翔的詩歌空間。

〈你我〉與〈生長〉兩詩的核心意象都是「一株樹」，前者以愛開端而匯聚於生命，後者奠基心靈而總結於痛苦，可視為孿生之作。方思之詩通常被視為晦澀，主要原因在於它所探索的主題不是現實表相，而是一深度的存有真實，此一真實，必得純粹心靈與純淨文字相生相應，方能感應與發生。誠如《夜・後記》所言：「無論如何，我自幸我的詩，尚為一個真正的聲音（genuine voice），不是模擬，亦非回聲。」讀者若能以靜默相感，以寂寞和鳴，方為上策。

〈你我〉　方思

　　愛，何必讓人知道呢
　　倘若我竟然站在這裡，凝視一株樹的伸展枝葉
　　呼吸這馥郁的氣息，吐納天地間的——
　　啊，愛，何必多所言說呢
　　即使我站在這裡，永在這裡，我亦化成一株樹

那麼，我將亦伸展枝葉，就像我此刻擁抱你
觸撫你的身軀，呼吸你溫暖的幽芳
我將頂天立地，我便是天地間的，你亦是的，生命

〈生長〉　方思

看，一株樹生長在我的心中，我的體中
啊，看，牠生長，欣欣向榮，雖然未沐于
一絲的和暖的日光，未浸于一滴的溫潤的雨露
看，牠伸展牠的枝幹，就如你的纖長的身軀
閃爍青翠的葉子，就如你的回眸一笑
就如軟暖柔和的你，牠依在我的心上，我的體上

啊，讓痛苦生根，成長，就像一株樹
讓牠開花，粉白似的你的雙頰，讓牠結果
滑潤似你的肌膚，啊，讓痛苦生長
在我的心中，我的體中，就似一株樹，緊貼在我的心上，體
　　上
你可以觸撫，以你溫軟的手，就似你伸入我的袖口
你亦可以聞牠的氣息，以你的膩潤的雙唇……

唉，祇有在那時我才能不感覺痛苦，我才能
適應了痛苦，這深深的剜心割膚的痛苦
當這樹緊貼在我的心我的體生長了；因為
　　我就是痛苦

這是一株既孕育於體內又伸展在體外的，心靈之樹情感之樹生命之樹。牠的立足基礎是無言的愛，牠青翠的葉子閃爍，彷彿回眸一笑：而其根源來自痛苦的根系，寓意唯有「剜心割膚的痛苦」能激勵生命成長。方思賦詩於形上思維中，這條道路陡峭難於上青天，詩人之孤獨可想而知，「愛，何必多所言說呢」，唉！

（五）余光中　講究格式，注重修辭

〈招魂的短笛〉節選　余光中

魂兮歸來，母親啊，東方不可以久留，
誕生颱風的熱帶海，
七月的北太平洋氣壓很低。
魂兮歸來，母親啊，南方不可以久留，
太陽火車的單行道
七月的赤道炙行人的腳心。
魂兮歸來，母親啊，北方不可以久留，
馴鹿的白色王國，
七月裡沒有安息夜，只有白晝。
魂兮歸來，母親啊，異國不可以久留。

小小的骨灰匣夢寐在落地窗畔，
伴著你手栽的小植物們。
歸來啊，母親，來守你火後的小城。

〈招魂的短笛〉悼念母親往生，寫於作者而立之年，情真辭美的思親佳作。全詩分作三節，首節的體式根源於《楚辭・招

魂》：「魂兮歸來，東方不可以託些，長人千仞，惟魂是索些。」招魂是楚地古俗，禱詞以盡愛，又希冀能招魂復魄。《楚辭・招魂》篇末以亂詞結語：「目極千里兮傷春心，魂兮歸來哀江南！」婉言哀思的對象是江南（泛指楚國）。〈招魂的短笛〉情境聚焦於江南小鎮柳樹邊一小墳，內蘊誠摯的人子哀聲；因余母籍貫江南之情，本詩借用〈招魂〉的禱詞形式，一來語境莊嚴，二來也符合情義。「魂兮歸來，母親啊，」以間隔反覆的句式表達深情。東方不可、南方不可、北方不可、異國不可，招喚魂魄來歸舊宇，「西方」以「異國」更替，均衡中求變化，章法亦脫胎自古辭；「西方／異國」也隱喻淪陷於中共之手的中國大陸。

余光中早期寫過不少優秀詩篇，比如收錄於《六十年代詩選》的〈真空的感覺〉：

很久沒有靨我的鼻孔
以你香料群島的氣息了，
很久，沒有看年輕的愛情
在你的瞳上跳芭蕾舞了。
我漂泊，在企鵝的夢外
藏大半個面孔在海盜鬢裡。

世界被蕈狀雲薰得很熱，
而我很怕冷，很想回去，
躺在妳乳間的象牙谷底，
睡一個呼吸著安全感的
千年的小寐。而兩旁，

具有古埃及建築美的圓錐體，

對峙著，為我屏

時間的風沙。

一首純淨的抒情詩，「企鵝的夢外」、「海盜鬍鬚裡」，率皆「出格的想像」特別美。用「香料群島的氣息」形容女性芳馨，比之用「香料氣息」來得更加廣闊綿延。「時間的風沙」，複合式修辭，時空變幻與人生歲月一體召喚。詩題「真空的感覺」，形容脫棄現實束縛之自由逍遙。

　　余光中創作的新詩數量龐大，佳作膾炙人口，但不少作品陷入模式化寫作傾向，衣裝配件整齊但表情略顯呆滯。例舉兩詩：

「鋼圓門依迴紋一旋上，滴水不透／日夜不休，按一個緊密的節奏／推吧，繞一個靜寂的中心／推動所有的金磨子成一座磨坊／流過世紀磨成了歲月／流過歲月磨成了時辰／流過時辰磨成了分秒」（〈水晶牢——詠錶〉節選）

「一夜的雨聲說些什麼呢？／樓上的燈問窗外的樹／窗外的樹問巷口的車／一夜的雨聲說些什麼呢？／巷口的車問遠方的路／遠方的路問上游的橋／一夜的雨聲說些什麼呢？／上游的橋問小時的傘／小時的傘問溼了的鞋」（〈雨聲說些什麼〉節選）

　　兩首都是被選入《二十世紀臺灣詩選》的余光中名篇，精確設計的意象與意流，既明朗又好懂，但「詩意迴響」難以迴旋，無端無盡藏的美妙與餘韻無從孳生。

余光中（1928-2017），中國福建永春人，出生於南京，1950年5月隨父母從香港移居臺灣，美國愛荷華大學藝術碩士。1974年至1985年，任香港中文大學中國語言及文學系教授，1985年回臺，擔任中山大學文學院院長。著作詩集無數，詩作以洪範版《余光中詩選 1949-1981》、《余光中詩選第二卷 1982-1998》、印刻版《余光中六十年詩選》，收錄較為完整。

（六）洛夫　心靈視域的魔歌

〈蟹爪花〉　洛夫

或許你並不因此而就悲哀吧
蟹爪花沿著瓦盆四周一一爆燃
且在靜寂中一齊回過頭來
你打著手勢在窗口，在深紅的絕望裡
在青色筋絡的糾結中你開始說：裸
便有體香溢出
一瓣
吐
再一瓣

蟹爪花
橫著
佔有你額上全部的天空

在最美的時刻你開始說：痛
枝葉舒放，莖中水聲盈耳

你頓然怔住

在花朵綻裂一如傷口的時刻

你才辨識自己

　　洛夫的詩集《魔歌》出版於 1974 年，集中一首詩〈不被承認的秩序〉，開篇兩行：「林泉啞默／石頭嗚咽」。怪哉！乍見之違反尋常認知，實則不然。「林泉」自由故無言可說，「石頭」難以自移反而嗚咽；詩歌空間因加賦心理因素籠罩著特異色彩，此即「魔歌」之義，融合心靈視域的歌唱。洛夫是一個創造文字新境的詩人，字的涵義、象的景深因陌生奇幻而模糊化。詩意難解緣起於詩法獨特，這是「不被承認的秩序」；「不被承認」的另層意指是心靈被壓抑，長期的戒嚴統治圍困著全體臺灣住民。

　　「蟹爪花」，氣生蘭，開深紅或紫紅花串，吊掛栽培。本詩採喻擬手法描摹花姿，「打著手勢在窗口」、「回過頭來」，形容花苞彎垂而勾捲的身貌，「一一爆燃」無畏綻裂的氣勢，煞是驚人。敘述者以全知之眼同時俯瞰：懸空的蟹爪蘭盆與觀花的詩人。蟹爪花綻裂舒放恍如藝術生命完成的過程，詩人之生涯亦如是。

　　魔歌氛圍也見於洛夫的〈鬼節三題〉，這組詩戲劇感強烈，很適合演繹成舞蹈劇場搬上舞臺。第一幕標題〈群鬼〉，男鬼：「一向蹲在山上／啃石頭／／瘦成／一陣風／乃意料中事」，「搶來的紙錢／是要數一數的／未超渡之前／自己的毛髮與骨骼／也得數一數」，女鬼：「她／被一根繩子提升為／一篇極其哀麗的／聊齋」，「風來無聲／她閃身躍入／剛闔攏的那本線裝書」，平淡的旁白，陰森的情趣。〈野祭〉掀開第二幕：「終於／在墓草中掘起／一雙泛白／而且腐爛的鞋子／／當發現你的腳／懸在空中／我觸到的／竟是你冰涼的手／／當一塊長髮披肩的／碑／

從背後躡足而來……」，情感力度加強，想像性沉潛身體感浮顯。

第三幕，〈水燈〉照亮人生的幽冥黑暗，哀慟隱約而情意決絕：

清明才遇見你
而今七月又半，秋亦半
露，說白就白了
寺鐘還沒有說清楚它的含義
便把激動傳給了回聲
你來了，又將歸去
說去就去
自從那年
由水中把你抱起
如抱起房門後驟然跌落的
那件衫子
我便開始縶一盞水燈
開始把信寫在火上
說寫就寫

而今七月又半
哀慟亦半

一首悼念詩宛然在目，「由水中把你抱起」到「把信寫在火上」，陰陽斷然兩隔矣，「哀慟亦半」托陳斷裂情緒。

1972 年 6 月時任臺大外文系系主任的顏元叔（1933-2012）在《中外文學》第一期〈細讀洛夫的兩首詩〉一文，曾經指出：「所

謂結構，我在這裡採取廣義的說法，是指字與字的關係，片語與片語的關係，意象語與意象語的關係，總之，最上乘的結構，應該全篇為一個完整的有機體，形成『一篇詩』或『一首詩』或一個『詩篇』，而非滯留於零星的優美詩行或詩句而已。」並直言：「結構崩潰，是洛夫篇中常有的現象。」洛夫 2001 年完成三千行大製作《漂木》，這看似具有後現代碎片拼貼的文本，恐怕就有上述的結構缺失。洛夫詩還經常呈現一種特徵：自我意識過度張揚語言任意變形，因而戕傷審美意識，《石室之死亡》系列詩就隱現這種問題。

洛夫（1928-2018），原名莫運端後改名莫洛夫，中國湖南衡陽人，1949 年在湖南入伍隨軍抵達臺灣。1954 年與張默、瘂弦共同創辦《創世紀詩刊》，任總編輯多年，1996 年移民加拿大。生平出版詩集三十七部、評論集五本。

（七）管管　形象思維生猛奇兀

〈虎頭〉　管管

　　伊把頭取下來放在吾的書桌上說：「讓吾的美目盼兮巧笑倩兮陪你說話，吾要去辦事！」說罷就不見了，說至遲上燈時便返。

　　誰會想到竟被一隻猛虎從窗口跳進來，把頭搶去！

　　怎麼辦！等晚上她回來，吾怎麼還她的頭！

　　誰知她的頭不但沒丟，她把老虎的也給帶了回來！

　　她把老虎的頭放進一隻書箱裡鎖起來說道：「看這個壞蛋老虎，怎麼來偷牠的頭？等會老虎來不要動，只管蒙頭睡覺就好！」

老虎在窗外要頭，整整要了一夜！

我將全詩解分六段，主題是慾之角力，核心意象「虎頭」，慾之勇烈，相應而生「女人頭」之誘惑，虛實牽制，結束於「虎頭」被拴鎖在「書箱」裡，可見「吾」是一個有禮書生不過好色而已。全詩共有三個敘述視點：「女人」、「吾」、「敘述者」，以敘述者作虛實導引，六段意念軌跡如下：

1、留下「女人頭」（誘惑）
2、虎搶「女人頭」（進擊）
3、擔心「女人頭」（貪饞膽小）
4、女人無恙「虎頭」被制（虎陷下風）
5、「虎頭」被拴鎖（男人完全陷落）
6、無頭虎懇還「虎頭」（慾望豎白旗）

全詩的意念跳躍生猛奇兀，有〈聊齋〉之風，生存薄如宣紙何必情分兩界，頭之來去斷合諒無不可。猛虎乃慾念的形象化，可憐啊！這頭痴老虎整整發了一夜情。這首詩無法用推理求索，也絕非象徵結構，它只能是一個「活物」，是生之靈巧自然氣蘊生動，意念靈躍曲繞，虛實相生，藝術魅力詭異，形象思維獨樹一幟。

「看著妻昨夜教春雨淋溼的那滿臉梨花，／和妻懷中那棵長滿綠芽的小女，吾就禁／不住跑出去，拚命淋著，吾滿身的／／枝椏／／吾等不及吾那個管管／慢吞吞的／／開花！」〈滿臉梨花詞〉寫於1973年，是年管管長女綠冬出生，詩所描述的正是感懷新生的狂喜心情。全詩皆梨，妻「滿臉梨花」，小女「長滿

綠芽」，管管「滿身枝椏」。奇詩！唯有枝椏健壯才能花開滿樹，而後再茁新芽當然翠美，揚溢深情之詩，賦生活以聖潔氣息。從「懷中」生命誕生的艱難讀取妻「滿臉梨花」的苦辛，從「長滿綠芽」的小女感悟生命的莊嚴和承擔，花芽既圓滿，枝椏何當推辭，當然管管會興奮得振臂奔忙，一家之主嘛！意與象迴環相生，渾然天成，深得傳統美學「意象相成」之旨。滿臉梨花——長滿綠芽——滿身枝椏——不及開花。即景含情，情意互根，梨與心事推盪相生，既與生命情境連繫，復與心靈經驗同盟。〈滿臉梨花詞〉沐浴深情泛溢奇想，絕美的人性之詩。

管管跌宕多姿的詩得力於他豐美的生命經歷：憲兵排長、電臺記者、節目製作、電影演員、戲劇演員、實驗劇團團員、畫家、陶藝家，隨口說書吟唱家、沒有架子的自然人。七十歲再婚還生了兒子，八十好幾了還要賣老命四處趕場，要養家活口哩！管管一向活得有滋有味，浮名幾兩重啊？管大爺管他的！

管管（本名管運龍，1929-2021），中國山東省青島田家村人，1949 年 6 月初中共解放軍逼近青島市區，青年管管被國民黨軍隊抓兵加入青島大撤退的部隊來臺灣。出版詩集：《管管詩選》、《管管，世紀詩選》、《燙一首詩送嘴，趁熱》等。

（八）楊喚　孤獨感強烈的詩與詩人

楊喚（本名楊森，1930-1954），誕生於中國遼東灣外海的菊花島上。楊喚襁褓中失去母親，父親花天酒地，祖父癱瘓，楊喚只能依靠忙碌的祖母，獨自在哭聲裡長大。1947 年夏天楊喚跟隨二伯父離開家鄉來到青島供職報社，從此寫作更加勤奮，青島文藝社出版了他的第一本詩集。由於國共內戰逼近青島，報社解散，楊喚用遣散費買了一批文學名著，揹著一堆書籍南下廈門。兵荒

馬亂中楊喚投身國民黨軍殘部，1949 年春天隨軍來到臺灣。

　　楊喚性格內向，雖然在臺灣結交一批詩友，也受到紀弦、覃子豪賞識，詩篇裡的孤獨感依然強烈。楊喚最大的嗜好是抽菸和閱讀，經營童話與童詩相當用心。但稱呼楊喚為臺灣兒童文學先驅並不恰當，日治時期臺灣即有兒童文學的創作與評論。楊喚隻身在臺，又是低階軍人，生活常常捉襟見肘。1954 年 3 月 7 日，星期日放假，「他無目的地向北走著。遇到了一個同事把兩張電影票卷分給了他一張，他極其敏捷地行了個舉手禮。那個同事還沒來得及還禮，而他卻向著西門町的路上一陣風似地走了。」（葉泥〈楊喚的生平〉）那天中山堂放映他最愛的童話作者傳記電影《安徒生傳》，他卻看不到了；搶著過平交道的他滑了一跤，火車倏忽而過……。眾詩友為紀念這位天才詩人，立即著手籌畫，1954 年 9 月楊煥詩集《風景》出版，新詩四十一首、童詩十八篇。

　　　　〈詩的噴泉〉之一〈黃昏〉　　楊喚

　　　　壁上的米勒的晚鐘被我的沉默敲響了，
　　　　騎驢到耶路撒冷去的聖者還沒有回來。

　　　　不要理會那盞燈的狡猾的眼色，
　　　　請告訴我：是誰燃起第一根火柴？

　　楊喚詩以〈詩的噴泉〉十首最為突出。〈黃昏〉的敘述動能是跳躍模式，每一行是相對獨立的詩歌空間，意象／意流跳躍流動。上聯第一行：米勒晚鐘，指法國巴比松派畫家米勒的著名圖畫〈晚禱〉，畫面描述一對農民夫婦在教堂鐘聲響起時，放下手

邊的工作虔誠祈禱。上聯第二行：源自《聖經‧馬太福音》，傳說耶穌降生時，有東方三博士觀星象來到耶路撒冷耶穌出生地朝拜。第一行敲鐘行為是祈禱渴望賜福，第二行聖者未歸暗示希望渺茫；前後聯想創生新義：恆常地等待恆常地落空。

下聯第一行：那盞燈象徵希望，它帶著狡猾的眼神期盼你跟隨他的指引活下去。下聯第二行：第一根火柴，源自丹麥作家安徒生的童話故事〈賣火柴的小女孩〉，寒冷的大年夜，賣不掉火柴的小女孩不敢回家，只能躲在牆角發抖，靠著劃亮火柴的微光幻想與死去的祖母產生聯繫，最後一根火柴燃盡，小女孩死去。前後呼應創生另一層詩意：對人生之希望抱持懷疑態度。上下聯交響共同趨向了希望之境的對立面：絕望。

〈詩的噴泉〉之十〈淚〉　楊喚

催眠曲在搖籃邊把過多的朦朧注入脈管，
直到今天醒來，才知道我是被大海給遺棄了的貝殼。

親過泥土的手捧不出綴以珠飾的雅歌，
這詩的噴泉呀，是源自痛苦的尼羅。

〈淚〉的敘述動能是並列模式，上下聯意象／意流相對獨立，上聯下聯之間以空行架構了聯想的橋梁。上聯第一行睡眠情境，第二行清醒敘述，上聯語義指向：被遺棄。下聯第一行雅歌不再敘述，第二行痛苦尼羅敘述，下聯語義指向：命運捉弄。上下聯的詩意迴響匯聚於「淚」，人生悲苦的象徵。

朦朧的催眠曲隱喻夢想，夢想什麼呢？夢想純真永在青春永

在幸福永在，但貝殼最後會被潮汐推湧上岸，無法再依偎於大海懷抱，人生如是真實如是殘酷。雅歌與尼羅河的女兒也有象徵義涵，擁有預知能力的神的女兒其命運卻異常坎坷，詩人以此自喻；詩的噴泉源自痛苦，與雅歌（《舊約聖經》智慧書第五卷）唱頌愛之喜樂形成極端對比。

　　楊喚寫出自己的人生遭遇與心靈體悟，以詩之噴泉，以字字珠璣般的形象思維與精練語言。

（九）商禽　融化現實的固定樣態

　　〈雪〉　商禽

　　　我把一頁信紙從反面摺疊，這樣比較白幸好那人不愛兩面
　　　都寫。疊了又疊，再斜疊，成一個錐形。再用一把小剪刀
　　　來剪，又剪又挖，然後

　　　我老是以為，雪是這樣造成的：把剪好的信紙展開來，還
　　　好，那人的字跡纖細一點也不會透過來，白的，展開，六
　　　簇的雪花就攤在蠟黃的手上。然而

　　　在三千公尺或者更高的空中，一群天使面對下界一個大廣
　　　場上肢體的狼藉，手足無措，而氣溫突然降至零度以下，
　　　他們的爭辯與嗟嘆逐漸結晶而且紛紛飄墜。

　　雪，自然現象。雪的成型因素是高層雲的水滴和零度以下氣溫的界面相遇，形態是秩序井然的六角形結晶。商禽的〈雪〉是心靈映象之旅，以敘述者與一封信的遭遇為契機，藉對鏡獨白的

語調展開全詩。

第一節呈示摺信、剪紙的生活動作，這是現實空間素描；第二節呈現心理空間的自我澄明——信紙被摺拗成六簇雪花攤在掌心。心理圖像和雪關聯何在？瀝分兩層，第一層明列敘述者讀信後的身體反應是沉默地摺與剪，對應雪的成因；第二層潛示紛杳的意念被冷凝結晶，井然有序。第三節深拓精神空間，天使群的爭辯／嗟嘆在精神零度的交鋒是心靈迴盪、重整、聚斂的形象化。對比於現實意識的紛亂嘈噪，詩人意念聚晶為本質之美；詩，猶如雪之無言與聖潔。

〈雪〉蘊藏雙重結構：第一重是我與寄信者無聲的對話，來信的內容沒有顯示，但敘述者以折疊與剪挖的動作回應；第二重是高空的天使探頭下望，只見「廣場上肢體的狼藉」，死亡之花開遍，天使只好無奈地爭辯與嗟嘆。兩重結構交接處：「六簇的雪花紛紛飄墮」；一個人展信閱讀的過程，被幻化成時代（個人與集體）的迷濛大雪。

商禽的散文詩塑造出「鏡中映象」的迷幻感，美學特徵是融化現實牢不可破的固定樣態，在不同時空情境間架設對話橋梁。將信紙變形為雪花（心理情感緩緩沉澱，信函文字漸漸剪碎），再將個人悲情轉化成廣大無邊的哀悼（情緒從掌上的一點釋放，化做瀰天蓋地的嗟嘆）。〈雪〉所探索的內涵豈止是兩性關係（的無言以對），詩末標定了寫作年代：1990 年，天安門「六四事件」廣場大屠殺剛剛過去（令人更難以釋懷的無言以對），個人情境（讀信與碎紙）與時代情境（殺場與飄雪）被語言魔術巧妙連接起來。〈雪〉詩的語言空間經過多層次的折疊與換位，意念去蕪存菁，語言摺疊靈轉，終抵詩歌空間悠遠迴響的境界。

商禽（本名羅顯烆，1930-2010），四川珙縣人，《商禽詩全

集》寫作年表提到:「1948 年與原部隊脫離,在被拉伕與脫逃中流浪於西南諸省。蒐集民謠並開始試作新詩。1950 年隨陸軍部隊自雲南經海南來臺。」商禽是「大陸來臺詩人」中,臺灣本土情懷最強烈,且敢以詩篇批判國民黨戒嚴統治,無愧於良知的詩人;1985 年〈木棉花——悼陳文成〉、1987 年〈音速——悼王迎先〉都是批評意識顯著的詩例。〈長頸鹿〉借獄卒與典獄長的對話凸顯囚犯們「瞻望歲月」,也蘊蓄著譏諷與批判。〈長頸鹿〉裡的監獄與動物園,實乃臺灣戒嚴時期的禁制象徵:「那個年輕的獄卒發覺囚犯們每次體格檢查時身長的逐月增加都是在脖子之後,他報告典獄長說:『長官,窗子太高了!』而他得到的回答卻是:『不,他們瞻望歲月!』/仁慈的青年獄卒,不識歲月的容顏,不知歲月的籍貫,不明歲月的行蹤;乃夜夜往動物園中,到長頸鹿欄下,去逡巡,去守候。」文字雖簡短,為禁忌時代留下象徵化感悟與歷史性迴聲,堪稱新詩典範。〈夢或者黎明〉的核心意象:「請勿將頭手伸出窗外」,也蘊含對於「白色恐怖」時代環境的畏懼與反諷。

　　商禽新詩,全數收入印刻版《商禽詩全集》,〈逢單日的夜歌〉、〈夢或者黎明〉、〈溫暖的黑暗〉、〈無質的黑水晶〉、〈暗夜〉是其代表作。

(十)瘂弦　歌謠風與戲劇張力

　　瘂弦詩〈乞丐〉寫於 1957 年,詩分六節,每一節的情境相對獨立,又交相呼應:

　　第一節指向未來,「不知道春天來了以後將怎樣/雪將怎樣/知更鳥和狗子們,春天來了以後/以後將怎樣」

　　第二節徵引過去,「依舊是關帝廟/依舊是洗了的襪子曬在

偃月刀上／依舊是小調兒那個唱，蓮花兒那個落／酸棗樹，酸棗樹／大家的太陽照著，照著／酸棗那個樹」

第三節總括此世，「而主要的是／一個子兒也沒有／與乎死蝨般破碎的回憶／與乎被大街磨穿了的芒鞋／與乎藏在牙齒的城堞中的那些／那些殺戮的慾望」

第四節焦注此時，「每扇門對我關著，當夜晚來時／人們就開始偏愛他們自己修築的籬笆／只有月光，月光沒有籬笆／且注滿施捨的牛奶於我破舊的瓦缽，當夜晚／夜晚來時」

第五節反諷塵世，「誰在金幣上鑄上他自己的側面像／（依呀嗬！蓮花兒那個落）／誰把朝笏拋在塵埃上／（依呀嗬！小調兒那個唱）／酸棗樹，酸棗樹／大家的太陽照著，照著／酸棗那個樹」

第六節反覆，「春天，春天來了以後將怎樣」，並以自我悲憫的語調扣問宿命——「我的棘杖會不會開花」？乞丐對未來是不抱任何興致或希望的（棘杖當然不會開花），反諷強烈。酸棗枝帶刺果子又酸澀，可是幻想中的棗實無法不誘惑人。「反攻大陸，解救同胞」，是國民黨軍政集團用來籠絡潰散集團軍的政治口號；「酸棗樹」將讀者引入望梅止渴的歷史圖像，讓人玩味無窮。「誰在金幣上鑄上他自己的側面像……誰把朝笏拋在塵埃上」，1957 年鑄上錢幣的最高領袖是指哪個人？哪些人將朝笏拋在塵埃路上集體流亡到臺灣？意符形象雖然模糊，意指內涵一點也不模糊。

瘂弦詩活用民歌的句式、章法，一部分得自西班牙詩人洛爾迦（Fedeirco Garcia Lorca，1898-1936）歌謠風詩篇的啟發，一部分得自地方歌謠戲曲的民間詩律。〈乞丐〉多重運用民間詩律：

呼語——依呀嗬。

襯詞——小調兒「那個」唱。

襯句——依呀嗬！蓮花兒那個落。

疊詞——以後以後、照著照著、那些那些、夜晚夜晚。

排比句——依舊是……／依舊是……／依舊是……、與乎……／與乎……／與乎……。

間隔反覆——酸棗樹，酸棗樹／大家的太陽照著，照著／酸棗那個樹（第一節和第五節同語反覆）。

瘂弦詩也擅長運用戲劇張力，〈殯儀館〉開端戲劇感十足：「食屍鳥從教堂後面飛起來／我們的頸間灑滿了鮮花」，一下子就抓住讀者的眼光，搭配童謠語調的「媽媽為什麼還不來呢」反復四次，韻律迴環搖盪。「殯儀館」不是一座現實中的實體建築物，而是一個死亡集散地的象徵。「還有枕下的『西蒙』／也懶得再讀第二遍了／生命的祕密／原來就藏在這隻漆黑的長長的木盒裡」，「漆黑的長木盒」即棺木，死亡已將生命的祕密訴說完畢，所以也不必再去研讀「存在主義」了；「西蒙」即法國存在主義哲學家西蒙・波娃（Simone Beauvoir，1908-1986）的簡稱。歐洲存在主義作家（尼采、齊克果、卡謬、沙特、西蒙・波娃）的作品漢譯本，是 1950-1970 年代臺灣文藝青年最流行的讀物。「啊啊，眼眶裡蠕動的是什麼呀／蛆蟲們來湊什麼熱鬧喲／而且也沒什麼淚水好飲的／（媽媽為什麼還不來呢）」。「媽媽」再也不會來看我了，時代的母體已經潰散分崩離析，人子再沒有母親可以依靠，時代的孤兒們何去何從？生命跡象只剩眼眶裡蠕動的蛆蟲，死亡躍昇為時代的主角。〈殯儀館〉全詩以輕盈的語調陳述悲慟內涵，以詩歌空間裡來回衝撞的張力將人性情感撕裂又

彌合，語言策略相當成功。

　　瘂弦（本名王慶麟，1931-），出生於中國河南南陽，1948
年11月中共解放軍逼近南陽，南陽十幾個學校師生緊急跟隨國
民黨軍南下湖南衡陽。少年瘂弦在零陵（湖南永州）加入青年軍
招募，隨軍直奔廣州，1949年來臺。曾任《幼獅文藝》主編、《聯
合文學》總編輯，《聯合報》副總編輯兼副刊主任，退休後移
民加拿大。瘂弦1965年嘎然停筆，生平新詩收錄於洪範版《瘂
弦詩集》。瘂弦〈深淵〉系列詩，專題闡釋於本書第十五章第
四節。

（十一）鄭愁予　清麗婉約的抒情

　　1954年，青年詩人鄭愁予就以一首〈錯誤〉令廣大的愛詩
人矚目：「我打江南走過／那等在季節裡的容顏如蓮花的開落／
東風不來，三月的柳絮不飛／你底心如小小的寂寞的城／恰若青
石的街道向晚／跫音不響，三月的春帷不揭／你底心是小小的窗
扉緊掩／／我達達的馬蹄是美麗的錯誤／我不是歸人，是個過
客……」。「柳絮不飛」、「跫音不響」、「春帷不揭」皆從詞
境出，鋪陳哀怨之情。寓意於「情」，是愁予早期詩的主要特徵。
〈錯誤〉漫溢「等待之寂寥與落空」的永恆命題，讀者一般都當
作情詩欣賞，但我的解讀不一樣。我將前兩行詮釋為「想像的鄉
愁」，「江南」與「蓮花的開落」皆是鄉國象徵。「東風不來」、「跫
音不響」，意思類同鄭愁予〈殘堡〉詩裡的景觀：「戍守的人已
歸了，留下／邊地的殘堡／看得出，十九世紀的草原啊／如今，
是沙丘一片……」，草原為何劇變為沙丘？因為時代戰亂。〈錯
誤〉中的春天遲遲不來，不是季候因素而是歷史因素；你底心緊
掩我豈能投宿？歸返故鄉是人子的心願，但時代阻絕，奈何！「美

麗的錯誤」是「惆悵」代詞。「我不是歸人，是個過客」，鄭愁予塑造的鄉愁主體是男性的「我」，詩人緊握思念主導權，將大陸鄉土視為客體以「容顏開落」召喚歸人。

1957 年名篇〈情婦〉，主題也是等待，象徵意蘊類同：「或許……而金線菊是善等待的／我想，寂寥與等待，對婦人是好的。／／所以，我去，總穿一襲藍衫子／我要她感覺，那是季節，或／候鳥的來臨／因我不是常常回家的那種人」。〈錯誤〉與〈情婦〉情調過於柔膩，反映在語言上也顯得拖沓，使用過多的連詞和介詞，讓詩境踏空於虛表。〈錯誤〉與〈情婦〉另一共通處是過度修飾文字聲韻，〈錯誤〉全詩九行共用十個助詞「的」，若加「你底心」、「我底心」則泛濫至十二個。聲韻頗響亮，也能模擬馬蹄聲響，可惜偏離了漢語美質。

相對於〈錯誤〉、〈情婦〉浮泛於表面聲韻之缺失，〈清明〉的韻律從出心靈層面：

> 我醉著，靜的夜，流於我體內
> 容我掩耳之際，那奧祕在我體內迴響
> 有花香，沁出我的肌膚
> 這是至美的一剎，我接受膜拜
> 接受千家飛幡的祭典
>
> 星辰成串地下垂，激起唇間的溢酒
> 霧凝著，冷若祈禱的眸子
> 許多許多眸子，在我髮上流瞬
> 我要回歸，梳理滿身滿身的植物
> 我已回歸，我本是仰臥的青山一列

〈清明〉有雙重題旨：「清明」作為節日與節氣之意，「接受千家飛幡的祭典」、「霧凝著，冷若祈禱的眸子」，有清冷之情境與風光。「清明」更是心靈深度靜謐狀態，此乃「至美的一刹」與「我要回歸」之奧美境界。全詩節奏深沉悠緩，文字脫離了柔膩感而煥發清麗之姿。

〈裸的先知〉是愁予早期詩的關鍵作品，它繼承婉約基調但語言朗暢，意念蜿蜒遞進而終抵深邃，奠定後期詩篇的根基。「而我什麼都沒穿……因我割了所有旅人的影子用以釀酒」，若「裸」才能顯示「真」，穿著華服的旅客便褻瀆了靈魂罷，「飲著那酒的我的裸體便美成一支紅珊瑚」──裸裡美之為美的「真實」道體，詩人確然不愧是「裸的先知」。

鄭愁予詩學著重語言深層張力，嘗言：「詩中事物象徵，應如朦朧之底片」（〈大冰雕之消融〉後記《現代詩》復刊二十六期），又言：「詩的重量最動人者，猶如輕飄飄的雪花，一片一片落下，靜靜積累起來便可壓斷樹枝，壓垮屋頂，這種力量才是真正詩的重量。」（〈面對詩人：鄭愁予／張士甫〉《現代詩》復刊二十二期）詩篇富有含蓄蘊藉之美。

鄭愁予（本名鄭文韜，1933-），祖籍河北，出生於中國山東濟南，1948 年底隨擔任華北剿匪總司令部參謀長的父親，一路南遷，1949 年跟隨部隊轉進臺灣。1968 年赴美，美國愛荷華大學藝術碩士，先後任教於愛荷華大學及耶魯大學東亞語文學系。1951-1986 年詩篇收錄於《鄭愁予詩集 I》、《鄭愁予詩集 II》，後續作品收錄於《寂寞的人坐著看花》、《和平的衣缽：百年詩歌萬載承平》等。

（十二）吳望堯　特異的心象與豪情

〈光被雕刻著〉　吳望堯

光被雕刻著
　發金屬的碎裂聲
　　於緊握著孤獨的片刻：世界
如城市的孩子初走進森林的邊緣

神祕與興奮生長著
我可觸撫到你的皮膚；你的頭髮
　以及呼吸，深而且長的
　　　　　　像一整個世紀的命運
　　　　　　被壓迫在一片枯葉之下
　　——而你的眼光沉落
因為我是最後的客人
　在這次光彩的盛宴之中

　啊！我寧可是一顆死去的種子
連同你，串一掛靜靜的白色之休止
以靜　以仙人掌的尖銳
　　　　生長於無邊…………

　　吳望堯（1932-2008），筆名巴雷，籍貫中國浙江省東陽縣，
出生於上海，1947年從漢口以學生身分來臺，其兄為浙江省國大
代表吳望汲。1955年出版《靈魂之歌》，1958年出版《地平線》

與《玫瑰城》。1960年11月吳望堯隻身遠赴戰爭烽火初啟的越南，發展他的創意產業，「在西貢先後創辦了五家公司，獲得發明專利十二項，而累積的資產高達千萬美元，成了一位華僑企業家。」（希孟《巴雷詩集》前言）1973年美軍撤出越南，越戰局勢快速逆轉。吳望堯持觀望態度沒有及時撤離，導致1977年9月被迫「拋棄全部資產」，以難民身分全家六口逃回臺灣，僅餘口袋中倖存的一些私藏珠寶。1980年吳望堯移民中美洲宏都拉斯，不再寫詩。

〈光被雕刻著〉初次發表於夏濟安主編的《文學雜誌》七卷一期（1959.9.20）；它與發表於《文學雜誌》七卷五期（1960.1.20）的〈巴雷詩抄（三）〉，我認為是吳望堯詩歌的巔峰之作（兩篇都署名巴雷）。〈光被雕刻著〉是一首罕見的超覺冥想詩，依吳望堯自己的話語是「超意識醒著」，或「乃有我狂想的兀鷹以及潛意識的黑恐龍在我的掌中作死之祭祀的舞」（吳望堯《巴雷詩集》代序）。「光」被雕刻之時「生命」也被雕刻，在發生學上是同時且同質的現象；「最後的客人」即「最初的客人」，因為「創造性」自身不會重複現身；「死去的種子」唾棄生命種種業因，所以能夠「生長於無邊……」，將創造的契機轉化為新生命。

與〈光被雕刻著〉同一時期創作的類型詩篇我檢索共有七首，依詩集排序：〈昨日呼喚我〉、〈光被雕刻著〉、〈當歌聲停止了〉、〈思想之一隅〉、〈懶洋洋地期待著〉、〈沙葬〉、〈日蝕〉，寫作時間應在1958至1959年間，均未收入《地平線》與《玫瑰城》。它們的意識前身，是《地平線》的壓軸詩章〈宇宙的墳場〉：

〈宇宙的墳場〉　吳望堯

我孤立於地平線，黑雲所圍困的地平線上，
我的感覺，被一種清幽、神祕的魔力所吸引，
這神祕的魔力，來自雲天的大弧線之外，
從八十九個星座，衝破了光速之鐵壁，
向禁困在地球和黑雲所成的同心圓層中的我，
發出了招引，以不可聽聞的，靈感的微波！

（於是我踽踽走去，向宇宙的墳場！）

那裡是廣闊而幽邃，淒涼而陰冷的
一切光源如陰雨中墳場角隅閃爍的磷火，
感覺上的風停頓，聲音的波浪已無力前進，
存下的空漠、寂靜、像藍色硫酸銅的結晶體，
那錯綜排列的星墳，卻複雜如分子的結構，
但如此空漠的墳場，埋葬著宇宙的祕密！

（這時我走進宇宙的墳場，我的質量已小於零！）

我驚矚這孤懸於太空的立體，渾圓的雕刻，
人類百萬年前吼叫的獸鳴之聲波徘徊在這裡，
不斷的衝擊，如海浪之衝擊著海邊的岩石，
雕塑成奇異而古怪的形像，而每座墳有一塊碑銘，
如幽靈窺視人類的眼睛，以它幽淡的光透過我的胴體，
像驚異我這生疏的熟客，何以提前來訪問靈魂的歸宿？

（是的，我跳過時間的河流，逆水而上！）

我仔細觀察那碑銘上刻著的文字，黯綠的螢光，
我吹去時間撒落的塵埃，於是光閃出一片青白，
我讀著那碑文，卻感到一陣暈眩的驚駭，
我奔向每一座墳，但那碑上的文字完全一樣，
那上面原是自己的名字，並且刻著說——
每個人有一個宇宙，活著時在思想中，死後在空間……

（我沒有說過這話，也許是明天要說的……）

　　這首帶有寓言性質的詩讓我聯想起魯迅寫於 1925 年的〈墓碣文〉，同樣都是一個人與自己的「墓碑」對峙，都置身於「非現實場域」。但〈墓碣文〉的詩歌情境帶有封閉特徵（我疾走，不敢反顧），〈宇宙的墳場〉之詩歌情境卻擁懷著開放性質（也許是明天要說的……）。「每個人有一個宇宙」，吳望堯擁有特異的心象與豪情。

　　吳望堯《巴雷詩集》，2000 年由天衛文化圖書公司出版。

三、「大陸來臺詩人」與臺灣新詩發展

（一）「大陸來臺詩人」的文化風貌

　　就文化風貌而言，上述十二位「大陸來臺詩人」既有個體殊性也有群體共性，不管是強調現代主義的個性化寫作，還是內蘊傳統的文化性寫作，他們的個人風格都有獨特面貌，且對漢語文

字的掌握純熟精練。如果將臺灣「跨越語言的一代」與「大陸來臺詩人」兩者的詩文本作一比較，語言的文化質地差異很明顯。影響臺灣前輩詩人書寫的主要因素有兩個，一個是第一語言（台語、客語和日語）的先在文化制約，一個是日本教育產生的後續文化影響。臺灣前輩詩人生命前期接受日本教育，對漢語文化相對陌生，生命中期又因為國民黨戒嚴統治的惡劣影響，對中國文化抱持戒慎心態；「跨越語言的一代」因為時代條件殊異，走出了另一條道路，有失也有得。就詩篇的語質、語感、語調而言，「大陸來臺詩人」的語言文化情境與「漢語文學」的語言文化情境關係比較親近；「跨越語言的一代」的語言文化情境與「漢語文學」的語言文化情境關係比較疏遠。漢語文學的語言文化情境，我稱之為「漢語性」，「漢語性」的文化義涵比「中國性」、「民族性」來得更加準確。「中國性」的大一統思維被虛假命題綁架，「民族性」充滿漢族意識形態自我獨尊的傲慢；漢語文化圈的民族與文化何其多元，豈能籠統概括。

「大陸來臺詩人」的修辭模式，列舉具體文本範例如下：

是酩酊的時刻／所有的意志都在醉中（覃子豪〈吹簫者〉）

從我的煙斗裡冉冉上升的／是一朵蕈狀的雲（紀弦〈喫板煙的精神分析學〉）

總是從「泉從幾時冷」聊起（周夢蝶〈約會〉）

看，一株樹生長在我的心中，我的體中（方思〈生長〉）

魂兮歸來，母親啊，東方不可以久留（余光中〈招魂的短笛〉）

林泉啞默／石頭嗚咽（洛夫〈不被承認的秩序〉）

伊把頭取下來放在吾的書桌上（管管〈虎頭〉）

壁上的米勒的晚鐘被我的沉默敲響了（楊喚〈黃昏〉）

我把一頁信紙從反面摺疊，這樣比較白幸好（商禽〈雪〉）

不知道春天來了以後將怎樣／雪將怎樣（瘂弦〈乞丐〉）

我打江南走過／那等在季節裡的容顏如蓮花的開落（鄭愁予〈錯誤〉）

光被雕刻著／發金屬的碎裂聲（吳望堯〈光被雕刻著〉）

　　上引段落來自十二位「大陸來臺詩人」（出生年 1912-1933）選詩開端，也都屬於早期詩作。就修辭模式的文化風格而言，「大陸來臺詩人」詩文本的「文學語言」性質相當濃厚，語言組織富有層次。相較之下，臺灣本土的「跨越語言的一代」，詩文本的「現實語言」性質比較濃郁，語言組織比較質樸。

　　下面段落來自八位「跨越語言的一代」（出生年 1916-1928）詩篇開端，也都屬於早期詩作：

吃米而不知米價／今天又夕暮了（吳瀛濤〈夕暮〉）

夕陽化妝了少女。／少女就變了扶桑花（詹冰〈扶桑花〉）

竄進密林／伸直雙臂　像／杉林的枝幹　挺直擎天（陳千武〈密林〉）

這些書籍的著者，／多半已不在人世了（林亨泰〈書籍〉）

一群無言吶喊的手臂／伸向／陰霾四合的天空（羅浪〈蘇鐵〉）

那是石榴樹下的一口乾淨的水井／沒人汲用（錦連〈井水〉）

一隻奇異的鳥飛翔而來／沒有一定的途徑（陳秀喜〈愛情〉）

肉眼看上去／那是青綠的菜園或水稻成長的田園（杜潘芳格〈荒野〉）

「大陸來臺詩人」與「跨越語言的一代」，兩者詩篇的語境差異形成對照鏡像，為臺灣新詩擴增了審美參照系，豐富臺灣新詩的語言文化，對新詩書寫的淬鍊與發展必然有所助益。

（二）「大陸來臺詩人」主導的三大詩刊

1、戒嚴時期臺灣的文化環境

1950-1990 年代的臺灣文化環境，政治因素的影響巨大，無論「跨越語言的一代」、「大陸來臺詩人」，或後續成長的「笠詩社新世代」、「戒嚴世代」，都受到戒嚴時期思想、行動、言論諸多禁制的影響。2000 年政黨輪替之前，國民黨一黨專政掌控了各行各業的權力分配資源，在軍隊、國安組織、政府部門、司法體系、教育界、文化界諸領域都居於絕對主宰地位，學術機構、大眾傳播媒體、文學社團，都能看到國民黨政治力操作介入的影響。國民黨權力網絡掌控的資源，明顯傾向於外省族群與依附於黨國體制的少數本土族群。舉例而言：戒嚴時期的臺大、師大、政大都由極端保守的國民黨學閥控制，戒嚴時期的《中央日報》、《臺灣新生報》、《青年戰士報》、《中華日報》、《聯合報》、《徵信新聞報》／《中國時報》，皆有國民黨黨報的性質與關係。中國文藝協會、中國婦女寫作協會、中國青年寫作協會、中華民國新詩學會、文訊雜誌、幼獅文藝、正中書局、黎明文化出版公司等，都是國民黨附隨組織。戒嚴時期臺灣的文化環境，明顯對臺灣外省族群（約佔人口總數 14％）的生存發展有利，臺灣本土族群（約佔人口總數 86％）長期承受不公平待遇。

臺灣 1950 年代創辦的三大詩刊：《現代詩》、《藍星》、《創世紀》，是大陸來臺詩人的聚集地，臺籍詩人不容易沾邊。紀弦

1953 年創辦的《現代詩》算是文化心態比較開放的園地，有少數臺籍詩人參與；這種開放性延續於 1982 年梅新主導的《現代詩》復刊，又影響到 2001 年新世代承接現代主義理念創辦的《現在詩》。從《現代詩》三個時期的文本類型與詩篇內涵分析，審美價值與現代性，這兩項編輯準則始終屹立不搖。

2、《現代詩》的現代性文化理念

例舉幾件事說明《現代詩》詩群體堅守的「現代性」文化理念：

一、1957 年 1 月出版的《現代詩》十六期刊出了臺灣年輕詩人錦連（1928-）〈女的紀錄片〉這樣的實驗性文本：

　　〈女的記錄片〉　　錦連

1　潛在著的荷爾蒙
2　萌芽
3　刺戟
4　分離
5　結合

6　以驚人的速度
7　充實
8　膨脹
9　飽和
10　爆發

11　紅潤

12　怒放

13　花，凋謝了

14　The End

在這首詩的旁邊是出生於花蓮的詩人陳錦標（1937-）一首短詩〈神〉：「是一個永不發訊的總站，／沉默如一碑石。／／俘虜著閃光的音波，／卻從未釋放。」早期《現代詩》面貌之「現代」，由此便能見其端倪。

　　二、《現代詩》復刊翌年（1983年）舉辦了臺籍詩人「黃荷生作品研討會」，1993年出版了黃荷生《觸覺生活》（比1956年版多了一倍篇幅），等於讓黃荷生雙倍出土，復活了臺灣新詩史上一個天才詩人。艋舺少年黃荷生雖然是紀弦成功中學的學生，卻是本土詩刊《笠》創辦人之一，他依然被《現代詩》詩群重視，只因為文本的現代性。

　　三、復刊後的《現代詩》，1991年主動為默默無聞的孫維民出版處女詩集《拜波之塔》，孫維民（1959-，祖籍山東）不過是該刊作者之一，並非詩刊同人，但被《現代詩》詩群關注與推薦。

　　四、《現代詩》復刊二十三期1995年登載了中國雲南詩人于堅的歷史性名篇《〇檔案》，它最先投稿於《創世紀》，被拒絕之後才改投，《現代詩》立即全詩登載，並附上評論與對話。這是一篇殺傷力十足的經典之作，極具實驗性與批判性。

　　五、2001年創刊的《現在詩》（2001-2011，共出十期）採相當前衛的策展編輯模式，例如：「來稿必登」、「行動詩學文件大展」、「大字報」、「現代詩日曆」、「妖怪純情詩」、「無情詩」等，展現鮮銳無比的文化創意。

3、續航力強大的《創世紀詩刊》

　　《創世紀詩刊》（後改名為《創世紀詩雜誌》）是臺灣百年新詩史上，延續壽命最長的詩刊（1954 年 10 月至 2022 年 12月共出二一三期，期數最多的是 1964 年 6 月創立的《笠》雙月刊出版三五二期）。辦刊動議是張默（安徽籍，本名張德中，1930-）向洛夫（湖南籍，本名莫洛夫，1928-2018）提出，刊名乃張默從《聖經》章名「創世記」變造而來，1954 年 10 月創辦於南臺灣左營；瘂弦（河南籍，本名王慶麟，1932-）11 月受邀加入，成為三巨頭，三人當時都服役於左營海軍。1961 年 1 月張默、瘂弦主編的《六十年代詩選》出版，是一部勘查 1950 年代臺灣新詩成就的重要詩選集。1984 年 6 月《創世紀詩雜誌》六十四期，葉維廉策畫「大陸朦朧詩特輯」，開兩岸詩交流的風氣之先。1994 年創世紀四十週年，出版了一套三本的文獻性叢書：《創世紀四十年詩選》、《創世紀四十年評論選》、《創世紀四十年總目》，五十週年、六十週年也有類似籌劃。「創世紀詩社」是一個認真經營自我形象、續航力強大的詩團體。

　　「創世紀全國高中詩獎」自 2020 年開始向全國高中生徵件（一年一屆，不分名次徵選七至十名，每名獎金八千元）。活動宗旨：獎掖青少年學生新詩創作，鼓勵多元題材書寫，重視開創性與感性力量，呼應高中語文領域之素養導向。這種向下扎根的新詩活動，就新詩教育與推廣而言非常具有前瞻性，持之以恆，必然會對臺灣新詩的創造能量產生正向影響，現任總編輯辛牧（本名楊志中，1943-）功不可沒。

4、《藍星》現身，覃子豪死得太早

1954 年 3 月「藍星詩社」由鍾鼎文、覃子豪、夏菁、鄧禹平、余光中共同創辦，1954 年 6 月覃子豪借《公論報》副刊版面編輯出版《藍星週刊》，《藍星》現身詩壇。藍星家族前後出現過：《藍星週刊》、《藍星宜蘭分版》、《藍星詩選》、《藍星詩頁》、《藍星季刊》、《藍星年刊》，讓人眼花撩亂。除了創辦人之外，詩社主要同人包括：周夢蝶、蓉子、向明、羅門、阮囊、曹介直、商略、吳望堯、黃用、方莘、張健、敻虹、王憲陽等。1999 年 3 月 31 日，「藍星詩學季刊社」出版《淡藍為美：藍星詩學》季刊，由淡江大學中文系主辦，總編輯趙衛民（1955-），宣稱是《藍星季刊》之復刊，2004 年出刊新春號後停擺。

覃子豪詩質純粹，可惜死得太早，他的象徵主義詩風來不及產生更深邃的影響力。「藍星詩社」最大的功績是扶持了一個周夢蝶，傳說周公還向余光中請教過詩到底要怎麼寫？還好沒有學成。周夢蝶擁有將近一甲子（1953-2009）的詩歌歷程，詩歌的語言與章法有其特殊脈絡，主要文化根源是古典小說、散文與詩詞，再加上漢譯佛教經典，文言元素書面語對他的詩產生關鍵性作用，塑造了他既典雅又虛靈的語言美學。1991 年〈約會〉、1995 年〈細雪〉、2006 年〈以刺蝟為師〉，語言美學精妙臻至巔峰境界；真要談「縱的繼承」，周夢蝶的詩才堪稱是典範。

覃子豪 1963 年過世後，余光中獨領風騷；「余光中」個人名號幾乎壓過了「藍星詩社」這個組織。向明（本名董平，1928-）後來參與 1992 年創立的「臺灣詩學季刊社」，也算是藍星開枝散葉的歧出旁枝。向明 2021 年協助昔日詩友阮囊（本名阮慶濂，1928-2018）出版《蜉蝣如是說：阮囊詩文集》，詩人有

情有義的真摯呈現。

（三）「大陸來臺詩人」對臺灣新詩的貢獻

1987 年解嚴之前，國民黨軍政集團長期壓抑臺灣族群作家，臺灣前輩詩人群體因為資源匱乏，始終沒有得到應有的文化地位與社會關注。「大陸來臺詩人」群體並非沒有受到戒嚴統治影響，相對而言，還是受惠於外省族群掌控社團組織／文化資源的便利，擁有較強大的社會知名度與文學闡釋權，但不能因此而否定「大陸來臺詩人」助益臺灣新詩發展的事實。「大陸來臺詩人」對臺灣新詩發展，我認為有三大貢獻：

1、創辦詩刊鼓舞新詩寫作

「大陸來臺詩人」因為嫻熟華文書寫，熟悉國民黨控制的文化網絡，他們敢於且能於創辦詩社與詩刊，發表新詩各類型文本，進行系列性文學論爭，對臺灣的新詩寫作具有激勵作用，對提昇詩人的社會地位也有幫助。

1951 年至 1962 年間，紀弦、覃子豪先後主編《新詩週刊》，紀弦創辦《詩誌》、《現代詩》，覃子豪主編《藍星週刊》，洛夫、張默主編《創世紀》詩刊，羊令野、葉泥主編《南北笛》，夏濟安主編《文學雜誌》，上官予主編《今日新詩》，白先勇、歐陽子等人創辦《現代文學》，文曉村、陳敏華主編《葡萄園》詩刊。這些文學刊物提供新詩發表不可或缺的版面，而且皆由外省族群作家領銜。

1950 年代由「大陸來臺詩人」主導的新詩文學實踐，對臺灣的新詩發展具有難以替代的歷史性功能，激發不少新詩作者的創作動機與寫作動能，開拓了廣大的新詩讀者群。

2、填補1950年代臺灣本土新詩的被迫缺席

　　1946 年 10 月 25 日政府強制報刊禁用日文，擅長日文寫作的臺籍作家陷入發表困境。1949 年 5 月 20 日實施戒嚴，臺籍作家群被迫潛入禁閉期。1964 年 4 月 1 日《臺灣文藝》創刊，1964 年 6 月 15 日《笠》詩刊創刊，臺籍作家群才有固定的發表陣地。1950 年代臺籍詩人群並非沒有華文新詩創作，但作者與作品都不多，「跨越語言的一代」主要還是以日文創作。1950 年代以華文書寫／發表新詩的臺籍前輩詩人，據我所知有十八人：吳瀛濤（1944 年起）、葉笛（1946 年起）、林亨泰（1949 年起）、黃騰輝（1951 年起）、趙天儀（1952 年起）、白萩（1953 年起）、楓堤／李魁賢（1953 年起）、林宗源（1954 年起）、薛柏谷（1955 年起）、岩上（1955 年起）、黃荷生（1955 年起）、陳錦標（1955 年起）、朵思（1955 年起）、王萍／楊牧（1955 年起）、錦連（1956 年起）、敻虹（1956 年起）、詹冰（1958 年起）、陳千武（1958 年起）。大多數臺籍詩人的華文書寫都在 1960 年代才起步，1964 年《笠》創刊後興起的臺灣詩人群更是蔚為大觀。

　　1950 年至 1963 年間臺灣新詩的創作與發表，以「大陸來臺詩人」群為核心，這是文學事實；這段時期臺灣族群詩人因語言轉換多數被迫缺席，「大陸來臺詩人」的詩篇與詩論豐厚臺灣新詩的文學能量，填補了歷史性空缺。

3、豐富臺灣新詩的文化內涵與修辭模式

　　如果將本章介紹的「大陸來臺詩人」（出生年 1912-1933）與第二章評論的「跨越語言的一代」（出生年 1916-1928），兩個群體的詩文本作文化內涵與修辭模式比較：「大陸來臺詩人」

的主題關注、風格面貌比較多元，「跨越語言的一代」的現實主義／寫實主義傾向相對更明顯。「大陸來臺詩人」的個性化書寫特徵顯著，「跨越語言的一代」的集團化性格比較突出。「大陸來臺詩人」的語言策略更加重視文化修辭，「跨越語言的一代」的語言策略比較接近生活修辭。詩人們面對的臺灣歷史情境是相同的，但因族群性格與場域位置雙重差異，採取不同的語言策略、書寫模式；正是此一差異性，豐富了臺灣的新詩文化。

「大陸來臺詩人」雖然臺灣意識比較淡薄，但文本的多元主題與精緻修辭，拓寬了臺灣新詩的文化內涵。舉例而言，鄭愁予對臺灣山岳的抒情性書寫，就樹立了一種雅致的典範：

〈十槳之舟——南湖大山輯之一〉　鄭愁予

卑南山區的狩獵季，已浮在雨上了，
如同夜臨的瀘水，
是渡者欲觸的蠻荒，
是裣盡妖術的巫女的體涼。

輕……輕地划著我們的十槳，
我怕夜已被擾了，
微颸般地貼上我們底前胸如一綯亂髮。

你也很難不被商禽〈戰壕邊的菜圃〉對金門戰地現實的悲憫敘述所感動：

〈戰壕邊的菜圃〉節選　商禽

老天　為何你哭泣時
要降下鋼鐵的眼淚

而在戰壕旁邊
雞雛啄食著母雞的翅羽
牠的頭已被彈片
種植在空心菜的旁邊
而有一個胸膛是空心的
牠歪斜的頭
正對著一株蘿蔔花
老天　牠們的淚
為何是紫黑的

上述兩件文本的文學成就任誰也無法否認，與臺灣這塊土地的在場關聯也歷歷在目。

四、臺灣新詩文化的主體性

（一）建構臺灣主體性的兩難抉擇

1、「臺灣詩人選集」與《二十世紀臺灣詩選》

　　2000 年政黨輪替後，臺灣主體性議題開始搬上社會檯面討論。2003 年國家臺灣文學館開館，2004 年委託臺灣筆會策畫「臺灣詩人選集」出版事宜，總編輯彭瑞金（1947-），截至 2010 年共計出版「臺灣詩人選集」六十六冊，入選詩人最年長 1912 年

出生最年輕 1966 年出生。這是 2001 年哥倫比亞大學出版社／麥田出版社《二十世紀臺灣詩選》問世後，又一標榜「臺灣」的新詩出版盛事。《二十世紀臺灣詩選》包括五十位詩人，最年長 1906 年出生最年輕 1966 年出生，主編馬悅然、奚密、向陽。兩套詩選的審美標準相當不同，重疊詩人只有二十五位。英文版《二十世紀臺灣詩選》雖然有來自「蔣經國國際學術交流基金會」的半官方資助，但編選內容的文學水平相對整齊。「臺灣詩人選集」的出版單位是官方機構「國立臺灣文學館」，但編選內容的文學水平參差不齊。

　　審美評價標準當然會因人而異，我也只能站在我個人的標準來衡量。如果我以相同標準去衡量兩套詩選的文學價值，對《二十世紀臺灣詩選》我能給八十分的評價，對「臺灣詩人選集」我只能給六十分；我採取的是寬鬆標準而非嚴格標準（否則兩邊的評分會更低）。我不贊成因為臺灣主體意識的考量，詩人採樣盡量降低審美標準，甚至寬鬆到取樣作者四成不合格的地步。如此一來造成某種文學觀感：「臺灣詩人」的稱謂居然如此草率將就？這樣的編選成果，是對「臺灣文化」的貶抑而非尊榮。

　　《二十世紀臺灣詩選》也出現一個缺失，既然標明「臺灣」詩選，入選的詩人與詩篇就應該與臺灣有文化性或歷史性關連。覃子豪 1947 年來臺，紀弦 1948 年來臺，在此之前他們都居處中國大陸，那段時期兩人應該歸屬於民國詩人；但《二十世紀臺灣詩選》選入一首覃子豪 1934 年寫的詩〈沙漠的風〉，十一首紀弦寫於 1948 年之前在中國大陸時期的詩作，請問那些詩篇與「臺灣新詩文化」有何關聯？（恐怕那時候他們還不清楚臺灣在哪裡？）楊熾昌入選十首詩（日文詩漢譯）全數是在臺灣書寫，詹冰入選六首詩有二首寫於短暫的留日時期（1942-1945）；但

入選詩篇的臺灣文化性格毫無疑義，臺灣是他們出生於斯老死於斯的家鄉。

2、《他們在島嶼寫作》與「臺灣文學經典三十」

　　我舉另一個相對案例作為參照：文學大師系列記錄片：《他們在島嶼寫作》。第一輯出版於 2012 年，「以六部紀錄片來介紹臺灣文學家的成就與寫作故事」（童子賢〈「他們在島嶼寫作」總序〉）。六位主角是周夢蝶、余光中、鄭愁予、王文興、林海音、楊牧，都是文壇知名作家。其中前四位是大陸來臺作家，林海音（1918-2001）出生於日本大阪，小時居住於新北市板橋區，五歲移居中國北平，1948 年返臺，1967 年創辦《純文學》月刊，1968 年成立「純文學出版社」。她雖然祖籍臺灣苗栗縣頭份鎮，但一口北京腔，成名作是以北京生活為背景的小說《城南舊事》。楊牧出生於花蓮，參與創建東華大學人文社會科學學院，根植臺灣毫無疑義。雖然「文學大師」的帽子戴得高了些，至少這六位作家主要的文學實踐場域都在臺灣。

　　第二輯又開拍，選擇七位：洛夫、瘂弦、林文月、白先勇、劉以鬯、西西、也斯，嘿！等一等，西西、也斯、劉以鬯不是香港作家嗎？我開始產生疑惑，「臺灣作家」在哪裡？難不成他們拍的是「來自中國的作家們在島嶼寫作」？策劃者的文化觀照裡似乎潛藏著「大中華意識」。林文月祖籍雖然是彰化縣北斗鎮，但出生於上海日本租借區，小學六年級才遷居臺灣。洛夫、瘂弦、白先勇是大陸來臺作家，劉以鬯、西西、也斯是（大陸移民）香港作家。

　　《他們在島嶼寫作》第三輯系列《願未央》，由朱天文（1956-）掌鏡，記錄父親朱西寧（中國山東籍，1927-1998）與

母親劉慕沙（苗栗銅鑼籍，1935-2017）的作家生涯。出生成長於臺灣的朱天心（1958-）在片中提起朱家三姊妹：「她們無墳可掃」，引起社會性話題。朱西甯、劉慕沙明明就埋骨於臺灣，為何說起「無墳」？可見「中國」對她們來說才是故土，它被虛化為一種象徵性幽靈，顯現病態的祖先崇拜。與此呼應的是經常被扭曲的「文化花果飄零」之嘆，致使文化零落的不就是中國的極權專制政體嗎？不正是民主臺灣保留了漢語文化的生機嗎？流落臺灣的文化花果不能與臺灣的土地與族群結合，是不可能永續發展的空中樓閣。更進一步思維，「漢語文化」只是臺灣文化的部分資源而非組織全體；「漢語文化在臺灣」是一個毫無疑義的珍貴存有，但自居為文化正統與價值主導者，終將成為自外於臺灣歷史脈絡的異鄉人。再進一步思維，源遠流長的「漢語文化」與「漢語詩歌」是生生不息的文化資產，在任何土地與任何族群都能發揚光大，永遠不會被「中華民族」大一統的思維裹脅。並不存在所謂的「中華民族」，它是一個近代人偽造的虛假符號。

臺灣是個多族群、多文化的混血島嶼，人物與思潮經常高速位移讓人眼花撩亂，「臺灣文學」如何定義確實是個難題；但也不該荒謬到，將與臺灣毫無任何「在場關聯」的張愛玲小說視為「臺灣文學經典三十」之一（1999年文建會委託《聯合報》辦理的活動）。沒錯，她的小說影響了很多臺灣作者與讀者，依此類推，魯迅、沈從文的作品能否也算做臺灣文學經典？1999年3月19日《聯合報》於國家圖書館國際會議廳舉辦「第一屆臺灣文學經典研討會」，當天下午，臺灣筆會等多個團體召開聯合記者會，發表〈搶救臺灣文學〉聲明，進行抗議。

政治力鼓吹的意識形態對臺灣的影響遍在且浩大，殘酷地塑造了臺灣的現實。如何以開放性心態面對臺灣文學？臺灣文化主

體性應該如何建構？在在考驗文學實踐者對待「臺灣」的觀念與
想像。

（二）「臺灣意識」與「臺灣主權」

1、「大陸來臺詩人」對「臺灣意識」的排斥

有些「大陸來臺詩人」對於「臺灣主體意識」與「臺灣鄉土
文學」採取排斥立場，是無法否認的事實。著名案例有二，第一
件：1969 年 2 月至 1972 年 8 月《創世紀》短暫停刊期間，《創
世紀》成員在 1971 年創辦了報紙型詩刊《水星》（主編張默），
《水星詩刊》莫名其妙刊登署名夏萬洲、宋志揚的文章，批判登
載日本譯詩選的《笠》詩刊為「日本詩壇殖民地」，引起笠詩人
群情憤怒，要求公開道歉。請設身處地想一想，經常刊登歐陸譯
詩選的《現代詩》與英美譯詩選的《文學雜誌》，又該當如何？
《創世紀》與《藍星》同樣刊登了譯詩就不屬於被殖民？

1977 年 5 月 1 日出刊的《詩潮》第一集，主編高準，雜誌欄
目分作：詩潮論壇、歌頌祖國、新民歌、工人之詩、稻穗之歌、
號角的召喚、燃燒的嚼火、釋放的吶喊、純情的詠唱、鄉土的旋
律、新詩史料，明顯帶有左派的編輯思維。「左派思想」不是罪
惡，但在戒嚴時期的臺灣，相當政治不正確分外刺人眼目。1977
年 8 月 20 日，余光中在《聯合報》副刊大辣辣發表了一篇威嚇
性十足的文章〈狼來了〉，認為作家們在提倡「工農兵文藝」，
配合毛澤東〈在延安文藝座談會上的講話〉。上述兩件事，都是
「黨國教育」長期洗腦造就的畸形心理意識；但這種被政治意識
形態綁架的非理性觀念與行為，直到二十一世紀的臺灣還是屢見
不鮮。從政治立場堅決反共，到政治立場反轉成親共甚至舔共（而
極權主義領航的中國依然時時刻刻以文攻武嚇威脅臺灣），「斯

德哥爾摩症候群」及其無數病患，是民主臺灣永續發展的最大
隱患。

2、「臺灣意識」與「中國意識」的交鋒

　　臺灣自古以來即是移民薈萃之地，目前能證實的最早人類足
跡來自南島民族，大約在六千年前登陸臺灣，最先群居於臺南沿
海的沖積平原而後擴散至全島。大陸華南地區沿海的漢人最先往
海外擴展的地點是澎湖群島，時間約在八百年前（南宋），歷史
文獻上稱此地為「平湖」，移民的身分可能是漁民或海盜。閩粵
漢人涉足臺灣約在四百年前（明末清初）。1895 年臺澎成為日本
海外殖民地，1945 年 12 月 25 日國民黨軍政集團代表同盟國接收
臺灣、澎湖。1949 年 10 月 1 日中華人民共和國成立於北京，中
華民國壽終正寢；國民黨軍慘敗給人民解放軍，約有一百二十萬
大陸軍民流亡到臺灣。

　　從上述歷史變遷來看，「臺灣族群」與「臺灣文化」長期以
來經歷多元族群混血、多元文化融合，群族成分與文化內涵長期
處於變動不居狀態，唯一能夠凝聚住民共識使之精神不致潰散的
是「臺灣主體意識」，簡稱「臺灣意識」。「臺灣意識」的核心
精神是認同這塊土地做為唯一的家園（土地倫理關懷），而非「食
碗內，說碗外」，把臺灣當做臨時客棧，吃裡扒外不知感恩。「臺
灣文化」的建構必須立足於多元族群、多元文化共生共榮的基礎，
而非相互排擠內外爭執，才能永續發展精益求精。

　　「臺灣族群」經歷過幾次歷史層級的壓迫，第一層：「臺灣
原住民族」遭受漢人移民、日本帝國統治、國民黨政權、民進黨
政府的接續性排擠與壓迫。第二層：「臺灣全體住民」遭受鄭氏
王朝、大清帝國、日本帝國剝削式殖民統治。第三層：「臺灣四

大族群」遭受國民黨軍政集團白色恐怖的再殖民統治。第四層：「臺灣族群」遭受中華人民共和國文攻武嚇的侵擾式霸凌。四次歷史層級的壓迫造成的群族傷痕極度深刻，又因一再疊加而難以化解。

「臺灣主權」長期以來面臨雙重幻覺的綑綁，第一重：中華民國的主權幻覺，1946 年 12 月 25 日在南京制訂通過，1947 年 1 月 1 日頒佈實施的《中華民國憲法》第一章第四條明訂：「中華民國領土，依其固有之疆域，非經國民大會之決議，不得變更之。」意思是說當今中華民國領土範圍依然遍及大陸各省，但各省國民大會代表早已煙消雲散要如何決議變更？第二重：中華人民共和國的主權幻覺：依據 1982 年 12 月 4 日在北京修訂的《中華人民共和國憲法》新版〈序言〉宣稱：「臺灣是中華人民共和國的神聖領土的一部分。」1949 年 10 月 1 日才成立的中共國何時擁有過臺灣主權？「臺灣族群」要想擺脫政治幻覺之糾纏，唯有自立自強，以堅強的意志抵抗一切侵蝕「臺灣主權」的觀念與想像，以具體行動擺脫 1945 年 12 月 25 日至今臺灣被委託接收被長期代管，並因此成為國際社會孤兒的困境，實現臺灣成為一個真正的「主權國家」。

臺灣必須制定一部新的《臺灣憲法》，而非修改《中華民國憲法》。理由有二：一、1946 年 12 月 25 日在南京由「制憲國民大會」議決通過的憲法是由中國國民黨強勢主導的憲法（政黨協商破裂，中國共產黨一百九十席、民主同盟八十席拒絕出席背書），本來就不具備合法性。二、《中華民國憲法》的適用期限與應用範圍早已失效，與臺灣的歷史脈絡與人民情感毫無關聯。況且，1971 年 10 月 25 日聯合國第 1976 次全體會議通過的〈聯合國大會第 2758 號決議〉：「恢復中華人民共和國的一切權利，

承認她的政府的代表為中國在聯合國組織的唯一合法代表並立即把蔣介石的代表從它在聯合國組織及其所屬一切機構中所非法佔據的席位上驅逐出去。」已清楚表明「蔣介石集團」無法代表中國人民，中華民國早已覆亡。「國民黨軍政集團」是流亡政權不是合法政府，「中華民國在臺灣」是借殼上市的臨時政府不是正式國家，主權國家「臺灣」還有待全體住民積極去實現。

　　二十一世紀的臺灣正遭受來自中國的計劃性統戰，紅統派政客與文人狂言亂語，巨量的假訊息不斷侵蝕與分化臺灣社會；「臺灣意識」與「中國意識」的交鋒只會越來越慘烈，掉以輕心者，將提早被踢下歷史舞臺！真正的詩人，必然是自由心靈的探索者與見證人，不管「跨越語言的一代」詩人群、「大陸來臺詩人」詩人群、「戒嚴世代」詩人群、「解嚴世代」詩人群，他們的政治傾向與國族認同如何，我對「詩人」永遠抱持著希望與信任。

【參考文獻】

張默、瘂弦主編，《六十年代詩選》（高雄：大業書店，1975 年三版）

楊牧、鄭樹森主編，《現代中國詩選》（臺北：洪範書店，1989 年）

馬悅然、奚密、向陽主編，《二十世紀臺灣詩選》（臺北：麥田出版社，2001 年）

張默、蕭蕭主編，《新詩三百首》（臺北：九歌出版社，1995 年）

彭瑞金總編輯，《臺灣詩人選集》（臺南：國立臺灣文學館，2008 年）

覃子豪，《新詩播種者：覃子豪詩文選》（臺北：爾雅出版社，2005 年）

紀弦著；丁旭輝編，《紀弦集》（臺南：國立臺灣文學館，2008 年）

紀弦，《紀弦回憶錄》（臺北：聯合文學出版社，2002 年）

方思，《方思詩集》（臺北：洪範出版社，1980 年）

周夢蝶，《約會》（臺北：九歌出版社，2002 年）

余光中著；陳芳明主編，《余光中六十年詩選》（新北：印刻文學，2008 年）

洛夫，《因為風的緣故　洛夫詩選》（臺北：九歌出版社，2008 年增訂版）

洛夫，《漂木》（臺北：聯合文學出版社，2014 年）

管管，《管管詩選》（臺北：洪範書店，1986 年）

商禽，《商禽詩全集》（新北：印刻文學，2009 年）

楊喚，《風景》（臺北：文訊雜誌社，2019 年復刻版）

瘂弦，《瘂弦詩集》（臺北：洪範書店，1994 年初版五印）

鄭愁予，《鄭愁予詩集 I 1951 ～ 1968》（臺北：洪範書店，2004 年）

吳望堯，《巴雷詩集》（臺北：天衛文化圖書，2000 年）

須文蔚編選，《臺灣現當代作家研究資料彙編 09：紀弦》（臺南：國立臺灣文學館，
　　2011 年）

顏元叔，〈細讀洛夫的兩首詩〉《中外文學》第 1 期（臺北：中外文學月刊社，1972
　　年 6 月）

夏濟安主編，《文學雜誌》（臺北：文學雜誌社，1956-1960 年）

高準主編，《詩潮》第一集（臺北：藍燈文化事業公司，1977 年）

紀弦主編，《現代詩》季刊（臺北：現代詩社，1953-1964 年）

零雨、鴻鴻等主編，《現代詩》復刊（臺北：現代詩季刊社，1982-1998 年）

周夢蝶、鄭愁予等，《他們在島嶼寫作》第一輯（臺北：目宿媒體，2012 年）

洛夫、瘂弦等，《他們在島嶼寫作》第二輯（臺北：目宿媒體，2017 年）

吳晟、楊澤等，《他們在島嶼寫作》第三輯（臺北：目宿媒體，2022 年）

第五章
「戒嚴世代」詩人群雄並起

一、「戒嚴世代」生活的時代背景

　　《臺灣省戒嚴令》，正式名稱《臺灣省政府、臺灣省警備總司令部佈告戒字第壹號》，由臺灣警備總司令陳誠於 1949 年 5 月 19 日頒佈，自 5 月 20 日零時起在臺灣省全境實施戒嚴。1987 年，時任總統蔣經國宣佈 7 月 15 日零時解除戒嚴令。

　　然而 1991 年才是真正解除戒嚴的年代。理由是 1948 年 5 月 10 日公佈實施的《動員戡亂時期臨時條款》擴大了總統及國民大會權限，此條款造成無須改選的「萬年國會」及由中國國民黨領導的「黨國體制」，使民主機制嚴重變形，權力制衡失靈，民主憲政有名無實。政府以繼續處於戰爭狀態為由制定「動員戡亂」相關法律，如《懲治叛亂條例》、《戡亂時期檢肅匪諜條例》等，進一步限制國民的權力，憲法條文對人權及自由的保障無法落實。1991 年 5 月 1 日，《動員戡亂時期臨時條款》經國民大會三讀通過廢除由總統公告廢止，5 月 22 日《懲治叛亂條例》經立法院三讀通過廢除由總統公告廢止（5 月 23 日《戡亂時期檢肅匪諜條例》一併廢止）。1991 年 12 月 31 日，在任四十三年餘的第一屆資深中央民意代表（國民大會代表、立法委員、監察委員）全體退職，「萬年國會」走入歷史，戒嚴時期一黨專政的黨國體制

真正解除。

　　本書中的「戒嚴世代」詩人群，身分框限：1931 年至 1960
年之間出生，經歷戒嚴生活超過三十年的詩歌創作者。「戒嚴世
代」詩人群長年生活在多重規章禁忌的社會環境中，對詩歌寫作
不可避免地造成潛在的影響。本章將對十六位「戒嚴世代」詩人
進行文本評介。我的審美判斷，純粹根據個人主觀的審美尺度，
而非公眾客觀的審美標準（不存在這樣的標準）。詩人選定方面，
排除已評介過的「笠詩社新世代」詩人，盡可能顧及世代均衡，
也局部考慮社會影響力因素；詩篇選定方面，以審美層面考量為
主歷史層面考量為輔。

二、「戒嚴世代」詩人群文本評介

（一）葉維廉　出神狀態與正言若反

　　「我先是用中文寫詩，然後用英文轉化、翻譯，要讓大家注
意到我們生死存亡的一種處境，不光是要認識到我們原質根性的
視野，而且還要認識到我們本來能夠抗拒暴力強權的一種潛在的
力量，就是我們有解困的能力（可是我們沒有注意到，我們放棄
了）。那個東西是孕育在古代的美學、哲學裡，跟古典詩裡面的
一種視野，比如說在裡面我發現到道家，我用了『去語障解心
囚』。」（葉維廉〈我的文學自傳〉，2007）

　　「我覺得自己的詩是略為離開日常生活的觀看方法，而是在
出神狀態下寫成的。同時，在傳統的詩裡，如王維的：『人閒桂
花落，夜靜春山空。月出驚山鳥，時鳴春澗中。』在這首詩裡面
的意象方面，本身就是一種出神的狀態，是在一種特別安靜狀態
之下看到的事物。」（梁新怡、覃權、小克〈與葉維廉談現代詩

的傳統和語言〉，1974）

　　首先，黃粱詮釋唐代詩人王維（692-761）的〈鳥鳴澗〉：「桂花落」不是視覺性場景，是靜默心靈在語言之弦上隨意撥弄；「春山空」形容春山退隱，藉以烘托山體之外不可見的廣漠空間。正因虛空無邊際，「月出」之相召喚人之本來面目閃現，身心靈震顫不已──鳥鳴澗──詩意迴響無端無盡藏。葉維廉將王維〈鳥鳴澗〉進行當代性演繹，書寫別有風情的〈更漏子〉，描述臺灣加工出口區工廠空曠的夜半風光。「更漏子」是詞牌名，始於晚唐溫庭筠（812-870），調名本意是詠唱孤寂。「高壓電的馬達寂然／圍牆外／一株塵樹／無聲地／落著很輕很輕的白花／／深夜／加工區／空得／如／風／吹入巨大的銅管裡／／月／駭然湧出／驚醒／單身宿舍閣樓上的／一群灰鴿子／／滴咕／滴咕／如水塔上／若　斷若續的／滴　　漏」（〈更漏子〉）

　　王維〈鳥鳴澗〉之山林心靈風光幻化為葉維廉〈更漏子〉都會詩意即景，不僅巧思叩應，更且別出心裁；多麼富有情調的現代性風景，高壓電、馬達、圍牆、塵樹、工業廠區、宿舍、鴿子、水塔，灰不溜丟的物在語言的巧妙編織之下，煥發出靈性神采。

　　　　〈杜甫草堂二折〉節選　　葉維廉

　　　雲逐繁雨的戰禍與悲愁
　　　在浣花溪上
　　　也許可以客心洗流水那樣
　　　作一刻的遺忘
　　　作一刻的沉醉
　　　看

園荷浮小葉

細麥落輕花

至於那兇猛如血流的黃河

冥冥如亂鴉爭啄死亡的長江

隨它去吧

　　〈杜甫草堂二折〉的前文是杜甫（712-770）〈客至〉詩：「舍南舍北皆春水，但見群鷗日日來。」老杜西元 761 年流離到異鄉成都浣花溪邊所作。2002 年光臨杜甫草堂的葉維廉無疑也是個異鄉人，身處贗品草堂中，穿入雙耳的流水聲在他聽來是：「兇猛如血流的黃河」和「爭啄死亡的長江」；身心靈承受不住只好喚來「忘川」，「舍南舍北皆春茶／讓我們痛飲／至於紅旗萬里血流血／至於大城千戶人流人／有了忘川的浣花溪／我可以振振有詞的說：／去它的！」詩人喝了忘情水之後，真能忘記「血流血」與「人流人」的當代歷史悲劇與文化浩劫嗎？答案是不能。詩人擅長反攻，「隨它去吧」加「去它的」，唯有「正言若反」的道家語言哲學（去語障），才能平衡儒家正向道德承擔的重負（解心因）。

　　1970 年的〈永樂町變奏〉四首，是對臺灣「二二八事件」的深沉反思：「母親啊母親／一切的風浪都給河口堵住了」、「永恆的是世代相傳的／腥羶」、「血　跡　斑　斑／／春水擊傷了所有的初生的魚／花朵在煙屑濃烈的淡水河邊呼喊／呼喊不為人知的淒切」、「啊，這條街真像一個壽字／／壽衣的／壽／壽器的／壽」，死亡意象浩大慘烈令人怵目驚心，淡水河堵滿流屍。

　　葉維廉（1937-），出生於中國廣東，成長於香港，在臺灣上大學讀研究所，在美國拿到博士學位，一位具有多重身分的詩人

與學者。葉維廉是臺灣女婿，也是「創世紀詩社」成員，在臺灣出版了三十部以上的著作，臺灣詩人身分毫無疑義。2012 年臺大出版中心推出《葉維廉五十年詩選》，收納精粹代表作。

（二）林泠　隱藏著一樁祕密情事

　　林泠的詩裡隱藏著一樁祕密情事，調性哀而不傷；它沒有悲劇那麼強烈的戲劇感，不會迫入走進完全封閉的場域，內涵處於意識絕地卻讓讀者感受到坦然胸襟。這種胸懷不只是人性的，也是文化的，更且帶有宗教性情感，經歷了深邃的愛情昇華過程。林泠詩篇幽微的詩意迴響，不是通過文字意義層的意念指涉，而是來自文字性情層之心靈婉轉與文字本體層之修辭淡雅，心靈音色與文字聲響交相滲透。譬如〈阡陌〉：「你是縱的，我是橫的／你我平分了天體的四個方位／我們從來的地方來，打這兒經過／相遇。我們畢竟相遇／在這兒，四周是注滿了水的田隴」。南北為阡，東西為陌，四周都注滿了水；「畢竟相遇」，有必然相遇的宿命。「而我們寧靜地寒暄，道著再見／以沉默相約，攀過那遠遠的兩個山頭遙望」，「以沉默相約」帶有古典情懷，含蓄婉約的情感模型，無言之默許，宛若誓約。「當一片羽毛落下，啊，那時／我們都希望——假如幸福也像一隻白鳥——／它曾悄悄下落。是的，我們希望／縱然它是長著翅膀……」，「我們都希望」影射男女之間心有靈犀，兩顆心都冀望著未來「幸福」之降臨。然而，最後一行意念轉了向，「縱然它是長著翅膀……」，語意未盡，但終究，它真的飛走了，無法解釋難以釋懷。

　　〈阡陌〉塑造了一個想像空間，讓心靈經驗在此場域中重現，唯一的場所中唯一的男女，無可躲避，我們素面相見。一片純白的羽毛輕輕落下來，不是偶然現象，而是象徵兩人無言的共同願

望。這片羽毛代表人類情感最純真的質地，它不是西方觀念中的「愛」，而是比世俗之愛更原始更內在的素樸願望。它曾經落下，這份感情已經在歲月中贏得永恆的位置，「縱然它是長著翅膀……」，留下虛白（或唏噓），唯有性情中人可以遙相呼應。〈微悟——為一個賭徒而寫〉：

> 在你的胸臆，蒙的卡羅的夜啊
> 　　我愛的那人正烤著火
>
> 他拾來的松枝不夠燃燒，蒙的卡羅的夜
> 　　他要去了我的髮
> 　　　　我的脊骨……

　　場景仍然是一個虛擬情境：摩納哥賭城「蒙的卡羅」。這個賭徒以情感下注，不！他以生命下注；他最終贏得了她在詩篇中斷然說出的一個字：我「愛」，「微悟」之意在此。愛過即永恆，不是嗎？上述兩首詩皆寫於 1956 年，作者十八歲。

　　林泠（本名胡雲裳，1938-2023），祖籍廣東開平，出生於四川江津，1949 年前後隨家人來臺灣，臺大化學系畢業後赴美深造，獲維吉尼亞大學化學博士學位，定居美國。著作詩集：《林泠詩集》、《在植物與幽靈之間》。

（三）朵思　潛意識波湧的跡痕

　　「關於自己選擇的自動書寫，或許被認為跟招魂術相關。雖然桑塔格（Susan Sontag）對藝術經驗的詮釋，認為最古早的經驗中，藝術必定是充滿咒語與魔力。但我卻自認為與精神醫學較

貼近，距離理性思考範疇帶著迷幻思維遊走神馳境界，即使玄祕詭奇，亦自有耽溺某種流露的承擔。」（《凝睇》〈自序〉）朵思這段說辭提出兩個觀點：一個是精神性的迷幻與神馳，一個是心理性的耽溺與承擔。兩者殊途同歸，都潛藏著精神醫學課題，是詩人對於身心靈狀態的意識自動校正與生命補償性回饋。朵思的詩，一路走來明顯流露出這種特殊的書寫模式。例如〈圖像詩〉：「他是一首單純標準的圖像詩／有形有狀有手有腳有微小的動作／卻發不出聲音，但充滿意義／／黎明在他的眼睛，黃昏在他的額頭／雲在他髮上，雪落在他心中／它的言語鎖在喉嚨／讀它，得通過完整的想像／踱蹀在猜忖的走廊或觸摸它顯現的稜角」。詩篇裡的「他」，一開始讀者不知道是誰？直到全詩終結，「童稚而漸遠去的童年之後／小孩得試著／慢慢去解讀一首類似圖像詩的／父親」，才猛然發現「他」來自童年時的父親形象，來自詩人對內心記憶的瞬間回看。〈圖像詩〉中的小孩，不在現實場景中而在個人意識裡；「小孩」一直都是一個邊緣人，並試圖對位居家庭生活核心的「父親」進行想像與解讀。

從〈圖像詩〉的敘述脈絡，我們可發現潛意識波湧的跡痕，「自動書寫」正合此意。〈圖像詩〉的詩語言，雖然挾帶著潛意識氛圍，仍然接近於生活話語；它像似在跟某人說話，語法很正常，說出來的意思卻忽遠忽近忽實忽虛，一時讓人摸不著邊際。請端詳〈讀心術〉，猜猜看詩人說些什麼：

> 我集中心力在凝靜中
> 從阻絕我進入他飄忽眼神的詭異中　穿越
> 他安置在思緒中奔跑的各種形狀的
> 語言和圖卡

我積極翻找湧進我腦波中閃爍的極度可能
組合成停留在他腦波中和靈魂交合的瞬間光亮

我支持我從濃濃疑問中整理出的答案
那是屬於你被我擊中的沙包
那是你的左手和右手無法掌握的霧般漂流的音頻
那是你讀不懂你自己和領悟的虛懸迷障

　　從文字敘述的表層觀察，是詩人對於某關注對象的心理意識揣摩，深層判讀，卻是詩人對自身心理鏡像的深刻凝視，細緻而恍惚，傳神且動人。這種雙向凝視的潛意識書寫，在華文新詩史上極為罕見。

　　朵思（本名周翠卿，1939-），嘉義人。1955 年發表第一篇詩作，1963 年出版第一本詩集《側影》。朵思雖然隸屬於「創世紀詩社」，且相當資深，但很少被聯想於此一文學集團；在一大群外省腔男詩人堆中，她是一個性情樸實的本地腔女詩人。著作詩集：《心痕索驥》、《飛翔咖啡屋》、《曦日》、《凝睇》等。

（四）楊牧　聲韻波動與意念懸宕

　　「溼度在頸項／擴散，從腰際上升／髮是森林的／氣候──／積苔的洪荒／一鳥飛過／扇的／纖維，羽影／沒入可怖的浩瀚／你的袖／為春初的墳墓／斷落，暗示／某種誕生／起先它是新裱的潑墨／不久／變為憤怒復悲傷的／武士奔向我」（〈雨意〉）。〈雨意〉不是針對「雨景」的現實模擬，而是形象化呈現溼氣在大地之萌發、薈萃、瀰漫，從雨霧、雨絲幻化為雨暴的

氛圍與過程；不是單向度描繪現實景觀變化，而是詩人對萬象流轉之意會與交談。「雨意」即詩意，也是詩藝之演示，符合本詩副題：「Ars Poetica」。〈雨意〉採用跨行（懸宕結構）的語言策略，形塑出聲韻／意念自由流轉的審美效應。

　　楊牧詩擅長聲韻波動與意念懸宕結合，產生詩意恍惚兼情感迷離之美，〈抒情詩〉之抒情姿儀正如是。第一節：「『心事太多了反而就好像……』／鋼琴聲跌宕抒情：『好像什麼／都沒有。』我倉徨走遠／起火的草原／記憶是飛舞的烈燄／燒壞我的翅膀，腐蝕／我璀璨的眼神，我的／憧憬，洞識／而我是如此安穩地安於那平靜與虛無／寧可在你細緻的顫抖在你摸索的／十指下脆弱地向過去和未來沉寂」。起火的草原（詩）對映我璀璨的眼神（現實）；鋼琴彈指之跌宕（詩）對映我之安然（詩人）。第一節隱藏著二重奏：第一重「詩與現實」，第二重「詩與詩人」。

　　第二節：「過去／和未來／現在我們將它關在門外／滿天稀薄的浮雲過濾盛夏成一張涼蓆／如山谷當中的溪在叢生的水薑邊緣／繞行，如一一辨認過的花／從小時候開到現在，如正午／靜擁濃蔭的寺廟廊廡／正對你點好插上的一枝香」。第二節之「我們」指涉詩與詩人，共同將現實經驗關在門外，「關」不是拒絕抵抗而是淨化消泯。「過濾盛夏」比喻生命經驗之沉澱；「正午」標誌一個決定性時刻，「詩的經驗」降臨的時刻。記憶中的水薑花從小時候開到現在，生命本真之美剎那放，瀰漫永恆之芬芳；「一枝香」是內在祈禱的外化，象徵「此在的人」與「更高的精神性存有」彼此召喚與傾聽。

　　楊牧詩學關注詩與現實的錯綜往來，現實經驗往往被視為相對元素而非絕對元素；詩的經驗焦注於凝神虛白，注重境界與情

韻之孳息繁衍。楊牧之詩，形象典雅聲響幽微，文字打磨得多彩魔魅，現實感斂藏而形上思維顯揚。

楊牧（本名王靖獻，1940-2020），出生於花蓮，美國柏克萊加州大學比較文學博士。最初筆名王萍、葉珊，1972年改為楊牧，曾獲2013年美國「紐曼華語文學獎」、2016年瑞典「蟬獎」。詩集總匯為《楊牧詩集》三卷，《楊牧詩選1956-2013》乃代表作精選，《長短歌行》為最後作品輯，佳作薈萃。楊牧專論呈示於本書第九章

（五）吳晟　關懷臺灣的鄉土詩篇

吳晟的詩語調誠懇情感樸實，閱其詩如見其人。1972年的組詩〈吾鄉印象〉，將1970年代臺灣人的認命性格與沉默心態雕鑿入木，仿如一座碑刻。〈歌曰：如是〉：「千萬張口，疊成一張口／——一張木訥的口／自始至終，反反覆覆的唱著／唱著那一支宿命的歌／唱著千萬年來陰慘的輝煌／／自始至終，吾鄉的人們／將整條脊椎骨／交給那一支歌的旋律／自始至終，歌曰：如是／人人必回諾：如是」（節選）。這種奴才般的屈從心態與委曲求全的現實性格，真實反映了1970年代「吾鄉的人們」，一方面在經濟起飛下拚命賺錢，一方面在戒嚴統治下心靈不得不自我麻木的歷史悲情。

吳晟〈鎮魂碑〉的主題是宿命，操縱命運的角色是人（屠夫），接受命運的角色是禽獸（豬牛羊雞鴨）。庶民篤信輪迴觀念，所以屠宰場要設「獸魂碑」。此碑的意義具有特定指向，人為自己的行為脫卸道德責任。強勢者一廂情願地為弱勢者立下轉世輪迴的方向，立下「魂兮！去吧」的約定；也就是人永遠為人禽獸永遠為禽獸的各自沉淪制度。當然，這違逆了六道輪迴規律，

所以要用「燒香獻禮，擺上祭品」來賄賂來欺騙，定時給點甜頭餵食，這種行為吻合人類社會的政治模型。「生而為禽獸，就要接受屠刀／不甘願什麼呢／／豬狗禽獸啊／不必哀號，不必控訴，也不必／訝異——他們一面屠殺／一面祭拜，一面恐懼你們的冤魂／回來討命；豬狗禽獸啊／魂兮！去吧」。

「不必哀號，不必控訴，也不必訝異」，是強勢者說服弱勢者接受被宰殺、被欺壓宿命的說辭。回顧「二二八大屠殺」、「白色恐怖濫刑」的臺灣當代史，統治集團說服被統治族群的政治說辭，經常也是「歷史沒有真相」、「要寬容要和解」等等，內涵相似。反正臺灣人的宿命就是如此，你就認了吧！你認了嗎？如果你認命，那麼經歷日本帝國階級森嚴的殖民與國民黨戒嚴統治再殖民的臺灣，接續下來的命運，必然是心盲目盲地被「大中華意識」鎖住喉嚨，再也說不出一句人話，形同牲畜被假借統一之名的屠刀宰割。吳晟用詩歌語言記錄臺灣鄉土的環境變遷與臺灣民眾的心路歷程，詩歌影像中的人物與事件雖然發黃斑剝，但其庶民觀點真實又深刻，具有感動人心的力量。

吳晟（本名吳勝雄，1944-），彰化縣溪州鄉人，長期關心臺灣農業與鄉土環境。著作詩集：《吳晟詩選 1963-1999》、《他還年輕》等。

（六）蘇紹連　現實情境的想像變形

蘇紹連的詩以想像情境的編織見長，但不是天馬行空般的奇異幻境，而是現實情境的想像變形。〈一個老人為我跳舞〉：「他拾獲一個沉沒的聲音／放給我聽／／那是我的聲音／划動了／一艘艘掛著的笑容／／他把我的聲音編成曲子／把他的回憶捲成／許多旋律／／他張開自己而飄浮／轉了一圈又一圈／繞著我跳舞

／／不遠是死亡／看著我們／／他停下來／和我一起向著死亡微笑」。「沉沒的聲音」等同於沉默的聲音，當死亡伴隨左右，老人，要不回到童稚般純真，要不逐漸枯寂。詩人意識到自己是老人，看著一位老者（魔幻般的靈魂分身）繞著自己跳舞，伴隨追憶之影像與旋律，迴圈之外則是死亡的凝視。他（靈魂）和我（肉身），「一起向著死亡微笑」；因為這個微笑，生命獲得祝福與智慧。詩寫得清寂自然，頗有落盡風霜之感。

〈初秋讀韭花帖〉，詩人與想念中的母親共舞，寫出歲月渾厚的質地：「母親是一幅字／書法中飄逸的末端筆畫／已淡，已然／如遺跡／／母親午寐後吩咐我研墨／我去讀了五代楊凝式的韭花帖／幫母親採折萎靡的舊時光／揉搓韭菜花，洗滌／在失神的眼眸裡／研成細末」。《韭花帖》是唐末五代大書法家楊凝式（873-954）的著名行書帖（天下十大行書排第五），書帖內容大意：書家午睡醒來，得友人餽贈美味韭菜，回函致謝。食韭菜與寫詩，季節都是初秋，詩人讀帖有感無端起興。「讀畢韭花帖／我繼續研墨／母親說：／『食著愛人送來的韭菜花／這款滋味親像／只賭一禮拜的初戀／毋甘離開毋敢哭／時間若是過／韭菜花結籽／變白變枯老』／／時間已經過了多年／鏡中母親的臉／像是韭菜花田／入秋之後／茂盛的花／全開在硯台上／我沾墨書寫／謹狀懷念」。詩後附上《韭花帖》原文（文言文）。

這首詩結合白話（主敘事）、台語文（母親話語）、文言文（附註），古今文本互文交錯，真實與夢幻迷離難辨；更重要是情感真摯，這是一首詩能否歷久彌新的關鍵因素。從「母親是一幅字」到「鏡中母親的臉／像是韭菜花田」，人子追憶之情迎面撲送，歲月恍惚慈恩搖曳。

蘇紹連（1949-），臺中沙鹿人，後浪詩社、龍族詩社發起人

之一，《臺灣詩學季刊》創辦人之一，2003年闢設「吹鼓吹詩論壇」網站，2005年起主編紙本《吹鼓吹詩論壇》雜誌。出版詩集無數，最新詩集：《時間的背景》、《時間的零件》、《無意象之城》、《非現實之城》、《我叫米克斯》。

（七）馮青　批評意識強烈的詩章

　　馮青的詩批評意識強烈，與社會現象、時代環境息息相關。〈傀儡之舞〉和〈死於荒野〉敘述對象都是女性，前者是舞蹈藝術家蔡瑞月（1921-2005），後者是社會工作者彭婉如（1949-1996）。蔡瑞月1947年與雷石榆結婚，1949年雷石榆因政治迫害被遣送出境，蔡氏亦被禁錮監獄三年。1994年因捷運工程「蔡瑞月舞蹈社」面臨拆除，蕭靜文舞蹈劇場發起文化救援運動，經當時市長陳水扁同意保留。1999年7月馬英九當選臺北市長，更改計畫要求舞蹈社歸還場址，文化界再度發起伸援行動，10月27日臺北市政府公告為市定古蹟，10月30日凌晨舞蹈社遭人惡意縱火燒燬。

　　「傀儡之舞」意指藝術家的背後始終有一個「拉繩的人」，控制與監視著她的行動。「我已知曉我的身體了　在千鈞一髮地邊界／不是傀儡就是身首異處」，「有好長一段時間／拉繩的人望著我微笑／（他們說這是為了保護及愛）」，藝術家以「傀儡之舞」洞察自己的身世。「我的四肢蛻變成燈塔／燃燒自己的航渡及淒美的歷史」，受難者以四肢燃燒完成一生，光耀更多的弱勢者，「燈塔」之喻被賦予悲壯氣息。

　　1996年11月30日，彭婉如（民進黨婦女發展部主任），到高雄參加全國黨員代表大會，搭計程車離開會場後失聯，12月3日在鳥松區工廠旁發現遺體，身中三十五刀右眼眼球被挖掉，動

機異常手法殘忍，此案成為懸案。馮青以詩哀慟：「這是一個兇殘之島／妳穿越南方的夜城／荒野裡死亡的啼聲滑近／空氣夾雜著塵垢與囈語」。詩人用「塵垢與囈語」為詩篇定下基調，形容此地充斥著野蠻的人性；也表揚受難者的高貴人格，「妳把唯一的外衣／給了怕冷的人群／妳種植　也不是為了積貯倉糧」。她的受難照亮了什麼？「有位天使被棄屍荒野／作為提醒者／他們乾脆用重金屬的粗魯去款待她／在日與夜之間／我們發不出聲息／我們得到了骸骨」。馮青使用了複數的「他們」內含深意；暗指這不是一樁普通兇殺案，而是某個專案組織預謀幹下的無恥罪行，彭婉如成為蒙昧時代的犧牲者，「我們失了言語啊！在黏稠的血河中」。馮青詩擅長敘事、抒情、議論交錯編織，上述兩詩皆為例證。

馮青（本名馮靖魯，1950-），中國山東青島出生，童年生活於宜蘭壯圍，在本土氣息中成長，塑造出一個臺灣主體意識濃厚的詩人，長期關注臺灣社會議題與民主政治發展。出版詩集：《天河的水聲》、《雪原奔火》、《快樂或者不快樂的魚》、《給微雨的歌》。

（八）零雨　將詩歌寫作視同創世排練

零雨詩篇〈關於故鄉的一些計算〉，娓娓道出鄉野生活樸實悠遠的神韻：「是誰長大之後就是祖父／幾條狗能出去打獵／幾隻獸從深夜的山中／扛回來／／幾隻雞構成一個／小有規模的黎明／幾隻鴨跟著竹籃子／去浣衣／是誰在鐘敲三下時／成為女人，點起油燈／浸豆子／作豆腐／洗蒸籠／做年糕／是誰用竹枝子／撐開窗戶／把山坡上的百合花／迎進屋來／（到底幾枝百合花）／／到底要翻過幾個山頭／追到霧，追到秋天的柚子／冬天的橘子／追到那個精算師／問他到底怎樣／才算是故鄉」。山頭

霧滋潤茶園，秋柚冬橘環繞家屋，都是先人歷盡艱難的墾荒成果，拓印了身體與生存環境搏鬥的跡痕。「故鄉」做為人的身體性情感蘊藏在山民的記憶深處，「計算」是對人與土地關係的經驗查核，想必那個精算師（造物主）查核之後也會點頭認同。

〈關於故鄉的一些計算〉是從物質與生活維度對「故鄉」做現實踏查，〈喜瑪拉雅〉從精神和語言維度對「故鄉」做形上追索。「喜瑪拉雅」本意為雪域，山脈位居西藏、印度與巴基斯坦邊界，諸多宗教發源於此，寓意「聖地」。詩分五段，第一段闡述旅人與「善」同行的追尋歷程，第二段澄明神性的內化，發現人本來就是神的一部分。第三段展示語言／詩的聖樹景觀：「我們說著，家鄉的語言／原始，直率，粗野／藉著那棵樹／枝葉鋪展／長出了詩」。原始直率的語言是原生性的語言，它來自家鄉，「詩」被賦予了根源義。

第五段如是敘述：「母親來信說／在埋藏胎衣的地方／生長一棵旃檀樹／有風無風之時／十萬片葉子／藏著十萬隻獅子／吼叫／／我的名字叫喜瑪／你的名字叫拉雅／神說，因為這些／我才活著」。「旃檀樹」木質密緻有香味，俗稱旃檀香或檀香。佛經以旃檀之樹、根、華俱香，比喻菩薩的行持如風吹草偃，見聞者無不受到感化。「獅子吼」比喻佛祖講經如雷震天地，衍義真理的言說。〈喜瑪拉雅〉將「詩」之肇啟回歸神聖場域，賦予它精神性故鄉的意涵。零雨以知性鍛造語言，詩篇的語質沉厚踏實，注重感覺與思想之間想像的對話，將詩歌寫作視同創世排練，文化視野宏闊。

零雨（本名王美琴，1952-），新北市坪林人，美國威斯康辛大學東亞系文學碩士，美國哈佛大學訪問學人。出版詩集：《城的連作》、《消失在地圖上的名字》、《特技家族》、《木冬詠

歌集》、《關於故鄉的一些計算》、《我正前往你》、《田園／
下午五點四十九分》、《膚色的時光》、《女兒》。零雨專論呈
示於本書第十章。

（九）陳育虹　直覺敏銳，意念曲折

〈古老的神話〉組詩節選　陳育虹

起初，是鎏金的薄光。一個光環。
光環裡，風為我們摘果子，雨為我們淨身。
我們漫遊嬉戲沒有悲傷，倦了就躺下，睡去。
化入薄光。

我們，一對男女，漫遊嬉戲，無目的性的純真與自由，伊甸
園完整。起初，鎏金的薄光裡神聖場域與世俗場域尚未分離；起
初，意謂著意識渾沌。

那是一個九月早晨，我在森林採野葷。
你向我走來，你的額頭長著樹枝，我避開，你逼近。
錯亂中我竄進蘆葦叢，你伸手撲前，但抓到的不是我，是
一把長短不齊的蘆葦。
我變成了蘆葦。
你對著我嘆息，嘆息聲穿過我空洞的身體，聽起來竟像
音樂。

九月入秋，春夏遠揚寒冬在望，萬物豐碩果實將墜。採集野
地菇蕈，無庸播種耕耘，地點既非日光下的園圃，目的也不是為

了五穀糧食，為「域外的相遇」立定場景。樹枝、蘆葦，藉著變化形態擴張人性，讓身體越界。嘆息呼應空洞，隱喻心靈交流（一呼一吸），故曰音樂。

> 熱旋風，七日七夜暴雨，隨之的大洪水以及漫無止境的漂流。
> 水退了，白鴿與烏鴉引我們來到橄欖樹的山頭。眼前的世界沒有草木蟲鳥，只有石塊，大大小小的石塊石塊石塊。
> 堅硬，脆弱，深刻的被丟棄的失落感。荒野裡我們走走停停，蹲下，撿幾顆石塊，往身後丟，那些石塊是我們的腳印。
> 腳印和我們的影子結合，萌了芽，長出一些孩子。

　　熱旋風乃情感渦流所喚起，七日夜暴雨和洪水隱含天譴。白鴿／烏鴉，善／惡、是／非、歡喜／悲哀的價值衝突引領一對男女來到一塊新地。「只有石塊」，為社會規範之外的相遇寫下形象化註腳；石塊雖無形，心情阻塞卻是真實感知。腳印與影子結合，失落感彰顯，虛無持續繁殖；此時此地皆歸屬荒野，「荒野」誠乃心境。

> 起初，諸神在天，我們擁有大地。
> 然後爭執開始了，大地震盪，我們開始離散。
> 開始飢餓，開始想佔有，開始相互背叛相互吞噬彷彿諸神。
>
> 鎏金的光環開始生鏽。

神聖場域與世俗場域分崩，各自瓦解，欲望開始反噬其身，愛演出了「變形記」。飢餓，佔有，背叛，吞噬，有能力做惡的諸神降臨，光，黑暗如許。「我們……彷彿諸神」是對伊甸園神話的當代解構，亞當、夏娃被逐出樂園後，地上繁衍著墮落的諸神。

> 到最後我們全都會變成蘆葦，銀蓮花，或月桂。
> 我們的眼淚是琥珀，珊瑚，炭。
> 或者，噢，經過愛，恨，欲望，背叛……我們變成鳥──
> 野雁，禿鷲，雲雀，白鴿，夜鴉。各自離去。
> 到最後，我們都變成冷泉，或者銀河的碎石子。

　　陳育虹〈古老的神話〉由二十二章短詩構成。最後一章敘述「愛，恨，欲望，背叛」雜然交媾，精神性沉淪物質性瀰漫；無論月桂或珊瑚，禿鷲或雲雀，冷泉或碎石，率皆不能人語，不能愛語，再也不能回返最初。陳育虹的抒情聲音典雅，擅長運用文化象徵，女性直覺敏銳，意念曲折富有韻致。

　　陳育虹（1952-），出生於高雄，文藻外語學院英文系畢業，旅居加拿大溫哥華十餘年，現定居臺灣。出版詩集：《關於詩》、《其實，海》、《河流進你深層靜脈》、《索隱》、《魅》、《之間》、《閃神》，《霞光及其他》，另有譯詩集數種。2022 年獲得創立於 2004 年的瑞典「蟬獎」（Cikada-priset），此獎授予以漢語、日語、韓語、越南語四種東亞語言創作的詩人。

（十）陳義芝　語詞雅致，語調靈動

　　「鬍子拉撒，那人頭上繫條諸葛巾／兩腳泥蹦蹦，是我堂哥／三十年沒走離自家坐臥的山窩子／這一回，他陪我過江到縣城

／搕著旱煙管喃喃道：人氣滅了／江輪調頭時／忍不住一陣疾咳／／人氣滅了／腰粗的黃桷樹砍了／黑沁沁的山林禿了／通向外面的石板路鏟了／是的，四十年來電還是不通／村中年長的人愈來愈只有遺忘而／無記憶可收藏」（〈破爛的家譜〉節選）。

1987 年 7 月臺灣解除戒嚴令，11 月開放大陸探親。1988 年陳義芝回父親四川忠縣老家探親。忠縣縣城位於長江邊，江邊飯館是本詩主要場景。陳義芝的父親跟隨部隊從大陸撤退到臺灣花蓮，陳義芝出生於此。「居住在花蓮／我的父親和悽惶的同鄉會／我的母親和德國神父的天主堂」，「哥哥在鐵道上堆雞蛋／姊姊在戲臺下撿紅辣椒／剩下父親和激憤失聲的四川話／母親和鑼鼓伴奏的哭調仔」（〈居住在花蓮〉節選），詩人描繪一幅渡海來臺的異鄉人 1950 年代尷尬的生活處境，高亢悲憤的「四川話」和地方戲尖銳的「哭調仔」相互輝映。被迫流落臺灣的外省籍軍人，生活貧苦難堪終究還過得去，比留在大陸老家的親族幸運多多。

堂哥鬍子拉撒（邋遢、拉雜），不整潔無條理的模樣，兩腳泥蹦蹦，形容鄉下人粗野壯實的舉止。「三十年沒走離自家坐臥的山窩子」、「四十年來電還是不通」，落後的時代風氣與地理景觀。接下來隱約走馬了歷史：1949 年國共內戰之慘烈，1953年「被志願軍」遠赴北朝鮮送死，1958-1960 年大饑荒倖存者幾希。全詩收束於：「在臨江的紅薯飯館內／我為他點一道黃鱔，一盤炒腰花／他拿出那本破爛的家譜／指給我看／『從來萬物本乎天』……」，流傳久遠的天道運通法則，為黑暗時代留下不滅的微光。它落實在人世成為道德信念，支撐了家族（甚至國族）藕斷絲連的命脈，儘管它書寫在一本頗能對應現實境況之「破爛的家譜」上。

〈破爛的家譜〉有兩項特徵，一個是修辭層面，為了呼應談話現場，間用四川方言，用詞細膩語調靈動。一個是美學層面，它婉轉敘事留白恰當，餘韻繚繞。〈破爛的家譜〉是一首內蘊象徵意涵的時代詩章，為解嚴初期的中臺交流寫下一則歷史證詞。陳義芝的詩語詞雅致，語調靈動，對格式韻律自有謹嚴要求，風格發展前後連貫。

陳義芝（1953-），出生於花蓮，高雄師大國文所文學博士，曾任《聯合報》副刊主任與大學教職。出版詩集：《青衫》、《新婚別》、《不能遺忘的遠方》、《不安的居住》、《我年輕的戀人》、《邊界》、《掩映》、《無盡之歌》等。

（十一）陳黎　風格多變的創作者

陳黎是一個風格多變的詩人，多方採擷世界詩壇的奇花異卉為己所用，雖然運用大白話寫詩，卻不容易解讀。陳黎式的晦澀肇啟於詩中詭譎多變的自我意識。〈構成〉一詩從「我豢養」展開敘述，豢養什麼呢？無非是身體：「著一條黑牛仔褲／一件藍T恤的衣櫥」，心靈：「一台等待輸入海／以及波的羅列的手提電腦」，還有性：「一道縫隙：／隔離我和世界／通向懸在臍下的你的人間」，當然還有更重要的詩歌王國：「一個最新、最小的國家／迂迴、龐雜的建國史」。

陳黎〈島嶼邊緣〉也有類似對於「我」之思索與強調，「我的手握住如針的我的存在」。但全詩因為根植於：臺灣（不完整的黃鈕扣）──花蓮（島嶼邊緣）──太平洋（藍色的制服）這樣一串大地鏈條上，詩中的自我意識稍稍退藏不再那麼張揚：「心思如一冊鏡書，冷冷地凝結住／時間的波紋／翻閱它，你看到一頁頁模糊的／過去，在鏡面明亮地閃現／／另一粒祕密的釦子

——／像隱形的錄音機，貼在你的胸前／把你的和人類的記憶／重疊地收錄、播放／混合著愛與恨，夢與真／苦難與喜悅的錄音帶／／現在，你聽到的是／世界的聲音／你自己的和所有死者、生者的／心跳。如果你用心呼叫／所有的死者和生者將清楚地／和你說話／／在島嶼邊緣，在睡眠與／甦醒的交界／我的手握住如針的我的存在／穿過被島上人民的手磨圓磨亮的／黃鈕釦，用力刺入／藍色制服後面地球的心臟」

「一冊鏡書」的海洋之喻運用得相當精彩，在模糊的過去裡閃現「時間的波紋」，形象大方大器。「另一粒祕密的釦子」是心靈的迴響，貼在胸前，時刻提醒著世界的多災多難。「人類的記憶」、「世界的聲音」、「地球的心臟」，雖然大詞的意念稍稍膨脹，但形象語和觀念語交互編織各得其所。陳黎的白話修辭，參酌運用各種語域中五花八門的語詞、語法，語言策略不循常軌，詩的文學意圖複雜多變現代性十足。

陳黎（本名陳膺文，1954-），出生於花蓮，花蓮「太平洋詩歌節」策展人。出版詩集《家族之旅》、《親密書》、《小宇宙》、《島嶼邊緣》、《貓對鏡》、《苦惱與自由的平均律》、《島／國》、《陳黎跨世紀詩選 1974-2014》等，兼擅詩歌翻譯。

（十二）向陽　觸入現實底層的實驗詩

〈一首被撕裂的詩〉　向陽

一六四五年掉在揚州、嘉定／漢人的頭，直到一九一一年／滿清末帝也沒有向他們道歉

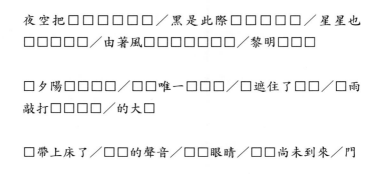

夜空把□□□□□□／黑是此際□□□□□／星星也
□□□□□／由著風□□□□□□□／黎明□□□

□夕陽□□□□／□□唯一□□□□／□遮住了□□／□雨
敲打□□□□／的大□

□帶上床了／□□的聲音／□□眼睛／□□尚未到來／門

一九四七年響遍臺灣的槍聲／直到一九八九年春／還作著
噩夢

　　這首詩涉及四個歷史事件。（一）1644 年 3 月李自成率領
農民軍攻入京師，崇禎帝在煤山自縊，明朝滅亡，史稱「甲申國
難」。清軍在各地施行大規模殺戮，統稱「滿清大屠殺」。僅
1645 年就發生三次大屠殺：揚州十日、嘉定三屠、江陰八十一日。
（二）1988 年 12 月，當時行政院長俞國華與海外學人聚餐，回
答張旭成教授有關臺灣「二二八事件」時，脫口而出：「當年滿
洲人入關殺了很多漢人，滿洲皇帝也未向漢人道歉。」被許倬雲
教授當場記下為文刊於《新新聞》，在立法院引發軒然大波。
　　（三）1947 年 3 月至 4 月的「二二八事件」大屠殺，奉蔣中
正之令渡海來臺的武裝部隊有計畫地殺掉臺灣菁英分子 18,000-
28,000 人（1992 年行政院事件調查報告數據）。（四）1989 年 6
月的北京「六四事件」大屠殺。據 2017 年解密的英國國家檔案館
1989 年外交機密檔案記錄，死亡的民眾與學生總數超過一萬人。
　　中間部分的填空詩，是事件真相目前仍然遺失的部分，有待
後人調查與追責。標題：「一首被撕裂的詩」，什麼東西被撕裂？

沒有任何一位施暴者被究責與懲處的歷史，就不可能有所謂的寬容與和解，歷史殘破與族群裂痕就會繼續存在。全詩語言策略採用互文書寫模式，語言簡潔扼要語調冷靜詼諧，沒有陷落激情或悲情的窠臼，社會議題詩典範之作。向陽長期密切參與臺灣的文化建設實務，關注民主政治發展，詩篇運用實驗性手法解剖社會現實，結構佈置具有創意。

向陽（本名林淇瀁，1955-），南投縣鹿谷鄉人，政治大學新聞所博士。曾任自立早報總編輯、吳三連基金會副祕書長、臺灣筆會副會長等職。2001年與馬悅然、奚密合作主編《二十世紀臺灣詩選》。出版詩集：《銀杏的仰望》、《十行集》、《土地的歌》、《四季》、《向陽詩選1974-1996》、《亂》、《行旅》等。向陽長詩〈霧社〉，專題闡釋於本書第十五章第一節。

（十三）羅智成　文化懷抱與歷史心結

「那夜／契丹人下了馬／倚著月光／逐字讀他的傷口；／零亂的氣息圈點／汗漬的扉頁凝血的甲／湧生的藤不可辨識的草書／題殷紅的花。」這是羅智成的〈哥舒歌〉開端，讀來聲調起伏音韻鏗鏘。

羅智成的《諸子之書》集結1980-2013年間，對中國歷史人物的詩意考察，共計十六篇。包括老子、孔子、莊子、荀子、墨子等思想家，屈原、曹植、李白、李賀等詩人，契丹開國者：耶律阿保機、民間文化人：徐霞客、蒲松齡、柳敬亭，小說角色：孫悟空等。羅智成對中國傳統文化的歷史回溯與思想勘查，在新詩場域中是比較罕見的文化鏈結。

唐代〈哥舒歌〉屬於西部邊疆民歌，「北斗七星高，哥舒夜帶刀。至今窺牧馬，不敢過臨洮。」歌詠唐玄宗時期河西節度使

「哥舒翰」威鎮西域的軍功。羅智成〈哥舒歌〉並非歌詠哥舒翰，而是借用「邊疆民族之歌」的文化義涵。相關題材羅智成寫成〈哥舒歌〉、〈耶律阿保機〉，皆指涉契丹民族歷史。〈哥舒歌〉中的契丹人面臨英雄末路，他的傷口是草書圈點過的血紅篇章，以歷史挫折象徵文化傷疤。「兒時的歌／被傷口們傳唱」，隱喻祖輩過往的榮光。「寒綠的詩句／被歷史任意塗改」，則隱含著羅智成個人史識之特殊投射。

書寫於 1980 年 5 月的〈那年我回到鎬京〉結尾這麼寫：「『鎬京？』妳失聲而問／『就在那，』我知識中的陶器贗品／『三兩貧戶棲息的土崗／猿猴侵佔的廟窟／旱雲高踞的樹椏……』／／『它無可挽救地遙遠……』／眼前一切，因此也無可挽救地遙遠。」「眼前一切」是敘述者俯瞰的當下歷史，指涉極權中國經文革摧殘之後破敗的歷史圖像。「贗品、貧戶、猿猴、旱雲」皆是批判修辭，「鎬京／北京」的隱藏諷諭必須從這裡追索。回觀〈哥舒歌〉，關於核心／邊緣的辯證性歷史敘事，也能對映於中華人民共和國／中華民國在臺灣來考察。

《諸子之書》還有另一個文化底蘊，古典語詞之當代淬鍊：「沿著化膿的版圖／血阡陌於抽搐的肌膚／像闖進眼睛的砂／那夜契丹人下了馬。／淬毒的目光被拉滿的弓射出／卻頹然落地」，化膿的版圖、血阡陌、淬毒的目光，語詞的冶煉典雅細緻。「月光在兵鐵上寒綠的詩句」、「我知識中的陶器贗品」，意象的鑄造賦有文化積澱。羅智成詩學深蘊文化懷抱與歷史心結，連結傳統與當代進行互文性書寫，以個人化敘事繪製歷史圖像，文學意圖內蘊批評意識，借古諷今。

羅智成（1955-），出生於臺北，美國威斯康辛大學麥迪遜分校東亞所博士班肄業，曾任《中時晚報》副刊主任、中央通訊社

社長。出版詩集:《寶寶之書》、《諸子之書》、《夢中書房》、《地球之島》、《透明鳥》、《迷宮書店》、《問津》、《荒涼糖果店》、《個人之島》等。

(十四)卜袞　跌宕想像力的布農族語詩

〈迷惑〉節選　卜袞

hu~u／天哪　您在那兒啊／我們的眼被牛奶粉沫給迷惘了／像／白天看不清楚的貓頭鷹一般／日神您的亮光去那兒了／我們的眼睛被綠色的光芒給射瞎了／像／被卑南人的巫師給施了咒一樣／月神您不再看我們了嗎／我們被剃成光頭的人的米給撐成飯桶／像／豢養在家中的豬失去謀生能力一樣

hu~u／我們布農人在那兒了／月神再也／聽不見我們放棄了酒神後所唱的祈禱小米豐收曲／日神再也／聽不懂在菅芒草被農藥毒死後智者所吟唱的祭詞／布農人所唱的戰爭凱旋歌不再上達天庭／在／／獵殺了巴特鳥之後

　　卜袞的詩篇,表達原住民文化在漢族殖民統治、外來宗教洗禮與現代文明誘惑,多重侵襲之下的困頓與失落。「牛奶粉」,引申教會以生活物資吸引族人改信外來宗教;「綠色的光芒」形容洋人眼睛,轉喻西方知識和文化。「剃成光頭的人」影射新臺幣紙鈔上的蔣介石禿頭肖像,象徵漢人統治者以及漢文化。「菅芒草」是巫師拿來施法的法器,因噴灑殺草劑普遍枯死,讓祭祀禮儀亂了套。「巴特鳥」即占卜鳥,是布農族人鳥占時觀察的依

據；巴特鳥被獵殺，隱喻族群文化淪喪。「hu~u」是布農族報戰功的朗誦形式，聲浪如月光湧動形成撼人的光芒；但在〈迷惑〉裡，凱旋歌不但無法上達天庭，而且傳達出失落意緒。

「風是心靈的歌聲／螢火蟲是天神在人世間的眼／鳥是用來撫慰土地的嘴／雲霧是天神儲藏愛的地方／月亮是治療被放棄的心／而／人的眼淚是會乾涸的」（〈裏〉節選）。布農族的文化觀念裡，宇宙的生態網絡由：天神（Dihanin）、萬物精靈（Hanidu）、人（Bunon），三界連結而成。在〈裏〉這首詩裡，文化觀念被詩意想像轉化為生動影像：風是心靈的歌聲（吟遊詩人），螢火蟲是天神在人世間的眼（暗夜引路者），鳥是用來撫慰土地的嘴（孤獨者的伴侶），雲霧是天神儲藏愛的地方（雲霧成雨潤澤萬物），而能夠醫治被棄的心靈者唯有「月亮」，以廣闊無涯的自然空間對照狹隘逼仄的人間情感。

卜袞是一個具有文化使命感的詩人，他的新詩不但是以布農族語呼息，而且是回到部落尚未文明化的山林環場中書寫，與祖靈更加親近。布農語詩歌經由詩人漢譯，依然呈現布農族語言獨特的構詞、語法和取喻方式；獨特的觀念與跌宕的想像，表達出注重和諧的自然生態觀，人與自然平視的信仰觀，水平創生相伴存在的世界宇宙觀。

卜袞（1956-），全名卜袞・伊斯瑪哈單・伊斯立端（Bukun Ismahasan Islituan），出生於高雄市那瑪夏區，隸屬布農族郡社群，中正大學臺灣文學所碩士。曾任「財團法人原住民族文化事業基金會」第二屆第二任董事長、《山棕月語》季刊主編、「臺灣布農族語言協會」理事長。出版詩集《山棕月影》、《太陽迴旋的地方》、《山棕・月影・太陽・迴旋──卜袞玉山的回音》。卜袞專論呈示於本書第十一章。

（十五）夏宇　背著你背著我跳舞

「背著你流眼淚／背著你不時縱聲大笑／不經意又走過一遍／屏東東港不老橋／再也不能再也不能／我們再也不能一起變老」（〈背著你跳舞〉）。「又走過一遍屏東東港不老橋」是經驗，「再也不能一起變老」是意識，經驗是不能替換的，但意識抗拒被生命經驗定型，不斷將意識漂流改寫；這種書寫模式啟動並貫穿了夏宇的詩歌歷程。「背」是叛離，「你背著海來看我的下午／帶你到我溫暖柔軟的洞穴／豢養你在我唯一的洞穴」（〈我們苦難的馬戲班〉），「背著海」即背棄道德，脫離主流價值框架。它會加劇神經質，「在我們苦難的馬戲班／為你跳一場歇斯底里的芭蕾」；激化過動傾向，「少女不停動來動去這個那個跟著動來動去／我們只能對她無比嚴屬／少女到底想怎樣／她就是整個不停動來動去而且她根本／沒有提到你一次也沒有」（〈滿月下的少女〉）。青春期少女的過動症在〈每天都想被充滿是怎樣〉，就變成每天「不厭其煩地醒來」，「我不想尋找自我／我只想做個謎樣的人／有時候承擔狂野的痛楚」。每天都想被充滿意謂著空虛過剩，空虛過剩必然導致自我與世界皆滿盈虛無主義氛圍。

但夏宇詩的虛無主義是用時尚感包裝過的，多種時髦的配件——

文字拼貼：「突然是看見／混淆叫作房間／／漏像海岸線／身體是流沙詩是冰塊／貓輕微但水鳥是時間」（〈擁抱〉）。言此意彼與意彼言此相互擁抱相互唾棄，最後什麼都沒剩下。

潛意識暴露：「頭髮已經慢慢留長了／鐘用海擦得很乾淨／我們都會打勾／在這樣的下午／這是譬如的第 6 次方／你喊我的名字／遺失三顆鈕釦」（〈耳鳴〉），假裝自己不很性感的性感，

露出不太性感的破綻。

不斷轉喻的語言迷宮：「不久我發現她愛的／孤獨乃是我的孤獨而不是／她自己的孤獨她那麼愛我的孤獨／急欲加入所以我們就一起開車／到里斯本看一個我們都／喜歡的朋友那人也有他的孤獨／但是他管它叫／我的母鹿」（〈開車到里斯本〉），語言迷宮相應生成心靈迷宮，將自己美妙地困住。

但虛無主義者很快把悲傷揮霍殆盡，悲傷虛無時人們只能以〈非常緩慢而且甜蜜的死〉自吹自擂：「並在不斷岔開的故事支線上／走失了我們唯一的那隻羊」。「去中心」思維固然很好，解構過度就沒啥意思，文字雜交過度也是，語言被貶抑為道具，「誰和誰都睡過／大家也變成朋友」（〈用心靈勾引〉）。夏宇意圖解構男性沙文主義的同時，也相應掉落女性沙文主義陷阱。

夏宇（本名黃慶綺，1956-），出生於臺北，以筆名童大龍寫散文，李格弟寫歌詞。著作詩集：《備忘錄》、《腹語術》、《摩擦・無以名狀》、《Salsa》、《粉紅色噪音》、《詩六十首》、《88首自選》、《第一人稱》、《羅曼史做為頓悟》、《脊椎之軸》。

（十六）孫維民　對絕望者作出深刻素描

孫維民的詩對絕望者做出深刻素描，語帶悲憫。絕望素描之極致來自〈晨間散步口占〉，一個自言自語無家可歸的遊魂，行過晨間樹林，羞於為人，但又無處躲藏：「穿越這片樹林的心思／冗雜，敗壞，難以示相／於是掩藏在人形裡──／／甚至偶爾還會偽裝／（當光線曲折進入）／鳥，空氣，露溼，蝸牛」。這首詩最奇特的構想是將敘述主體標定為「心思」，「心思」因為難忍自己的不堪意念，所以躲藏到人形裡，這是人類對自己最赤裸的透視。以「反向書寫」呈現對映鏡像：將最不堪者賦予人，

表達羞於為人；渴望偽裝成非我，反諷自我之猥瑣。

〈吃藥的時候〉也是精彩詩例：「奮力抓住這一根浮木：／白色、橢圓形、10mg ／／但你知道，主／我其實渴望在水面行走」。「奮力抓住浮木」與「渴望在水面行走」形成彼此的倒影；行走水面是神示奇蹟，吃藥行為則是人創造的奇蹟。孫維民對個人病歷／社會病歷之長期探索，演繹「兼容相悖之物」的現代性經驗，讀之令人顫慄。光明／黑暗、愛／恨、祈禱／詛咒、親吻／鞭笞，這些意義相悖的觀念／形象，在孫維民的詩篇裡經常被鎔鑄於一爐，產生鏡像對照般的詩意迴響。

〈末日發生的兩件小事〉，結構別開生面，文本時間設定在「末日」當天，從零點郵差送來第一封信開始，到接近半夜十二點有人目睹：「火焰圖案的床單上／一塊滲透的精液」，他者在自家床上造愛過的證據，毀滅降臨。「兩件小事」點燃了人世／文明之焚火：「她」的信裡有錯字，「他」的房間擺設異常，是溝通上的誤解還是命運的錯置，已經不重要，總之，末日啟動時光無法倒轉。

這首詩像微型小說，詩分三段。第一段「郵遞」，呈現斷裂主題：首先是肉體與靈魂的切割，接著是語言與內心的分離。第二段「竊案」，妻子、兒女被偷走了，當然也包括家與幸福。第三段「註解」，特別標明信函中的錯字是「原信如此」；這註解將文學文本與現實文本交織在一起，作者彷彿要告訴讀者這不是虛構與幻覺，而是當代社會人人共享的真實。

孫維民（1959-），出生於嘉義，成功大學外國語文學系文學博士，在大學任教。出版詩集：《拜波之塔》、《異形》、《麒麟》、《日子》、《地表上》、《床邊故事》。孫維民專論呈示於本書第十二章。

三、小結

（一）「戒嚴世代」詩人群整體評估

如果將「戒嚴世代」詩人群視為一個整體，對於世代整體的詩學如何評估？此世代作者的詩歌創作成果，除了林泠與卜袞的新詩文本數量較少之外，其他十四位作者的創作文本豐碩，葉維廉、朵思、楊牧、吳晟、蘇紹連、陳義芝、陳黎、向陽、羅智成，長達五十年持續詩寫不輟，「戒嚴世代」詩人群的創作堅持度讓人佩服。由於創作時間持久，個人詩學水平相對穩定風格突出。

葉維廉的詩學成就因為長期居留海外經常被忽略，香港詩壇認為他是臺灣詩人，臺灣詩壇將他歸類為海外華文詩人。朵思、馮青、零雨、卜袞、孫維民長期處於文學環境邊緣也沒有受到足夠重視。

就文學實踐場域而言，葉維廉主要的創作實踐完成於美國時期，這是文學事實；然而忽視葉維廉的詩歌創作與學術成就，毫無疑問是臺灣文化建構的莫大損失，這是學術界必須正視的嚴肅課題。《臺灣現當代作家研究資料彙編79：葉維廉》直到2015年才出版，且探索深度不足，就很能說明問題。葉維廉詩歌的道家美學轉化與儒家人文關懷，是百年新詩史上難以跨越的一座高峰。

楊牧詩學的思維向度與言說路徑循序而具體，孳生的情境幻象卻脫序而渾沌，不可捉摸。零雨的詩歌歷程前後連貫枝繁葉茂，詩學建構屬於有機生成形態，文本的生命力豐沛。卜袞因為他的原住民身分，受到文學界輕忽也令人難以接受。雖然他只出版三本詩集，但詩歌精神崇高，觀念與想像卓越，文化價值超越臺灣

文學場域，誠乃人類詩歌文明的寶貴資產。

　　林泠古典含蓄的抒情，朵思的潛意識書寫，陳育虹女性直覺敏銳，夏宇不斷將意識漂流與改寫，風格面貌各具特色。吳晟詩語言誠樸，關懷鄉土之心令人動容。蘇紹連想像力豐富，詩歌空間富有魔幻氣息。陳義芝詩學走文化修辭風，陳黎的文學意圖複雜多變。羅智成的詩歌空間構造，結合歷史層相與思想視野。孫維民人性探索深刻，風骨峭峻面貌崢嶸。向陽寫出可堪傳世的〈霧社〉長詩，台語詩書寫也有先驅地位。馮青的〈臺灣組曲〉七首，是「臺灣書寫」的典範之作，她的社會議題詩，批判尖銳又富有審美價值，誠乃現實主義詩歌的標竿。

（二）「戒嚴世代」與「笠詩社新世代」詩學比較

　　十六位「戒嚴世代」詩人群，出生年介於 1937-1959 年間，十位「笠詩社新世代」詩人群出生年介於 1931-1952 年間，兩個詩群的詩學建構有何差異？首先從詩篇內涵作比較：「笠詩社新世代」詩人群的臺灣群族認同、土地倫理關懷與批判反抗精神是整體性的明顯特徵。「戒嚴世代」詩人群的主題探索、書寫向度相對而言比較多元。從詩篇形式作比較：「笠詩社新世代」詩人群就語言美學而言，風格突出的詩人有四位：葉笛、白萩、黃荷生、陳明台；四個人的共同缺憾是停筆太早，詩學成就尚未攀上巔峰。「笠詩社新世代」詩人群的語言美學有趨同於類型化的傾向，這是同人詩社的通病；「戒嚴世代」詩人群比較重視語言美學的經營，語言組織複雜細緻，每個人的風格辨識度都很高。「笠詩社新世代」詩歌文本呈現的文化圖像，臺灣主體意識與臺灣鄉土情懷比較凸顯；「戒嚴世代」詩歌文本呈現的文化圖像，傳統元素與現代元素兼容並蓄，文本的「現代性」更加強烈。

（三）「中堅世代」與前後世代的詩學關聯

　　「戒嚴世代」詩人群與「笠詩社新世代」詩人群是1980-2000年臺灣新詩發展的核心族群，堪稱臺灣新詩的「中堅世代」，他們與「前行代」、「新世代」之間的關聯又是如何？「笠詩社新世代」很明顯可以看出受到「跨越語言的一代」之影響，關鍵影響力的前行代詩人我認為是陳千武，林亨泰、陳秀喜次之。陳千武的現實主義詩章反殖民意識最為強悍，但林亨泰的現代主義詩章與陳秀喜具有女性自覺的詩章，影響力超越「笠」詩社範疇。

　　「戒嚴世代」與「前行代」，哪些詩人具有詩學意義的關聯？吳晟與瘂弦，蘇紹連與商禽，零雨與林亨泰，夏宇與紀弦，能夠找到風格鏈結點。周夢蝶與洛夫的詩學影響力比較普汎，很難具體指認；如果就跨世代而言，周夢蝶與羅任玲（心靈寫意），洛夫與唐捐（情境設計），可以看出文化相關性。

　　「笠詩社新世代」何者對解嚴世代具有影響力？白萩算是一個（入選十大詩人是一個標誌）。「戒嚴世代」對解嚴世代之影響，則以楊牧、夏宇最為顯著，摹仿其詩風者不絕如縷。詩學優點兩代相承不是壞事，但後學者無法將之轉化成個人風格，就有可能形成殘害自己創造性的毒素。零雨、卜袞、孫維民的詩學影響力，將來會越來越顯著。

　　有些優秀詩人無法及時產生影響力有難以估量的因素存在，比如：楊熾昌、吳瀛濤、錦連、葉維廉、黃荷生。有些詩人在當時可能鋒頭十足、風靡一時，但影響力隨時間逐漸減弱，這也是無從預料之事，唯有時間才是最後的裁判。

【參考文獻】

葉維廉，《葉維廉五十年詩選》（臺北：臺大出版中心，2012 年）

林泠，《林泠詩集》（臺北：洪範書店，1982 年）

朵思，《凝睇》（臺北：釀出版，2014 年）

楊牧，《楊牧詩選 1956-2013》（臺北：洪範書店，2014 年）

吳晟，《吳晟詩選 1963-1999》（臺北：洪範書店，2000 年）

蘇紹連，《無意象之城》（臺北：秀威資訊，2017 年）

馮青，《給微雨的歌》（臺北：允晨文化，2010 年）

零雨，《關於故鄉的一些計算》（臺北：零雨，2006 年）

陳育虹，《閃神》（臺北：洪範書店，2016 年）

陳義芝，《新婚別》（臺北：大雁書店，1989 年）

陳黎，《島嶼邊緣》（臺北：九歌出版社，2003 年）

向陽，《亂》（新北：印刻文學，2005 年）

羅智成，《諸子之書》（臺北：聯合文學，2013 年）

卜袞，《山棕 · 月影 · 太陽 · 迴旋——卜袞玉山的回音》（臺北：魚籃文化，2021 年）

夏宇，《腹語術》（臺北：夏宇，2010 年）

夏宇，《羅曼史作為頓悟》（臺北：夏宇，2019 年）

孫維民，《日子》（嘉義：孫維民，2010 年）

第六章
「解嚴世代」詩人眾聲喧嘩

一、「解嚴世代」生活的時代背景

　　1991 年 5 月 1 日，《動員戡亂時期臨時條款》公告廢止，1991 年 12 月 31 日，在任四十三年餘的資深中央民意代表全體退職，「萬年國會」走入歷史，戒嚴時期一黨專政的黨國體制真正解除，「解嚴世代」詩人群逐漸躍上歷史舞臺。

　　戒嚴時期與解嚴時期的社會景觀有何差異？就我個人印象：戒嚴時期，警總的恫嚇無處不在（每個人的心中都有一個小警總）、講臺灣族群的母語要受懲處、莫名其妙的禁書禁歌、海岸有衛兵巡邏管制、出國旅遊 1978 年之前禁止 1978 年後嚴格限制、黨外街頭運動風起雲湧不斷衝撞體制、博愛特區與中山北路沿途佈滿便衣。解嚴時期，1992 年警總改制、集會結社與遊行請願解禁、1999 年《出版法》廢止出版不須受審、民間報刊雜誌大量湧現、文藝活動琳瑯滿目、網際網路興起資訊高速流通。「戒嚴世代」、「解嚴世代」的生命經驗與寫作命題顯然會有巨大差異。

　　本書中的「解嚴世代」詩人群，身分框限：在 1961 年至 1990 年間出生，經歷戒嚴生活不超過三十年的詩歌創作者。「解嚴世代」詩人群開始寫作的年代，威權體制逐漸鬆綁，他們受益

於解嚴後社會活力釋放的激勵，也得助於網際網路興起的新形態文化環境。本章將對十六位「解嚴世代」詩人群進行文本評介。我的審美判斷，根據個人主觀的審美尺度，而非公眾客觀的審美標準（不存在這樣的標準）。詩人選定，顧及世代均衡之外，盡可能挖掘邊緣寫作者；詩篇選定，注重多元文化因素，肯定異他美學。

二、「解嚴世代」詩人群文本評介

（一）陳克華　邊緣化處境的同志議題詩

> 如一名妓女暗戀著他的管區警察／我也如此深愛著我（們）的國父／讓他的子民日夜進出我的身體／然後再將我的每日工作所得／繳交那位好看年輕的警察——

> 他蓄短鬚、說話大聲多手勢／以極簡單的字彙寫作公文／雙眼皮、中等身量／上唇薄而有力／熱情，理想，不怕死

> 但總是在受下我的鈔票後鼓勵我／要做一名敬業樂業知難行易的妓女／「只要做大事……」他說譬如／我的屄大，他的屌大／肏我便是件大事

> 我總是在學校禮堂裡的朝會課後／重新察覺到這種愛情的絕望／可是他的影子無所不在隨時／隨時提醒我是個妓女

> 我的奶大一如他的官大／洋人的船大他的學問也大／我愛國父……／當每位客人精疲力竭趴在我身上都／愛極了我

體貼鼓勵的耳語：（在高潮來臨前）

革命尚未成功／同志仍須努力

　　〈我愛國父〉首刊於 1994 年 2 月《現代詩》復刊第二十一期，這樣驚世駭俗的文本當年只有《現代詩》敢刊登。「背德」是「道德」的顛覆，是邊緣對中心的解構。在〈肛交之必要〉裡，陳克華觸及道德／背德的模糊界限：「我們是否能在有生之年有幸證實肛交之必要性……／勢必我們要在肛門上鎖前回家／床將直接埋入墓地／背德者又結束了他們欺瞞的榮耀一日／沒有人知道縫線間的傷口包藏著什麼腐敗的理由／我們何不就此失血死去？」，道德／背德、健康／腐敗、異性戀／同性戀、陽具陰道／陽具肛門，詩人以一連串的辯證逼迫讀者思考：道德者的正當性何在？肛交的不必要性何在？正常／反常之尺度來自社會性規範，並由此制限／壓抑了邊緣者的存有空間，「我們何不就此失血死去？」是帶有抗爭意味與悲憤情感的文字，令人感受到生命被擠壓的痛苦。

　　在〈我愛國父〉裡，我（最底層被領導階級，譬如學校學生）與國父（最高層領導階級，譬如學校校長）的單向度管理關係，被比擬作妓女與管區警察的單向度支配關係。妓女為了維持生意必須忍受性與金錢的雙重剝削，執法者遂行不法行為長久以來被視為社會常態，扮演道德者實際上在玩弄敗德行為。陳克華的一系列《欠砍頭詩》之駭人心眼，不在所欲顛覆之主題內涵，而在語言策略之大膽。〈我愛國父〉把剝削者的位階提昇到國家最高權力象徵者「國父」身上，也就是將個人的邊緣／中心之詩意辯證，拔昇到人類社會的權力關係網絡。陳克華的同志議題詩，語

言劍戟森然，想像突刺尖銳，批評意識強烈。

　　陳克華（1961-），出生於花蓮，眼科醫生，美國哈佛大學醫學院史蓋本眼科中心研究員。寫詩之外，創作範圍擴及歌詞、繪畫、攝影等，2006 年發表〈我的出櫃日〉正式宣告出櫃。出版詩集無數，1995 年的詩集《欠砍頭詩》詩學成就最高。

（二）瓦歷斯・諾幹　與泰雅祖靈的連結

一、出生禱詞

　　　嬰兒就要出生，
　　　從媽媽的肚子裡，
　　　像河水順暢地滑出來。
　　　很快地，你就要出來
　　　用你螢火蟲般的亮光，
　　　照耀叢林的缺口，
　　　像風，像鳥翼，像飄雲，
　　　沒有纏藤能夠阻礙你。
　　　快快出來，孩子
　　　偷懶的雙腿，
　　　茅草纏繞並且發胖，
　　　貪戀睡眠的身軀，
　　　精靈使你發腫。
　　　出來讓我們見面，
　　　祖父備好小番刀，
　　　等待你獵回第一隻野獸，
　　　祖母備好織布機，

等你編織第一件華服。

出來了，嬰兒出來了，
一對鷹隼的眼睛閃閃發光，
四肢如強健的雲豹，
熊的心臟，瀑布的哭聲
嫩草的髮，高山的軀體
完美的嬰兒，
自母親的靈魂底層，
成為一個人（Atayal）。

　　〈關於泰雅（Atayal）〉詩分兩段，第一段是嬰兒誕生的祝禱詞，纏藤、茅草、精靈，詩歌空間充滿野性生命力。形容嬰兒出生，「像河水順暢地滑出來」；以「螢火蟲般的亮光」表達新生命微光閃爍之美。泰雅文化男人狩獵女人織布，「祖父備好小番刀」、「祖母備好織布機」象徵文化傳承。
　　「鷹隼的眼睛」、「四肢如強健的雲豹」、「熊的心臟」，將勇猛動物的特質賦與新生命；「瀑布的哭聲」、「嫩草的髮」、「高山的軀體」，以大自然的能量充盈新生命。這是泰雅族對完美嬰兒的定義，與漢文化強調光宗耀祖、期待功名利祿迥然有別。泰雅（Atayal）蘊藏「真正的人」之義涵，成為一個 Atayal，就是與泰雅祖靈產生親密無間的連結。

二、給你一個名字

孩子，給你一個名字。
你的臍帶，安置在
聖簍內，機胴內，
你是母親分出的一塊肉。

孩子，給你一個名字。
讓你知道雄偉的父親，
一如我的名字有你驕傲的祖父，
你孩子的名字也將連接你。

孩子，給你一個名字。
要永遠記得祖先的勇猛，
像每一個獵首歸來的勇士，
你的名字將有一橫黥面的印記。

孩子，給你一個名字。
要永遠謙卑的向祖先祈禱，
像一座永不傾倒的大霸尖山，
你的名字將見證泰雅的榮光。

　　泰雅族命名採「父子連名制」，比如「瓦歷斯・諾幹」，
瓦歷斯為詩人名字，諾幹為詩人父親之名，詩人孩子則命名作
「飛曙・瓦歷斯」，「名字」的家族性質濃烈。泰雅族習俗：
男嬰臍帶脫落後收藏於聖簍（內置發火器與馘首的頭髮），期待

長大成為勇士；女嬰臍帶收藏於織布機機胴內，期待長大後嫻熟織布。詩人以簡潔高雅的文字，將生命習俗與文化義涵烙印在詩篇裡。「獵首」文化是泰雅族男人爭取榮譽與地位的主要手段，也是確保個人生命安全與族群整體生存的核心機制。「你的名字將有一橫黥面的印記」，敘述黥面文化要義。泰雅族澤敖列亞族（Tseole）相傳以大霸尖山為祖先發源地，瓦歷斯‧諾幹來自澤敖列亞族之北勢群，詩人因此而鼓勵孩子，要向「永不傾倒的大霸尖山」致敬與學習。

瓦歷斯‧諾幹（Walis Nokan，1961-），出生於臺中市和平區自由村雙崎社區（泰雅族 Mihu 部落）。1990 年創辦《獵人文化》雜誌，1992 年成立「臺灣原住民人文研究中心」。詩人長期參與原住民社會運動，「九二一大地震」之後積極投入部落重建工作。瓦歷斯‧諾幹時而以簡潔高雅的文字，將部落習俗與精神信仰烙印在詩篇裡；時而以潑辣尖銳的文字，批判漢人殖民式統治對臺灣原住民族之霸凌與侵擾。出版詩集《泰雅孩子‧臺灣心》、《想念族人》、《山是一所學校》、《伊能再踏查》、《當世界留下二行詩》、《張開眼睛將黑夜撕下來》。

（三）羅任玲　靜謐明淨的性靈之詩

　　〈野地〉　羅任玲

　　每一朵花都是一盞燭台／黑夜逐漸遠離，或者逼近

　　那些生命中最險峻的時刻／灼灼燃燒那些頑強

　　從背後追趕過來的／模糊散亂的時光

踩下痛的足印／乃至於

善男子善女人／永不忘懷那火中之火

寶貝瓔珞野地裡／毀壞顫慄的燭台

隨風散落在生之旅途／也可能，那就是最好的

燃盡自己／所有犯過的錯

崩毀有時／星月有時，

漸漸看見／一條霧中小徑。

那樣清晰／完整，

誰也不能／將它帶走

　　詩人以文字探索自我與世界的關聯，有兩種主要模式：由外而內、由內而外。前者的語言意識強調溝通與銘記，後者的語言意識注重傾聽與召喚。〈野地〉的語言意識從生命內在的廣漠場域自我探問，無知無識的心靈內面空間，需要傾聽與召喚始能顯現其形象聲音，並與外在世界形成深刻聯繫。
　　「每一朵花都是一盞燭台／黑夜逐漸遠離，或者逼近」，心靈空間的純然音色與形象，與現實景觀無涉。「那些生命中最險

峻的時刻／灼灼燃燒那些頑強」，在生與死的界面上掙扎者，搖曳其光閃爍其黑暗；此時此刻，散亂的時光與痛的足印被召喚前來，發出燃燒與崩毀的生命最後交響。敘述者沿著自我表層意識向本我深層意識摸黑探詢，「逐漸看見一條霧中小徑」，蜿蜒迤邐發出光芒；這是生命見證的時刻也是心靈啟蒙的時刻，片刻，且永恆。

羅任玲 2017 年的詩集《初生的白》，因為親人相繼辭世比鄰死亡的契機，心靈震顫之際轉化為詩，文字間流露出珍貴罕見的終極觀照訊息。在生命晃蕩不定的天秤上，外部世界的影響逐漸削減，內部世界的關注因之強化，永恆的黑暗被鑿出一個光窟，生命得到光之療癒重新誕生，因緣所生，謂之「初生的白」。

初生的白，或如〈在天明時刻〉所篤定：「翅羽間的歧路／通往哪裡／都無所謂／這時也有遠方／荒塚和愛／有一晨星即將前往／在廢棄的昨日在／躍動的海洋在／亡逝的此刻」，傳遞一種信任與回歸。或如〈明日的居所〉之預言：「總有一些光／會抵達明日的居所／比鳥雀比黎明／更高一些／／總有一些光／會寫信給昨天的暗影／在透明的窗前／留下枝椏扶疏的日記／什麼都有　也都沒有的／那一片白／／什麼都不需拆卸什麼／都不必抵擋」，生命終於捨得，心靈鬱結幽幽釋放。羅任玲詩學將心靈之幽微震顫轉化為詩，文字簡潔明淨詩意迴響漫盪。

羅任玲（1963-），早慧的詩人，臺師大國文系文學碩士。著作詩集：《密碼》、《逆光飛行》、《一整座海洋的靜寂》、《初生的白》。

（四）鴻鴻　以夢幻語境探索社會現實

觀眾已經快要全部進場完畢我突然感到尿急真的是我一面

道歉一面穿過那些剛坐好的觀眾匆匆跑到大廳外的廁所開
始小便演出一定開始了吧過了一會我的小學老師從門外走
過問我你還在這裡幹什麼呢可是我還沒有尿完又過了一會
我的成功嶺排長從門外走過你還在這裡幹什麼呢我支支吾
吾又過了一會這次是我的兒子他說爸爸你一定是在某一個
人的夢裡而他想尿尿在他的尿意還沒解決之前你是沒有辦
法離開這間廁所的我說好極了可是怎麼提醒他呢兒子歪了
歪頭說不然你殺了我或者我把你殺掉這樣他應該會醒過來
吧真的要這麼激烈嗎我覺得很氣餒不然還有個辦法他說完
就轉身離開中場休息時聽觀眾說有個小孩劫了飛機衝進白
宮我哭了然後他們又急著進去坐好或感到興味索然準備回
家只有我還站在廁所裡繼續尿著真的嗎那個人快要快要醒
過來了嗎

　　〈恐怖份子〉的結構佈置奠基於一個想像情境，顯在場景：
劇院廁所一男子的尿失禁持續事件，隱在場景：「中東戰爭」及
恐攻持續事件。前者編織個人夢幻語境，後者觸及歷史現實語
境；藉由夢與現實的交流對話，傳達詩人對於人性真實的歷史性
探問。

　　劇院男子在廁所中與三個人物遭遇：小學老師、成功嶺排長、
兒子，時間階段約略從八歲（小學）、二十二歲（大專生軍事訓
練），到三十八歲（結婚生子），三十年歲月一晃而過，而那個
人還沒從夢中醒過來。「那個人」意謂著：人性或普世價值，「夢」
意謂著：人性尚處於蒙昧狀態。詩中兒子為老爸的廁所困局，提
出兩個解決方案。解決方案一：親子相互殘殺，解決方案二：劫
機衝撞白宮、五角大廈或紐約世貿大樓。這個想像情結隱喻：

2001 年發生於美國的「九一一劫機事件」與中東地區數十年來不曾平息的緊張局勢。猶太教、基督教與伊斯蘭教在宗教文化上有同源關係，此為「不然你殺了我或者我把你殺掉」親情相殘的設喻基礎。

當詩篇結尾，敘述者自問：「那個人快要快要醒過來了嗎」，也說出了人類不想再承受尿失禁之苦的心靈願景。何時人類能夠摒棄因地域／民族／宗教／文化之相異而進行殘酷鬥爭？詩篇藉由想像場景與想像角色的口中說出：詩人永恆之期望。

〈恐怖份子〉以不分行模式書寫，造成一種因果果因連續互涉，環環相扣的審美效應，塑造出難以甦醒的整體夢魘。鴻鴻的詩經常奠基於生活幻想，透過結構性佈置，探索夢與現實的永恆風景；將個人經驗巧妙轉化，投射出心靈的人性的普遍意義。

鴻鴻（本名閻鴻亞，1964-），出生於臺南，詩人、電影編導、臺北詩歌節策展人，曾任《現代詩》復刊主編，《現在詩》編委，《衛生紙＋》詩刊創辦人兼主編。著作詩集：《黑暗中的音樂》、《在旅行中回憶上一次旅行》、《土製炸彈》、《女孩馬力與壁拔少年》、《仁愛路犁田》、《暴民之歌》、《樂天島》、《跳浪》。鴻鴻專論呈示於本書第十三章。

（五）阿芒　勇於夢想，享受浪蕩

阿芒的詩乍看之下很浪蕩，胡搞一通。讀阿芒的詩像跳三貼，性緻勃動，到處都是洞洞要探哪一個才是機要入口？有的洞幽深難測比地球還大，像似超時空黑洞。阿芒的身世很可憐，「阿爸是石生的／阿母是木生的／石頭生的阿爸生下來就會喝酒／木頭生的阿母生下來就會挨打」，阿芒是「花」生的，曾經是「花痴」

的她，現在「吃花」，儼然一棵「含笑」，顯然她掌握了主動權。阿芒有一個「幾十年都沒有用過」的「舊媽媽」，當她晚年被送進〈慢性病房〉：「娘沒有從家裡帶走東西／不需要，沒有東西夠慢／慢到不／露出來」，「更多練習之後／娘會不會慢到／自己也追不上自己」，「失憶者」活在慢到恰似後退的生活裡，總有一天會讓每天抗拒記憶的人追上，女兒終於找回了「媽媽」，一個始終殘缺的歷史記憶——臺灣母親。個人經驗與集體經驗，差別其實不太大。

　　阿芒有一個「在牌桌上丟個乾淨／九天九夜連綿大雨／祖厝只剩幾塊瓦和兩株龍眼樹」的阿公，又有一個「丟掉爺娘妻兒故鄉／東奔草莽／夜裡逆河溯洄黑暗的源頭／上花蓮鹽寮陸湖山」的阿爸。阿芒野心勃勃「打算丟掉父親／尚未丟掉的東西」，丟掉學的極致就是丟掉「族譜」，把祖傳的規矩、尺度、繩索通通扔掉。詩人還有一個會建造戰車的女兒，「咻咻咻子彈飛來飛去女兒身任總指揮／唱機裡迴響卡羅素演唱：善變的女人」。女人光有自己的房間是不夠的，還要學會把房間打穿才算數。

　　「GPS」全球衛星定位系統，一個當代新名詞，用來尋找目標、釐清方位。阿芒將它推闊為自我定位與生活框限：「沒有方向感／又不信任 GPS……我／亂糟糟的活／／……經常錯過垃圾車／／狂喜時我不在乎。因為我能／雕塑垃圾／和我之間的引力／／函數。曲線。愛情。性。／／絕望時我綁住自己雙手雙腳／豎起兩顆眼睛／躺倒在白色軌道／等火車／／引進海水。呼嘯／／切斷垃圾和我之間／無上甚深／波羅蜜多」（〈GPS〉）

　　晚餐前後準時來臨的垃圾清運車，框限了一般家庭的清理垃

坂行為。沒有方向感的人自然也缺乏時間感，追垃圾車成為經常上演的社區劇碼。但阿芒結合「垃圾」與「GPS」創造出「我能雕塑垃圾和我之間的引力」這個令人狂喜的句子，將日常苦難輕而易舉地超渡。阿芒甚至錯亂「GPS」的功能，企圖遷移時空（反定位），「引進海水。呼嘯」，切斷「我」與「倒垃圾之心」之間的絕對牽制。「定位」的社會規範被敲破頭，粉碎「常規行為」也解構了「常規語言」。阿芒詩有三大絕活，變構語言，混淆邊界，駕馭身體性經驗；閱讀阿芒的詩會有越界的驚喜，彷彿你經歷過或正要嘗試的「第一次」，勇於夢想，享受浪蕩。

　　阿芒（本名洪麗卿，1964-），出生於花蓮。出版詩集：《on／off》、《女戰車》、《我緊緊抱你的時候這世界好多人死》。由美籍譯者柏艾格（Steve Bradbury）翻譯的阿芒英文詩選與翻譯對話集《Raised by Wolves》，獲 2021 年美國筆會文學獎的翻譯詩集獎，為首位獲此獎項的臺灣作家。

（六）許悔之　文字簡練，收攝恰當

〈不忍──詩致林義雄〉　　許悔之

讓蚯蚓繼續翻身在土裡／在最接近天空的蘭陽盆地／整座平原宛若一架鋼琴／母者和孫女是斷去的那根弦／這一次，她們並沒有時間／可以彈到高音C

所有的蚯蚓都將繁殖在這裡／春雨像飛針刺痛了／土地的脊背／善良的靈魂猶依依／不忍登上從空而降的天梯／他們一再徘徊

她們躲進雨中的一棵油加利／大樹堅強地挺直了腰桿／不
忍讓她們看見／那彎下身來而抱面痛哭的自己／但終究，
還是有一些滾燙的雨滴／穿過了樹葉之間的縫隙

　　林義雄是臺灣省議會議員，也是「美麗島事件」軍法大審八
名被告之一。1980 年 2 月 28 日上午，軍事法庭召開第一次調查
庭，所有待審人士家屬一早就到景美軍事法庭等待旁聽。林義雄
妻子方素敏中午十二點連續打三次電話回家無人接聽，拜託丈夫
祕書田秋堇回住宅察看，田抵達時發現震驚中外的「林義雄滅門
血案」：林之九歲長女被刺重傷，七歲雙胞胎姊妹與林母命亡。
林義雄當時為美麗島事件要犯，其住處及電話均為情治單位監
控，兇手竟然還能從容進出林宅行兇，不少人認為此案是國民黨
情治單位主導的政治謀殺，藉以動搖黨外人士的抵抗意志。此案
至今仍未偵破，成為懸案。

　　〈不忍〉的場景設定有一特別之處，將臺北信義路林宅（案
發現場）遷移到林義雄宜蘭縣故居（此屋設立事件紀念館）；以
大自然之開放寬容（整座平原宛如一架鋼琴）對照人性動機之狹
隘殘忍（母者和孫女是斷去的那根弦）。〈不忍〉淡化敘事強調
抒情，事件敘述模糊化處理，借抒情想像強化情境。

　　「春雨像飛針刺痛了土地的脊背」，以大面積的身體性感觸
抒發劇烈痛苦，個人之慟蔓衍為大地之慟；對照意象則是：「所
有的蚯蚓都將繁殖在這裡」，暗示人民意志必將鬆動堅硬的土層，
苗長出嶄新的臺灣家園。副題「詩致林義雄」帶有療癒傷痕之義，
而且是雙向撫慰，「滾燙的雨滴」將死者與生者緊密連結在一起。
許悔之的抒情詩經常帶有倫理義涵，潛藏著道德感，但情感節制
耐人尋味。

許悔之詩學，語調定靜而心靈漫流，文字簡練而餘韻饒繞。〈有鹿〉一詩堪稱清寂抒情的典型：「天空持續燃放著／無聲的花火／我們停步／牽著手／於彼大澤／和一隻鹿對望／良久／／有鹿／有鹿哀愁／食野之百合」。百合有純潔之象徵，牽手有共鳴義，然而中間隔著大澤不可跨越，不可跨越者難以敘述，只能凝神虛白處，對映哀愁。

　　許悔之（本名許有吉，1966-），桃園人，曾任《自由時報》副刊主編、《聯合文學》總編輯，創辦「有鹿文化」。著作詩集：《陽光蜂房》、《肉身》、《我佛莫要，為我流淚》、《有鹿哀愁》、《亮的天》、《我的強迫症》、《不要溫馴地踱入，那夜憂傷》。

（七）唐捐　用打鐵寫詩，用賣笑寫詩

　　「畸人Ｇ有七個性器，或在前／或在後。或隱於下／或露乎上；或如歜，或電機／或為肉製而多汁／每於春夏秋冬，皆病苦／惶惶不終日／／某大師見而憐之／日治其一／七日而畸人死」（〈畸人誌〉節選）。

　　〈畸人誌〉借用《莊子》〈大宗師〉的「畸人」概念，與〈應帝王〉的「渾沌」概念，來闡述普世價值顛倒的現象。「畸人者，畸於人，而侔於天。」意思是說：社會上的正常人通常身心靈都不太正常，被視為不正常的畸人才是符合自然之道的人。「『人皆有七竅以視聽食息，此獨無有，嘗試鑿之。』日鑿一竅，七日而渾沌死。」意思是說：北帝與南帝為了報答中央之帝渾沌的好客有禮，假好心一番就把渾沌搞死了。這是對上帝七天創造天地萬物之顛覆。

　　不過畸人／詩人，不是生來說理的，是生來不說道理的。畸

人不一定用文字寫詩，可以用打鐵寫詩，用賣笑寫詩，用強迫學生背誦寫詩，用把老子氣炸寫詩。畸人寫詩想要治療別人（好大的口氣），結果可想而知，「眾病反噬其身／畸人淪為人」，病人太多難以應付只好變身為病人逃逸，反諷書寫讓人哭笑兼備。

汙穢是對聖潔的解構，〈甘娜賽〉使出反向書寫的絕招：「遠方多霧地帶住著性感女孩甘娜賽／她霧一般的歌聲揚起甘娜賽／我總記得她芬芳的名字甘娜賽／有時願意有時忘了說愛甘娜賽／我曾苦思無解為何我看她時甘娜賽／沒有肉慾只有禪悅（才怪）甘娜賽／因為她說萬物繁華終於甘娜賽／啊！她是我的女神我的上師甘娜賽」。台語語音「甘娜賽」，意思是「像似屎」，同時又是一位性感女孩的名字，一語雙關，雙向指涉。這首詩如果改編為重金屬搖滾樂，一定轟動甘娜賽，不轟動也會甘娜賽。打油詩的手法諧謔有趣，小解構有小趣味，大解構讀者看不懂就無趣了。

2016 年的新詩集《網友唐捐印象記》，收錄眾多上述類型的臺客情調詩，集中充斥著反文化修辭／反主體抒情／去中心框架的書寫模式，具有鮮明的解構特徵。唐捐的詩歌語言一向獨特，風格辨識度很高；唐捐也是臺灣學者當中，文化視野較為廣闊的新詩評論者。

唐捐（本名劉正忠，1968-），籍貫南投，出生於嘉義，臺灣大學中文系文學博士。著作詩集：《意氣草》、《暗中》、《無血的大戮》、《蚱哭蜢笑王子面》、《金臂勾》、《網友唐捐印象記》、《噢，柯南》。

（八）陳大為　文化圖像與歷史見識

陳大為主編《馬華當代詩選 1990-1994》、《馬華新詩史讀

本 1957-2007》，長年關注馬華文學。陳大為擅長謀篇佈局，文化圖像與歷史見識是他詩歌書寫的核心目標。2011 年〈銀城舊事 I〉與 2013 年〈銀城舊事 II〉共十五首系列詩，是其詩作峰頂，各舉一例點評。

〈螺旋狀的哀傷〉節選　陳大為

長老躺在遺言裡說：
等　全鎮的狗把螺旋狀的哀傷吹直　直得像一條鋼索
全鎮的主人便回來了　誰都沒少
彷彿剛結束史上空前盛大的野餐
腳底有砂
跟地面輕輕磨擦
不太一樣　是的　跟戲裡演書裡寫的死人
不太一樣

　　螺旋狀的哀傷與直如鋼索的哀傷，差別在哪裡？這是詩篇一開始便丟出來的懸念。「無所不在的螺旋狀」，它跟顫慄／逃亡的生命經驗有關，「我們願意／慎終追遠　但謝絕鬼魅／謝絕螺旋狀的狗　和分貝」。這樣的哀傷顯然不是尋常經驗而是死亡經驗（遺言、死人、碳黑色、鬼魅、墓園）；不是自然死亡而是非自然死亡（史上空前盛大的野餐），死亡規模空前盛大（全鎮的主人便回來了），歷史性種族衝突（1969 年馬來西亞「五一三事件」）隱約躍出紙面！政治禁忌依舊存在，心靈恐懼也依舊存在。
　　但詩人說：「誰呢　這回派誰去跟遺言裡的長老說說／別老是用一些／／唬小孩的技倆唬你大爺我／收拾好　截彎取直的狗

螺／收拾好墓園　和沙沙的鞋印／不然你們就沒有元寶蠟燭雞鴨成群的清明」。「別想再嚇唬我了！」與其說是講給馬華族群長老的亡靈聽，不如說是講給當下的統治者聽。對大規模族群屠殺事件的哀傷恐懼之情需要正視也應當尊重，但不能採用「截彎取直」的取巧辦法；歷史真相無法隨意打發，否則「螺旋狀的哀傷」就會永遠纏身，此乃詩人卓越的歷史見識。

〈淡米爾牛群〉節選　陳大為

　　大軍已壓境
　　淡米爾人的牛群　讓我見識長驅直入之含義
　　前三隻強暴花圃　後三隻殲滅話題
　　趕來助陣的是絕望　粗話　牛的副產品
　　偶爾穿插　綠色的巴剎馬來語

　　生活是江郎才盡的賀年卡
　　恭喜發財下面再寫幾行恭喜發財
　　偶爾穿插淡米爾牛群　甚至牛屎
　　也不賴
　　唯獨死神之捕狗縱隊
　　創造出亡命之草原　野狗們
　　快　快掀起霰彈槍之革命戰爭
　　活活驚醒　找不到麻將可打的
　　五方五土龍神

一系列的對比或類比意象：強暴花圃／殲滅話題、恭喜發財

／牛群牛屎、捕狗縱隊／野狗們、打麻將／革命戰爭、大軍壓境／長驅直入的牛群，讓人心曠神怡或肝膽俱裂，小敘述槓上大歷史。從南印度移民到馬來半島的淡米爾人（Tamils）駕馭牛群橫衝直撞，緊接著馬來軍警喬裝的「捕狗縱隊」驅趕出亡命四散的狗群。在昏睡與驚醒之間，詩人以詩鑑史，用詩明志，寫來氣定神閒。

　　陳大為（1969-），出生於馬來西亞霹靂州首府怡保市，1988年赴臺就學，臺師大國文系文學博士，任教於臺北大學。出版詩集：《治洪前書》、《再鴻門》、《盡是魅影的城國》、《靠近羅摩衍那》、《巫術掌紋：1992-2013陳大為詩選》。

（九）隱匿　隱約流露出自嘲意味

〈南無撿破爛菩薩〉　隱匿

「壞銅、壞鐵拿來賣……」

「破胎、破輪、壞摩托車……拿來賣……」

「壞尪、壞某……拿來賣……」

「壞肚子、難睡、爛青春痘、臭腳丫、胯下癢……拿來賣……」

「面色青筍筍、全身軀虛累累、仙道道冷告告、整組壞了了……拿來賣……」

「憨面、傻頭、沒人緣、顧人怨……拿來賣……」

「壞心、壞運、壞脾氣、出門踩到屎、日時看到鬼、愛人跟人走……拿來賣……」

「愛哭擱愛跟路、不識字兼沒衛生、不會生牽托厝頭邊、不會泅嫌懶葩太大球……拿來賣……」

「被您北您母您老師您頭家電到金拭拭的壞頭殼……拿來
賣……」

「壞嘴斗、壞搖飼、壞政府、壞年冬多肖郎……拿來賣……」

「挫賽、結屎面、賽咧滾、駛你老母、帶賽、衰小……拿
來賣……」

「倒會仔、欠債、跑路、賭博輸到脫褲、買股票來貼壁
紙、滿天全金條要抓沒半條……拿來賣……」

「無聊、愛睏、得猴、一元槌槌、胖肚短命、妖獸死孩
子……拿來賣……」

「吃不對藥仔、選不對人、找沒頭路、嫁不對郎……拿來
賣……」

「做到流汗嫌到流涎、種蒲仔生菜瓜、好心被雷親……拿
來賣……」

「奧客、奧少年、袂見笑、廢人、廢物、無路用的咖肖、
詛咒給別人死、死死減了米……反正不管是瞎咪死人骨
頭，攏總拿來賣啦……」

　　臺灣早期社會資源匱乏，個體戶經營的資源回收車穿街走
巷，到處收破銅、爛鐵、空酒瓶、舊報紙等，沿途搖鈴呦喝吸引
市民。隱匿從庶民的現實生活抽取元素，融入個人的生活經驗與
心理情感；臺灣人的罵街詛咒語、教訓兒女語、生活抱怨語等等
民間話語大雜燴，詩人隨意編織，彷彿佈下天羅地網，讀後教人
哭笑不得。「撿破爛」本來是底層民眾不得已的謀生手段，但從
現代眼光來看，資源回收又是一種「菩薩行為」。從生活破爛
中提取詩意，不就是詩人的日常功課嗎？文本隱約流露出自嘲
意味。

隱匿的〈早頓〉以台語、華語對照版本一起發表，擴大傳播效應。台語版本的語質語感語調，比起華語版本更加細膩生動。

〈早頓〉台語版	〈早餐〉華語版　隱匿
反過來	翻過來又
又閣	翻過去
反過去	煎夜的
油芳	魚肚白
煎規暝	
	直至金黃
煎到毋但	微焦
芳貢貢	我才起鍋
閣小可仔	盛盤
臭火焦	
阮才來起鼎	落入這
	全新的一天
將家己	那深不見底的
囊入去	肚腹之間
新的一工	
伊彼口烏貓貓	
閣袂搭底的	
腹肚內面	

把自己的身體當魚來煎，還煎到燒焦；把醒來的每一天，都當作不得不面對的深不見底的黑暗深淵。這種安然的自我覺察自我揶

揄，相當難能可貴。

　　隱匿（本名許桂芳，1969-），出生於臺南，詩人，愛貓人，
經營淡水「有河 book」書店長達十年，目前為自由寫作者。出
版詩集：《自由肉體》、《怎麼可能》、《冤獄》、《足夠的理由》、
《永無止境的現在》、《0.018 秒》。

（十）鯨向海　描述社會群眾的集體症候

　　鯨向海是精神科醫生，是臺灣 1970 年後出生的詩人群中，
少數詩集能賣出幾版的詩人。為什麼？那得要請教精神科醫生才
行，也許是臺灣的作者與讀者都有精神診療需要。他的詩集取名
叫《大雄》與《A 夢》，也許他與年輕世代擁有共同的動漫語彙，
更容易相濡以沫。〈假想病〉如是敘述：「醫院裡的蚊子／彷彿
也有醫術／嗡嗡嗡嗡嗡嗡／幫你打針幫你抽血／／月亮犄角為我
們戳破這空晚／結石般的惡夢／醫護人員有他們的／我有我的遠
行／／窗外雨一直下／訊號極差／有時像是小孩的小便／有時像
是老人的小便／黃昏零雨／有種剛好要被除盡的感覺」（節選）

　　鯨向海的詩歌語體向來都是生活大白話，但「假想病」這個
詞頗有新意；「假想」意味著不是真的身體有病，而是虛無的心
病。詩的場景設定在醫院，敘述者不一定真的躺在一間醫療院所
裡；根據「虛無」的病徵，整個社會恐怕都是一間大醫院。「月
亮犄角」的說法也很奇異，和敘述者的心理投射有關。去勢的公
牛稱做「犄」，牠在公牛群中顯然是異端，所以他要頂破太過正
常的天空，正常的夜空被敘述者認為是「結石般的惡夢」。「結
石」讓人痛不欲生隨時會發作，且跟泌尿系統有關；接下來的
「痰」、「點滴瓶」、「淚」、「鼻涕」、「甘露」，好像也是
尿液／精液的化身。反正，敘述者認為身體與心靈的發表是同一

件事;而「我的發表」這件事,比死還純潔(絕望),比夢還遙遠(非現實)。

「能夠這樣一直寫詩/寫成千首觀音嗎?/枕畔是楊枝低垂/豪夜散去後/我自己流出來的甘露」,「楊枝低垂」是陰莖堅挺的反義,將神聖域與世俗域攪渾成一鍋濃湯。上下文合觀,敘述者的終極觀照擺明了只是一場「假想病」;當然,此「虛無」之病非「我」獨享,而是籠中困獸(社會群眾)的集體症候。鯨向海果然是精神科醫生,見多識廣。

〈蜂群崩壞症候〉的敘述脈絡也採取類似途徑:「……幸福濺起的露水/羞愧中晃動的蕊心/終是眼神互釀之際/(無論龍眼蜜還是百花蜜)/必須孤單面對的/最危險/最清澈的荒原——//然而一旦失去了蜜蜂/哪個人類/還好意思感覺/自己/是甜的?」露水與蕊心隱喻「性」,眼神互釀懷藏「愛」,荒原指向「死」。「蜜蜂」呢?傳播花粉催生繁衍,將生命連結成生生不息網絡的勞動者。但蜜蜂大規模神祕地消失了(農藥侵害所致?還是得到愛情不孕症?),其後果豈是「不甜」能夠思議;詩的意旨,還是內蘊著社會性診斷說明。鯨向海的白話修辭,有點俗濫有點色情有點同志,但詩歌視野有其獨到之處。

鯨向海(本名林志光,1976-)精神科醫生。出版詩集:《精神病房》、《大雄》、《犄角》、《A夢》、《每天都在膨脹》等。

(十一)楊佳嫻　文化修辭加轉喻修辭

〈梨子與俄國文學(與情史)〉　楊佳嫻

吃掉那顆心臟/一般大的/梨子/多麼費力/像被規定一個晚上/得讀完/卡拉馬助夫兄弟們

躺在床上吃梨子╱躺在床上讀╱卡拉馬助夫兄弟們╱梨子
投影在臉上╱彷彿有心事╱書本那樣厚，支撐不住╱也可
能直接打在╱臉上。你知道的╱所謂心事，就是臉上╱難
以化解的╱瘀青（不就是杜斯妥也╱夫斯基的長相？）

咬開薄薄的黃皮革╱咬開（你送我的）╱多汁液的心臟╱
舌尖像忽然醒來╱需要對象╱可能我讀錯書了╱我需要的
是安娜╱哦安娜卡列妮娜她剛剛╱從激情╱以及災難中回
來（她真的╱回來了嗎）

近蒂頭處微苦╱近果核處微酸╱像是把心和陰影一併吞下
╱我不知道╱應該先去教堂╱還是舞會╱應該先告解（或
保險）還是╱跳了再說╱懸崖近在咫尺╱愛情莫非就是╱
魯莽的特技

現在這胸膛裡有兩種心跳了╱如同太窄的床╱太短的夜╱
甜度被提到最高╱電線全部打結（托爾斯泰的鬍子）╱
為了緩解緊張╱只好把自己╱梨子一般大的心臟╱捐贈給
你——╱劑量最重的藥╱像卡拉馬助夫兄弟們╱哀愁的凝
視，像安娜的╱手勢與死

　　楊佳嫻詩風有兩個影響來源，一個是楊牧，一個是夏宇。楊
牧的影響相對多一些，主要是意象處理、文化修辭與聲韻模式。
夏宇的影響在於運用不斷轉喻挑浪詩意敘述的波流，〈梨子與俄
國文學（與情史）〉是顯著案例。第一、二節：從梨子形狀換位

為心臟，心情壓力換位閱讀壓力，心事沉重換位為書本厚重，心靈癥結換位臉上瘀青，《卡拉馬助夫兄弟們》的沉重情節換位為作者「杜斯妥也夫斯基」般沉鬱的臉。

第三、四節：你送我的梨子換位為你送我的心，舌尖忽然醒來（挑情）換位需要對象（回應挑情），可能我讀錯書了換位為情欲渴望切換頻道，品嘗蒂頭與果核換位為一併吞下心與陰影（愛與死），教堂先告解換位為突破禁忌之蠢動，參加舞會換位為縱身一躍的愛情，兩種心跳換位心心相印，電線打結換位為情緒網絡充滿了電（托爾斯泰很無辜被拉來串場），捐贈自己的心臟換位為告白，劑量最重的藥換位為無藥可醫的痴情。

楊佳嫻擅長愛情書寫此為佳例，但出現一個風格問題。風格是什麼？風格是一張臉。楊牧詩風與夏宇詩風，對臺灣中生代與新世代的影響很顯著，這不是一件好事；風格複製之後不好說是贗品，但原生性文本降級為次生性文本，原創性不足。自己的孩子最好更像自己，才能樹立一家之風。楊佳嫻毫無疑問可以做到，請看：「天使撿起看不見的石頭她說，妳別過來。挖土機正鏟走地平線。妳搖晃著，假裝也可以飛。」（2021 年 3 月 25 日楊佳嫻臉書）

楊佳嫻（1978-），出生於高雄，臺灣大學中文系文學博士，臺北詩歌節協同策展人。著作詩集：《屏息的文明》、《你的聲音充滿時間》、《少女維特》、《金烏》。

（十二）蔡宛璇　撫摸存在，感官編織

蔡宛璇的詩四溢著凹陷、裂隙、逆向、倒影、回聲、反覆與游離，詩人以這些手法編織她的生活和語言，記憶與遺忘，從而活著因此有詩。「人們等待一種累積，彷彿／能為他們將什麼再

次掩埋／／人們也期待著春日，彷彿／能為他們將被埋藏的什麼曝露出來／／人們等待一種等待，彷彿就此／能將時光填出日子之外／／冒著過去的寒氣／／和某種凝縮後的強烈」（〈小雪〉節選）。「日子」總是反覆，將時光填出日子之外，隱含對未來的期許和想像。文字乍看樸實無華，卻明滅飄忽，時而入心時而出神，不容易把捉表情背面隱藏的心思。她的詩表現出一種撫摸「存在」的藝術，這藝術的特徵：既要觸入真實之核，又要與自我和世界同時維持一種距離感。距離，鋪陳一座舞蹈劇場，好讓存在之舞得以現身自我說法。

〈蝣魂〉　蔡宛璇

那已死亡的人在我們面前
抬起我們
引我們
點燃一根煙

路旁那棵蒼老的栗樹
新芽滿枝

春天的夜晚是充滿
遊魂的時光
它們在相互接錯的瞬間所引起的寒顫
常常使我感到血液的溫暖
流竄

春天的遊魂是布滿
流光的夜晚

總是有些風
正在勾勒
或者搖動
夜色裡街道
那麼遼闊

大樓裡的齟齬
電梯裡的屏息
門牌紛紛鬆落
燈下啃食冷肉的男女

那已死亡的人在我們面前
引示我們
替我們的軀體薰香

　　蜉者，朝生暮死；魂者，暮生朝死，〈蜉魂〉一詩整合了生
者（在場者）與死者（缺席者）在同一框架，以滿盈鬼氣的文字
傳達對生命實存的冰冷透視。生命有陰陽，繁華衰敗無盡循環，
以故人類文明愛喜種種裝飾，欲蓋彌彰，越是掩飾敗壞，越見其
加速腐朽；替我們的軀體薰香，刺激生存者面對生命真實。
　　蔡宛璇的詩境異於他人，得力於編織手法獨特，而編織手
法殊異源自感官知覺敏捷深邃。蔡宛璇的詩鏡兩面對映：現實
／幻夢，自我／他人，隱藏／暴露，缺席／在場，以時而置入

時而疏離的文字烘托心境指點真實，謎面與謎底相互撥彈出樂音──

> 「愛過的人都走了。／／只留下／他們用體溫彎曲過／的
> 形狀」
> 「過去是一種病像睡前突然長出的最後一根樹枝。」
> 「──那睡如髮披散，如每一次的宇宙秩序重建。」
> 「岸邊有流霧般的問荊林／河床上有螺旋狀的時間」
> 「像開罐器繞著罐子的圓周／喀啦　喀嚓／喀啦　喀嚓／
> ／他的心／在夜的進程中／一寸寸鑿穿了我的」

蔡宛璇即興皴擦五感交響的細緻文字，對習慣於明確意圖朗亮形象的讀者是一種異質性存有。個人經驗無可避免的是時代經驗的晦澀投影，沒有人能豁免其侵蝕；詩之所以珍貴，讓真實如如裸露，替傷痕誠摯慰撫，喚醒地底的蟲蟄，召喚春雨潤澤祈使萬物復甦。

蔡宛璇（1978-），出生於澎湖，詩人、藝術家，出版詩集：《潮汐》、《陌生的持有》、《我想欲踮海內面醒過來／子與母最初的詩》、《感官編織》。

（十三）廖人　另類詠懷與現代風景

〈詠懷2──乍聞死刑〉　廖人

有時候，只是安於迷惑
安於夜色，迷惑於車流
明亮的迴光劃過漆黑的心中

有時候，只是安於沉默
瞬間，逼近漂浮的言語
不迎，不閃，想和所有辭彙
粉身俱毀──想把辭彙拋諸身後
像脫下一日的衣服

有時候，只是安於疲憊
涉不涉己，都身負重累
疲於祝福，疲於殺戮
地上的陰影逐漸擴大
誰說是鵬鳥，誰就是幼雛
誰就把臉仰向天空──

安於絕望的時候
聽見所有器物的聲音
同極互斥，異類摩擦──嘈雜的
音樂是飛昇的塵土，嘈雜的音樂
是沾附腳邊的塵土
眾人的腳和器物，是將被揚起的塵土

只是安於樸拙
一次次體會生靈
喧囂如果不是美德，旁觀如果不是美德
前額貼緊牆壁
今天，所有斑駁的心

今天艱難的心

〈詠懷 2 ──乍聞死刑〉，詠懷客體有兩個：一個是死刑犯，
另一個是同觀死刑的社會大眾（包含敘述者）。這樣的結構思維
相當另類，它不是單向度敘述模式，而是將觀察對象與觀察者置
於同一平臺進行雙向檢索。「前額貼緊牆壁」是一個情感激烈卻
又壓抑的形象，它來自兩端劇烈拉扯的張力，一端是喧囂（涉入
情境），一端是旁觀（遠離情境），這是敘述者與「生命／死亡」
之間的愛恨情仇與心靈糾結。〈詠懷 2〉不提死刑犯的具體罪行，
不涉及死刑的社會爭議，它在意的是「生命的存有意義」在死刑
之前的悖論與瓦解。我推崇這樣的詩性挖掘，因為它擺脫一般社
會議題詩糾結於現實表層的輕薄敘述。

廖人詩呈現強烈的現代風景，針對「現代性」進行各種角度
的觀察、思維與批判：

〈不能稱之憂鬱〉節選　廖人

未來
將不再能──
不能明白，甚至不可敘述
某些古老的話題
明明知道，在最新的戰線
金融走勢，和細菌培養皿
所有事物
被錯放於正確位置
一次一次被移動

帶著無數僥倖

不是不能肯定只是
那不能稱之憂鬱
長年承接霧雨
而爬滿苔蘚的牆壁——不能稱之
小孩筆下錯亂的構圖
不能僅僅稱之神祕

種種不可稱呼的神祕
叫人不能當真的憂鬱
像雨，在清晨的草原上
奔跑
赤腳
而不在乎一枚圖釘

　　廖人將「現代性」稱呼為「所有事物／被錯放於正確位置」，
相當辛辣的諷刺；現代性與「古老的話題」之間無法延續與對話，
則是產生結果之因。傳統與現代的關係鏡像之外，詩人安排了另
一組對照鏡像：自然與人文，前者用赤腳的雨奔跑在草原上來形
容，後者顯像為一枚圖釘。相當傑出的映襯修辭兼諷諭修辭，連
綿密雨和一枚圖釘之對比，讓人思之莞爾。
　　廖人（本名廖育正，1982-），清華大學中文系文學博士，出
版詩集：《13》、《浪花兇惡》。廖人詩集《13》，專題闡釋於
本書第十五章第五節。

（十四）喵球　調和生活紀實與心靈聚斂

　　喵球能將生活紀實與心靈聚斂調和得恰到好處，不會太嘮叨，也不至於太抽象，詩的語言策略與空間構造獨出心裁。〈詠田園＠夏宇〉如是敘述：

　　惡土被翻開來／下面仍是惡土／放了一陣子／也沒從土塊隙縫中／伸出新的草苗／只是緩緩地／覆上一層青苔

　　軟體動物／在土塊上移動／啃著無限的苔原／用一輩子將這些／綠色的絨毛／變成有著妖異粉紅色的卵群／你能想像在個體之中／有著成千上百的寄生蟲嗎

　　我幾乎為此流下眼淚／雨後三天／我將駕著規律震動的農機／將軟體動物與他們的苔原／一同絞碎／在初夏的正午／泥土的氣味將遠遠地發散／白的鳥與黑的鳥／跟在緩慢前進的農機後方／這就是永不凌遲的田園／談不上愛的田園

　　本詩的關鍵轉折在「我幾乎為此流下眼淚」，深刻的心靈鏈結銜接上下文，對映人文與自然，上文是象徵圖景（形容夏宇詩及其詩意迴響：難以耕種的惡土與眾多寄生蟲），下文是現實圖景（演繹夏宇詩雙重否定的虛無敘述模式：永不凌遲、談不上愛）。虛無的存有與存有者，是現代文明的普遍病徵，〈創世篇〉最後聚焦於：「第六天／所有的杯裡都生了孑孓」，〈光來〉一詩以圖像總結：「像一盒鮮豔的 12 色黏土／最後變成一個／你

說不出顏色的硬塊」，這是詩人對五濁惡世的基本觀點。但喵球相信「詩」是淨土，教導人類尊重心靈敬畏生命，誠如〈穴居〉所言：「在洞穴裡／畫下一些看見的事／在洞穴裡／發出聲音／成為洞穴的一部分／這是愛情／最美的那種」，文本煥發出自我啟蒙的氛圍。

〈元宇宙生活〉也饒富深意，詩分三段：

> 躺平／將心放在平坦的地方／微波將／物體的裡外同時加熱／密封的容器膨脹／你替他開了一竅／隨著一聲嘆息／手被蒸汽燙了一下／但也沒有放手／只是靜靜地／再開一竅

躺平意味著身體接納整個世界，並依此體會命運加諸身體的蒸煮炒炸；開竅顯現心靈即興之舞，讓五味雜陳的感覺與意念找到相應歸宿，而非在體內悶燒燙傷自己。第二段：

> 蒸汽混著油煙／沖進上方的管路／都已經那麼油了／還是想回到天上／那邊有誰／等著進行最後的情緒勒索／都已經那麼油了／還是想回家／看一些虛擬實況主的影片／他們的皮／在有限的範圍內／做出人的動作／像是不帶意義的短波／將你的心再次加熱

出現一個突兀的語詞「回家」。孤獨者不得不成為社會邊緣人或街頭遊民，他們不是沒有家而是回不了家。即使那裡存在著情緒勒索，即使那裡的生活像似虛擬場景般毫無意義，但「家」依然是己身從出之地，有著千絲萬縷的牽連。

坐起來／吐出一口蒸汽／又躺下／坐起來／吐出一口蒸汽／又躺下／像一台無情的／蒸汽動力起坐機器／在每次用力的時候／都發出用力的聲音／身體裡的水分／都藏著雲的鄉愁／在雨聲裡跳動的心／是天堂的路由器

「鄉愁」的古老意義被賦予網絡時代面貌。「家」在哪裡？這是現代人必然面臨的自我設問。詩人奉獻了出人意表的答覆：身體裡的水分和雨聲裡跳動的心；喵球以此描繪一個詩人的精神面目，他耐得起現實生活每一天的殘酷折騰。

喵球（本名黃浩嘉，1982-），詩人、廚師、自耕農。著作詩集：《要不我不要》、《羊駝的口水》、《手稿》、《跛豪》、《四歲》。

（十五）楊智傑　撲朔迷離的詩歌空間

睡在閣樓的冬夜／被心底的孩子／看得出神／／（就決定了，一起穿上斗篷／推開窗戶）／／到遠方去／不再回來（〈序詩：希望的本質〉）

萬物都是自己的屋簷／延緩著抵達／本質／黑暗冰涼的心／／室內的燭火循環／雨滴表皮輕微／蒸發／破裂。旋即恢復下墜／／一切努力，無一不是關於／必然性的推遲／像屋簷的雨／分流、匯聚、迂迴、轉進／／看雨的孩子／溫柔的眼睛，一切的抵達／與岸邊／銀亮、冰涼的潮汐——並無分別。／／萬物仍是彼此的屋簷。（〈突圍（三）〉）

〈序詩：希望的本質〉與〈突圍（三）〉，是楊智傑 2019 年出版的詩集《野狗與青空》第一首與最後一首，前後呼應。「萬物仍是彼此的屋簷」是自然本相，萬象相互依存，月亮之遠近牽動地球潮汐，潮漲潮落循環反覆；「萬物都是自己的屋簷」是人文變相，人類無論怎麼掙扎求生，最後且唯一的目的地依然是「黑暗冰涼的心」。閣樓生存環境之逼仄類比於人文變相，窗外廣闊的遠方類比於自然本相，絕望與希望之對比。然而「突圍」究竟是觀念與想像？還是行動與轉化？詩篇留下懸念。「希望」為什麼被標定在遠方？而非此時此地？楊智傑以開放性的詩歌空間，賦予詩意迴響繚繞不絕。標題採用定向的觀念符碼，內文呼應以非定向的形象符碼，這種具有對比性張力的文本構思，在意念抽象化而語言波動又即興跳躍的詩意書寫中，形成內聚之力，讓楊智傑的詩勾勒出一個撲朔迷離的詩歌空間，與野狗若即若離，與青空若即若離。

　　無論是「心底的孩子」或「看雨的孩子」，在詩歌空間裡都被疏離為他者，作者消隱而詩意自由漫盪；這樣的詩歌觀念與寫作實踐在臺灣詩壇毫無疑問是另類。《野狗與青空》，與楊智傑的前兩本詩集《深深》、《小寧》迥然有別，以至於詩人困惑提問：「作者的不存在，對於讀者又是什麼意義呢？」，「再寫下去是可能的嗎？或者，再見是有可能的嗎？」（〈後記：變回狸貓的妻子〉）狸貓來自妖界，妻子從出人世，虛實兩界在文字中的恍惚編織，構成了《野狗與青空》淒迷的魅力。

　　詩集第四輯「蜂鳥」，用八首詩處理「死亡」命題；以〈謎〉壓軸可以得知，死亡是相愛的背反詞。第四首〈黃昏與清晨是同一件事了〉開端這樣寫：「喝下一杯熱牛奶／雪人感覺／最溫柔

的時刻就要到來」，溫柔融化了就是死。第五首〈哀歌〉如是傾訴：「手錶安葬了海浪／時光安葬了身體／／生活安葬了死亡／死亡／沒有待在它該在的墓地」，手錶與海浪，人文與自然的形象對比。既言：死亡不在墓地，可見死亡的並非身體而是靈魂，楊智傑的聯想性虛指運用得相當出色。

楊智傑（1985-），曾任《風球詩雜誌》主編，出版詩集：《深深》、《小寧》、《野狗與青空》。

（十六）黃岡　通曉「詩」魅惑之力

黃岡預計 2024 年出版《X 也們》，是一部有關華語酷兒（Sinophone-Queer）生命故事的詩集，其中收錄一首詩：「Sinophone-Queer，你說中文嗎？／或者華語、國語、普通話？／我來自臺灣，如果你知道的話／那裡有個朝氣的城市叫做台北／裡面有一個漂亮的我／決心去尋找我的世界族類／／我從這裡出發，像當年我的台商叔伯／我的美國阿姨，勇敢追尋幸福與奇蹟／褪掉的殼在我身後，依然潮溼，依然溫暖／我在玉米田裡學習寫作，說話，閱讀世界名著／Sinophone-Queer，你們在哪一個意象裡？／在我的繁體詩裡嗎？」（〈華語酷兒 Sinophone-Queer〉節選）

幾個名詞需要註解：「X 也」（讀音同「他」）是華語地區對性別中立（Gender neutral）或非二元性別（Non-binary）的指稱。酷兒（Queer）：LGBTQ社群的統稱。華語語系（Sinophone communities）指使用華語或華語變體的社群，香港、臺灣、馬來西亞、華裔美籍社群等，有些論述包括中國。書寫「繁體詩」，意味著詩人來自臺灣。黃岡就讀花蓮東華大學中文系時，開始關注臺灣原住民文化與部落環境生態，第一本詩集《是誰把部落切

成兩半》，主題是原住民部落生活。

　　黃岡2022年書寫的〈上墳〉，獻給外公，詩篇這麼終結：「終於我也學得一手好字了／小兄弟和我載著滿車的松香水／給沿路的蘆葦花叢撚香／清明時節　南國陽光酷烈／產業道路上車陣隆隆／天堂的入口　鮮花／十字架與野草　淚眼婆娑／我打開油漆罐／倒入松香水／在漆黑的大理石上磨著金色的墨／刺鼻的清香與化學／可以拼寫永恆的碑文／我一遍又一遍描摹／只怕力不能透磚　漆不能沁骨／松香水咬緊姥姥的名字／滲入那已淡去的／時間的斧鑿／我該知道／這墳是修不完的／姥爺忘了上墳的路／這一年／他把自己也給躺進了進去／兩眼一抹黑／走進姥姥墳裡／我們把金色的油漆灑向墳頭／讓松香水沁入石縫／讓亮燦燦的油漆凝脂沿著黑色大理石流下／再把多餘的顏料抹掉／一遍一遍描摹你們的名字／金燙燙的　火燒火燎的／刻在上帝的眉毛上」。我不是訝異黃岡將墓園形容為天堂，墓石比喻為上帝的臉，而是驚嘆黃岡的詩語言剛健有力，文字清楚自己要走向哪裡，不由分說就把讀者的心跟作者的心攪和在一起，這是一位通曉「詩」魅惑之力的魔法師。

　　〈**詩觀**〉　黃岡

　　　空氣中有一首詩，清靈透明
　　　以舒緩的分子間距，在向晚六時太陽與月亮同時
　　　存在於同一個天空的時刻，均勻密佈

　　　遠去的風暴再多岬角的南太平洋島嶼
　　　削弱成最後一個氣旋，吹送到我所在的小島

輕輕撫弄著我的髮旋，那向左的髮旋

我反覆逡巡，逡巡沒有理由
我渴望融入成為那萬分之一的水氣分子
我渴望被楠木樟樹鳳凰木以及瓊崖海棠擁抱
我渴望站在麵包樹底下聽夏天搗爛如泥
我在這裡反覆轉悠，轉悠直到
最終我也成了一棵樹
在向晚的六點十分，天空同時擁有太陽和月亮的時刻
有一首詩在空氣中飄盪，在我的腳踏板上轉悠、轉悠
此刻，我誠實如風暴
澄澈如海洋

　　上述〈詩觀〉收錄於《新世紀新世代詩選》，黃岡自述是
2019 年夏季，沿著花蓮港散步寫下來的〈民德四街〉片段。「太
陽與月亮同時存在」，相當有意思的「X 也」身分認同的象徵敘
述，「向左的髮旋」立定酷兒的邊緣視角。從「站在麵包樹底下
聽夏天搗爛如泥」到「最終我也成了一棵樹」，不只陳述詩的經
驗與詩的誕生過程，也流露出人與土地的親密連結，「誠實如風
暴／澄澈如海洋」，身體靈魂土地家園渾然一體，血濃於水的深
邃情思。
　　黃岡（1986-　），酷兒 Non-binary，目前就讀美國聖路易華
盛頓大學中文與比較文學博士班。出版詩集：《是誰把部落切成
兩半》、《X 也們》。

三、小結

（一）「解嚴世代」詩人群整體評估

　　解除戒嚴後，臺灣社會的生命力迅速釋放出來，文藝活動琳瑯滿目，社會運動此起彼落。陳克華與鴻鴻是創作類型相當多元的詩人，這種類型的作者在「戒嚴世代」相對較少，原因跟戒嚴形塑的時代沉悶風氣有關。陳克華光華文詩集就有三十本，創作類型遍及詩、散文、小說、劇本、歌詞、攝影、繪畫、多媒材藝術等。鴻鴻詩集出版九本，創作類型遍及詩、散文、小說、舞臺劇（導演／編劇）、電影（導演／編劇）、記錄片、翻譯、論述等，還涉入詩刊主編，詩歌節、電影節策展項目。瓦歷斯・諾幹也是多向度同步發展，詩、散文、小說、報導文學、論述都有建樹，參與原民文化田野調查與部落史撰寫，也積極培育原住民文化工作者。陳大為策畫主編了多套文化叢書與系列詩選。陳克華、鴻鴻、阿芒、許悔之、蔡宛璇是詩人兼藝術家，蔡宛璇的藝術家身分比詩人身分更加活躍。

　　戒嚴世代的吳晟、向陽，是鄉土書寫的先驅詩人，解嚴世代鴻鴻的社會議題詩、唐捐的臺客情調詩、隱匿、蔡宛璇的台語詩、廖人《13》與楊智傑《小寧》涉及社會運動，也都受惠於本土化潮流。戒嚴世代零雨、夏宇的詩觸及性別議題，解嚴世代阿芒、黃岡的性別議題書寫，探索面向與批評意識持續拓進深化。

　　此一時期的詩歌創作者，無論形式與內涵都更加多樣化。鴻鴻、阿芒、蔡宛璇的詩都有影像藝術影響的跡痕，鴻鴻的戲劇張力佈置、阿芒的身體性經驗書寫、蔡宛璇的感官知覺編織率皆特色顯著。「同志議題書寫」是解嚴世代新詩書寫的一股強悍潮流，

陳克華、鯨向海、黃岡可為代表。「社會議題書寫」也更加尖銳化，陳克華、瓦歷斯・諾幹、鴻鴻、廖人，對社會現實之批判既深且廣。

羅任玲與楊佳嫻都是抒情詩書寫高手，羅任玲的詩歌美學細緻內斂，個人風格一貫且獨特，有越寫越深邃的趨勢。楊佳嫻的詩帶有明顯的中文系學院風，文化修辭濃厚，近期詩篇生活修辭逐漸活絡。陳大為的早期詩講究文化修辭，後期詩脫棄修飾直搗詩心。

阿芒與廖人的詩解構特質強烈，結構思維獨出心裁。蔡宛璇的詩放任性情肆意漫流，喵球詩將生活紀實與心靈聚斂調和得恰到好處，楊智傑的詩歌空間迷離恍惚，黃岡的詩語言剛健思想深邃。但阿芒、蔡宛璇、廖人、喵球、楊智傑、黃岡能否代表新世代詩寫的主流敘事？答案是不能。為什麼？

綜觀上述「解嚴世代」十六位詩人，如果就他們在文學環境中受重視程度來區分核心與邊緣，趨近核心的詩人有八位：陳克華、羅任玲、鴻鴻、許悔之、唐捐、陳大為、鯨向海、楊佳嫻。相對位處邊緣的詩人也有八位：瓦歷斯・諾幹、阿芒、隱匿、蔡宛璇、廖人、喵球、楊智傑、黃岡。詩人受重視與否和他們的文本品質沒有必然關係：「優秀的詩人不一定受重視」，反向敘述，「受重視的詩人不一定優秀」，同樣成立。詩人受重視跟什麼因素關係比較密切？主要因素有兩個？一個是權力網絡，一個是社會時尚；前者掌握發表權與詮釋權，後者關係到粉絲群與消費市場，兩相結合便能形塑出所謂的作者「知名度」。至於文本的審美價值究竟有何虛實？從來就沒有人會在乎。

臺灣詩歌場域中的主流詩人，第一波是由詩社、詩刊的核心分子所組成；第二波是通過這些主流詩人組織的篩選機制（詩獎、

詩選、詩集之評審與出版）而形塑；第二波詩人群又構成篩選第三波詩人的權力網絡。如此權力嬗遞之方式與架構不能說沒有合理性。問題在於：掌握權力者的詩學涵養會決定被看重的詩人詩篇之審美水平，但評審者的詩學涵養與道德涵養如何？卻從來沒有人會去質疑。長久下來，必然形成親疏分明的權力網絡與注重類型美學之詩歌文化，而非具有嚴格審美評價座標的詩歌文化。

（二）「解嚴世代」與「戒嚴世代」詩學比較

「解嚴世代」與「戒嚴世代」詩學建構的最大差異是：「解嚴世代」尚未誕生足以承先啟後的軸心詩人（例如「戒嚴世代」中的葉維廉、楊牧、零雨、卜袞、孫維民）。除了創作時間不夠長之外，還有一個更重要的因素：像似葉維廉、楊牧、零雨這樣文化根基深厚的詩人，在「解嚴世代」難以尋覓；譬如卜袞長期鑽研族群語言並回到祖居地與祖靈深刻交流，或孫維民經營神與魔的心靈鬥爭主題長達四十年，在「解嚴世代」也無法想像。「解嚴世代」尚未有人抵達軸心詩人層次，不代表未來不會精進而成熟，因為這是現在進行式。

在網際網路全球化時代，現當代文學藝術的傳播質量都超高速成長，「解嚴世代」作者的詩歌文化受其影響既深且廣。擅長運用多元化資源是「解嚴世代」的優勢，但也有隱憂，現學現賣的產銷傾向導致作者的文化涵養浮泛，看似見多識廣其實文化根系扎得不夠深。「解嚴世代」的作者也較少去經營具有結構縱深的組詩、系列詩、長詩，因為太過耗費時間精力也沒人欣賞；反而書寫文創化的類型詩（根據主題設計情境與精緻修辭的詩文本），用以競逐文學獎的作者絡繹於途，並依此而贏得重視。

（三）「詩」的時代風氣與文化位階

　　「戒嚴世代」詩人與「解嚴世代」詩人，在二十一世紀面臨一個共同難題，詩作者越來越多詩讀者越來越少，詩集出版越來越困難詩集銷量越來越少。具有問題意識與批評意識的新詩評論，寫的人稀少也無人理會；大家愛看的還是說好說棒的簡短推薦文，你捧我來我捧你，共浴文化沼澤狀態難以自拔。這樣的時代風氣由來已久，也看不到改善或反省的契機。

　　2021 年阿芒（1964-）英文詩選與翻譯對話集《Raised by Wolves》，獲「美國筆會文學獎」的翻譯詩集獎（首位得獎臺灣作家），2022 年陳育虹（1952-）獲得瑞典「蟬獎」（Cikada-priset）的榮譽（繼楊牧之後第二位臺灣詩人），在臺灣文學界與詩歌界都沒產生什麼迴響。與此對照，2021 年李琴峰（1989-）小說《彼岸花盛開之島》獲得日本「第 165 回芥川賞」，2022 年陳思宏（1978-）小說《鬼地方》獲得美國《圖書館雜誌》評選為「2022 年世界文學年度十大好書」，卻立即引起社會性的廣泛讚譽交相討論。這種現象毫無遮掩地說明了：「詩」的文化位階急劇下降。

　　2012 年臺大出版中心《葉維廉五十年詩選》，葉維廉精粹代表作；2013 年洪範書店《長短歌行》，楊牧絕頂詩章；2014 年小寫創意《田園／下午五點四十九分》，零雨詩巔峰文本；2021 年魚籃文化《山棕・月影・太陽・迴旋──卜袞玉山的回音》，卜袞劃時代布農族語詩集；這四本堪稱臺灣新詩的典範之作，除了楊牧詩集之外，其他三本詩集都罕見討論。「2022 年臺北詩歌節」將卜袞列為「焦點詩人」，特地舉辦兩場詩學座談，臺灣詩界反應也很冷淡。1990 年葉笛《火與海》由笠詩社出版，1993 年黃荷生《觸覺生活》由現代詩季刊社增訂再版，1995 年楊熾

昌《水蔭萍作品集》由臺南市立文化中心出版，同樣是當代經典也難以激起文化花火。我們應該更進一步質問：臺灣詩界在乎什麼？「臺灣新詩」的文化願景又是什麼？十大詩人？二十座上昇星系？百大作家？搶占詮釋權，權力重分配，然後呢？再一次自產自銷自嗨自足。

【參考文獻】

陳克華，《欠砍頭詩》（臺北：九歌出版社，1995 年）

瓦歷斯・諾幹，《伊能再踏查》（臺中：晨星出版，1999 年）

瓦歷斯・諾幹，《張開眼睛將黑夜撕下來》（新北：讀冊文化，2021 年）

羅任玲，《初生的白》（新北：聯經出版公司，2017 年）

鴻鴻，《鴻鴻詩精選集》（臺北：新地文化，2010 年）

阿芒，《我緊緊抱你的時候這世界好多人死》（臺北：黑眼睛文化，2016 年）

許悔之，《不要溫馴地踱入，那夜憂傷》（臺北：木馬文化，2020 年）

唐捐，《網友唐損印象記》（臺北：一人文化，2016 年）

陳大為，《巫術掌紋：陳大為詩選》（新北：聯經出版公司，2014 年）

隱匿，《自由肉體》（新北：有河文化，2008 年）

鯨向海，《A 夢》（桃園：逗點文創結社，2015 年）

楊佳嫻，《金烏》（臺北：木馬文化，2013 年）

蔡宛璇，《潮汐》（澎湖：澎湖縣文化局，2006 年）

蔡宛璇，《感官編織》（新北：小寫創意，2021 年）

廖人，《浪花兇惡》（新北：斑馬線文庫，2021 年）

喵球，《四歲》（臺北：釀出版，2023 年）

楊智傑，《野狗與青空》（臺北：雙囍出版，2019 年）

黃岡，《是誰把部落切成兩半》（臺北：二魚文化，2014 年）

向陽主編，《新世紀新世代詩選》（臺北：九歌出版社，2022 年）

第七章
新詩文化周邊命題的考察反思

前言

　　「臺灣新詩」最重要的文化成果是詩人與詩篇，但伴隨新詩發展過程相應而生的詩集團、詩論爭、詩事件、詩現象、詩評論，無可避免地牽動新詩文化之生成與走向。如果說詩人與詩篇是新詩文化的核心命題，上述五個元素即新詩文化的周邊命題。本章將對 1950 年至 2022 年的新詩文化周邊命題進行評介，依序勘查上述五大命題：詩集團介紹重點「詩社」及其附屬《詩刊》。詩論爭簡介「現代主義論戰」、「現代詩論戰」與「鄉土文學論戰」。詩事件例舉不同年代影響「臺灣新詩」發展的重要事件。詩現象探索非華語新詩創作的興起、網路詩書寫、新詩教育長期遲滯、臺灣詩壇造神熱等議題。詩評論陳述詩評書寫的嚴肅性，對缺乏專業評審機制的文學獎提出建言。最後對臺灣新詩文化進行綜合考察與問題反思，提示重構之道。

一、詩集團

（一）現代詩社、藍星詩社、創世紀詩社、笠詩社

　　臺灣 1950 年代的三大詩社為：1953-1954 年創社的「現代詩社」、「藍星詩社」、「創世紀詩社」。「現代詩社」經歷紀弦、黃荷生《現代詩》季刊，梅新、鄭愁予、林泠、零雨、鴻鴻、劉季陵、莊裕安《現代詩》復刊，零雨、翁文嫻、夏宇、曾淑美、鴻鴻《現在詩》，三階段跳躍式接龍。「藍星詩社」以覃子豪、余光中為首，周夢蝶、夏菁、羅門、蓉子、向明、阮囊、吳望堯、黃用、敻虹為代表詩人，經歷《藍星週刊》、《藍星詩選》、《藍星詩頁》、《藍星季刊》、《藍星年刊》、《藍星季刊》復刊、《藍星詩頁》復刊、《藍星詩刊》、《淡藍為美：藍星詩學》不同年代刊物名稱變異，也斷續提供版面鼓勵新詩創作。「創世紀詩社」以洛夫、張默、瘂弦三位軍中詩人為核心，商禽、管管、葉維廉為代表詩人。《創世紀》詩刊（後改名《創世紀》詩雜誌）除 1969 年 2 月至 1972 年 8 月短暫停刊，其餘年代出版不輟，延續超過一甲子。主編輪換過多次，洛夫、張默、瘂弦依然是真正領導；辛鬱、葉維廉、張漢良、簡政珍、侯吉諒、沈志方、杜十三、須文蔚、艾農、李進文、辛牧也出力不少。

　　1964 年 6 月「笠詩社」創立、出版《笠》雙月刊，主要推手為林亨泰、陳千武、白萩、李魁賢、趙天儀、岩上、李敏勇、鄭炯明、林盛彬、莫渝、李昌憲等人，直到 2022 年從未脫刊。「笠詩社」強調現實主義，「現代詩社」鍾情於現代主義。「藍星詩社」追求純正詩藝，「創世紀詩社」超現實主義風格顯著。從語言策略分析：笠詩群的生活語言特徵比較明顯，其他三大詩群擅長文

白兼容的語言模式。

（二）競相創辦詩刊的風潮

　　1950-1960 年代，四大詩刊相繼創辦，此外還有 1955 年《海鷗詩刊》（花蓮《東臺日報》附屬）、1956 年《南北笛》（嘉義《商工日報》附屬）、1957 年《今日新詩》、1959 年《詩播種》（臺東《臺東新報》附屬）、1962 年《葡萄園》詩刊、《海鷗》詩頁、1964 年《星座》詩刊、1968 年《詩隊伍》（《青年戰士報》附屬），臺灣新詩蓬勃發展，帶動 1970-1980 年代年輕詩人競相創辦詩刊的風潮。

　　1970-1980 年代創辦的詩刊，知名者有：《龍族》、《主流》、《暴風雨》、《大地》、《後浪》、《秋水》、《詩人季刊》、《也許》、《草根》、《天狼星》、《大海洋》、《長廊》、《詩脈》、《神州》、《詩潮》、《風燈》、《掌門》、《陽光小集》、《漢廣》、《春風》、《四度空間》、《地平線》、《象群》、《新陸》、《薪火》、《曼陀羅》、《長城》等。1990-2000 年代陸續創辦的詩刊，知名者有：《蕃薯》、《臺灣詩學季刊》、《植物園》、《雙子星》、《晨曦》、《乾坤》、《現在詩》、《壹詩歌》、《臺灣現代詩》、《歪仔歪詩》、《衛生紙詩刊＋》、《風球詩雜誌》等。

　　1991 年，林宗源、黃勁連、李勤岸、陳明仁、林央敏、方耀乾、黃恆秋、莊柏林等人組織「蕃薯詩社」，發行《蕃薯詩刊》（1991-1996，七期），臺灣文學史上第一個台語詩社，第一份關注台語詩創作的文學刊物，強調臺灣本土意識。1992 年《臺灣詩學季刊》創辦，創刊編委八人：向明、尹玲、白靈、李瑞騰、渡也、游喚、蕭蕭、蘇紹連。2003 年易名為《臺灣詩學學刊》（半年刊），轉型為學術性詩學刊物；首任主編鄭慧如、繼任主編劉

正忠。1986年休刊的《掌門》1997年蛻變為《掌門詩學刊》。

1998年「女鯨詩社」創立，成員包括杜潘芳格、李元貞、利玉芳、海瑩、陳來紅、江文瑜、劉毓秀、沈花末、顏艾琳、張芳慈、王麗華、陳玉玲等，試圖將婦女運動納入詩的場域，建立女性詩學，出版兩本詩選：《詩在女鯨躍身擊浪時》、《詩潭顯影》。2001年6月《現在詩》創刊（2001-2012，十期），形式多變內容獨特。本詩刊由黃粱倡議發起，並任創刊號主編（統籌集稿並執編），創刊編委七人：零雨、翁文嫻、夏宇、黃粱、枚綠金、曾淑美、鴻鴻，第十期特約主編楊小濱。

2005年「歪仔歪詩社」成立於宜蘭縣羅東鎮，由資深詩人黃智溶（1956-）領銜，聯合宜蘭在地詩友：劉三變、張繼琳、一靈、楊書軒、柯羅緹、詹明杰、吳緯婷、黃有卿、曹尼等，切磋詩藝、關懷鄉土、開拓視野。2007年起發行《歪仔歪詩》，詩刊風格樸實精神新銳，至2022年共出版十九期；2013年出版《地景的詩意——宜蘭歪仔歪詩社詩選》。「歪仔歪」為宜蘭噶瑪蘭族社名，菸草之意。

2010年「好燙詩社」成立，2011年創辦《好燙詩刊》（不定期）。2015年《兩岸詩》（年刊）精緻面世，「台客詩社」成立，創辦《台客詩刊》（季刊）。2016年「野薑花詩社」成立，創辦《野薑花詩集》（季刊）。2019年《人間魚詩生活誌》華麗登場。

（三）《龍族》、《陽光小集》、《衛生紙詩刊＋》

1971年元旦「龍族詩社」成立，由辛牧、施善繼、蕭蕭、陳芳明發起，後續加入林煥彰、蘇紹連、林佛兒、景翔、喬林，3月3日《龍族》詩刊創刊，延續至1976年5月，共十六期。〈龍族宣言〉：「我們敲我們自己的鑼，打我們自己的鼓，舞我們自

己的龍」，主張要有民族性，關懷現實，使現代詩具有現代精神、富於時代的意義。1973 年 7 月由新社員高上秦（高信疆）主編的第九期「評論專號」出版，內容包括三部分：評論（現代詩的建樹、現代詩的反省、新詩傳統的回顧）、訪問、書簡。「訪問」部分，訪問不同背景、學歷九十五人，以不同角度對現代詩壇提出檢討與批評，引起文化界相當大的迴響。除了創作、評論、譯介外，從第二期到第十五期的「中國現代詩論壇總目」單元，著力於新詩史料蒐集。因林白出版社林佛兒先生停止贊助與社員出國等因素，《龍族詩刊》停刊。「龍族」、「民族性」、「中國現代詩」，是此一詩集團的標誌符號。

《陽光小集》是詩社名也是詩刊名，1979 年 12 月出版創刊號，前兩期同人刊物，三期起接受外稿。1981 年 3 月第五期起改為「詩雜誌」，1984 年 6 月「政治詩專輯」後停刊，共十三期。成員有向陽、張雪映、莊錫釧、李昌憲、陌上塵、林野、陳煌、沙穗、苦苓、林文義、陳寧貴、劉克襄、履彊、陳克華、謝武彰、王浩威、游喚、簡上仁、蔡忠修、陳朝寶、連水淼等。《陽光小集》深究現實內涵，強調藝術創新，策畫詩人與歌手、小說家的跨界對話，嘗試重估臺灣新詩史，訪談前行代詩人，內容相當多元。創刊號刊登了向陽的〈阿公的煙吹〉、〈阿爹的飯包〉、〈阿媽的目屎〉、〈阿母的頭髮〉，本土化傾向相當濃厚。熄燈號刊登了「我看政治詩」座談會紀實，此一座談會邀請了葉石濤、黃樹根、柯旗化、林宗源、陳坤崙、楊青矗、莊金國、陌上塵、劉玉芳、錦連、李昌憲，臺灣意識濃厚的文化陣容。「陽光」是詩刊關鍵詞彷彿對立於黑暗（戒嚴時期）。

2008 年 10 月由鴻鴻創刊並主編的《衛生紙詩刊＋》（季刊，後改名為《衛生紙＋》詩刊，2008-2016，三十三期），著力於社

會議題詩的經營與推廣;「＋」的符號意義是歡迎各種不限於文字的詩。這本詩刊的主題設定扣緊國內外當下時事,鼓勵詩人以文本回應時代命題。前八期主題:賤民、醜、幸福機器、不倫、階級關係、全球(暖)化、當代歷史、流動人口;也做過有關臺灣「太陽花學運」的「太陽花詩集」,有關香港「雨傘運動」的「雨傘革命」等專輯。詩刊雖然小眾,吸引不少年輕詩人認同;鴻鴻經營的「黑眼睛文化」也不時出版年輕詩人的優秀文本,與詩刊相互呼應共同成長。設定主題的書寫對於「詩」利弊參半,主題本身就是一個框架,框架會對心靈自由產生制約,不利「詩歌精神」之提昇;優點是針對性強,運用各種語言策略即時回應當代議題,引起注目與共鳴。

二、詩論爭

(一)「現代主義論戰」

1956 年到 1960 年的「現代主義論戰」,以紀弦發表〈現代派信條釋義〉(《現代詩》十三期,1956 年 2 月)開其端,洛夫〈建立新民族詩型之芻議〉(《創世紀》五期,1956 年 3 月)與覃子豪〈新詩向何處去〉(《藍星詩選獅子星座號》,1957 年 8 月)繼其後。紀弦隨即以〈從現代主義到新現代主義〉(《現代詩》十九期,1957 年 8 月)回覆覃子豪,對現代派信條六之二「新詩乃是橫的移植,而非縱的繼承。」進行再闡述:「他誤以為我的『移植論』所主張的是『原封不動的移植』,而對『橫的移植』一語亦欠了解。我想,覃子豪先生也許沒有讀過發表在《復興文藝》第一期上的我那篇〈論新詩的移植〉。那是基於對新詩之史的考察和文化類型學的原理原則之應用而論新詩之移植的。在那

篇論文裡，我指出了『新詩之在中國，它自身的歷史，早已說明了它是五四新文學運動以來的產物，它是從西洋移植過來的，而絕非經由唐詩、宋詞、元曲等等之遞嬗而一貫地發展了下來的。』基於史的考察，中國新詩之為「橫的移植」而非「縱的繼承」，我是指的一個事實而言，事實不可否認的。」

　　紀弦後續又以〈兩個事實〉（《現代詩》二十一期，1958年3月）凸顯新詩「橫的移植」的歷史事實。緊接著，覃子豪在《筆匯》二十一期（1958年4月）發文〈關於「新現代主義」〉再度質疑紀弦觀點，紀弦在《筆匯》二十二期（1958年6月）以〈六點答覆〉立即應戰。後續加入文戰者有：林亨泰、余光中、黃用、蘇雪林、夏菁、言曦、陳紹鵬、葉珊等。

　　關愛新詩的作者各據陣地輪番發炮好不熱鬧，幾波論戰下來並沒有產生真正的對話效應，大抵是文人各說各話，整體的文學思想沒有因此而更加深化。他們談論的不是人類命運與歷史事件的無規律性，詩歌的迷狂激進與抽象疏離狀態，無腳本的舞臺臺詞以及虛構的文學自我，而是「散文」與「韻文」，「現代」與「傳統」、「移植」與「繼承」、「主知」與「抒情」、「晦澀」與「明朗」，諸多二元對立的簡單思維，觸及的只是表面的文化現象、語言策略與文學意圖，與現代主義潮流的審美價值變構沒有深層關係。

（二）「現代詩論戰」

　　1972年2月28-29日，執教於新加坡大學英文系的關傑明（年齡不詳）在臺灣《中國時報‧副刊》發表〈中國現代詩的困境〉，9月10-11日發表〈中國現代詩的幻境〉，直言現代詩人是「一種個人與社會脫節的千篇一律的病態傾向，以及必然會因此而產

生的偏差——對於生活、愛情、死亡與生命等各種重要現實問題的不當看法。」1973 年 7 月於《龍族詩刊‧評論專號》發表〈再談中國「現代詩」〉，指陳當時的臺灣現代詩過度模仿西方，成為「文學殖民地主義」的產品，缺乏「中國的精神」。1972 年 11 月臺大數學系客座副教授唐文標（本名謝朝樞，筆名史君美，1936-1985）在《中外文學》發表〈先檢討我們自己吧〉，表達詩應有社會關懷的看法：「我們希望有良心的作家們，自我檢討，自我批評，希望他們能撕破或被文字埋葬了的社會意識，或被教育僵冷了的他們原有的社會關心。」1973 年 7 月在《龍族詩刊‧評論專號》發表〈什麼時代什麼地方什麼人——論傳統詩與現代詩〉，8 月在《中外文學》發表〈僵斃的現代詩〉，指陳臺灣現代詩「逃避現實」、「僵弊頹廢」，引起文壇更大震撼。顏元叔、高準、林梵、余光中、洛夫、陳芳明、彭瑞金、楊牧、劉紹銘等人，依據各人立場展開辯論，掀啟「現代詩論戰」。

此番論戰，有人標榜「傳統」的民族主義，有人推崇「現實」的社會意識，有人為「現代主義」的實驗成果進行辯護。這些辯論文章的內容，觸及「詩學」層次的少之又少，多數針對政治意識形態打擦邊球。這種文化現象凸顯兩個問題：一個是當時的評論者與詩人的詩學認知不夠深入，難以聚焦於審美命題；一個是當時的戒嚴環境束縛了「思想」的自由開放，論述者被政治意識形態綁住手腳，兩個因素相互影響。

1972-1974 年間的「現代詩論戰」討論的人文思想議題，間接觸發了 1976-1978 年間後續震盪的「鄉土文學論戰」。

（三）「鄉土文學論戰」

1965 年葉石濤（1925-2008）於《文星》雜誌發表〈臺灣的

鄉土文學〉，「臺灣」加上「鄉土」就曾引起有關當局些微的過敏反應。1976 年初，何言發表〈啊！社會文學〉，開始批判臺灣鄉土文學；9 月，朱炎發表〈我對鄉土文學的看法〉，認為「臺灣和大陸是一體的」，明顯地壓抑臺灣意識；華夏子發表〈三民主義的文學〉，提倡「根據三民主義寫文學」，拔高中心思想匯歸於黨國文學。

　　1977 年 4 月出版的《仙人掌》雜誌二期，以「鄉土與現實」為主題，刊載十一篇文章，其中三篇引起注目：王拓〈是「現實主義」文學，不是「鄉土文學」〉、朱西寧〈回歸何處？如何回歸？〉、銀正雄〈墳地裡哪來的鐘聲？〉。王拓將鄉土文學正名為現實主義文學，認為鄉土文學「就是根植在臺灣這個現實社會的土地上來反映社會現實，反映人們生活的和心理的願望的文學。」朱西寧的大中華意識擔憂：「鄉土主義恐將流於偏狹的地方主義。」與朱西寧同屬軍中作家的銀正雄認為：「鄉土文學有變成表達仇恨、憎恨等意識的工具的危險。」批評對象是王拓的小說〈墳地鐘聲〉。這篇小說揭發一間小學的許多醜陋事件，包括老師為了學生慢繳補習費而體罰學生、校長與煮飯婆通姦上床、老師勾搭山地女子、學校蓋廁所偷工減料導致廁所倒塌壓死學生；但老師與家長都不敢追究事件真相，把意外事故當成鬼怪作祟的結果。王拓這篇小說發表於 1971 年 6 月《純文學》雜誌五十四期，是以寫實手法完成的一篇傑出譴責小說，卻在 1977 年被拿來當作鄉土文學的樣板，反對文學面向真實社會。小說陳述的社會現實在戒嚴時期尋常可見，一點都不誇張。

　　1977 年 5 月葉石濤於《夏潮》雜誌十四期發表〈臺灣鄉土文學史導論〉：「儘管我們的鄉土文學不受膚色和語言的束縛，但是臺灣的鄉土文學應該有一個前提條件；那便是臺灣的鄉土文學

應該是以『臺灣為中心』寫出來的作品；換言之，它應該是站在臺灣的立場上來透視整個世界的作品。」、「臺灣一直在外國殖民者的侵略和島內封建制度的壓迫下痛苦呻吟，這既然是歷史的現實，那麼，反映各階層民眾的喜怒哀樂為職志的臺灣作家，必須要有堅強的『臺灣意識』才能瞭解社會現實，才能成為民眾真摯的代言人。惟有具備這種『臺灣意識』，作家的創作活動才能扎根於社會的現實環境裡，得以正確地重現社會內部的不安，透視民眾性靈裡的悲喜劇。」為「臺灣文學」樹立以土地倫理關懷為立足點的中心思想，拈出「臺灣意識」的核心價值。此一現實透視與文學主張將對未來臺灣文學的發展影響深遠。

同年 5 月《詩潮》第一集出刊，主編高準（1938-），雜誌欄目分作：詩潮論壇、歌頌祖國、新民歌、工人之詩、稻穗之歌、號角的召喚、燃燒的嚼火、釋放的吶喊、純情的詠唱、鄉土的旋律、新詩史料，明顯帶有左派的編輯思維（左派思想是人類思想光譜中的一種類型，思想本身沒有原罪）。重頭戲來了！8 月 17 日《中央日報》總主筆（黨報主筆的政治涵義眾所周知）彭歌（本名姚朋，1926-）在《聯合報・副刊》發表〈不談人性，何有文學？〉，指出最近的文學論點是「不正確的，甚至有害的。」具體點名批判陳映真、王拓、尉天驄三人；陳映真〈文學來自社會反映社會〉、王拓〈是「現實主義」文學，不是「鄉土文學」〉、尉天驄〈什麼人唱什麼歌〉，主要論點都強調文學應走入社會為民眾發聲。8 月 20 日余光中在《聯合報・副刊》發表〈狼來了〉，指謫「臺灣現在已有人公然提倡『工農兵文藝』」，堂而皇之當起威權政府的狙擊手，並語帶威脅地結語說：「那些『工農兵文藝工作者』，還是先檢查檢查自己的頭吧。」唐文標的言論先前就被余光中拿來與中共文革相提並論。

「鄉土文學論戰」中的「鄉土」，各方的定義相當分歧，有具備土地倫理關懷的臺灣家園（臺灣意識鄉土，以葉石濤為代表），有以大中華主義為根本的中國祖居地（中國意識鄉土，以陳映真為代表）。無論「現代詩論戰」或「鄉土文學論戰」主要都是意識形態之爭，政治意義大過文學意義；但對「臺灣意識」的反思與建構，起過不少催化作用，激勵臺灣人反思臺灣族群與文化的主體性，鼓動臺灣鄉土文學／現實主義文學的寫作風潮。

三、詩事件

（一）1950-1970年代影響「臺灣新詩」的事件

　　1950-1970 年代對「臺灣新詩」產生關鍵影響力的事件，我認為有三個。第一個事件是 1953 年紀弦創辦《現代詩》（1953-1964 年，四十五期），1954 年出版發行數量達一千五百本的《紀弦詩論》（當時愛詩者人手一冊吧），1956 年高舉「現代派」旗幟（共一百一十五人加盟），同年出版《新詩論集》。紀弦開風氣之先的文化作為，對 1950-1960 年代臺灣的新詩發展，起過難以取代的文化激勵作用。

　　第二個事件是 1964 年《笠》詩刊創立（雙月刊，至 2022 年依然按時出版），為臺灣詩人群建立一個相互砥礪的文學陣營，在大陸來臺詩人縱橫飛躍的年代持續地發出臺灣本土性的詩的聲音。這兩件大事發生於決定性的時間，由關鍵性的人物與團體堅定地推動，創造出無法替代的歷史性價值。

　　第三個事件是 1970 年代的「現代詩論戰」與「鄉土文學論戰」，為臺灣文學／臺灣新詩的本土化之路開拓新局面。但論戰中隱伏的「臺灣意識」與「中國意識」交鋒，將會持續超過半世

紀依然難以化解;「臺灣意識」與「中國意識」的抗衡態勢,此消彼長,此長彼消,依舊在價值錯亂、是非混淆的臺灣島上持續對峙。

　　紀弦與大多數「大陸來臺詩人」意識形態之明顯差異,我必須特別說明。1948 年 10 月 10 日紀弦在上海創辦了生平第四份詩刊:《異端》,「異端社」的宣言印在第一期封面上:「我們主張一切文學、一切藝術的純粹化;特別要把詩從政治解放出來,使其獨立生存,自由發展。我們是馬克斯主義神學系統下清一色的公式文學之異端。我們是不參加那些效忠於赤色梵蒂岡的桂冠詩人競技會的另一種選手。我們是廣義上的希臘主義者。……我們是對於左翼、對於右翼,以及對於一切正統、一切權力、一切偶像的不馴服的異端。有立場、有見解、有抱負、有勇氣,作為異端之一聯隊,邁著強有力的步伐,我們來了。我們向一切人宣言:我們堅決反對拿詩去服役於任何政治上的目的或是理念,我們要求詩本身的獨立、自由,與純粹化──這就是我們的革命。」(《紀弦回憶錄》)1948 年 11 月 29 日,紀弦一家搭乘「中興輪」抵達臺灣基隆港,將「異端」的現代主義火把傳遞到臺灣。紀弦具有異端色彩的現代主義觀點,相當具有個人原創色彩,比起 1932 年 5 月施蟄存主編的《現代》雜誌、1936 年 10 月戴望舒創辦的《新詩》月刊,現代性更加強烈。

　　像紀弦這樣的自由主義者,在臺灣戒嚴時期的處境萬分艱難,他不得不寫屈從於政治現實的詩,1951 年出版的詩集《在飛揚的時代》浮濫地歌功頌德,被他的成功中學學生尉天驄後來揶揄為應該改名為《在窩囊的時代》。尉天驄(1935-2019)的回憶提到:「那時的成功中學屬於蔣經國的地盤,他的長子蔣孝文就和我同級不同班。也就因為如此,學校裡的言談經常出現黨言黨

語。日子久了，也會在學生中流傳。其中一些是關於紀弦的。他雖然嚴肅，卻很少與人爭吵，倒是不時地皺著眉頭、喃喃自語地罵人，看來像是有難以擺脫的黑雲壓在心上；想辯駁無以辯駁，想沉默又不懂得如何沉默。」（尉天驄〈獨步的狼──記詩人紀弦〉）紀弦甚至在 1975 年 4 月老蔣翹辮子的時候寫出長詩〈北極星沉〉以表追思，5 月「於羊令野主持之『國軍詩歌隊』與『中國青年寫作協會』、『華欣文藝工作者聯誼會』假國軍文藝活動中心聯合舉辦的『追思領袖蔣公全國文武青年獻詩朗誦會』朗誦詩作〈北極星沉〉。」（紀弦〈文學年表〉）我能理解身處於畸形的時代氛圍中小人物之無奈，猶記得當年還是高中生的我，由學校帶隊被迫去拜謁獨裁者遺容時，內心之憤怒與半途大膽開溜之痛快。

紀弦 1945 年 1 月發表於《文友》第四卷第四期的〈炸吧，炸吧〉，是一首回應 1944 年陳納德飛虎隊誤炸上海市中心區，毀屋傷人事件的抗議，讀者可以從中感知詩人內心的真實情感：「炸吧，炸吧！／物價愈抬愈高了。／人心愈離愈遠了。／而且打仗愈打愈糟了。／失地愈失愈多了。／──何苦來啊？／／你們口口聲聲／長期抗戰，／最後勝利，／教老百姓等著。／可是要到什麼時候 蔣介石／纔騎著馬回來？／也許要到／這裡的中國人／炸死的炸死了／餓死的餓死了／連一個也不剩著時／他纔從天而降／灑幾滴憑弔之淚／在這個／極目荒涼一片瓦礫的／廢墟上吧？／然而怕只怕的是他／永遠不回來了。／／怕只怕的他／即使打了勝仗／榮歸他的故里／也沒有廣大的神通／收拾殘破局面。／唉唉怕只怕的是他／為了一己之政權之貪戀，／寧可背棄了全民之祈願，／從此就／陪著宋美齡，／老死在重慶了。……」（〈炸吧，炸吧〉節選）把「重慶」改成「臺灣」，

詩人差不多就成為完美先知了。

（二）1980-1990年代彰顯「臺灣新詩」的事件

一、1979 年 3 月梁景峰編選的《日據下臺灣新文學・明集
4 詩選集》由明潭出版社推出精裝本。1979 年 6 月「笠
詩社」主編出版《美麗島詩集》，林亨泰、趙天儀寫
序，詩集副標題：「戰後最具代表性的臺灣現代詩選」。
1982 年 5 月陳千武、羊子喬主編的《光復前臺灣文學全
集・新詩卷》由遠景出版公司推出四卷本（《亂都之
戀》、《廣闊的海》、《森林的彼方》、《望鄉》），
此四卷本至今依然在實體書店與網路書店流通，相當吸
引讀者。《美麗島詩集》是以笠詩社同人發表在《笠》
雙月刊上的詩篇為裁選對象，依五大主題分類：足跡、
見證、感應、發言、掌握，共收入笠詩人三十六家作品。
除詩作之外，也收入詩人的詩歷、詩觀，附錄五篇臺灣
新詩的回顧文章。《日據下臺灣新文學・詩選集》、《美
麗島詩集》、《光復前臺灣文學全集・新詩卷》對臺
灣早期詩人的文本輯錄貢獻卓著。

二、隱地（本名柯青華，1937-）主持的爾雅出版社，號召知
名詩人組成編輯群，由輪值編輯統籌篩選前一年新詩文
本，1983 年 3 月，張默主編的《七十一年詩選》出版。
1983 年 2 月，前衛出版社提前推出了《一九八二年臺灣
詩選》，李魁賢主編。前者出版十集，後者出版四集。

　　1992 年瘂弦、向明、梅新三人集議向文建會申請印
製贊助費，《年度詩選》以「現代詩社」、「創世紀詩
社」名義出版，委由爾雅出版社發行（出版八集，掛名：

前六集現代詩社、後二集創世紀詩社）。2000年改由「臺灣詩學季刊社」統籌，發行三集。2003年再轉為焦桐（本名葉振富，1956-）的二魚文化經營，本年度的詩選更名《2003臺灣詩選》，年年接力不輟。陳坤崙（1952-）主持的春暉出版社，從2008年開始編選出版年度性《台灣現代詩選》，延續至2022年4月還出版了《2021年台灣現代詩選》。各式各樣的《年度詩選》審美水平參差不齊，但精神可嘉不在話下，這可是賠本生意，也累積了具有年度性特徵的新詩文本。

三、1995年3月4日至5月27日，文建會策畫、文訊雜誌社承辦的「臺灣現代詩史研討會」，持續三個月六場次，發表三十篇論文、十八篇引言稿，1996年出版《臺灣現代詩史論》一書。這次研討會辦得有聲有色引起廣泛注目，《文訊》前後任總編輯李瑞騰（1952-）、封德屏（1953-）功不可沒。它比起躲在大學院校裡小圈子自己玩，但外界從不知曉也不鳥它的新詩研討會，有意思多了。

四、1995年張默（本名張德中，1931-）、蕭蕭（本名蕭水順，1947-）主編了一本號稱華文新詩世紀詩選的《新詩三百首（一九一七～一九九五）》（上下卷，1,348頁，2017年出版百年新編增訂本）。它有兩大特色，一個是視野廣闊兼容並蓄，分做四卷：卷一大陸篇・前期（1917-1949）、卷二臺灣篇（1923-1995）、卷三海外篇（1949-1995）、卷四大陸篇・近期（1950-1995），總共評論兩百二十四家全球華文詩人的詩文本。另一特色是每位詩人附了作者小傳及編者鑑評，資料收集下足

功夫。這是一個浩大的文化工程，需要付出龐大的精神
與體力，才能毫無舛誤地完工。

（三）2000年之後助益「臺灣新詩」的事件

一、2001年《二十世紀臺灣詩選》出版，主編：馬悅然
（1924-2019）、奚密（1955-）、向陽（1955-）。這本
詩選的英文版由蔣經國學術交流基金會贊助，美國哥倫
比亞大學出版社出版，繁體中文版由臺灣麥田出版社推
出。這本詩選選入五十位臺灣詩人的文本，出生年由
1906年橫跨到1966年。更重要是書名標舉「臺灣」，
它是「立足臺灣面向世界」的臺灣現代詩選。不同於既
往的「現代中國詩選」、「中華現代文學大系新詩卷」
具有大中華意識的標題，它強調這是臺灣的詩的聲音，
具有劃時代意義。

二、1995年，臺灣筆會、笠詩社等十八個民間社團連署，聲
明「大學文學院不能沒有臺灣文學系」。1997年9月，
淡水工商管理學院（真理大學前身）的「臺灣文學系」
招生，「臺灣文學」開始在學院體制中扎根；2000年成
功大學「臺灣文學研究所」成立，2002年「臺灣文學系」
開始招生，成為第一所建置完整的「臺灣文學」教學與
研究學術機構。2002年臺北教育大學設立「臺灣文化研
究所」，2003年「國家臺灣文學館」正式設館，第一任
館長林瑞明（林梵，1950-2018），2007年更名為「國
立臺灣文學館」。2003年臺師大「臺灣文化及語言文學
研究所」成立，2004年臺灣大學、中興大學、中正大學
同時設立臺文所，2005年政治大學臺文所也首度招生。

「臺灣文學」的教學、研究、推廣步上軌道，對「臺灣
新詩」的文化定位與學術建構，逐漸發揮凝聚與推擴的
文化效應。

三、1987 年葉石濤《臺灣文學史綱》由文學界雜誌社出版，
2010 年春暉出版社推出《臺灣文學史綱註解版》。《臺
灣文學史綱》是臺灣文學史的開創之作，日譯本由日本
學者中島利郎與澤井律之共同完成，2000 年在東京出
版，書中增加了兩位譯者詳加查證的譯註及解說。《臺
灣文學史綱》的日文註解部分，由留學日本的彭萱中譯，
經其父親彭瑞金以按語方式註明、補正、增訂，註解版
彌補了初版史綱簡明疏漏的缺憾。《臺灣文學史綱註解
版》雖然還不夠完備，但對臺灣文學史（其中也包括臺
灣新詩史）進行了不可或缺的奠基工作。

四、2006 年張雙英（1951-）《二十世紀臺灣新詩史》（歷
史區間 1923-2000 年）出版，2019 年鄭慧如（1965-）《臺
灣現代詩史》（歷史區間 1920-2018 年）出版，2022 年
孟樊（本名陳俊榮 1959-）、楊宗翰（1976-）合著《臺
灣新詩史》（歷史區間 1922-2022 年）出版，2023 年黃
粱（1958-）《臺灣百年新詩》（歷史區間 1922-2022 年）
出版。四本臺灣新詩史的座標定位、史觀史識都大異其
趣，呈現臺灣多元文化的可貴特徵。

　　2020 年黃粱出版《百年新詩 1917-2017》，全書一
百六十六萬字，是一部宏觀綜覽的現代漢詩文化圖譜，
將民國新詩（1917-1949）、中國新詩（1949-2017）、
臺灣新詩（1920-2017）明確劃分，也納含香港新詩、新
馬新詩、海外華文新詩、網路詩等文化區塊；設定專題

探討，融匯詩史詩評詩論於一爐。上述五本詩史論述各有特色，書寫者對臺灣新詩文化付出寶貴心力，值得讚美。

四、詩現象

（一）非華語新詩創作的興起

華語新詩是臺灣新詩書寫的主流，長期以來佔居臺灣新詩文化核心地位，這是政治環境與歷史潮流塑造的文學現實。相對於華語新詩，臺灣還有多股非華語新詩的書寫潛流持續推進，包括：台語新詩、客語新詩、原住民族語新詩、（東南亞／香港移民）新住民母語新詩。2008 年起，國立臺灣文學館設立本土語言創作獎，分三大項：台語文學、客語文學、原住民漢語文學，每一項皆由詩、散文、小說輪流徵選，一直到 2019 年度才擴大為詩、散文、小說同時徵選。正因此，2008-2018 年之間創作獎新詩類獲獎作品僅有三件：劉慧貞〈歷史講義〉（2009 年客語）、李長青〈親像，有光〉（2014 年台語）、沙力浪〈從分手的那一刻起～南十字星下的南島語〉（2016 年原住民漢語）。2019 年度三種本土語言創作獎新詩類各有兩件：原住民漢語：黃璽〈十二個今天〉、游悅聲〈Bayes〉。客語：張芳慈〈牆系列組詩〉、王倩慧〈送分 ngaiˇ 故鄉个泥肉〉。台語：曾美滿（阿彎）〈失落的批信〉、王永成（王羅蜜多）〈布袋〉。2020 年，本土語言創作獎除新詩類之外還擴充到小說與散文，也將「原住民漢語文學」改稱「原住民華語文學」，徵選辦法大致底定，對本土族群／語言的文學創作展現了最起碼的關注。

台語文學、客語文學、原住民族語文學，當然不是 2008 年

才出現。林宗源（1935-）的台語新詩肇始於 1956 年，杜潘芳格的客語新詩開端於 1980 年代中期。卜袞・伊斯瑪哈單・伊斯立端的布農族語新詩起源於 1978 年。林央敏主編的《台語詩一甲子》將台語詩書寫上溯自 1930 年代，包括賴和〈相思歌〉、楊華〈女工悲曲〉、黃得時〈美麗島〉等，呈現的歷史視野更加廣闊。

　　卜袞的布農族語新詩（自譯為華語詩對照），相較於莫那能的排灣族華語新詩、瓦歷斯・諾幹的泰雅族華語新詩，展現更加醇厚的臺灣原住民族群思想與部落精神。語言不只是溝通工具而是文化母體，以族語書寫部落文學，原住民族的文化重建才能往更深處扎根。原住民族語書寫，必需關注文本所要表達的族群文化內涵與部落精神信念；文化底蘊積累與精神信念重建不是短時間可以達成，但沒有扎實的根基就沒有未來願景可以期待。臺灣各原住民族族語的書寫體系，目前依然殘缺不全，字彙群的視野幅度與文化深度還有待補充，亟需相關機構（尤其公部門）投注更多資源全力協助。

　　台語文學和客語文學，目前的書寫體系尚未完善，這是發展過程的必然現象，往蓬勃方向發展就是好事；寫作者愈多，語言美學與文學品質就會隨之提昇，紛爭自然止息，此乃文學發展的常態。在文學寫作範疇，文化性與文學性屬於第一義，唯有具備豐厚文化涵養和深刻文學品質的作品，才能建構出臺灣文學的文化傳統。

　　來自東南亞的新住民母語文學創作（包含新住民母語新詩），在臺灣文學場域處於更加邊緣的位置。2014 年創辦的「移民工文學獎」，一至六屆共結集出版了五冊得獎作品集，《第七屆移民工文學獎作品集：蛻》出版於 2021 年。得獎作品集文本以母語／

華語對照，呈現誕生於臺灣的另類風景。臺灣的合法「移工」，主要來自印尼、越南、菲律賓、泰國，總人數接近七十萬人（2022年統計數字），他們的文學聲音不應該被忽視。2014年後香港來臺移民有逐年增加趨勢，粵語新詩在臺灣的創生也指日可待。

（二）網路詩書寫

1996年1月高世澤（1973-）創辦網路版《晨曦詩刊》，《晨曦詩刊》以「電子佈告欄系統」（Bulletin Board System，BBS）上的詩版為傳播媒介，提供網友發表與討論。面對網路文本良莠不齊的缺點，他們對文本進行再編輯，整理出完整的網路版詩刊。網站後續也出版了六期紙本《晨曦詩刊》，高世澤與代橘（賴興仕 Elea，1971-）為前後任主編。與此同時，中山大學「山抹微雲藝文專業站」、海洋大學「田寮別業」、政治大學「貓空行館」等，都有現代詩專版提供網友發表與討論。

1997年6月，由行政院文建會贊助，杜十三、侯吉諒、須文蔚三位詩人共同籌畫的「詩路：臺灣現代詩網路聯盟」上線，成立宗旨：一，結合既有現代詩發行刊物，進行網路的文學傳播。二，以多媒體製作方式，典藏現代詩作品與史料。三，開創網路現代詩的新創作類型。「詩路」在1997年10月推出《每日一詩電子報》，將網站的典藏詩作與投稿新詩做內容編選，每天寄送一首詩到訂戶的電子郵件信箱，並主動提供站臺內容更新與即時藝文快訊。2001年出版《網路新詩紀：詩路2000年詩選》，須文蔚、代橘主編。2002年出版《詩次元：詩路2001年詩選》，須文蔚、林德俊主編。

1998年1月蘇紹連打造「現代詩的島嶼」，4月向陽建置「向陽工坊」個人網站，8月陳黎成立「陳黎文學倉庫」。8月，中

興大學李順興（1963-）打造「歧路花園」，他是臺灣第一位把「數位文學」正式引進大學課堂的教授。「歧路花園」介紹以數位方式製作／發表的超文本文學（Hypertext literature），「超文本」是用超鏈接方式，將各種不同空間的文字信息組織在一起的網狀文本。11 月須文蔚建構「觸電新詩網」。

1999 年 10 月臺北科技大學莊祖煌（白靈，1951-）成立「白靈文學船」個人網站。12 月底李順興與蘇紹連開設超文本玩詩網：「美麗新文字」（Brave New Word），展覽富有創意的數位文學作品，介紹國外優秀的數位文學作者與作品。2000 年 1 月，米羅・卡索（蘇紹連）成立「FLASH 超文學」。

2000 年 2 月全數位化《明日報》創刊，2001 年 2 月結束營業，後續由 PChome 接手。2000 年 12 月《明日報》推出「逗陣新聞網」，銀色快手（趙佳誼，1973-）號召一些《明日報》「個人新聞臺」臺長共同發起網路詩社群《我們這群詩妖》，集合遲鈍、林德俊、楊佳嫻、鯨向海、木焱、紫鵑等新生代詩人，打造出旗幟鮮明的虛擬社群；同類社群還有《我們隱匿的馬戲班》等。

2003 年 6 月《臺灣詩學季刊》同人蘇紹連建立「吹鼓吹詩論壇」網站，2005 年 9 月創辦紙本《吹鼓吹詩論壇》雜誌（季刊，至 2022 年共出版五十一期）。2009 年推出「臺灣詩學吹鼓吹詩人叢書」，出版超過五十冊的網路詩人詩集。2012 年出版《新世紀吹鼓吹：網路世代詩人選》，從吹鼓吹網站上挑選代表性詩人與詩作，呈現臺灣網路詩在某特定場域的成果。

2002 年 11 月，「部落格」，一個新名詞出現在臺灣網路平臺，翻譯自「Blog」。2006 年起，以個人部落格網頁為基地，網路全民書寫蔚為大觀，大量知名與不知名詩人建立起自己的個人網頁，打造專屬自己的粉絲群。2008 年 6 月，Facebook 中文臉

書時代來臨。手機高速連網，增加了書寫便利性與文本傳播速度。

「每天為你讀一首詩」是一個網路文學組織，2014 年 10 月由詩人洪崇德（1988-）發起，該組織成員每天挑選一首新詩撰寫賞析，以臉書、部落格為發表平臺。2017 年 11 月 21 日暫時停止更新。在東華大學華文系副教授張寶云（阿流 1971-）協助下，2019 年 3 月重新運作，每月規劃不同主題，藉由系統性的詩作分享與賞析，在社群平臺推廣新詩。2022 年 5 月 9 日起，改為每週一、三、五、日「為你讀一首詩」。網站小編群熱愛新詩長期無償地付出，簡直就是一個奇蹟工程；該臉書 2022 年追蹤人數超過十五萬人，誰敢說新詩讀者不多？（但詩集銷量真的不多）

臺灣新世代新詩書寫的集體性傾向很明顯，產生如此現象跟互聯網之興起有很大關係。在網際網路未誕生時，新詩無論發表或傳播，發表平臺與傳播範圍相當有限，個人化書寫還是主要形態；少數明星詩人可能擁有更多讀者與仿效者，多數詩人都處在各自隔絕的個人化書寫中，獨立經營自己的風格。互聯網興起，詩的書寫、發表、傳播同步加速，詩的閱讀、模仿、消費也同步加速；新詩書寫的同質化情況越加嚴重，個人風格的養成與塑造越加困難。

網際網路這個新興平臺，解構／結構了新詩文化環境；從好處著想，任何小眾詩人都可以擁有自己的小眾讀者，新詩資料的搜尋與文學倉庫的累積更加快速便利。從缺失而言，不負責任的謾罵言論增多（緣起網路作者的匿名特性），相互模仿的文本快速繁殖（緣起急功近利的抄捷徑心態），這些人性陋習在網絡平臺上暴露無遺。網路詩由於沒有外在篩選機制，內在篩選機制變得更加重要；缺乏心靈沉澱的書寫與發表，對作者而言淪喪自我教育功能，對讀者而言深思熟慮變成遙不可及。

網際網路的全球鏈結與數位工具的快速進化，是一個不可逆轉的時代趨勢。大數據經常被有心人士利用，藉以塑造輿論，真假消息模糊難辨，資訊快速生產快速消費，人人手機在握人人忙得團團轉。在地球村宛然實現的同時，網際網路的惡與善都必然牽動每個人的生活，任何地域的詩歌作者都無法漠視它的全球化影響力。

（三）新詩教育長期遲滯

網際網路興起之後，年輕世代在網路上發表詩作蔚為風潮，網路空間裡虛擬的文社、詩刊應運而生；數位化的輕快便捷，讓新詩的作者與讀者一瞬間湧上新興舞臺，造成創造性擁擠的幻象。但臺灣詩壇長年流傳一句話：「寫詩的人比讀詩的人多」，費盡心力編輯出版的詩刊，主要作用是拿來當名片送人，寄贈圖書館佔據書架。詩集被出版商認為是書市的票房毒藥，詩人只好自掏腰包自我救濟或認真申請官方補助；除了少數例外，多數詩集、詩選、詩刊滯銷。有四種可能因素：第一，文本品質太差，勾不起購買欲望。第二，讀者程度太差，不識好貨。第三，以上兩者皆是。第四，兩者皆非（但原因不明）。從 1950 年代到 2010 年代，新詩作者群與讀者群增加不少，但詩集、詩刊、詩選的銷售數量依舊乏善可陳。

臺灣的新詩文化（包含書寫、閱讀、研究、評論），就個人的親身參與長期觀察，從我專志新詩的 1982 年起直到 2022 年，從詩歌視野、審美知覺、詮釋能力三個面向，四十年間臺灣詩學提昇的程度很有限。我推測有一種可能原因：臺灣的新詩教育徹底失敗。舉個現成例子，十二年國教翰林版八年級（國二上學期）國文教材（2019 年 9 月出版），第十一課選了余光中的新詩〈夸

父〉，開端質問夸父的行為：「為什麼要苦苦去挽救黃昏呢？」，全詩結束於反對逐日：「——何不回身揮杖／迎面奔向新綻的旭陽／去探千瓣之光的慈心／壯士的前途不在昨夜，在明晨／西奔是徒勞，奔回東方吧／既然是追不上了，就撞上」。

讀完〈夸父〉，你是想哭還是想笑？一則寓意深遠的上古神話被汙衊被毀容（夸父不是要挽救黃昏而是要與日競走）。朝陽、夕陽向來高懸天際，再巨大的人類也無法「撞上」。基本語意都不通，老師要從何教起？學生只好背誦幾個語詞了事。保守的意識形態教條，加上散文化修辭的線性敘述，詩意迴響究竟何所依存？這首被編輯委員認為是「新詩範本」，說明一個嚴重的文學涵養問題：國文教材編輯（通常來自中文系成員）對「詩」的認知相當幼稚與保守。如果新詩就像〈夸父〉這副德性，吃壞肚子的讀者哪敢再去買來食用？

相隔一年半，翰林出版公司在國二下學期國文教材（2021年1月出版）再度選用余光中先生的大作，而且一次選了二首。第一首〈讓春天從高雄出發〉第一節如下：

> 讓春天從高雄登陸
> 讓海峽用每一陣潮水
> 讓潮水用每一陣浪花
> 向長長的堤岸呼喊
> 太陽回來了，從南回歸線
> 春天回來了，從南中國海

這件文本依然讓我哭笑不得！首先，春天的導航系統故障了嗎？春天為何不是從屏東（恆春甚至鵝鑾鼻）出發，偏要獨厚余

光中先生居住的高雄？還有，「太陽回來了」，難道說在余光中的文本裡太陽是個怪咖，昨天沒有返家前天也不敢露面？這種模式化文本，不但缺乏詩性連文學性都談不上；如果不是因為「余光中」這個標籤，而臺灣人又盲目地迷戀標籤，這件文本在任何文學評審場合百分之百都過不了初審。

再看第二首〈控訴一支煙囱〉第一節：

> 用那樣蠻不講理的姿態
> 翹向南部明媚的青空
> 一口又一口，肆無忌憚
> 對著原是純潔的風景
> 像一個流氓對著女童
> 噴吐你滿肚子不堪的髒話

首先，我對標題有意見，高雄地區的空氣汙染不是「一支煙囱」造成的，這樣寫是為了象徵而象徵。「女童」被「流氓」消費我也很有意見，文本的性別平等意識很差勁，十四歲的國中女生讀後會作何感想？上述兩件文本不但沒有文學教育功能，連語文教育功能都很可疑。這種寫作模式我特別稱名為「命題作文」，這種類型的文本因為好寫好讀好教，傳染力與汙染力都相當驚人。

選錄如此文本，不但將「新詩」降格到散文的層次，也侮辱了臺灣少年的高尚心靈；國生中被升學主義壓榨已經夠可憐了，還要死吞這種反教育的華文教材。時光飛逝，整整半世紀過去，我少年時拒絕學習的八股教材，至今還在荼毒臺灣學子的心靈。臺灣的教育體制，在文學教育層面與心靈啟蒙層面真有一絲絲進步嗎？新詩教育長期遲滯，從來未見批評從來未見改善，臺灣新

詩文化想要整體性提昇，難乎其難！

（四）臺灣詩壇的造神熱

　　臺灣詩壇熱愛造神，曾經產生過三次「十大詩人」造神運動。第一次是1977年源成版《中國當代十大詩人選集》。此書由張默、張漢良、辛鬱、菩提、管管共同編選，被稱頌的臺灣（假名為中國）十大詩人為：紀弦、羊令野、余光中、洛夫、白萩、瘂弦、羅門、商禽、楊牧、葉維廉（非臺灣籍詩人佔八個）。第二次是1982年《陽光小集》舉辦的「青年詩人心目中的十大詩人」票選活動，從二十八張有效選票（寄出四十四張）選出十大詩人：余光中、白萩、楊牧、鄭愁予、洛夫、瘂弦、周夢蝶、商禽、羅門、羊令野（臺灣籍詩人還是二個）。第三次為2005年臺北教育大學臺文所與《當代詩學》合辦「臺灣當代十大詩人」票選，在二〇九張選票中回收七十八張有效選票，選出十大詩人：洛夫、余光中、楊牧、鄭愁予、周夢蝶、瘂弦、商禽、白萩、夏宇、陳黎（出生在臺灣的詩人終於有了四個）。「詩人」到底是什麼鬼玩意啊？真是讓人納悶。「詩人」不是一種社會身分，而是詩歌審美精神在人間的暫時性化身；更由於「詩」跨越邊界的創造動能，「詩人」本質上是革命者且通常以被壓抑的邊緣者形象出現，屈原、陶潛、李白、杜甫、李商隱、李賀、蘇軾等等，不都是如此嗎？

　　臺灣詩壇在楊牧2020年3月逝世前後，又出現了第四次造神運動。這次造神運動的前期活動有個著名的漢語新詩研究學者奚密（Michelle Yeh）參與，2016年溫知儀導演的楊牧記錄片《朝向一首詩的完成》訪談中，奚密宣稱：「我不會把他（楊牧）定位在臺灣文學的範疇，我更傾向把他定位在現代漢詩的歷史裡面，楊牧是現代漢詩史上最偉大的詩人。」這次造神運動的後期

活動，則是此起彼落歷數年不衰的楊牧詩歌研討會。

臺灣詩壇與中國詩壇都非常熱愛造神，且經常假借「十大詩人」票選之名；這種文化現象（以數字多寡來衡量文學作品審美評價高低）在西方世界是無法想像的，簡直就是當代神話。為什麼會作出這種貶低詩的審美精神的荒唐舉措？我推測有兩個可能原因，第一是無知於「詩」，第二是缺乏文化自信心。

蘇聯裔被迫流亡美國的 1987 年諾貝爾文學獎得主約瑟夫・布羅茨基（Joseph Brodsky，1940-1996）曾經宣稱，前蘇聯詩人奧西普・曼德爾施塔姆（Osip Mandelstam，1891-1938）是「二十世紀最偉大的詩人」。雖然布羅茨基不但是大詩人也是大評論家，要作出「偉大」的世界範圍之比較是不可能有學術根據的，純粹是個人主觀的審美判斷。讀過曼德爾施塔姆的詩篇譯本之後我同意他的論斷，但也只是我個人的審美判斷。奚密的看法我不認同但給予尊重，因為那僅僅是她的觀點而已。他者觀點可以參考，但讀者要根據文本進行自我感思與審美判斷。並不存在公眾觀點這回事，那是權威觀點的代詞。迷信權威觀點，迷信名牌標籤，迷信統計數字，都是既盲目又危險但極其普遍的臺灣文化病徵。

五、詩評論

（一）詩評書寫的嚴肅性

臺灣嚴肅的詩評書寫長期以來乏人問津，多數新詩評論不過是將就人情的推薦文（控制在一千五百字以內適合發表與閱讀），毫無審美意識也匱乏批評意識，無法從詩學層面進行美學審視與文本批判。詩評書寫為什麼乏人問津？有兩個原因，一個是詩評

書寫相當艱難，尤其文本細讀式的結構分析、文化闡釋，等同於創造性的文學實踐，耗費時間精力。一個是詩評書寫是為他者服務，多數毫無現實回饋，要求評論者為價值信念而無償奉獻，無異緣木求魚。

學院體系也有許多研究學者與研究生參與臺灣詩學建構，其中也不乏深刻的新詩論述，但多數新詩論述是資料彙編、數據統計與學術名詞解釋串連，研究重心偏向文本與歷史變遷、時代思潮、社會環境的關聯，較少涉及「詩」的語言策略、結構佈置、審美精神的深入探索。如果沒有對於「詩」的深刻感知，挖掘「詩學」層面的奧美與原理，普泛型的新詩研究經常呈現一種弊端：資料考察成為顯學，具體文本分析乏善可陳，且論述對象以社會知名度高的詩人與明朗易懂的詩文本居多。

有些聰明人會借用既有的文學資源：象徵詩學、空間詩學、後現代、後殖民等等，來經營自己的詩評、詩史，一種框架挪來挪去常常捉襟見肘，運用妥當還好，運用不妥當還會自相矛盾；比如在臺灣強調後殖民，卻吹捧一位最具有大中華思想與殖民意識的詩人。具有創造性觀點的新詩論述必須是：針對不同的文本發明不同的思想觀念與論述模型，找到相應的「對話場域」，才能進行有成效有品質的評述。我看過的大部分新詩論述，不是幫作者一味貼金，就是評論者天馬行空的獨白，兩者交集的部分少得可憐，觸及詩學的部分也少得可憐。一種思想框架無法適用於不同類型的文本，但學院僵化的生態體系迷信框架與尺度，難以創造性地言說；結果顯而易見，穿著整套盔甲進八角籠從事自由搏擊，表演是可觀的，敗場是必然的，但內傷嚴重不為人知。

「新詩批評」應該具備的基本素質有兩項：問題意識與批評意識。問題意識是催發評論的基本點，基本點是中性的，它不牽

涉對象文本的好或壞；問題意識的先在條件是感知對象，其次是發現問題。失敗的新詩評不是感知太膚淺就是沒有發掘出新內涵。能感知對象才能與文本產生血肉相連之感，激發審美想像；能發現問題才能針對問題去分析、闡釋與評價，語調平和但絕不妥協。如果一篇評論的出發點，只是人情世故的推薦，或產製論文需要，或吹捧主流明星來攀附權力網絡，問題意識與批評意識從何孳生？這種非詩學取向的評論文本，不堪認定為「新詩批評」。

批評意識的首要條件是文本意識，有兩層意涵，第一層：批評對象侷限於具體的特定文本，不做沒有文本依據的文學泛論。第二層：應將批評者自身與批評對象置於同一平臺進行雙向檢索，將兩者都視為具有生命意識的文本，並依此進行開放性交流。將文本視為一堆語言符號組合，批評者高高在上且只有單向度視域的評論文本，不堪認定為「新詩批評」。

膚淺的詩評太浮濫，嚴肅的詩評就很難有生存空間，沒有嚴肅的詩評產生鑑照比較的審美參考座標，新詩文本的好壞，不是詩人獨白說了算，就是掌握權力者說了算；結果都一樣，很難自我反思文化精進。新詩評論應當觸入文本的心靈密碼、時代語境、文化系譜，應當納涵審美判斷、道德判斷與歷史判斷；新詩評論，是三位一體的文化空間建築。

（二）文學獎評審的專業機制

臺灣充斥著各項國家文學獎、地方文學獎、大眾傳媒文學獎、基金會文學獎，此起彼落頒獎受獎好不熱鬧。但臺灣文壇是否產生了如同日本文壇一樣，具有綿長歷史與文化威望，諸如「芥川龍之介賞」、「直木三十五賞」、「讀賣文學賞」的文學獎，答

案是否定。但未見有人對此文化現象感到羞恥，作者得過且過習以為常，讀者得過且過習以為常。一鍋冷粥反覆加熱的臺灣文學獎，不吃餓肚子，食了傷胃腸。

臺灣文學獎缺乏公信力的主要因素，在於文學獎評審機制與評審委員的審美水平。臺灣文學獎經常被人詬病之處，在於評審委員經常是老面孔，且有暗中說項／私相授受之狀況。於是臺灣文學獎中獎金最高榮譽最高，由國立臺灣文學館舉辦的「臺灣文學獎金典獎」，三級制（初審、複審、決審）評審委員，改以電腦隨機抽籤的方式產生，而且評審委員事先並不知道其他評委有哪些人。立意尚佳，但有四個大問題依然沒有解決。第一，是誰決定這些入闈擔綱者有資格當評審？就憑他們是名作家、副刊主編、出版社總編輯、文學教授等等頭銜？他們可曾寫過高品質的文學評論以資證明他們的審美水平？第二，「臺灣文學獎金典獎」採不分文類方式同臺評審，小說專家如何評審新詩？反之亦然；散文專家往往以散文的敘事美學來觀察新詩，也很難認識新詩無端飛躍之美。不分文類的評審方式違反文學專業的基本要求，評審委員最後只能相互妥協，而且必然是弱勢者向強勢者妥協，支持新詩者向擁護小說者妥協。第三，誰來為三級制（初審、複審、決審）最終評審的結果負責？初審？複審？決審？任何一個環節差錯都會影響全局，甚至會產生複審的末段班作品在決審中脫穎而出，反之亦然。第四，決審委員最終被安排在一個封閉區域中三天，討論入圍的三十部作品，進行討論與終審。（2021年複審是四十五天閱讀二三五部作品，選出三十部作品。決審是十八天閱讀三十部作品，選出八部得獎作品）這是傳統科舉考試與臺灣大學聯招入闈制度的可怕參照，對一部作品進行深度閱讀至少需要五至七天吧！閱讀三十部作品需要幾天？

一個具有公信力且讓人尊崇的文學獎，它的必要條件有三個，第一，設定「文化理想」，持之以恆地以「最高標準」去抵達並維持，絕不妥協。第二，「專業評審」評判專業文類，評審者為自己的審美判斷、歷史判斷與道德判斷負全責。第三，尊重評審委員的道德與能力，給予足夠時間深度閱讀，以便進行納含「審美精神」的文本裁選。

　　要達到以上目標，不是官僚機構關起門來擬定草案就能完事。何謂文化理想？何謂最高標準？何謂專業評審？何謂審美精神？對以上四大要件又要如何自我反思不斷精進？這些是官僚機構能做到的事嗎？主辦單位如有自知之明，就應該組織一個嚴謹的委員會進行方案研討，經過如此作為，一個有公信力且讓人尊崇的文學獎，才具備在臺灣誕生的基礎。一個文學獎要形塑自身的傳統，還需要社會大眾對文學產生真正的心靈需要才行；如果社會大眾關注的只是文學獎引發的權力與財富的增值效應，對文學文本的審美價值毫無興致，一窩蜂一頭熱的臺灣文學環境依然是殘廢之境，無法通過作者與讀者的深刻交流而促進整體文學品質的提昇。

六、新詩文化的考察、反思與重構

（一）新詩文化的考察

　　臺灣新詩文化的周邊命題中以詩評論最重要，但最不受重視，反而詩集團以及由集團衍生的詩論爭在臺灣容易形成波瀾；而集團性論爭重視的並非文化提昇而是權力重分配，產生不了深刻的「詩的思想」。影響力更大的文化集團，是出版社、文學雜誌、大眾傳媒的文藝負責人與詩獎評審團伙，而文化集團又受經

濟因素與政治因素操控，美學因素與思想因素向來就只是陪襯。

　　臺灣的新詩發展，長期以來由主流集團操控、受時尚命題左右。佔據文化核心形成主流的往往是既得利益者，並依此建構權力網絡；流離邊緣的作者是獨立個體與新生代族群，資源匱乏很難贏得重視。邊緣者得到提拔往往不是因為文本品質，而是與權力網絡靠攏；與權力網絡親近不但決定曝光機會，更會影響評審的視野與觀點。結果顯而易見，邊緣作者選擇與主流合作而被收編，加劇了主流權力網絡之鞏固；這種低級現象被視為常態，長期以來塑造了臺灣的文化生態與文學環境。

　　臺灣的文學出版不景氣包含兩大因素：社會趨勢（紙本書沒落、讀書風氣差）與經濟效益（市場太小、利潤太低）。臺灣社會的文化風氣迷戀名牌與標籤，知名度高或佔據權力核心的作者，更有機會在大型出版公司出版著作，得到更多曝光機會，加上設計包裝、名家推薦、文宣造勢，即使內容普通還是有大量的盲目讀者買單。這種缺乏獨立思考與審美判斷的文化現象，歸根究柢是哲學教育與美學教育失敗，而臺灣的教育內容從來就沒有這兩項要素。

　　在臺灣的文化場域中，影響文化生成與發展的真正關鍵是權力機制與經濟考量；塑造典範的主要動能是政治效益與經濟效益，文本的文化成就充其量只是配角。正因如此，被胡亂推上舞臺的所謂典範，文化品質參差落差極大。這種低級現象在臺灣的各大文化場域皆如此，長期以來都如此，大家習以為常。回顧一下各領域各層級的文藝獎項／學術獎項得主，就一目了然。

（二）新詩文化的反思

　　臺灣新詩發展歷時百年，曾經發生多次思想論爭，但都無法

激發出具有開展性的文化思潮。主要因素有兩個：一個因素是「詩的思想」沒有足夠深度。詩論書寫極度貧血，詩評書寫的水平也難以提昇；沒有審美評價座標為依據，文本的品質要如何論定？只能自由心證各自表述。「詩的思想」無法精進，詩學就難以開展與深化，美學因素與思想因素就無法和政治因素與經濟因素抗衡，改善文學環境贏得文化闡釋權；沒有「詩學」作為新詩文化座標的價值軸心，「臺灣新詩」如何百鍊成鋼更上一層樓？

另一個因素是「詩的思想」不受重視。「詩的思想」為詩學礎石，這是建構臺灣詩學的學術根本。但臺灣詩界對此認知不足，學術研究只想在文學資料彙編上做文章，只想寫寫讀後心得報告，只想挪用他者的思想框架便宜行事。長此以往，「臺灣詩學」的立論無法在歷史脈絡中扎根，演化出本地的獨特面目，並推擴出具有開創性的思想潮流。由於匱缺原生性的豐沛思想能量衝擊，「臺灣新詩文化」自然就走不出原地打轉自我沉溺的困境。

（三）新詩文化的重構

新詩文化要想重新建構，首先要將「臺灣新詩學」與「臺灣新詩史」歸建於「臺灣學」與「臺灣文化史」之中，才不會在潮流轉運站與文化販賣場上東奔西突，進行沒有自家根源的無根之變，難以為臺灣文化大廈之建構添磚加瓦，結局終將是個大雜燴拼裝的文化畸形兒，與臺灣的族群、土地、歷史、文化毫無在場關聯。

其次，要將「詩」的文化位階，藉由詩的思想之重新界定，將詩歌精神提昇到終極觀照的文化層級，立定志向胸懷理想，參與推動臺灣社會的歷史進程，影響臺灣文學的審美開展，引領下

一波的臺灣新文化運動。「詩」的文化位階提昇詩歌視野也會提昇，「臺灣新詩」的形式與內涵才會發生根本性的變化，詩人與詩篇才有可能自我形塑為傳統與未來之間的創造性通道，煥發出精神性能量，「臺灣新詩文化」才會誕生解構／重構的嶄新契機。

【參考文獻】

紀弦，《紀弦詩論》（臺北：現代詩社，1954 年）

紀弦，《紀弦回憶錄》（臺北：聯合文學，2001 年）

女鯨詩社編，《詩潭顯影》（臺北：書林出版公司，1999 年）

黃智溶等，《地景的詩意－宜蘭歪仔歪詩社詩選》（宜蘭：宜蘭縣政府文化局，2013 年）

鴻鴻主編，《衛生紙＋》詩刊（臺北：黑眼睛文化，2008-2016 年）

鄭烱明主編，《笠之風華：創社 50 週年《笠》特展》（高雄：春暉出版社，2015 年）

笠詩社主編，《美麗島詩集》（臺北：笠詩社，1979 年）

梁景峰主編，《日據下臺灣新文學・明集 4 詩選集》（臺南：明潭出版社，1979 年）

陳千武、羊子喬主編，《光復前臺灣文學全集・新詩卷》（臺北：遠景出版公司，1982 年）

封德屏主編，《臺灣現代詩史論》（臺北：文訊雜誌社，1996 年）

張默、蕭蕭主編，《新詩三百首》（臺北：九歌出版社，1995 年）

馬悅然、奚密、向陽主編《二十世紀臺灣詩選》（臺北：麥田出版社，2001 年）

葉石濤，《臺灣文學史綱》（高雄：春暉出版社，2010 年註解版）

張雙英，《二十世紀臺灣新詩史》（臺北：五南出版社，2006 年）

鄭慧如，《臺灣現代詩史》（新北：聯經出版公司，2019 年）

孟樊、楊宗翰，《臺灣新詩史》（新北：聯經出版公司，2022 年）

黃粱，《百年新詩 1917-2017》（花蓮：青銅社，2020 年）

張春凰、江永進、沈冬青主編，《台語文學概論》（臺北：前衛出版社，2001 年）

林央敏，《台語詩一甲子》（臺北：前衛出版社，2006 年）

蘇紹連主編，《新世紀吹鼓吹——網路世代詩人選》（臺北：爾雅出版社，2012 年）

李順興著，〈當文字通了電——與姚大鈞談網路文學〉《聯合文學》177 期，（臺北：聯合文學，1999 年）

須文蔚，《臺灣數位文學論》（新北：二魚文化，2003 年）

陳徵蔚，《電子網路科技與文學創意：臺灣數位文學史 1992-2012》（臺南：國立臺灣文學館，2012 年）

溫知儀導演，《朝向一首詩的完成：文學大師楊牧》（臺北：目宿媒體，2012 年）

彭瑞金、藍建春、阮美慧、王鈺婷，《臺灣文學史小事典》（臺南：國立臺灣文學館，2014 年）

陳大為、鍾怡雯主編，《20 世紀臺灣文學專題 I：文學思潮與論戰》（臺北，萬卷樓，2006 年）

王智明等主編，《回望現實‧凝視人間：鄉土文學論戰四十年選集》（臺北：聯合文學，2019 年）

翰林國文作者群編著，《翰林版國中國文 3》（臺南：翰林出版，2019 年）

翰林國文作者群編著，《翰林版國中國文 4》（臺南：翰林出版，2021 年）

黃粱簡介

1958 年 2 月出生於艋舺，本名黃漢銓，木匠的兒子，排行九。

1973 年抗拒體制教育，留級，出現躁鬱傾向，諮詢臺大精神科，醫師結論：「你將來如果不是精神科醫生，就是個文學家。」

1978 年師從美學家潘栢世、琴士莊洗，思想啟蒙。為求道離家出走，8 月父親過世返家三天，寫下生平第一首詩藉以平復身心。年底攜維摩詰經、六祖壇經、原始佛教思想論赴金門服役兩年。

1981-1982 年八里海濱閉門讀書，覺悟本性，以詩為一生志業。

1984-1999 年隱逸灣潭山村佛寺旁老厝，出入要靠人工划渡。

1985 年以本名首度投稿，《聯合文學》第八期刊登四首詩。

1990 年整理《詩篇之前》甲編，「黃粱詩學」初現雛型。

1992 年首用黃粱筆名，《現代詩》復刊十八期刊登四首詩，因文本特異受前後任主編零雨、鴻鴻邀約，會談於紫藤廬花廳。

1993 年起嘗試以詩評會友，書寫〈想像的對話〉、〈尋水〉。

1996-1997 年主編《雙子星人文詩刊》，發表〈臺灣早期新詩的精神裂隙和語言跨越〉，策畫「跨越語言的一代」五人詩輯（《雙子星》第三期）。在《國文天地》撰寫「新詩點評」專欄二十四篇。

1997 年出版新詩評論集《想像的對話》（唐山），唐山出版社陳隆昊先生親赴山中寒舍熱忱邀請，出任唐山總編輯。

1998 年出版（1982-1997）詩選集《瀝青與蜂蜜》（青銅社）。

1999 年策畫主編《大陸先鋒詩叢》第一輯十卷（唐山）。赴中國拜訪詩人，會見王小妮、于堅、柏樺、周倫佑、余怒、韓東。

2001 年倡議發起《現在詩》，統籌集稿，任創刊號主編。

2002 年主編《文化快遞》。應《創世紀詩刊》之邀撰寫〈創世紀森林浴——品鑑臺灣特有的十六種詩飛羽〉（日本《藍 BLUE 文學雜誌》）。詩二首入選《空白練習曲——《今天》十年詩選》。

2003-2005 年受邀擔任市定古蹟紫藤廬執行長，3-10 月與翁文嫻合作策畫「顧城逝世十週年系列講座」八場，首度詩學開講。

2004 年主編《龍應台與台灣的文化迷思》（唐山）。

2005 年赴北京發表詩學論文〈從一首詩洞觀一世界之視域與方法論〉（新詩一百年國際學術研討會），認識陳超、臧棣、葉維廉、梁秉鈞、柯雷等人。策畫葉世強八十歲初畫展於紫藤廬。

2006 年擔任葉世強祕書半年，整理藝術檔案、畫語錄、年表。

2007 年在淡水「有河 book」展開系列詩學講座，評述葉維廉、馮青、零雨、于堅等人作品。主編有河詩畫集《河鳥貓 2007》。

2008 年擔任上默劇團藝術經理，7 月隨劇團赴法國參加亞維儂藝術節。8 月受邀擔任黎畫廊藝術總監，規劃展覽書寫藝評。

2009 年策畫主編《大陸先鋒詩叢》第二輯十卷（唐山）。

2010 年 5 月遷居花蓮偏鄉修行者精舍，在關房中讀書寫作。6 月底赴北京發表詩學論文〈人之樹〉（當代詩學論壇），拜訪民間詩人，會見唯色、蘇非舒、伊沙、楊鍵、龐培、車前子等人。

2013 年出版三十年詩選《野鶴原》、二二八史詩《小敘述》（唐山）。

2017 年出版雙聯詩集《猛虎行》（唐山），創設雙行 2 節新詩體。

2020 年限量出版新詩史論《百年新詩 1917-2017》（青銅社），贈送重點圖書館。全書一百六十六萬字評介三百四十位詩人闡釋二千六百首詩。

2022 年出版詩文集《君子書》（秀威）。詩四首入選德國漢學家蔣永學主編德文版《天海之間：台灣の萬種 bûn-ha̍k 選集》。

讀詩人165　PG2956

 臺灣百年新詩（上卷）：
歷史敘事與詩學闡釋

作　　者	黃　梁
責任編輯	陳彥儒、邱意珺
圖文排版	黃莉珊
封面設計	王嵩賀

出版策劃	釀出版
製作發行	秀威資訊科技股份有限公司
	114 台北市內湖區瑞光路76巷65號1樓
	電話：+886-2-2796-3638　傳真：+886-2-2796-1377
	服務信箱：service@showwe.com.tw
	http://www.showwe.com.tw
郵政劃撥	19563868　戶名：秀威資訊科技股份有限公司
展售門市	國家書店【松江門市】
	104 台北市中山區松江路209號1樓
	電話：+886-2-2518-0207　傳真：+886-2-2518-0778
網路訂購	秀威網路書店：https://store.showwe.tw
	國家網路書店：https://www.govbooks.com.tw
法律顧問	毛國樑　律師
總 經 銷	聯合發行股份有限公司
	231新北市新店區寶橋路235巷6弄6號4F
	電話：+886-2-2917-8022　傳真：+886-2-2915-6275

出版日期	2024年1月　BOD一版
定　　價	490元

讀者回函卡

國家圖書館出版品預行編目

臺灣百年新詩. 上卷, 歷史敘事與詩學闡釋 / 黃梁
作. -- 一版. -- 臺北市：釀出版, 2024.01
    面；　公分. -- (讀詩人；165)
BOD版
ISBN 978-986-445-886-8(平裝)

1.CST: 臺灣詩 2.CST: 新詩 3.CST: 詩評
4.CST: 臺灣文學史

863.091   112019152